一丸章全詩集

Ichimaru Akira

龍秀美 編

海鳥社

装丁　design POOL

1977（昭和52）年３月28日，福岡市・紅葉町の
自宅書斎にて（フクニチ新聞社写真部撮影）

一丸家が営んでいた福岡市・新柳町の遊廓
「菊一楼」庭にて（1921〔大正10〕年頃か）

肺結核で九州大学・生の松原病院
に入院中（1939〔昭和14〕年頃か）

1948（昭和23）年，翌年妻となる高鍋文子と

1953（昭和28）年頃，ＮＨＫ
福岡での脚本作家時代

1956（昭和31）年７月11日，九州詩
文学会発会式（前列左から二人目）

1970（昭和45）年11月７日，江川英親と瀧勝子の
詩集の合同出版記念会（２列目左から６人目）

1971（昭和46）年８月７日，第１回九州詩人祭（熊本市。前列右から３人目）

1972（昭和47）年，『天鼓』出版記念会（福岡市）。
挨拶中は西高辻信貞，その横が一丸，丸山豊

1985（昭和60）年，文庫版『丸山豊詩集』出
版記念会（立っている人々の中央やや右））

1991（平成３）年８月７日，第１回白鳥忌
（丸山豊を偲ぶ会。後列左から４人目）

凡例

1　本書には、一丸章が発表した主要な詩及び散文を収めた。詩は、生前に刊行された『天鼓』（一九七二年）、『呪いの木』（一九七九年）に続けて未刊詩篇を四つの時期に分けて掲載した。散文は、詩業の成立に関係すると見られる詩論・随筆に絞り、発表年代順に排列した。

2　詩集二冊を除き、多くは改訂を経て再発表・再々発表された詩は、把握できた限りでの最終形を採ったが、錯綜しているものは編者の判断に拠った。発表後の切り抜き誌面などに自筆の推敲が残っている場合はそれに従った（初出一覧参照）。同一題を持つ別作品には仮ナンバー（［1］…）を付した。

3　詩の組み方はできるだけ底本もしくは発表誌の体裁に従ったが、字詰めについては本書内で整えた。

4　漢字は原則として、常用漢字に含まれるものはこれを使用し、俗字・略字は正字体に改めた。詩における仮名遣いは未刊詩篇Ⅰ（一九四三―五一年）は旧仮名遣い、Ⅱ以降（一九五二年―）は新仮名遣いに整理し統一を図った。詩論・随筆については、すべて新仮名遣いに改めた他、用字用語の最低限の統一を図り、新しく段落を作った箇所がある。外国の地名・人名は分かる範囲で一般的な表記に整理した。

5　振り仮名は、元々付けられていたものは取捨選択し、読みがたいと思われる語句には新たに付した。いずれも新仮名遣いとした。

6　詩・散文の末尾に置かれた注記や付記は、すべて著者によるものである。

7　明白な誤記もしくは誤植と思われる字句は正した。正しい字句が判断できないものには〔ママ〕と付した。散文中に引用された詩は、可能な限り原典に当たり必要な訂正を加えた。

8　現在では一般的に使用しない表現が用いられている箇所があるが、原表記を尊重しそのままとした。

一丸章 全詩集◉目次

詩集　天　鼓

［一九七二年］

詩集　呪いの木

［一九七九年］

呪いの木　I

呪いの木　II

未刊詩篇

I　［一九四三―五一年］

Ⅱ ［一九五二―六五年］

Ⅲ　［一九六七―七八年］

Ⅳ　〔一九七九―九三年〕

詩論・随筆

一丸章全詩集

詩集　天鼓

〔一九七二年〕

天鼓

筑紫路の火まつり太宰府天満宮の鬼すべを二人して見た翌朝　なすこともなくひとり茶の間に居れば火が水を呼ぶとの例（ママ）えどおり窓も破らんばかりに霙《みぞれ》まじりの風が吹いてくる　ゆうべは早春を思わせるような空に朧な三日月さえ浮び　すさまじい火柱の怪しい照り返しのなかに夢うつつ　汗ばむやわらかいあの手をとっていたものを　何ともはや後朝《きぬぎぬ》の歌にもならぬけさの飛沫《しぶき》のこの冷たさ……また祭り果てた後を共に臥しながら火祭りならぬ火の性の焔故に寝もやらずすごした俺だったが　今にして思えばあれもやはりたまゆらの火と燃えた闇のなかの絵巻物であったのか　窓の隙間から吹きこむ霙を拭きもあえず俺はその絵巻物を宙に繰りひろげてみる……火の粉をちりばめた如き粉飾のその奇《く》しき世界は即ちわが中世　万葉人《びと》の素朴な人間信仰の歌ごえも消えた常闇の御代それにも似た黒地を背景に　衣冠束帯の殿上人　十二単衣おすべらかしの上臈やその供人なる青女房　さては白衣の使丁《してい》　髭面の武者　あるいは野伏《のぶせ》

り　山伏　荒法師　墨染の旅僧　破れ水干の祈禱師　流浪の傀儡師　飢えに迫られ人肉を喰う男　貧しき故に鬼女となって旅人を殺める老婆など末法の世に浮き沈みしながらもなお生きぬこうと蠢めく人間が画かれてある

その頃は飢饉　洪水　大地震などつづき現代《いま》よりも荒廃した苛酷な時代である　だが彼らのすべては苦しみながらも西の方なる浄土を信じていた　ために落日を追うて走りつづけ遂には死んで唇に蓮の花を咲かせた男もいたという　そのように俺もまたこの末法の世にあって醜聞もものかはかの女だけに生きようとする……さればこそ夜ともなれば女は胸に羯鼓《かっこ》をさげた傀儡女　青朽葉の匂いのする少女となり火柱と燃えて俺を包みこむ　唇には蝮をしごいたりなどして　果ては髪をふり乱して童うたをうたい戯れる　そうして哀しいまでにうつくしい放埒な姿態で俺の膝の間に眠ってしまう　火祭りとはなべてこうした狂熱のものらしい　俺は歌垣《かがい》の夜の歓楽《よろこび》さえ思うのだが　ともかくも一夜の火祭りの後の物憂いような人恋しさ　わずかばかりの厭離《おんり》の情……

妻と呼べぬ女と一夜をすごした霙の朝　粉飾の世界　幻というにはあまりにも血の匂いのするわが絵巻物である　放心の俺をいぶかる妻の声にあわてて閉じてはみたが　かの傀儡女だけに生きようとする俺の　世にははや用もないむかし男さながらのこのなげき……と妻にふと物いいかけようとした折しも　空のかなたに烈白のひかり一条走り　千の羯鼓よりもはげしく鳴りひびく雷……妻はと見れば忽ちに般若となって空にとび　おどろなすかの女の生首を小脇にかかえ鼓と打っている俺の五体も砕けよとばかりにとどろとどろに地響きさえさせて……あわれ　かかる男になお祈ることの許さるるや否や

幻住菴

幻とは何か　幻に住むとは何の意味か　町なかとは思えぬここ筑前博多・安国山聖福寺なる塔頭《たっちゅう》で　年老いた方丈に問うたが何の応《いら》

えもない　白面の貧書生と嘲笑うてか半眼を庭に向けたまま身動きもせぬ　庭はさして広くはないが塵ひとつ落ちてない芝生であるされば清浄の嶋の佇まいに仏法を解了《げりよう》せよというのか　それとも汀に座して無韻の松籟《しようらい》に偈《げ》を得よというのか　とはいえ書割めいて人影もない庭　池を覗きこめば黝《くろ》い血の滲む薄氷がなお張っておるさてはと思う間もあらばこそ木立ちの静謐を破り阿修羅のように喚きながら狂気の侍　足軽　荒法師たちが白刃をきらめかせ躍りだす　槍襖を作って俺をとりかこむ　数十騎の武者が弓を射かけるその呼び声砂埃のなかに何時しか俺は五百年のむかしに生きて博多の町を奪いこの世の栄耀を極めんとした土豪たちのなかにおる　あられもないその我執妄執の大友　毛利　島津　小弐　竜造寺……現実《うつつ》とはかかる土豪たちの紋所をいうのか

　その日のことだ　俺は乾飯にもありつけず額から滴る血潮を吸うてはわずかに生きのびていたと思うがいい　松林につづく汚辱の潟である　兵火にまぎれ千金を摑もうとした身の愚かにも笑止な末路と見えた　そうして夜　松陰のとある小屋を襲うたが　入口の蓆《むしろ》を

あけてみれば何と女がひとり眼を剃いたままのけぞっておった　その傍ではしたたか酒に酔うた男が己が娘を犯しておる　しかも半蔀《はじとみ》の窓から覗く百の好奇の眼差　葉擦れとも聞える千の吐息……土間には軍鶏の籠　薪のように積んだ蛇《くちなわ》の干物　罅《ひび》割れた石臼　毀れたままの糸車　さては火打石　土器《かわらけ》　漆のはげた椀など古い習俗の類が　貪欲な眼をひからせておる　男は己が娘欲しさに護摩を焚いて女を殺したというが　もはやここには後姪のむなしさを思う風情もなく　ただすさまじいばかりの温気であった　しかあれどみ仏の目差にも似て揺らぐ手燭の灯は　かかる眺めさえ幻と観ぜよというかのようでもあった　爾来五百年たったいま　なおその魔性の男は俺と共に生き続けておる

　今年春の訪れの遅く　四月の初めというに桜も咲かず芝生に陽炎もまだ萌えぬ　血ぬられた歴史・博多の町を離れ　幻に住むといえば何やら遁世めいてこころ楽しいが　俺は歯茎から夥しい血をこぼしながら妻とふたり庭を脱けて湿った墓地を歩いておる　墓を建てて葬るよりはあの裸木の下にと小さな包みを持ちながら　そのなか

のあわれな生物はや男のしるしさえつけていたという水児《みずこ》の姿を思うておる　その名は夢幻童子　母の名は……いや母の名はいうまい　ただいえることはその子の母が妻ではないということだけだ

あの戦乱のさなかの忌しい記憶が幻というのなら　きょう妻に促されかなしき者を葬らんとするわが償いは何か　己が娘ほどの少女を犯し遂に都ならぬ黄泉の国へと追いやった男への報いは何か……問いかけても妻は振りむきもせずに素手にて固い土を掘る　痛ましいまでに崩れた凍傷《しもやけ》の指で得難い経筒をとりだすかのように土を掘る　生爪を剝がしながら咳《しわぶき》ひとつたてぬ妻は　どうやらかの方丈と同じくきびしい表情に　生くるは即ち幻の如く乃至は化の如しと教えているようだ　そうして振りかえりざまにつとわが咽喉もとに擬した血まみれの鋭い指

幻住菴　幻に住むというはよけれど　応えもない方丈と妻とわれにはここもまた火宅　ましてかつてこの庵に住んだという奇僧仙厓《せんがい》の悟りにもほど遠く　傾きかけた山門をでて再び狂騒の町へと木立

ちの間を辿れば　木蓮の花の向う青く透けた空の伽藍の彼方に一際
浮きたって見える真昼間の幻　雲母いろに流れるものの相《すがた》を見た

血涙記

親は空にて血の涙を　親は空にて血の涙を降らせば濡れじと菅蓑や……これは謡曲善知鳥《うとう》の一節である　物語の筋は簡単だ　殺生の罪を重ねた猟師が地獄に堕ちていたが　諸国一見の僧に回向を乞うて古里の妻子の前に現われる　だが幼いわが子を見ては子鳥を殺した罪の深さにおののくというのである　善知鳥とはその鳥の名「陸奥の外《そと》の浜《はま》なる呼子鳥啼くなる声はうたふやすかた」という古歌によったという　それにしても血の涙とは何とまあ大袈裟な　苦笑しながら何時も謡っていたものである　だが実際に血の涙は流れるのである　それを眼を病んで初めてわたしは知った　無理をすると失明するといわれてから一週間　それでも仕事の手を休めず薄暗い灯の下でせっせと筆を走らせていたが　はげしい痛みにふと掌を

眼に当てた時　血の涙が流れていることを知ったのである　慌てて
しばらく眼を閉じたがもう遅い　はげしくなるばかりの痛みにペン
も投げ　頭髪をかきむしりながら机の上に俯していた　血の涙の流
れるままに……何故に人は血の涙を流してまで稼がなければならぬ
のか

ある者はそれを罪といい　またある者は運命といい因果応報とい
うだろう　資本主義社会云々のむずかしい術語をならべ　わたしに
何の罪科《とが》もないことを説明しようとする者もいるにちがいない　だ
がそれもこれもわたしにはみな空々しい　わかっていることはいま
わたしが血の涙を流しているということと　もしかしたら失明する
かもしれないということだけである　そうして気も転倒せんばかり
の恐怖の中に垣間見るのは　やはりあの猟師の亡霊　鉄《くろがね》の嘴《はし》鳴らす
善知鳥の化鳥《けちょう》に追いたてられている男である　子鳥を殺した報いに
わが子を見ては血の涙を流さねばならない不幸なその男……それは
むかしの物語だとしても　わたしもかつて子鳥を殺したように一人
の子供を見棄てはしなかったか　その罪の報いを今こそ　その後二

人の子供を得てこの上もなく幸福な月日を送っている今こそ味わえとばかり　誰かがわたしを責めているような気がしてならぬのだ流れる血の涙を拭きもせずに夢うつつわたしは跪く　何に向って誰に赦しを求めて……

忘れもしない　四月だというのに氷雨めいた小雨が降っていたあの日の朝　さりげない散歩を装ってわたしは家を出た　微笑《わら》いながらまつわりついてくる幼い者の手を払い……あの日も確かに心の中では血の涙を流していたが　もしもその幼い者が物心地ついていたとしたら　彼こそ血の涙を流し　狂気のようにわたしを追ったにちがいない　だが彼は無邪気に手を振っていただけだった　白いネルの裾を長く引きずって……一日としてその朝のことを忘れた訳ではない　けれどもいま血の涙を流して初めて気づいたことのようにそれを思い出さねばならないとは……

血の涙のいがらっぽいこの痛みを　妻に語るべきや否やわたしは迷っている　親は空にて血の涙と低く謡えば　何となくわかって貰

えそうな気もするのだが……また放送局という現代の騒音の中に生きながら　愚かなまでに女々しいもの思いを都の友にどのように伝えようかと考えあぐんでいる　テレビ塔の真下の檻のように狭い仕事部屋　誰かが憤っているように鋭く何やら機械の軋む響きが聞えてくる　外も嵐らしい

望洋閣

博多湾に臨み　遠く玄界灘に向っていたから望洋閣と名付けられたのであろう　ともかくも当時　明治末期に竣工した時は福岡随一の洋式旅館として夥しい賓客　はては文人墨客の類まで訪れ　ずいぶんと賑わったものだと伝えられている　明治の頃であるから　大陸の風雲を臨んだ支那浪人某の命名に　かかるのかもしれない　いわゆる馬賊芸者はなやかなりし頃である　その頃父は生れたばかり祖父は上海に渡ったものの忽ちにある仏蘭西婦人の虜となり父たちを顧みなかったという

　俺が知った頃　望洋閣はすでに栄耀の日々をすぎ　赤煉瓦の外郭ばかりが残る廃墟そのものであった　何のために毀されたか知らず　まして望洋閣というその名も知らず　毎日のようにその廃墟に従兄たちと遊んだものである　瓦礫の山や荒れた築山のある庭　迷路めく地下道や洞穴のように湿っていた地下倉庫など　探偵ごっこをするにはもってこいの場所でもあった訳だが　とある夏の終りのひと日夕方を遊び疲れて何ともつかぬ思いに地下室の入口から海を眺めていたことがある　落日に赫々《かくかく》と照る入り海　そしてその向うに展がる茫漠とした未知の海　壮絶といえば壮絶　無慚といえば無慚　血の色をした風景を息をひそめ見詰めていたものである　波もしきりと騒ぎ松籟もまた鳴っていたにちがいないのだが　遂に俺はその響きを思いださぬ

　まぎれもなく俺の前に海はあった　その日から少年の日日へと眼の前に果てしなく海は展がるのである　まず生田春月を呑んだ瀬戸内海の厭世の海　それからボードレールの海　ランボウの海　マラ

ルメの海　ヴァレリーの海……またはじめて歎異抄なるものを知った夏の日のサナトリウムの窓の海　由莉と呼ぶ少女の訪れと共に何時も爽やかな潮風を吹き上げていた万葉の海　夜毎に青白い夜光虫の炎を燃やしていた十八歳の海　薄荷油の匂う痰コップの底に謎めく深淵を見せて澄んでいた死の海……

すべて吐血の後の熱のようにすみやかに消えた少年の日の海にすぎぬ　しかしなおまのあたりに展がる海があったのである　幾十艘の軍用船を浮かべた杭州湾　東支那海　更に南に下ってバシー海峡　シャム湾　ボルネオ海　さては真珠湾　マレー沖　ミッドウェー島の沖　太平洋は荒れに荒れた　そうしてなおも怪しく展がるのはかのジャバ・スラバヤの海　セレベス海　バンダ海　珊瑚海即ち幻の帝国の海・大東亜海……かくて年移って友の一人は火を噴く海軍一式陸上攻撃機と共に沈み　年若い友の多くは自らを一個の爆弾と化して死んだ　そのマリアナ諸島の黝い海　沖縄の青い海水母のように浮遊水雷をうかべていた千九百四十五年の夏の海……再び俺は謎めく深淵の海を覗きこんではあらぬ方に眼をそらす

海はなお無限に展がる　俺の生の前に後ろにほのかな死の匂いを漂わせながら……人呼んでこれを近代星菫《せいきん》派と誇るかもしれぬ　悪しきナショナリズムというかも知れぬ　だがこれでいい　これでいいのである　だがわからぬことが一つある　どうしてかの象徴主義《サンボリズム》の海から大東亜海へと思いを馳せらせてしまったのか　仏蘭西に帰化しボルドーとやらで死んだという祖父は笑い　赤と呼ばれて生涯陽の目をみずに若死した父ははげしく怒るにちがいない　だが束の間の青春の詐術　あの美しい偽りに充ちた信仰も　かの日　望洋閣の廃墟から見た落日故といえばとて誰がそれを否定できよう　凋落の美　終焉の美　寂滅《じゃくめつ》の美……思えばあの日　廃墟の地下室で俺が学んだのは何であったのか

きょう千九百六十四年九月四日午後六時……福岡市箱崎汐井町千四十番地　国道三号線のほとりにたてば潮風ならぬ灼けたアスファルトの風が吹く　望洋閣の跡とおぼしきところに何やら幻めいて白い埃が舞うている　たしかにあのあたりに望洋閣はあった　あの廃

墟はあった　と叫んでみてももはや植民地然とした埋立地の工業地帯である　廃墟の美など誰が心にとめよう　まして善き良人と子供の世話ばかりに明け暮れるかの人妻にどうしてこころ疼くばかりのこの廃墟の思いがわかるであろう　すでに人生のなかばをはるかにすぎ　かの日より十九年のおぞましい生をながらえ　さすがに疲れ俺は残暑の汗にまみれている　今にして思えばかの望洋閣の廃墟はそのようにわが半生でもあった　再び俺はかの地下室にたって血しぶきをたてて流れる空をみる　落日の美というならば望洋閣をして茫漠たる南の海に臨ましめよ　もはや止めるすべもない時の流れ目交《まなかい》に横切る臨港線の貨車ならば軍用列車となってわれをかの戎衣《じゅうい》の列に行かしめ南へ征《た》たしめよ　燃える油槽船と共にモルッカ海峡に沈ましめよ

望洋閣はまぎれもなくわが狂気の海に向うておる　さればなお塔のごとくそそりたつ廃墟はそのままわが墓標となるとでもいうのか

山姥

矢部村御側《おそば》　峰ひとつ越せば隣国だというここの山国まで来てみれば　桃　桜　石楠花　梨　藤　花蘇芳と五月のなかばというに春たけなわ　数百年のむかし　都からはるばる来り住み給うたと聞くうら若い親王《みこ》の微笑さながらに青煙が烟っておる　俺は親王でも何でもないが　輿ならぬジープを乗り棄て　気も狂わんばかりの濃みどりのなかをなお登って行く　だが何の精魅《あやかし》か俄かにあたりが暗うなって小指ほどの雹が降り　見る間に不気味な山蛭が首筋に喰いつく　そうして不吉な稲妻のように行手の茂みを走る山鼬《いたち》　妻子を棄てひとりの女とさえ別れ　ここまで遁れきた罪科を拒む訳ではないが　生きながらに血を吸われるは耐え難い　とある板屋根の小屋に助けを求めたが　主なる老婆は何と血みどろの顔をしておどろなす白髪　眼には鬼女の金泥を輝かせ　まぎれもないかの山姥であった

気がつけば山姥は俺を抱くように首筋の傷を舐めておった　血み

どろの顔と見たは炉の照り返し　おどろなす髪も獣めく眼も失せて
石楠花の匂いたつばかりの吐息に　山姥もまた遂にひとりの女性で
あった　夢うつつ雨上りの空に昼月が薄い瞼を開くのを眺めながら
俺は思いだす　十幾つの頃　こうして寡婦なる乳母に抱かれて悔い
とも歓びともつかぬ午後を過したが　この山姥こそは三十年会うこ
ともなく過ぎたあの乳母　たしかにあの乳母だ　まさぐる胸のあた
りの黒子さえそのままに……

　かくてまたしても俺は悔いとも歓びともつかぬままに郭公の啼き
しきる午後を過す　いまにして思えばあの乳母は　京都生れの女に
ふさわしく何時もうら淋しい影を引き　山に隠れ住むには似合うた
静けさがあった　肺を病んでいたらしく何時もクレオソートの匂い
をさせていたが　それにさえ俺は例えば　葵上　人の世のきびしい
宿世のままに結ばれた姉女房の妙なる薫香・移り香とも思うていた
ものだ　そうして時としてふたり籠った部屋の妖しいまでのほの暗
さのなかに人間の業そのもののように呻いておった几帳　壁屛風
紫檀の厨子　唐櫃　櫛箱　草子箱　鏡箱　手箱　さては金銀をちり

ばめた琴・琵琶の類　輿にのっては鉄漿《かね》をつけた歯をわずかに覗か
せて琵琶を低く弾じたが　いま枕辺に聞く風の音は何か……真昼
間　乳母なる女に触れる愚かさをいうのなら　しばしあの風の音を
聞け　山に遁れてもなお絶ち難い愛怨の情を思うならば　あの青嵐
の音を聞け　あれこそ乳母ならぬ山姥がわがために弾ずる琵琶の音
ではないのか

そもそも山姥は生所《しょうじょ》も知らず宿もなし……山姥は琵琶を弾じかつ
歌いながら去る　後を追うて山巓《さんてん》に到れば忽然として姿は失せ赫々
として天地に充ちた無辺光のなかに　なお聳ゆる山があった　即ち
山姥は山そのもの……遂に越え難い霊山に相対し　俺は山姥よりも
なおおぞましい悪鬼となって岩根も崩れんばかりに足ずりをする
山姥よわが救いは何方より来るや　哭き喚けばこの世の果ての虚無
を湛えた谷間に声はむなしく響き　巌を削る滝は逆さにわが哀しみ
を噴き上げておった

戦艦「陸奥」

神武　綏靖《すいぜい》　安寧　懿徳《いとく》　孝照　孝安　孝霊　孝元　開化　崇《す》
神《じん》　垂仁《すいにん》……呪文めいて不思議な文字の羅列だがこれは歴代天皇の
諱《いみな》である　今にして思えば無益な努力をしたと思う　無慚な徳育だ
が　わたしの少年の頃は教室で朗々と読み上げることを強いられ
暗記していないとむごい平手打ち　さてははげしい鞭を喰うたもの
だ　とは云えその頃　誰に強いられることもなく喜々として覚えた
ものがある　即ち　金剛　比叡　榛名　扶桑　山城　伊勢　日向
長門　陸奥　いわゆる帝国海軍連合艦隊の精鋭・戦艦の呼び名であ
った

なかでもわたしは陸奥を好んだ　千九百二十年　わたしの生誕と
ほぼ時を同じうして竣工した超弩級艦というためか　それとも陸奥
といえば陸奥《みちのく》にゆかりあるやさしき古歌を思い浮かべてか　ともか
くもその歌のこころをそのままに　彼女の写真や絵をあらん限りの

努力を払って手に入れようとしたものだ（軍艦を彼女という代名詞で呼ぶ習わしのあるを教えてくれたのは誰であったろう）

排水量・三万三千噸　全長・二百米余　幅・約三十米　速力・二十三節《ノット》　備砲・四十糎《サンチ》主砲八門十四糎副砲二十門　八糎高角砲四門　魚雷発射管・八　乗組員・凡そ千三百名……こう呟けば無風流なただの数字にすぎぬ　だが孤独で何時も閉じ籠り勝ちだった少年にはかかる数字の織りなす偉容こそこの上もなく貴重なものと思えたのである　わけても見るからに鋭く伸びきった全景の美しさ　精緻な天守閣を思わせる前檣《ぜんしょう》　その後ろの奇妙にカーブした前部煙突　重量感ある砲塔　黒光りする女体さながらの舷など……うっとりとして何時も眺めていたものだ　三万三千噸の巨体も外海に出れば軽く揺れるということだったが　かかる船酔いに似た思いに日日を過しながら……

時代は悪しき船酔いにも似ていた　兵卒上りの養父は彼女を熱愛するわたしを憎み　何時からか疎んじるようになっていた　養父が

夢にみたものは金モールも華やかな陸軍士官　わたしが憧れたものは無限に展がる海のロマネスク……海上の美なるもの聖なるものとして彼女を恋い慕うていただけだ　されば千九百三十六年の大改造後　四万三千噸《トン》をやや上まわる鈍重な眺めとなり　なつかしい曲線の煙突も消え失せ味気ない一本煙突の姿のまま出撃　太平洋を東西に駈けめぐっていた戦の日々の彼女をいかばかりの哀しみに思うていたことか　人呼んで不沈戦艦というたが　重複の譏《そし》りを甘受してくり返せば　鋭く刃のごとく伸びきった全景　天守閣に似た前檣その後の時にユーモラスにさえ感じられていた煙突の曲線　頑固な老爺を思わせた砲塔　満艦飾をして静かに仮泊していた時の羞恥に充ちた清潔さ　すべてわが希求する美なるもの聖なるものそのものであったのだ　しかもその彼女は戦いにあらずして奇怪な死を遂げた　山口県岩国市柱島沖で突如として爆沈　天にもとどく火柱ばかりが霧のなかに一瞬　見えたという　時に千九百四十三年六月八日正午過ぎ……

彼女の死はそのまま亡国の徴でもあった　程なくして戦いも破

れ　わが青春は滅んだ　さみどりの美《うま》し島々の穏やかさも消えた
陸奥の古歌の風雅な物語りの伝承も断えた　いま岩国沖の海底に
彼女は三つに折れて眠っているが　それをわずかな銭欲しさに引揚
げんとするはどこの痴れ者であろう　三つに砕け泥中に埋っている
のはただの鉄塊にあらずして人間・愛・民族　かけがえのない三つ
の啓示でもあろうに……

きょう蜩と百舌が共に鳴きしきり　何やら不吉なものの気配がす
る真昼　わたしは曇りガラスの向うに　ひびく爆音と天に宙する火
柱をありありと感じておる　瞬時にして滅ぶために二十数年の歳月
を精魂傾け尽し生きて来た　あの夢の実体は何であったのか　もは
や人生もなかば過ぎた初老のふとも覚ゆる目暈のとめどもない時の
波　なべてこの世の状態《さま》は過ぎいくものなれば　せめては彼女の幻
にのみ永遠を期待せよというのであろうか……かかる想いに祈る
時　再びわれに鞭刑を加えんとする者のある如く　そのせわしげな
音とともに火を噴く舷を見せながら　陸奥はしばしばまたわが視野に
浮び上って来た

裸形弁才天

ここ江の島の洞窟深く秘められて　素裸のまま琵琶を抱く奇しくも美しき弁才天　これは古き世の女神の像である　季節季節には衣を着かえ参らせるというが　かかる哀しき祈り愚かながらもやさしき男共の性《さが》をあわれと思召してか　女神は半眼のまま微笑し給うておる　額に烟る菜種月夜　肩のあたりに群れ集う白金の蛾　乳首にもともる無限の灯を眺め　春宵ならぬ霙ふる冬のひと日を拝んでおれば　何と俺にはよくわかるのだ　素肌に陰《ほと》さえ刻まれねばなかった仏師・運慶の切ないまでの愛怨の情が……

運慶　いまになおその名をうたわれておる工匠《たくみ》にも　どうしようもなく恋い渡る上臈がいたにちがいない　さればその思いの耐え難く世をはばかりつつも素肌の女神を刻んだのであろう　これを姪という者あらば故郷筑紫にひとりの少女を残し　都近くまで当もなく呻吟《さまよ》いきた俺は縊れ死なねばなるまい　まして素裸の女神を刻んだ

彼こそは破戒無慚の痴者……だが七百年この方《かた》祭り伝えられてきた
女神の薄い眉　繊い睫毛にも宿る昼月の物憂い倦怠と横すわりざま
の媚態とも見ゆる無為の相と妖しい流眄《ながしめ》と　俺はもはやこのような
美しさだけしか信じられぬのだ　かかる耽溺を罪と人もいえ　聖な
る書を信じるという妻も誹らば誹れ……膝まずきおん足を吸うがに
なお拝がめば　女神は思いもかけずすくっと立ち囁きかけるように
わが肩に暖かき掌を置き給う

わが身ひとり死なんと遁れきた洞窟の奥深く　わずかばかりなる
灯もひとしきりほのめきたち　汗ばむほどの素肌を匂わせ濡れしと
る紫陽花の花さえあらわに咲かせ給うは奇しくも美しき弁才天　こ
れは古き世の女神の像である……夢うつつ　何やら叫び俺はやがて
くる死の闇の懼れも忘れておった

筑紫野抄

祈るかわりに世を呪い人を恨むはわが哀しき性である　今宵しもひとりの義兄《あに》の裏切りあまりにもむごい仕打ちに　身のひとつ置くところなく都府楼跡のほとりを往けば　もはや永劫に明くることもない漆黒の闇のなかに火が燃えておる　冷淡《つれ》ないばかりかわずかばかりなる糧さえ奪わんとする者への呪いと憤りに菜殻火が燃えておる

人の多くは菜殻火を称えて筑紫路の五月闇を飾る美しさをいうかつての俺も天を焦さんばかりのあの火を防人の祝宴《ほがい》　さては遠い蒙古の祭火《カルテイエン》になぞらえとある少女と戯れておったものだ　火祭り火の粉の息吹き　焦げる体臭　熱く灼けた乳首にまたひとしきり稚い火を燃え上らせていた十七歳　火は太古そのままの野火かと燃えておった　だが今宵の菜殻火は呪咀と憤怒を撒きちらす業火　わが半生の暗き木の間より　毒鼓《どつく》の響くがにちらつく鬼火　まして病い

のため生業《なりわい》さえ失わんとする今　平安の家庭・幼き者の笑顔にも慰さまぬ　姉めく妻の愛撫にも救われぬ　俺は燃え上る焔にただ苛だつばかり……あの焔に天平の栄華を垣間見た　一夜の夢はどこへ消えた　都府楼跡の廃墟にあってもなおこころ豊かに　朱塗りの楼門　廻廊　聳りたつ漏刻台　金色の講堂と恣《ほしいまま》に白昼の夢にふけり得たあの頑なまでに素朴な信仰はどこへ去った　観世音寺の鐘も鳴らねば詮もなく俺は辿って往く　薄刃の萱さえ茂る草茫々の堤　ひと筋の悔恨に沿うた古き街道を……

古き街道は鷽鳥啼くと伝えらるる太宰府道である　それはそのままわが幼き日に続き　中年の深い疲労のまま消え失せる　もはや往きつくところとてない輪廻の道　何処へと問うにも疲れ果てた……その時だ　消えがての蛍の火よりも静かに死の匂いを漂わせふと傍を過ぎていく異様の男たち　名を問えば即ち大伴旅人　藤原広嗣　菅原道真　藤原伊周《これちか》　同じく純友《すみとも》……なべてみな志を得ずして都を追われ　または罪もなきままこの西の辺土に流されてきた者ばかりである　平城京《みやこ》を遠ざけられ名門の衰退を噛みしめていた旅人は

この地に妻を失い歌と酒ばかりに溺れた　広嗣は青年の客気のまま兵を上げ忽ちにして滅び　道真は老醜無慚な日日のなかに死んだ　純友もまた兵を上げひと度は西海二十数カ国を制したが遂に博多の浜に破れた　伊周だけがようやく平安京《みやこ》に戻ったもののそれとて名ばかりの大臣《おとど》　落魄の暮しだったという　しらぬい筑紫というは人の世の幸知らぬ者ばかりが移り住んだからであったろうか　俺もまた程近い宰府・栄耀の村里に育ちながら二十にして已《すでに》朽ち　白日《ひる》ならぬ夜に飢えて帰る家もない生霊のように狂うておる　かすかな葉擦れのままに展がる廃墟　死そのもののなかに祈りもなしに眠れというのか……だが純友ひとり肩をいからせ振りかえりざまに血に濡れた太刀と弓を投げてよこす　噴き上るかの火花の妄執こそ人間が生命　鏑矢の鋭くいちずな執念もて己の夢を追え

純友は前伊予掾《じよう》　西国の名もない土豪のひとり　土豪なれば都を切に慕うてひと度は権勢の座に近づき得たが　山家育ちの侍にどうして都が耐えられよう　故郷に帰って国衙の小役人になった　だが世はひと握りの門閥に操られる都だけの平安時代　偽りの泰平に喘

ぎ諸国には流民が溢れていた　しかも海を隔てた大陸の王朝は　龐《ほう》廖《くん》の乱　黄巣の乱　打続く内乱　北方からの侵略におののき危機に瀕し新羅安南　渤海と外郭の地にも騒擾が起っておった……王朝の危機　色褪せていく紫宸殿の几帳　摂関家の紙帳　築地の外には野盗の群れが窺い　きのうまでの郡司はきょう飢えた百姓と共に国司を襲うていた　国司につくか自からも叛徒となって生きるか　若い純友は悩んだにちがいない　されど　されど東国の将門　京の袴垂れ　内海の海賊の輩《ともがら》よ　浮囚〔ママ〕と化した悲運の流民よ……彼はかくて海賊となり次々と国府を攻めては掠めた　まず夥しい砂金　白銀に銅銭　太刀に長槍　米麦　豆　毛皮　唐渡りの螺鈿まぶしい調度の数々　次に新しい国造りのために記帳税帳など公けの文書も盗んだ　はては都ぶりの女を攫《さら》うては犯した　女の内股に没む夕日　黝ずんだ臍《ほぞ》のあたりに滅びいく律令の足掻きを見た　そうして忽ちに太宰府を陥れ火をかけた美とは何　王朝とは何　王朝の美とは何生きるためには俺はかかる仮構の世界に住することを許されぬ　頼りなげな公卿共の創りだした美より　俺は筑紫君・磐井《いわい》の古《いにしえ》に帰り　大野山を祭壇にわが美を築かねばならぬ　西の遠《とお》の朝廷《みかど》とは何

処をいう　わしが朝廷だ　大君《おおぎみ》だ　摂関だ　わしが美そのもの……純友の哄笑を聞けよとばかりに　またひとしきり凪もないのに菜殻火は燃え上る　俺もまたしばし息をはずませ闇を駆けぬける　純友を討たすな　博多の浜にかの者を死なすな

　菜殻火は燃えわが業火も燃え　菜殻火は燃えわが呪咀は燃え空も燃え　やがて俺は焼跡の瓦礫の間に立つ　麦秋の重く澱む時の闇その底に白く散らばっておる　あれは歌にならぬままに棄てられた思念《おもい》　言葉の数々　いやあれこそ首のない純友の屍　麦秋の熟れた匂いと思うたは屍臭であった　首なきままに棄てられた純友は何処にある……されば菜殻火の朱に染んだこの非命の夜をよすがに　俺は再び大宰府を築こう　海賊の掟　草賊の戒律もきびしく純友が夢見た西海の新しき都・平安の御代にふさわしい筑紫野を拓こう……これを妄執というな愚かなというな　妄執こそは人間の生命　美の極まるところ　美とは死者の執念に応《こた》えんとする者の祈りではないのか……かく呼ばわり呪咀と怨嗟の茂みをようやく出ずれば　かつての朱雀大路か条坊の名残りも鮮やかな道の尽きるところ　夜の果

てに見ゆる天拝山……菜殻火は天のはげしい焔となって燃え上り
純友の屍を焼きこの身の生霊を焼き水城《みずき》を焼き　観世音寺を焼き
わが筑紫野を世にもさわやかな緋の原始林にしておった

長野徳右衛門覚書

〽桜田屋七福神に宿を貸し（博多古川柳）

むかし　日頃の念仏の甲斐あって死んでは唇に蓮の花を咲かせた
という名娼明月《めいげつ》　その伝説の地　博多柳町に生れ　俺は忘八《ぼうはち》たるべ
く育てられてきた　だが十七歳　俺はその幻の花こそ現実《うつつ》その物語
の女こそおのが女房と夢みたばっかりに　家を追われ　とある古刹
に入った　読経三昧　清浄の地こそ俺の生涯にふさわしいと思うた
からだ　だが寺とて俺の安住の地ではなかった　何時しか俺は市井
の無頼の徒に変り　酒　賭博　それだけを支えに生きるようになっ
ていた　爾来三十年　俺は次第に笑いを忘れ　ひとり骰子《さいころ》を弄び

もはや賭けるべき何物もないまま　深夜の空にも光る銀の骰子を数えるようになっていた　いつ死んでもいいと思うようになっていた　だがある雪の夜のことだ　お櫛田さまの境内に行き倒れの俺の明月を見出した時　俺はやっと生きたいと思うようになった　しかも境内に蠢く飢えかけた他国者《よそもん》のひと群れ　俺はとっさになぜ今日まで俺が生きのびてきたかを知った　やがて俺はやっとのことで銭を集め　請人宿《うけにんやど》を作った　他国者に仕事を世話する大がかりな桂庵だ　屋号は桜田屋　儚なく死んだ女の在所の名をとった　折しも黒船渡来　慌てる侍共や博多町人の無力安逸を外に店は繁昌した　遂には藩庁御用の米搗きをするようになっていた……いま深夜　大晦日の雪しきりと降るなかに　那珂川べりから掛け声が聞える　心にも沁みるその掛け声を聞きながら俺は呟くのだ　あの掛け声と共にやがてくる新しい時代　かつては非人乞食と呼ばれた者たちの喜びの声と共にしか俺の生涯はない　時勢に聡く公方方《くぼうがた》か天朝方《てんちようがた》かと心惑わしている侍共　利に走る町人たち　一日も早くくたばってしまうがいい　されば俺は叫ぶ　明ければ町に恒例の松囃子も始まろうから　一緒に七福神に出ようぞ　お前たちこそ世直しの七福

神　俺はただその先達にすぎぬ……

私立翠糸学校

西陽さす図書館の書庫のなか　黴くさい匂いにふと妻との馴れ初めの頃を思いだしながら　何気なく書架からぬきだした部厚い書物の一冊……（妻も俺もとある図書館の貸出係だった　思えばあれから二十年近い年月がたっている）
だが　いま俺を驚かせるのは　夥しい書物と共に床もきしむほどに積み重ねられた　その年月の重みではなく　偶然にも開いた一頁の私立翠糸学校なる項目だ　書物の名を見れば　福岡県教育史

……初等程度の私立教育機関として福岡に設けられた私立翠糸学校は特色あるものであった　同校は明治十三年　西村源次等の尽力で当時福岡の代表的花柳街大浜（旧柳町）に設けられ　その廓内の学齢に達しておりながら不幸な境遇のための未就学の少女達

を収容し　簡単な読み書き裁縫などの技芸を教授した施設である……そしてこの学校はこの後　大浜の花柳街が福岡の南部（現在の新柳町）に移転した時にもともに移転しているので　かなり長い間継続されたものに違いない

俺の記憶は二十年どころか四十年近くも溯る　私立翠糸学校　墨痕鮮やかにあの御影石の石柱にかけてあったのは　まぎれもなくこの六文字である　そして苔むした低い塀にまたがって俺は夕方まで遊び呆けていたものである　乳母や多分その学校の生徒だったにちがいない日の丸という少女が呼びにくるまで……またある時は仄暗い畳敷きの広い教室で金銀の舞扇を燦めかし踊っていた妓たち　三味の音もなく歌声もなくただ舞扇だけが宙に浮いていたが　いまにして思えばその時の異様な感動がそのままに　幽玄即ち美の形而上学なるものへの探求に俺を駆りたてたのかもしれぬ　光もなく影もないただ静かな闇のなかに揺らめいていた扇　足拍子を踏む時の白足袋が　この世ならぬ純潔のように見えていた　更にまたつと乱れたある一人の妓の裾のけざやかな桔梗色の長襦袢……それが妻のあ

る日の瑞々しい肌の色と重なって不思議なときめきさえ覚えるのだ
が　もはやそのようなことはどうでもいいことだ　俺がいま眼が痛
くなるほど見入るのは　私立翠糸学校　そしてその創立者の西村源
次なる名前である

西村源次が何時　何処で生まれ　またどのように生きてきたかは
知らぬ　だがきょう　彼は俺の裡に蘇えり　俺をして再びかの柳町
を逍遙させる　まず春風緑柳飛鳳凰　夜雨青燈引鸚鵡　古風な書体
の対句が彫られた大門　その左側から住吉屋　大正楼　大恵楼　東
楼　いろは　関の矢　右側に並ぶのは馬小屋然とした請願巡査派出
所　辻堂めいた消防ポンプ置場　それから翠糸学校の白い塀　遊廓
事務所　台屋と呼んでいた共同炊事場　うどん屋　タクシー屋　そ
れから俺が養われていた菊一楼　さては明玉楼　福山楼　花屋　万
花楼　一福亭　九十九楼　三浦屋　大吉楼……あれこれと格子の間
をのぞき広い三和土《たたき》の玄関を見てすぎるが　遂に西村源次の店はな
い　彼を知る人もない

埃っぽい風が吹き　俺の裡にもざらつく夕方の暑い風が吹き　やがて蒸し暑くなるばかりの書庫……大部屋と呼ばれていたあの牢獄のような部屋の匂いが鼻を衝く　大部屋とはお茶をひいた妓や病気の妓が雑魚寝をする部屋である　もしかすると西村源次はその頃二十そこその楼主だったかもしれぬ　そうして俺がかつて血を吐き寝込んでいた妓を大部屋に見舞い　母から手ひどく叱責された時のようなあの気持で翠糸学校をはじめたのかもしれぬ　惻隠の情というにはあまりに深い哀切の思い故に　嘲笑う肉親に懇願し冷笑する楼主たちを説いて廻り　家屋敷も抵当に作り上げたのかもしれぬ　そのために没落　大正時代に入らずしてすでにその家族は四散したのではなかろうか　もしそうだとすれば何という光栄ある没落

西村源次　その人となりも俺はしらぬ　いま彼が俺の前に現われるとすれば白髪の老爺　いやただの亡霊にすぎまい　だがゆくりなくもきょう彼に出会うたのは俺の信仰　美なるものの妄執を追い払えよとの啓示かもしれぬ　きのうも俺は十五年の売文の暮らしに飽き　猫の額ほどの土地や家を売り神学校に通うといいだしては妻の

罵詈雑言を浴びたが　彼西村源次もおそらくそのように妻から疎んぜられたにちがいない　その悲しみその苦しみに耐えて　明治十三年二月二十一日　開校の式典に臨んでは私立翠糸学校と命名したにちがいない　勿論　いまその由緒ある門標もなく　柳町　俺の故郷も消えうせた　そのように誰もが俺のあの不幸な妓たちの稼ぎの上に生きた物悲しい気持を知らぬ　ましてそれ故のどうしようもない祈りの気持をも……

西陽さす図書館の書庫のなか　西村源次なる男をあれこれと思いながら　俺もまた翠糸学校を建てることを夢みている　この思いを仮初めの感傷というなかれ　四十余年　無為に生きてやっと俺は生涯の仕事を見出したような気がするのだ　私立翠糸学校　俺のささやかなみどりの学園は何時　何処に建てられるのであろうか

俊寛

今にも崩れおちんばかりの崖下の日日
無為の年月の果てに霞む空と
日ねもすを生死の秘密をめぐって流れる水脈《みお》と
硫黄の匂いたつ岬の岩に座しておれば
降りかかるのは波ではない　恐ろしい時の飛沫だ
沖に見えかくれするのは弘誓《ぐぜい》の白帆ではない
まして都の追憶でもない　あれは白骨
生きながらの軀を喰うたあの女……

飢えに負け妻なる島の女を喰うたのは何時
もとよりここは鬼界島　鬼住む地獄なれば
悪鬼になったと今更に何を悔もう
おれはなお血のたぎる潮水をすする
腐肉から脱けた髪毛を貪り喰う

夕凪のなかに鬼たちが舞うてくる
黄泉《よみ》の国の女鬼　広嗣が鬼　将門の鬼　菅相丞の鬼　羅生門の鬼
安達原の鬼女　芥川の鬼　さては腐多羅鬼《ふたんな》　毘舎闍鬼《こんしやりう》　疫鬼痒鬼《ぎやく》
　の鬼神たち……
なかでも安達原の鬼女は嵐を呼んでわが側に飛んでくる
そうして夜もすがらを砂の上に戯れておったが
何ともはや物憂い朝明け　懈怠《けたい》の雲の上に鷗さえ飛ばぬ
裸のまま眠り伏した鬼女の蹠《あなうら》から陽は昇るのだ
詮もなく再び横ざまに抱いてみても
欲情とて湧かぬ　抱いているのは女でもない鬼女でもない
やはりどうしようもない時の重み……
この重さの耐えがたくおれは遂に直立する無言の巌となる
されば今なお悶え悶えに黄色い煙を吐くというのか
人の世の極みわが流人の住む南の喜界島

あとがき

これらの詩篇の殆んどは、昭和四十年頃から四十二年春にかけて書き進められた。だがその日頃は、二十年に近い放送局勤めの疲れもあって身心ともに疲労困憊、死の韻律の暗い予感と、一期は夢よ、といった頽廃無慚の日日を送っていた。

このような時、人は何とかして生きようと焦り、おのれの内部に徹底した美学の砦を築く。いま読み直せば遊戯笑語、狂言綺語の類いにすぎず、風狂の徒の愚かさと感傷ばかりが目だつ。また四十二年晩夏から一年半にわたった生き死にの大患を顧みれば、美学といいその詩法といい、所詮は人間のはかない営みではないか、との自嘲さえ湧く。五十一歳にして初めて出す詩集という気負いも、また喜びもさらさらない。

とは云え、快癒後の新生を思えば、おのれの生腥い無明の闇の底にやっと見出した神性を詳明するためにも、無理は覚悟の上で、やはり出さなければならぬものであった。

加えて、この狂躁の男にも多くのあたたかい友情の手が差しのべられた。まずALMÉEの同人諸君。特に編集から校正まで、すべてを手がけてくれた黒田達也、崎村久邦の両君。それから太宰府天満宮宮司の西高辻信貞氏、久留米の丸山豊さんなどの先輩知己。静養中、何かと配慮を給った伊藤研之画伯、主治医の末次勧氏、題字を心よく賜った野中朱石氏。

この外、土曜会の若い詩友諸君。面倒な出版を引き受けて下さった思潮社の小田久郎氏など、これらの人たちの御厚意なくば、おそらくこれまでと同様、この詩集も遂に陽の目を見ることはなかっただろうと思われる。ただただ有難い。

以上、何やら面映ゆく、口ごもりながら、あとがきならぬこころ覚えを記す。

昭和四十六年九月十五日

一丸　章

詩集

呪いの木

［一九七九年］

木に懸けらるる者は凡て詛《のろ》はるべし

新約聖書・ガラテヤ書三章十三節

呪いの木　Ⅰ

切る

切る　胸を切る
切る　腐った肉を
切る　腐った骨を

切る胸を切る腐った肉を切る腐った肋骨を切る切るおれのすべての愛を生を死
を妻を子供を女を切る友人を切る切る切る切る日本を世界を宇宙をおれの未来
を過去を今日を切る切るあらゆる放送局を新聞社を文化人を実業家タレントを
アナウンサーを教師を巡査を大臣を県知事を市長を局長を部長を係長を商人を
切る詩人を切る最後におれの詩も　切る

それでも左胸の瘻孔からなお滴り落ちる血まじりの膿汁
……今やこの罪の滴りがおれのすべて
とすると切るのではない
切られたのだ　誰に？

空に
世にも爽やかな戦慄に雲を切り
十字架の形をして飛ぶ肋骨の二本

呪いの木

1

しんどい梅雨だ　降ったり照ったり
緑膿菌の毎日だ　女は朝からわめき通し……
おれは黒く毳《けば》だった錠剤を噛みながら
ピンク・ムードのコントを書いている

理髪師みたいに手馴れた指だ
ペン胝《だこ》をちょっと舐め　おれは贋造紙幣を数えはじめる

一枚　二枚　三枚……モダンなアパートのとんだ番町皿屋敷
おれはただ自分を殺しただけなのだが
バスルームの湯垢のなかからは
すっくと女の亡霊が現われる
空いっぱいの哄笑　蠢く恥部　また雨が降ってくる
都心に近い部屋だからよく見えるのだ
毛むくじゃらのテレビ塔
おお　おれの呪いの木

2

ナイターの球場にも建っている
呪いの木
雨の晴れ間のほんのすこしの憩いの視野に
呪いの木は燃えている
ネット裏からテレビカメラが映すのだ
——ズーム・イン

火焙りにされるおれの裸身が近づく
胸の傷　背の傷　脇の下の傷　腕にも足首にも五寸釘を刺され……
——ズーム・アウト
遠のくはずの嫌な手術病棟の記憶なのに
やはり近々と見えるのだ　手術室の固い木の寝台で踠《もが》いているおれが

Bカメラに切りかえろ
遂におれはカメラマンをどなりつける
——ズーム・イン
それでもやはり見える呪いの木
——ズーム・アウト
なおありありと見えるのだ　おれの木の寝台の上で
戯れている女と船員上りの若い男
呪いの木は女の内股に燃えている

3

梅雨はまだ終っていないのだ

高々と呪いの木に懸けられたのはおれの生れ月・七月なのに
雨はなお降り止まぬのだ　呪いの木からの血の滴り　雨垂れ……

干割れたビニール雨樋の下に肋骨が二本ころがっている
あれは骨からぬきとられたおれの罪と悔恨
町の砂漠につづくこのダマスコの野原に
肋骨は白の花を咲かせるはずなのに
まだ現われぬ蘇りの奇跡　肋骨は雨晒しのまま呪いの木となっている
遠くビルの屋上塔　終末のようにくねっている高速道路《ハイウェイ》
空にも呪いの木は燃え
なお女の内股に燃えている呪いの木
世界中の血を流し尽し　おれのひとりの男は遂に息絶える
呪いの木固い木の寝台の上で
血まみれの分銅の首が音もなく垂れる

だがこの時からだ　呪いの木のひとつの声が聞えはじめるのは
この声は鎖の鞭　軋みながら火花を散らしまずおれの額を貫く

眼を焦す　頬骨を割る　歯を砕く　舌をちぎる
ふやけたおれのセックスを灼く　ケロイドの醜いおれの傷痕を灼く
だからたまらなく痒いのだ　おれの軀の十字架が呪いの木が……
梅雨の粘液に濡れ　呪いの木は傾いている

4

夜の洞穴のなかでも立っている　呪いの木
呪いの夜闇でもこの祈りの木があるためにおれの言葉はやさしい
絡みつく蔓　光蘚の湿りにも応えねばならぬ
しんどい愛撫だ　つらい雨の夜だ　女の寝息を聞きながら
雨だれの痙攣につづく夜の果てを待っている
呪いの木に陽が懸かるのを待っている

濁った朝露というな　凋んだ紫陽花というな
呪いの木を映す夜明けの池　おれの地獄にうかぶ蓮の花を
罵るな　責めるな　あれは女の神秘捏造《ミスティフィカション》
呪いの木から滴る脂にすぎぬのだから……

嘲笑《わら》うな　素知らぬ顔に摘むがいい
呪いの木の頂きに飾ってやるがいい

5

呪いの木の上にも朝はくる　宙釣りにされたおれの来歴　裏返しにされた時間
呪いの木の下の食卓には　踞《せぐくま》った腸詰　おれのセックス
呪いの木の上の絹の寝台には　花キャベツの青年　二十のおれ
呪いの木の下の食卓には　コーン・スープ　コキュの味
呪いの木の上の固い寝台には　黒光りする旗魚《かじき》の青年　あいつだ船員上りの若い男……

呪いの木を空に返せ　呪いの木を地に埋めよ
呪いの木のあの切ない呻きが聞えるばっかりに
おれは誰も憎めぬ　呪えぬ　誰も殺せぬ
喚けばおれの軀の呪いの木・傷痕の十字架が
真昼というのに軋むのだ　雨だというのに
シャベル・クレーンになって歩むのだ

季節にはやや早い遠雷　怯える女の繊い肩を踏み蓮の花を踏み
現代さえ踏み　永遠という怪物になって歩むのだ
泥だらけのおれの左肩の断崖　なおも血を噴く傷痕
おれのなかに寒々としてひろがる切り通しの坂道　赫土の肌に
あの五寸釘のメスをつきさしたままの蛇が這い廻る
言葉だ　女のいやらしい唾液に濡れたあれが地上の愛だ
女の白い脛に締めつけられて　かすかに顫えだす呪いの木
またしても女の内股に燃え上る　呪いの木

6

灯油の雨に濡れ　呪いの木は呻いている　呼んでいる
あの声が聞えないのか　鼻声でおれの名ばかりいう女
もしかすると女はあの声を　アポロの騒音と聞きまちがえているのではあるま
いか
あの呻きはおれの愉悦の声ではない　あれは呪いの木からの啓示
人間の名に価するただひとりの男の声
聞くのだあの声を　細くやさしく澄んだあの声に聞き入っておれば

やがて呪いの木は二人の救済　あの声はおれたちの
——脳髄になる
——頭髪になる
——額になる
——眼になる
——舌になる
——歯になる

7

長くつらいおれの八月の昼を
呪いの木は何かしらじっと耐えている
女たちの〈陣痛《レイバー》〉よりもはげしい日日の〈労働《レイバー》〉……
それよりもなおはげしい苦痛のままに人間共の汚物を浴び
うら若いあの男の魚くさい分泌を浴び
女の夏の渇きのなかに震えている
滴りおちるのは汗ではない血だ　おれの胸の瘻孔から流れ出す血膿
髑髏の眼が瘻孔から宙を睨んでいる

古代洞穴の不気味な闇を瘻孔は湛えている
――いや　声をあげるのさえ痛いこの深い瘻孔は
女のヴァギナだ　おれには謎としか思えぬ女の陰湿な秘密
美と呼ぶより外に言葉もない女の永遠の部分
覗こうにも覗けぬおれの陥穽だ

陥穽は火を噴く　瘻孔は火を噴く　ヴァギナも火を噴く
呪いの木もヴァギナのなかから　火柱となって燃え上る
やせ細ったおれの夏の果て　荒野の人知らぬ焔だ
火の刺が肌をさすサボテンとなった呪いの木
〈時〉がとりすました隊商の表情にひっそりと過ぎて行く
〈死〉が目まぜしながら不遜な軍列に過ぎて行く
揶揄・好奇心・嘲弄・毒舌・陰口　すばしこい縞馬たちが過ぎて行く
この時〈愛〉は焼けただれた素足よりも惨めだ
背のひどい傷痕に呪いの木が重い
わずかに横になっても　灼けた小石が茨が薊《あざみ》が　痛い

8

夜が来た　女が男と消えた町外れの丘の上のホテルにも
呪いの木は燃えている
ネオンサインとなって燃えながら　やさしい声でおれをたしなめる
……〈忘れることだ　忘れてやることだけが愛〉
それでもおれは二人を追ってホテルに入る
水青の回転ドアを赦しもなしに押す
愛と憎しみと　憎悪と怨みと　怨念と愛と瞬時に変わる回転ドア
水青の憤怒に階段が棺のように軋む

横穴よりも暗い廊下だ　紛い物の装飾壁画がつづく欲情の壁
おれの古代幻想の洞穴よりも煤けた廊下の奥の部屋だ　裸のままの男女
それさえ紛い物の春画だ　おれはなお奥へと進み
原始の洞穴の行き詰りにエロスの秘密を探ろうとする
そこにも呪いの木は立っていたのか
そこにもおれのように呪いの木の傷みに耐えかねている男はいたのか

男はどのようにして女を抱いたのか
女はどのようにして男を受け入れたのか
男はやはり女を組み伏せたのか
女はやはり男の肩に歯形をつけたのか
時として聞える獣めく男女の声と声……

――だが呪いの木は応えぬ
応えるかわりに呪いの木はまたまた夥しい血を流す
おれの流す膿汁にまみれ　頭から女の汚物と男の魚くさい分泌物を浴びながら
身動きもせずに立っている
そうしていま再び迎えた不眠の朝を
愚かな疲労と情欲のまま　女の股に締めつけられているおれの呪いの木
血走った刃を朝焼けの空に向けている贋の呪いの木

9

呪いの木の上で悶える男　おれの疲労の日日に
空さえも罅《ひび》割れた　鋳型の夏

百日紅の微熱のままに　呪いの木も燃える
おれも燃える　女も脂を滴らせ燃え上る
女の息は相も変らず魚くさい　湿疹の情欲だ
脂を滴らせながら　女は灼けた砂原を覗かせる

贋の呪いの木は　灼けた砂原の白い墓標だ
凋んだ昼顔の蔓が　この夏の塔にからみ
宙に伸びた女の脚も　呪いの木にからんでいる
だが物憂い夏の死の繰返しのなかで
呪いの木は銛だ　萎えた昼顔の萼を刺す
呪いの木は銛だ　背中から脇腹へかけておれを串刺しにする
水晶の銛だ　傷口にも百日紅をひとつのロマンを花咲かせ……
傷口からは膿汁とともに蛆虫が落ちる　甘酸っぱい齲歯《むしば》のように
いや　これはおれの夏の貴重な〈屈辱〉の宝石
女は宝石を指に飾ってVサインをする　長く暑い夏の争いも終ったというらしい
全裸の軀いっぱいに木槿《むくげ》を咲かせ　おれを誘いかける

そのくせどうしようもない体臭だ　魚くさい口臭だ
おれは呪いの木の上に逃げる　水晶の銛に刺されたままのおれのセックス
おれは手を広げたままの格好で凍って行く
女はわめく〈ああ　あなたはだんだん透明になる〉
女は泣き笑いをする　身を捩る
そんな女の背後から　ずっかと押し掛かり
呪いの木は　まぎれもなく鋼の起重機だ
女とおれの宇宙まで釣り上げる
釣り下げられた二人の下のアンドロメダ星雲　伸び縮みする

〈時〉　呪われた夏

10

呪いの木
呪われた夏
八月十五日の美しい幻影でさえ　もはやおれを救わぬ
呪いの木を背負ったまま　おれは川べりの夜店の前を這って行く
つつましい家畜のマスク　だからとある仮面屋に居すわってしまうのだ

色とりどりの仮面　数々の仮面
――愛について
――美について
――善について
――悪について
――生について
――死について
――永遠について
――時間について
――国家について
――歴史について
――道徳について
――教育について
深夜のひとりの戯れだ　次々と仮面をつけてみては
呪いの木の重苦しい日々を忘れようとする
おれの背から　無用の鍵となって呪いの木が落ちるのは何時か

この時だ　またしても聞える細く澄んだやさしい声
声は背中の傷痕にも胸の傷痕にもひびき　火を噴きあげて
一瞬のうちに呪いの木を燃え上らせる
夜の果てに火柱となって燃え上る　テレビ塔
暗く澱む河口の橋の上で仰ぐ　呪いの木だ
贋の呪いの木は何時か橋桁となって沈み
女も声のなかに呑まれ　防波堤の向うに消えて行く
声ばかりがおれの〈救済〉　声は岩壁の灯台の灯だ
低く高く　またある時はきびしい約束を促す声
あの声こそ〈時〉そのものだ　永遠の……

呪いの木の上の血まみれの男の呻きに
なお燃え上る深夜のテレビ塔
おお　おれの呪いの木　おれの復活

深夜の電話

深夜　病院から電話をかける
術後のまだ罅割れたままのおれの心臓そっくりの赤電話から
町なかのあるアパート「愛の館《シャトウ・ダムール》」の一室に
そこには娘をかかえたうら若い寡婦《やもめ》が住んでいるのだが
——ママ今夜いないの　散歩よ
聞えてくるのはおれの苦手の娘〈聖霊〉の声
——こんなに遅く　どなた？
続いて思いがけなく老婆が塩からい声をだす
そうだ　忘れていたがついこの頃やってきたという〈死〉だあの声は
聞えてはならぬはずの声に怯えおれはあわてて受話器をおろす
それにしてもこの深夜　彼女はいったいどこへ行ったのか？
どこへ？　おれは消毒液くさい指で忙しく宙にダイヤルを廻す
まず深夜喫茶「偶然《ル・アザール》」新しい愛はたいていそこで生れるから
それからナイト・クラブ　ボーリング場　アングラ酒場

ゴーゴー・ホール　シー・スルーのスナックなど……
昼間はつつましいセーター姿のよく似合うあいつも
いま頃は紺のタイツのサイケな牝鹿になっているにちがいない
おれが聞きたかったのはそんな獣の声だったのに
それが〈聖霊〉だの〈死〉だのがでてきては
看護婦のおそろしい眼を盗んでまで電話をかけた甲斐もない
おれのなつかしい〈官能〉はどこへ行ったのか
次々とおれはなおダイヤルを廻しつづける
漏れたあの胡頽《ぐみ》の実をつまむ時のように……

そうだいま頃あいつはきっとあのホテルにいるにちがいないおれの知らぬ船員上りの青年と二人それだから時々見舞いにくるあいつの息は生臭く笑うと滑った鱗がとんでいたものだきっとそうだあのホテルだ共同墓地の丘に近い罪の意識よりも甘く澱む青い淵を見下す部屋の人工の闇の中の赤い絨緞に転っている錆びた金属製の皿と引き裂かれた肉そのもののように蠢いている安楽椅子それに寄りかかる輪切りにされた裸身いやそれは前菜で脂煎りされた男根と捩れた血管の透けて見える内股の襞に腐っていく黒麦と向日葵とどくだみの白い花弁

が見えかくれする遠い地中海の真昼のベッドのどぎつい料理が残っているその
食卓の寝台がおれが生命を賭けてのぼった細い木組みの手術台・呪いの木にな
ろうとは硫黄が耳の奥でくすぶりだす乾涸びた棒鱈のおれの性《セックス》そのものを焼く
時のような匂いがするおれのホセアが火焙りにされるのだその脂の滴りがまた
しても胸の瘻孔から噴きだすこの膿汁にまみれた鉗子の指で今こそ〈終末〉を
告げるダイヤルを廻せあの二人の死者が棲むホテルを焼くための声をだせおお
今こそあの町なかのアパートならぬホテル　〈愛の館《シャトウ・ダムール》〉を滅すための……

それでもおれの指はやはりあのアパートにダイヤルを廻す
愛といえば甘いがホセアが教えた新しい戒律の番号だから
そうして再び聞くあの〈聖霊〉の声の何とやさしいことか
老婆の〈死〉の不吉な声さえ忘れ
おれはもう人間の誰にも電話をすまいと思い
ゆっくりとダイヤルを廻す
〈主よ　お話し下さい　あなたの下僕《しもべ》はだまって聞いていますから……〉

七月譚

1

七月
夾竹桃の捩れた臓腑のなかの運河
呪われた夏の跳橋に
雲の胎児　太陽の屍臭の影
残照の膿汁　迸り
聖なる記憶は血で染めねばならぬ
気紛れな祈禱は抹殺せねばならぬ
死は素掘りの運河の澱んだ水明りか
乾いた生の重みに崩れかける跳橋
人はその脆さに耐え
古風な霊柩車めく〈時間〉の通過を待たなければならぬ
——それは交通《インター・コース》と呼ぶつらい苦役

——それは性交《インター・コース》と呼ぶ物憂い営み
——それはまた霊交《インター・コース》・神秘な暗号
この不思議な狂気の薄明に　七月の嬰児は生れ
夾竹桃のなかの愛の亀裂に血膿は流れ
岸辺には白いペンキ塗りの水位標が見えかくれ
跳橋のほとりに立っている呪いの木……

2

七月
鮫肌をした娼婦の住む黄色い部屋　涼月亭二階の四号室
青磁の臀部を見せ　おれの美神はベランダから尿《いばり》を流す
運河は代赭《たいしや》いろ　涙ぐんでおれは茫然　南国の河畔を思う
カーテンも優雅な几帳もないベッド・ルーム
愛すべきこの水上生活者の少女を求め
誰が夜の跳橋を渡ってやって来るのか
タルソ人《びと》のサウロ
それともキリストになる前のイエス

或いは傷だらけの盗賊・袴垂
美学の徒を気取る職人《アルチザン》・贋金作りの詩人
流竄《るざん》の貴公子を装う偏執症《パラノイア》の数学教師
またはシルク・ロード伝いの異邦人――
ともあれ取りすましたその緑の仮面をとれ
炎暑の熱気に濡れた土着を脱げ
ここは赤裸々の夏
七月の果ての運河
干割れた火星の縞目に満ちてくる潮くさい原罪の上に
少女の尿の泡が護符のように散らばっている
だから少女の性器は夾竹桃の花よりも清潔……
無垢の花弁　絶対の娼婦
聖なる官能《エロス》よと叫び　おれは再び祈り始める
七月はこの奇蹟の運河の上を
水かげろうの啓示と共にやって来る

3

七月
氷河のゆるやかな速度に狂熱の運河は流れる
跳橋と交叉する夜の殺意
血のいろをした不浄の鯨油を流す夏の裂け目
跳橋は蛍の塑像を砕き　青闇に揚がり
なおも高々とそびえている白い呪いの木……
少女と共々おれもこの断罪の木に掛けられ
姦婬の罪　美の冒瀆　言霊《ことだま》を穢す瘋癲《ふうてん》
絡みあった蛇そのままの姿で息絶える
最後の血膿を運河にしたたらせ
――おお　狂乱の歌声　産声と断末魔の呻き
この時　運河は原始のような静寂
祈りは遂に波紋となって　屍体を燃える海におし流す
跳橋は再び仮死の遮断機を装い
夾竹桃の凍った眸の裏に　夜の敵意を漂わせ

月はいま天心　呪いの木はおれの透明な肋骨で終末論《エスカトロジイ》を組み立てる
夏の極みに蠢く現代　ひとつの終末
夾竹桃はその頽廃凄艶な流動の戦慄
千の口唇と千の柔らかい肉の宝石がきらめき
毛深い脛毛を見せて宙を蹴る運河は
二人の死者を呑む　夏の獣
跳橋は活ける水の流れも知らず
木乃伊《ミイラ》の寝姿をして河口の彼岸を目ざす
あらぬ敵意におれの生誕の秘密を睨む夜の跳橋
——この苦渋を何と名付けよう
不穏な木乃伊の手が虚空に伸んで　呪いの木を摑む　無名《ナーメンロス》の跳橋
血膿と汗にまみれ凝縮された　ただ一回の〈時間〉　呪いの橋
そうだ〈呪いの橋〉　そしてまたの名は〈夾竹桃橋〉

4

七月
呪いの木のほとりの呪いの橋　夾竹桃橋　暗い夏の橋

おれの生涯も遂にこの古びた跳橋のごときものか
運河を下れば即ち河口　老年の海
象徴の松林の闇に　淫靡な梟が啼き
跳橋は即ち一艘の古代幻想の丸木舟
波と楯のだんだら模様も美しいショウ・ボートとなり
赤　紅　紫　緑　青　橙　都会の狐火に浮び
さてはアルプス山頂の朱　永遠の視点
日本海溝・海底八千メートルのマリン・スノウの純白虚無の情熱
蒼白のシベリアの空　ツンドラ　灰色《グレイ》の尖塔
死海の生臭い水青　緑青の光を放つチベットの山湖
切り刻まれる脳髄の痛みに喘ぐ日本列島
それら華やぐ地獄の火花を散らし
天翔る跳橋よ
飛べ！　言葉なき不吉な予言の町を離れ
入海の端　人間の存在そのものの陸繋島を越え
その鶴の首のような岬の砂浜・ひとつの接点を断ち切り
飛べ！　呪いの木を翼に　豪快なおまえの速度で……

七月
夾竹桃の交錯する銀河系のなかの運河
活ける水の上の跳橋に
蘇るおれたちの〈時間〉　おれの生誕の〈時刻《とき》〉
夜の殺意も東雲《しののめ》のやさしさに消え　呪いの木をなまめかしく包み
玲瓏たる老衰　豊饒華麗たる転生　おれの死
——七月の朝は祈らねばならぬ

晩夏の流刑

噴きこぼれる血膿の律法　百日紅の燃えしきる狂気の道を歩む
瞑めたる夏の狂熱の道を歩む　背は呪いの木　呪いの歳月の傷痕を耐えながら
荒寥の砂漠地方から　玲瓏の死海　聖なる岸辺へと歩む
呼ばわるべき御名もなく祈りもなく　空に悪しき腫物《はれもの》蠢くきょうの残照
白く乾いた石畳の照り返しは　兇悪な亀裂の肋骨に遠雷を軋ませる

悲愴な「時」の稲妻　引き裂かれた宇宙の傷を縫う謎の曲折模様《メアンダー》
妖しげなこの原色の楔形文字に沿うて　血膿に濡れた迷路はなお続く
晩夏の物憂い葬列の鐘鳴らし……

傾いた地軸　傾いた空　傾いたままの呪いの木に懸けられ
太陽も股を開いたまま　錆びた鎖の欲情に血膿を滴らす
華麗にも匂いたつ淫靡なこのアーチをくぐれば
山の頂きから水晶の仮面をつけたジプシー　大いなる挑発の女神が走ってくる
髪は青みどろの沼　肩に蝮のせめぐ湿地帯　乳房にはたわわな虚無の塩
臍《ほぞ》のまわりの花壇には黝《くろ》ずんだ頭蓋骨の破片《かけら》を覗かせ　全裸の女が走ってくる
おお　その素足にも纏わる百日紅の血膿　灼けた劫初の砂　朱の認識
石畳の道はわずかに曲り　女の柔毛《にこげ》の奥へと続く
ひとしきり燃えてまたきらびやかに見える曲折模様《メアンダー》　女の内臓の迷宮
呪いの木と呪いの木の影がその上に　卍模様に重って
百日紅の茂みは異形の奴隷　「永遠の現在《いま》」というしかつめらしい修羅を蘇らせる

百日紅の血膿に怯えながら　やがて倒れ伏して眠る女に沿うて歩む
捩れた腕　捩れた胴　汚れた歴史の襞に沿うて歩む
近代都市の断層　崩れおちた文明の恥部に沿うて歩む
――聖なる岸辺はまだ見えざるか
――永劫の海原はまだ見えざるか
蒼白の額に夜の儀式の蔓を這わせながら　ほのめく百日紅の体臭のなかを歩む
手さぐりのかなしい習性だ　削りおとされた肋骨を松明がわりに
夜の内部の隠微な時刻《とき》　呪いの木の影に伸び縮みする道を歩む
呪いの木よりもざらつく鮫肌の石畳の道　流刑の道を歩む
その果てに見えるのは　廃墟の牢屋の石の寝台　固い手術台
あの残酷な記憶のなかで　消えがての懊さながら見えるのは
古ぼけた矜持　それとも穢された青春の神統記《テオゴニー》？
水青の灯をともし　狂暴な牡蠣のようにひとりの男は歩む

それにしても　百日紅の濃い茂みばかり続くのは何故か
夜の向うにまた立ちはだかる素裸の女　仮眠から目覚めた灰いろの肌の女は
噴き上げる血膿に柔毛までを熱く浮遊させている

夜の水母の白濁した「存在」よ　その重みに背の呪いの木は化石よりも荘厳だ
人はその瞬間　蘇る　人はそうして新しい生命を得るというが
真の蘇りはあの魔性の女　血膿の腰にも幻の花咲かせる〈死〉　そのもの――
呪いの木はこの時　傲慢な都会のスチーム・ハンマー
現代の夜を呪い　町なかの古代墳墓の側に突ったつ鉄のトーテムとなる
交合の喘ぎさながらに地響きさえさせて　男の背の傷痕から再び肋骨を抜く
立ちはだかる女も塔だ　呪いの木そのままの肌ざわりに
百日紅の血膿の焔にも焼けぬ不死の塔だ　そのほとりを
甘酸っぱい火薬の匂い　密輸業者の水虫の指の匂い　石女《うまずめ》の無垢な性器の匂い
死者たちの腐肉とともに歩む
やや塩くさい匂いのする百日紅の道路公園《ロード・パーク》　血膿の迷路を
遠い朝焼けの雲を見せる呪いの木とともに歩む
――聖なる岸辺はまだ見えざるか
――永劫の海原はまだ見えざるか

夜の極みに血膿を飛沫《しぶ》かせる呪詛と祈禱の現代神話　百日紅の闇
呪いの木の見えかくれする女の素朴な肉の痙攣に

血膿の闇はふくらみ　茂みを海とざわめかせ時ならぬ流氷の波をうねらせる
ここにも浮遊し流動する白濁の「存在」　そのはげしい霊的浮上《レヴィタシオン》
呪いの木は錆びた浮き灯台となって　女の胸にも思いもかけず見出したのは
赤茶けた傷痕のケロイド　閉じられた水門の不気味な沈黙
呪いの木はここでは遂に雨曝しの竜骨だ　横たわって萎えたまま
空洞めくドックに　血膿ばかりの油でまみれている
それでも水門は開く　女は丸木舟となって横たわり男を待つ
呪いの木の影の呪いの道尽きて　海は展がるのだ　背の傷痕の底にまた女の胸
に――

誰が再び誘うのか　あの沖の岩礁　固い石の寝台に
誰が招くか　血膿と粘液が洗う傷心の呪いの木　屹立する手術台に
誰が呼ぶのか　丸木船と重なる百日紅のなかの侏儒《しゅじゅ》の官能を
漂う丸木船の舷にはありありと見えるのだ
またまた削られる男の腐肉や骨や血管の屑や　夥しい筋肉の切れ端が……
恐ろしい百日紅の海だ　血膿のなかに凝《ここ》る憎悪の眼の走る魔の海は
再び死と交われという仮象の世界か
女の肩にせめぐ蝮の毒液のけだるさに短い夜が明けると

処刑の時刻《とき》だ　弄ばれる娼婦さながら呪いの木に懸けられて
男は百日紅の血膿にまみれ　切り裂かれた傷口をあられもなく人目に曝す
身を被うべき白布の一枚だになく　何という屈辱
男はただ血膿の海　百日紅の眩暈のなかに再びかの謎の曲折模様《メアンダー》を見る――
――あれは女の内臓にからまる下腹部の静脈
――あれは干上った血膿の海に見る未知の地形図
――あれは新しい血を流すための啓示の書

そうだ　百日紅の海の流氷を分け入って渡る第二の流刑
忘れた大陸の戒律　極北にもそそりたつ呪いの木を目ざす新しい出発だ
見るがいい　百日紅の茂みのしなやかな隕石の爆発
天の極みまで跳ね上る血膿は無限の空行く軌道
女は巻貝　肉桂いろの渦巻きを内部に見せ　指に瑞瑞しい稲妻をかがやかせ
彎曲した背骨に沿うた星雲の道を指し示す　この時
海を渡る老いた白鳥は男が初めてこぼした精液
即ち百日紅の魔の海　揺れ動く晩夏《ヒユグラ・ケレウタ》の海の流氷のなかの血膿の道も
――永生への蒼古たる道　海の流れる道

人間の　世界の　宇宙のいずれにも通じる確固たる一つの王国
呪いの木の指すあらゆる方角に向う融通無礙の道だ
男はゆっくりと血膿のなかに金髪となった女を抱く　呪いの木を枕に……

噴きこぼれる血膿の律法　百日紅の散る冷涼の道を歩む
晩夏の流刑の朱の足枷　百日紅の花弁を足にしゃらつかせながら歩む
背の傷痕へも続く一条の道を　呪いの木とともに歩む
もはや生も死もない　百日紅と空と海と喜びとかなしみと
この一如の道を晩夏そのものとなって歩む
——聖なる岸辺はまだ見えざるか
——永劫の海原はまだ見えざるか

闇の舞台

近代の奈落蜃気楼よりも明るい駅前地下街へ
ひとりの死者が降りて行く　蘇りの証《あかし》もなしに——

ロゴスとパトスの退屈な振動　回帰するエスカレーター
人間と人間の宿業を張りつめた純粋の床《フロア》
無垢愛のモザイク模様の壁　色褪せた天井　紛い物のシャンデリア
猥雑に屹立する権力の円柱に纏いつく影は何？
螺旋階段の物憂い歴史の曲線を辿り　なお降りると
奈落の底にふさわしく人工の泉がある　狭い舞台がある
誰がしつらえたのか　流動し躍動する神聖王国の祭壇　闇の舞台
死者は　ああ　またしても呪いの木を錫杖がわりに振りかざし
流謫の老名優よろしく忘れていた台詞《せりふ》を吐く
きのうの祈禱を思い出す

国家よ　装われた金襴を焚く眩暈の大地
血膿を流し崩れおちる腰椎の影うつす　ホリゾント
わが現代よ　そこに蠢き交尾する衆愚のぞうり虫
眼を見よ　わが眼は峡湾を潜航する氷山の触覚
唇《くち》を見よ　わが唇は人間さえ喰うた宿命《モイラ》の悪鬼
手を見よ　わが指は天心を貫き　頭蓋から子宮まで串刺しにする古代銅鉾

掌には炎天の青田風そよぎ　神がかりする巫子の秘儀を見する
胸を見よ　胸は肉のすべてを削がれ　神意を顕現せんがために
肋骨の擦れ合う暗い胸腔を覗かせている
――こここそ真《まこと》の舞台　死者の蘇りにふさわしい祭壇
潮くさい呪法の声明《しょうみょう》　白骨の弾ける銅羅を高高と響かせて
全裸の踊り子が迫り上ってくる　発情した現代の巫子
わが女神にして母　母にして情人《おんな》・比売《ひめ》大神《おおがみ》ヒミコ……
わが聖母を見よ　のけ反《ぞ》る肢体　脂ながれる腰
見えない世界を縫合した魅惑の恥部　艶やかな鶏冠《とさか》
あの狂熱の盃に　流血の毒酒を盛れというのか
そうだ　今は暗殺の季節　混乱と偽証と凍った微笑《スマイル》の時代
かつての賢者も尼僧を犯し　碩学の徒も詩人も
エロスと化した稲妻に媚びる時代
自由の城壁・美の女王国の物見櫓にたてば
見晴かす草原は動く　律法の山津波　またも蠢くぞうり虫の奔流
精緻の精神《エスプリ・ド・フィネス》　あの鹿砦も遂にむなしいのか
――されば　はやおれは滅ぶ　おれは蘇る　おのれの屍体を美のコピーとして

——淫靡なる地上よ　さらば

奈落のどん底　地下街の舞台はゆっくりと移動する
闇から闇の奥への変容　美の復元だ
地軸の脊椎のわずかな彎曲に沿うたまま
舞台は動く　蘇った死者の聖なる肉体そのものになって
闇の舞台は動く　人類と呼ぶ虚構の洞穴を
呪いの木を梃子《てこ》に〈無〉の鎖を響かせて
恐怖に充ちた苦渋の迷路を　新しい神話の風景にしながら進む
その極みは　とある宝石店の飾り窓
ひとりの男・栄光の死者は　小指ほどの華麗な胎児となり
共に目覚めた仮眠の娼婦の秤の皿の上に蘇る
永劫の闇の　馥郁とした舞台に蘇る
——秤の目盛りは零　生と死と美の危うい平衡を示す
寂寥の地下の舞台　かくて呪術は即ち新しい文明の歌となり
何時しか呪いの木は巨大な水晶の楔
ひとつの発光体となって傲慢な断層群を睨んでいる

冬の法廷

クリスマス・イブの時ならぬ驟雨に濡れ
傲れるひとつの傷痕が歩いている
荒廃の町の古代城壁に沿うて　傷痕は火を噴きながら歩いている
袈裟がけに斬られたままの綴れ織の肉　その奥にちらつく聖なる鹹湖《かんこ》の岸
肋骨の砲塁を囲う砂丘　黝ずんだ抒情のミイラたち　焦げた鹿砦
傷痕は狂気の眼窩に歴史の風紋を見せ
砂漠の果ての血膿に濡れた石畳を〈無〉の広場へと急いでいる
——広場にそそりたつのは　朱に染んだ王の高宮《エ・サギラ》
突端に生と死の光芒を点滅させる異形の塔
呪いの木の見え隠れする　冬の法廷

蜥蜴が季節外れの青麦穂をそよがせる不吉な闇
淫靡な傷痕の腐肉は　呪いの木の呪文に促され　岩漿《マグマ》の飛沫《しぶ》く血膿を再びこぼ
す

初潮よりも鮮やかな苦渋　奔騰する言葉　氷河の錯乱
不眠の傷痕は呪いの木の翳を義足に　蹌踉《そうろう》と未知の階段を登っていく
この時　虹いろの鞴《ふいご》・生きた傷痕は
祈禱もなく愛と呼ぶ神話《ミュトス》もなく　まして思想と称する小賢しい男根もなく
在るのはただ血膿の旗鉾と臓腑で縁どられた手術台のドルメン
そして聞えるのは墳墓を揺がす呪いの木の呻き声のみ……
生きのびた傷痕は柔らかな肉をまたしても硬く磨ぎ
血膿の脈うつ砂漠の茸を掘り起す
おお　血膿に泥《ひじ》た辺境の毒茸　棘あるこの世の律法
銀泥の指紋を鏤《ちりば》めた冬の法廷の告発は烈しい
──言え　呪いの木の上におまえは誰を見たのか
──言え　呪いの木の死者はおまえに何を語ったのか

応えもなく鉛の軛を隠した傷痕は
呪いの木の死者の傷口におのれの〈時〉を重ねる
この時　血膿と体液と無限の唾液は入りまじりかすかな震動を起し
天体崩壊の予感にそびえたつ傷痕は　世界を動かす永久機関《ペルペトウウム・モービル》になろうとする

呪いの木を永遠の告知者　栄えある鐘《カムパリニ》の塔としようとする
だから天空に氷河が無慈悲に砕ける時　蒼白の毒茸は秘蹟の稲妻を呼び
四度《たび》　傷痕を切り裂いた認識のメスはペリオポリスの献納塔《オベリスク》となって輝く
この時　流動し拡散しながら現在《いま》を吹きぬけていく砂嵐の血膿は海
恍惚と雪崩れる〈無〉の広場はコンミューンの海
蘇ったひとつの傷痕は巨大な帆走戦艦《ガレアス》となって
虚空の割れ目に華麗な刺青の帆をきしませる
怯える人間模様の帆綱　生命綱　なお血膿の泡立つ原罪　原色の航跡
またもや震動しだす潮流の香ばしい狂乱に　呪いの木ばかりが
美しい均衡を見せて岩礁の上に屹立する
この時　陰湿な傷痕はかれ自からが広大無辺の暁
夢見た美しい塔《チタ・デレ・ペレ・トーリ》のある町の静寂そのものの神域
冬の法廷もさわやかな高所衝動《ヘーエントリーブ》に酔いながらずり上る
——言え　今こそ声高々と言え
——呪いの木に架けられた者の名を言え
クリスマス・イブの時ならぬ驟雨を浴び
焔の傷痕は泥濘の儀式にまみれ歩いている

地霊の祝歌《ほぎうた》　疾駆する肋骨の時刻《とき》の頌歌《ほめうた》　石畳をすべる精霊に導かれ
苛酷なまでに青く透き通った呪いの木の死者とともに歩いている
行手の空の広場はと見ると　そこにも回転している冬の法廷の光塔《マリーナ》
呪いの木の熱く灼けた稲妻の眩暈……

呪いの木 Ⅱ

漏刻台伝説

殺意の朝　漆黒の凍野をすぎ
痘瘡病みの屍　首なしの腐肉よろめく飢餓の街道を
白馬は走る　駅逓《えきてい》の鈴鳴らし
白馬は走る　律令の鈴鳴らし
瞽女くずれる断崖　愛と呼ぶ分水嶺
情あるいは意という鹹湖を渡り
漏刻台のある辺境の町へと
白馬は走る　蒙古《モンゴル》の疾風を巻きおこし
白馬は走る　無情迅速　非常の鈴鳴らし……
漏刻台の物見で女は白い腿を覗かせている
旱魃の空　不能の市街は男の呼吸に喘ぎ
暁闇の畑に　巨亀　蠢く頽廃の町
いまは漏刻に満たす水もない
（捨てられた宝冠のなかからも聞える鈴の音）

（白馬来る　都・撒馬児罕《サマルカンド》からの兇報）
砂塵とともに疾風　近づけば
恐怖に明け初めていく辺境の城壁よ
額にかざす女の掌に稲妻　走り
真夏というに降りしきる鉛の雹
化生《けしょう》の馬のみが宇宙を駆け廻った霊のごとく
汗も流さずに端麗な城壁に沿うて町に入る
（この時刻《とき》　女は湿った光苔の石畳）
（眉間に狼煙を燃やし　女は生きている油壺）
白馬は城壁を蹴り　石畳を蹴り　空を蹴り青い王宮《チタ・サライ》へ坂道を一気に上り　油壺
に影うつす漏刻台　女の塔に呪われた〈時〉を留まらせる　白馬に座して　蒼
白の使者は叫ぶ　青銅の鞍　柳枝の鞭　使者の証しの毛羽だった愛の冑をすこ
しずらし
（開門！　女の股よりもすみやかに）
（鋼《くろがね》の箍《たが》ある論理の扉を開け！）
（わがために認識の扉を開け！）
み動きもせぬ白馬　濁み声蒼白の使者は叫ぶ

ああ　蒼白の使者　凍野の彼方から歴史の闇を疾駆し来たった白馬！
白馬嘶けば言葉は石畳の破片と化し　王宮の背後の砂丘は雪崩れる　音もなく
〈時〉も雪崩れ　仮死を装う女の胸の窪み　官能《エロス》というにふさわしい小屋を焼
く　夏の羞恥に時ならぬ狂気の地震は楼門　正殿の柱をゆがめ　煉瓦と煉瓦
時刻《とき》と時刻《とき》の漆喰にひび入らせ　恐怖と猜疑　猜疑と恐怖　恐怖と恐怖　猜疑
と猜疑　に白骨の房室《へや》で密告の男は火薬庫の鍵しゃらつかせ　王たる者の不吉
な未来を占う　石の寝台を砥石に夏の刃を研ぐ　ひとりの奴隷は発狂　男も砂
埃に庭園に湖の岩礁の塔を見る　白塗りの漏刻台を縛り首の死刑台と見る
乾いた石畳に女を犯す者は誰か
もはや〈時〉とてもないこの辺境の都市国家凋落の肉体
人間の末路を知るものは誰か
都からの白馬か
殺意と憎悪ばかりに明け暮れる男の肋《あばら》の枯れた林の老豺《やまいぬ》か
それとも女の茫漠たる腹部の王国を走る貂《てん》？

なお消えやらぬ殺意の朝
兇報の白馬　妖気の白馬　呪詛の白馬は

砂漠を蘇らす呪術に　女を仮死のまま腐らせ　真昼の城壁を越え　漏刻台を越え　女の膿汁を雨と降らせ　〈時〉をまた動かしはじめる　女の屍体を首まで埋め　幻花と咲かせ　新しい王国の美の憲章とする
この時だ　漏刻台はたちまちに　呪いの塔　呪いの木と変わり
昼の彗星・白馬の鬣《たてがみ》を赤光《コロナ》と燃えたたせ
宇宙のすべてを清冽の草原にする
白馬は死霊となった使者を乗せたまま
駅逓ならぬ　星辰の鐘鳴らし
街道ならぬ　律令の軌道を滑っていく
（現在《いま》まぎれもなく世界は　正午！）
〈時〉というにふさわしい〈時刻《とき》〉
だが呪いの木を見た者は死なねばならぬから
聖なる鐘の音の消えぬ間に
奔走する白馬を鎮めよ　女の血は宇宙塵　男の体液は星雲だから
呪いの塔　呪いの木　辺境の都の漏刻台に
常緑の針葉樹を茂らしめよ
白馬は女と虚ろの言葉を納めた銀の柩を引く葬列

漏刻台ばかりが宇宙の縁を彩る純粋無垢の夢と燃えて
砂漠に波だつ〈時〉よ　漏刻より溢れでる海は
これこそまことの幻花　波頭きらめき
白馬はまたしても走る
永遠などというむなしい約束を過ぎ
美と呼ぶ干からびた女の屍体を過ぎ
白馬は走る　漏刻台の鐘鳴らし
白馬は走る　この世の唯ひとつの鐘鳴らし……

わが町・シャルルヴィゴールゴーラ《阿鼻叫喚の町》

夜明け　ネオンの灯が萎えるまで
おれは女の帰るのを待っている
テレビ塔の見える部屋で　疼く胃袋の生酸っぱい欲情を嚙みながら
おれは女を待っている　永遠という名の……
見下す空地は材木置場だから

女の体臭の匂う原始林が擾《ざわ》めいている
明ければ冬至　おれの胸の傷痕から黄色い膿汁の陽が昇る時
空は恥辱の空洞　敗北の火が燃え
原始林のやさしい展望など瞬時に焼き尽す
――あまりにも女を愛しすぎた男の
――あまりにも女を憎みすぎた男の
朝の臨終だ　いや　朝の出発！
唯ひとつの救済《すくい》・呪いの木から飛び降りざまに
おれは大鋸屑《おがくず》の庭　贋の穀物の塔の上にたつ
見わたせば美の地平線　純白の雪の戦慄
テレビ塔も純白　直立する宇宙の卒塔婆となって
茫漠と烟る生き死にの草むらの果てに
おれは見た　砂漠《ゴビ》に続く高原の廃墟の都会
――シャルルヴィゴールゴーラ
おれは見た　無辜の殺戮に滅んだ栄耀の町
――シャルルヴィゴールゴーラ

道は凍土　夕映えともまがう朝焼けの空の下
道は凍土　落魄の陽が這っている
歩く　土踏まずの不気味な白い軟体動物をちらつかせ
走る　乾いた湖のジグザグの道を……
これが現代である　乾いた青い湖《タク・ソール》　乾いた道　乾いた人糞　乾いたバクテリ
ア　乾いた血管のかけらの　俗臭紛紛の人間主義とやらを踏み　これが現代
かつては海底だったかもしれぬ窪みに
臓腑をぬいた女の屍体を埋め
シャルルヴィゴールゴーラ　またの名をマウ・パリク《呪われた町》　惨めな町を
永生の記念碑《モニュメント》にするために　千切れた腸を
空に撒く　胃の腑を土に撒く
苦渋の血液は　聖なる冬至の洗礼《バプテスマ》
……だからこそ神の子は村里をめぐり……
呪いの木から蘇った男も　忽ちに
廃墟の町をかつての黄金の町にする
おお　わが町・シャルルヴィゴールゴーラ
奇蹟のわが町・シャルルヴィゴールゴーラ

マウ・パリクよ　語れ　妊娠線の走る側溝について　それを埋めた高貴な唾液
と体液の光沢について　乳首まで紅玉で飾っていた女の痴態について　さては
また硝子製の精巧な洗滌機《せんできき》と磁石　しなやかな愛の氈《フエルト》の石畳　消えにくい朝の
愛咬　消えやすい夜の香水について　恣《ほしいまま》な殺戮に疾走した兵士たちの蒙古斑
について　美とは何故にそのように脆いのか　何故にそのように酷いのか　し
かもその美の二極分化点
シャルルヴィゴールゴーラの塔よ
修羅の塔よ　廃墟の地獄から屹立し
呪いの木まがいに宙に伸んでいる女の裸身は
雀斑《そばかす》のきらめく彗星の眼差しに彩られ
シャルルヴィゴールゴーラ　死者の町を
シャルルヴィゴールゴーラ　酷寒の町を
空に浮きたたせ　沸きたつ脳髄の黒蘭咲く城塞にする
救済《すくい》があるとするならば　その妖しい美
（それでもなお　おれは裏切り者を許さぬ）
（おれは女を金泥の城壁に塗りこめる）
（怪異な紋章のようにわずかに覘いているのは陰）

歌というものがあるとすれば　この殺意
愛というものがあるとすれば　この紋章への憎悪

冬至の朝である　亀裂の町は　テレビ塔の望楼を中心に回りだし
死刑台の階段　石畳の坂道を
木馬のように屍体を束ね引きずって行くのは不眠の男　蒙古《モング》の詩衛《トルカウト》たち
血走った貂の眼はなお家々の隅を探り
青銅の蠍を放つ　蠍は言葉
言葉は蠍だから　彼らは叫ばぬ　呪文も唱えぬ
ただ弁髪の鋼片《はがね》をきらめかせ
神の帝国《アラーク》・美の王国樹立のためには　背信の女のみかは　この町の鳥獣まで殺さねばならぬ　殺戮という生誕を願うためにはすべての男も殺さねばならぬ
父親に女児を男児に母を犯させねばならぬ　八角十三層の石塔に最後の一人を追い上げ　もう一度　呪いの木に懸けねばならぬ　白衣のその男を復活の聖者というならばそれでもよい　ともかくも今度こそ焚刑だ！　炎蒸の煙　煙　煙　狼煙　幻のシルクロードを来るアラビアの隊商の群れはまだ見えぬか　歴史という不可思議なものを見せる漏刻とやらを持ってくる　襤衣《らんい》・禁欲の商人

はまだ合図の半月旗を振らぬか　喚べば
死の窓際にひろげられた女の肌着に
黙示録の羊皮紙は黒い予言を滴たらす
徒労の花　その染みに冬至の陽は翳り
一条の雲がシャルルヴィゴールゴーラ
呪いの町の迷路をめぐり　歳月の確かさで
蟇《がま》のような兵士たちも　虐殺の城壁を過ぎて行く
その浮因の女の黒い林《カラ・トン》の淫靡さ　臍《ほぞ》に棲む黄金氏族《アルタン・オルク》の夢
あの女こそおまえが待っている女
朝の欲情に悶えるあの女を殺せ
おまえの呪いの木　お前の投げ槍で……
そうしてやっと眠りについた女を刺せば
またしてもおれは見るのだ　純白の雪を透かし
血膿と瓦礫の屍体ばかりの阿鼻叫喚の町
――シャルルヴィゴーラ
朝だというのに腐った眼球の闇の匂う町
――シャルルヴィゴールゴーラ

呪いの木と蝮の塔がたっている白骨の町
――マウ・パリク　わが呪われた町を！

石人幻想　［1］

朝霧《ぎら》う
筑紫の野辺に麗《くわ》し女《め》を枕《ま》き……
戯れたわけて歌いたいが
いまは夜　氷雨そぼ降る闇に
おれは憑坐《よりまし》となって狂うておる
神ならぬ石人の精霊に憑かれておる
石人　おそろしい緑青の石は筑後・岩戸山古墳出土の古代人
生きながらにしておのが墳墓を作り憎っくき大和を睨んだかの反骨の男
筑紫君《つくしのきみ》・磐井《いわい》そのままの偉丈夫だ
いや　それは西国の奇しき伝説　この男は
華麗退廃　狂気の彗星の稲妻を放ち

驕慢のまなざしをする詭弁の戦士
嵐を呼ぶ怜悧な額　狡猾の鉤鼻　海蝕の唇
蝮の化身とも紛う異形の風貌に
氷雨さえも淫靡な脂とする禍《まが》つ神……
銀泥の眼輝き　匂いたつ猪の体臭
殺気だつ旋風起す胸毛に血を滴たらせ氾濫する大河は
古き情念に逆巻き奔流し　今宵もまたおれを狂わす
石は八女《やめの》国特産の阿蘇泥溶岩
おお　その火の山の鳴動する古代九州　西陲《せいすい》の諸島のいつの雄叫び
暗黒絢爛の噴煙　原始の欲情に沸きたつ大地の振動

山を砕き原野を崩し
宇宙の生命を噴出させる真紅の熔岩
雲さえ燃える騒擾の暁闇に
魑魅魍魎跳梁する　湿地帯
をろちと呼ぶ火の蛇がのたうっておる

谷を呑み野を這う悍《あつ》く猛《たけ》き火の蛇は
瑠璃の川を死せる「時」にする
清冽の泉を煮えたぎる「現在《いま》」にする
混沌煌煌の野火
業苦轟轟の山火事
空に霧《きら》う猛毒の滝の飛沫　虹も乱れ
永劫の雁の立ちよろう幻妖の亀甲文字　風炎の詛《とこい》に真昼間の星屑は
白骨となって墜ちていく　美の呪縛の深淵に

聖なる殺戮だ　白骨は彩薬《うわぐすり》をかけられ玲瓏の高坏《たかつき》となり
盛られた白濁の媚薬は海嘯となって燃え上る
この時　天に再び火の柱たち
神憑りした男は灼けたおのが石鉾を打き砕き
青苔のぬめりも厳《いか》つい魔羅を打ち砕き
血膿をこぼす怪異の女神となって飛行する
生きる日の苦渋に焼け爛れた崖を蹴る

女神は火の性の大蛇
血染の谷も野山も海原　さては空までも
真玉手に玉手差し枕き男を締めつけるがごとく
乾坤原始の人間道徳さえ締めつけて砕く
呪言《とこいごと》する火の山の陰部《ほと》は
星雲を飲み　海嘯の息吹きささえ食らい尽し
絶叫し逃げ惑う鳥獣を食らい尽し
どす黒い血の生命ながながと　やがて幾千年
凝りに凝って石となっておる
鮫肌のざらつく憎悪の憤怒の呪詛の凝灰岩の
阿蘇泥熔岩

阿蘇
阿曾　阿宗　阿草　阿相　麻生　吾桑
アソとは　燃える煙を意味するとか
また水の浅い湿地を言うとか
思うに火の山の鳴動ようやくにして静まったその頃

このあたりはぶよつく熔岩原であったにちがいない
いま　そのように灼けてつらい現代の湿地に
おれは反転し　ぶよつく寝台に反転し
眠られぬ夜を石人と共に舞うておる
両腕を翼とひろげ　羽搏いて
空空漠漠　宇宙の果てまでも飛ぶかの女神　比売《ひめ》大神を求め空を飛んでおる
血膿点点の大海原　銅いろの不吉な月明の水平線
岩礁の不逞な波頭を見下して
股長に寝そべる岬の腐肉を見下して
しかもその豊饒とも見ゆる腐臭の波の上に浮く望楼のきらめく窓
石人の眼はまたしても銀泥にうねり輝いて
海と陸　陸と海に踏んばって　向股《むかもも》に海底までも踏み陥し
血だらけの両腕に竜巻を起し
火の弩《いしゆみ》を射る
火の弩を射る
目ざすはおれだ　錯乱のあまりに魔羅打ち砕き
遂には不眠の首さえ打ち落した　憑坐《よりまし》のおれだ

現代を抱き中世を抱き　あるはずもない石人の魔羅まさぐり
火の性の女神の陰部《ほと》に唇をつける男
老醜無慚　無頼老残のおれだ

朝霧う
筑紫の野辺に麗し女を枕き……
戯れたわけて歌いたいが
いまはかくも狂乱の氷雨降る闇夜
おれは石人に憑かれ
眉のあたりに魔の弩を射こまれ
三日月となって比売大神を追うておる
――わが老いを嘲笑うた女に呪いあれ
――わが老いを誇りし輩共に呪いあれ
――詛言《とこいごと》するこの梟のごとき声を聞け
土砂降りの終末の夜さりに
おれは閑雅な古代王国の崩れる音をありありと聞き
魔羅なし首なし　はや祈りとてないおのれの影を眺め

石人と共に冷えまさる筑紫路の夜闇を急ぐ
来見《クルメ》　津武久《ツブク》
安楽木《アラキ》　西泥多《ニシムタ》　端乾墳《ハイヌヅカ》
宇甘井毛《ウカイケ》　八溪《ヤメ》
与志多《ヨシダ》

無限を夢み滅んだ磐井の墳墓　岩戸山古墳の丘をよじ登り　跳躍し
更に南して阿蘇につづく高原に　砕いた魔羅の破片一つ二つが突き刺さっておるのを見る

血膿の匂う怪しげな煙濛濛の傾斜《なぞえ》に
いまは美そのものの雪山となって聳えるおれの神人《よりまし》を見る
現在《いま》の人形《よりまし》　呪いの木を見る
ざらつく古代の土砂を払いのけながら現われた石人も
朱《あか》らひく肌　白き臂《ただむき》　青苔の柔毛《にこげ》もやさしく
沫雪の胸に香ばしい脂滲ませた幻の女神となって
もはや男でもないおれに目交《まぐわ》いを迫る
おお　淫靡にして清浄　放埓にして典雅　宇宙さえも生まんとする女の根源《ウル・ワイブ》の愛しさ

おれは見るのだ　その炎の古代楽園の無政の里《コンミューン》
また聞くのだ　素裸で草原に相抱く男と女
その天地始源の鼓動のままに　再びとよみ始める火の山を……
火の山鳴動　阿蘇噴火す　またもや奔流し火の性の蛇は蠢くが
もはや畏れることはない　おそるべき大蛇は
黄金の筏となって火の国をすべり
あらゆる呪縛を解き放ち　有明海の潟を渡り
北へ回って海北道中《うみのきたのみちなか》　新しい方位の玄界灘に出る
奇しき精霊　西に昇る太陽の奇蹟だ　雪山の肌もあらわな呪いの木は
新しい予言の朝の石人となって沖の島に屹立する
何とまた美しい屹立　聖なる屹立　歓喜《よろこ》ばしき呪いの木
おれは石人のさわさかな（ママ）息吹きに目覚め
氷雨の闇にもなお見ゆる銀河
弓なりのしなやかな雪山を抱いておる

銀泥譚　1

白砂の中庭が見える　深夜の机の向うに白砂の宇宙幻霊の世界が見える　五月の無限の眩暈が銀泥の呪詛にひろがってくる　ああ　食い破られた白磁の幼年の海　不穏な狂気の海　松林の苛立つ茂みの向うからは碧翠涯涯　南国ベンガル湾の潮騒が聞えてくる　泡立つ銀泥の波だ　白砂の中庭を追憶に囲む古風な娼婦の館・愛の業《カルマ》の空間にふさわしい歌声だ　そのけだるい響のままにそそりたつのは大神殿廃墟の高塔《シカラ》……おれの官能《エロス》は艶美な舞を見せる高浮彫り《アルト・レリーフ》の天女の腰の剝落の銀泥　凍った惑星のカルデラ壁の小石だ

小石といってもここの小石は認識のするどい鉄片だ　古代祭祀の塔の影よりも淡い閃光の存在を示しながら　風もないのにしゃららら　しゃら……火花を散らし折れまがって鰭のように落ちる　そうだ　あれは食いちぎられた娼婦の耳朶だ　もはや匂いとてもない柔らかい縞目を見れば　そこにもひろがる星雲宇宙のなかに傾ぐ塔　銀泥の血膿と粘液に固められたおれという男の自我《エゴ》　渦巻く中心には古びた断頭台のある市民広場が見える　萎れたままの噴水塔　錆

びついて動かぬ青銅の時計塔　言語とやらいう阿修羅がせめぎあう半円形の駐車場が見える　しかも白銀煌煌　銀泥の時ならぬ降灰だ　故知らぬ深夜の火山の殺気……

白砂　白銀　銀泥の幻視に　白蟻の蠢く存在の塔を登る　今は白臘の鉾・呪いの木と化した塔の極限は　まさしくひとつの死　高塔《シカラ》の窓　ゆるんだ亀裂に身を乗り出し白砂の中庭を見れば　かの時　あの娼婦はドクダミの花を匂わせ銀泥の太股もあらわに神憑りの巫女さながら跳躍したが　しゃららら　しゃら……思えばけざやかなあの一瞬こそおれが夢見ていた〈愛の時《アーマ・カーラ》〉聖なる存在そのものではなかったのか　銀泥の果てしない昴ぶりにおれはなお眩しい白砂の中庭を眺めておる

銀泥譚　2

潮曇りの疲労と倦怠の物憂い入江
老醜寂寞の果てに続く銀泥の干潟の上を

いま、血膿をしたたらせ一本の鍼《はり》が歩いておる
無傷の肌を海星《ひとで》よりも鋭く刺す鍼
墨刑のための不気味な鍼
遠目には泥に蠢く海の蜥蜴と見えたが
茫漠たる時の彼方　宇宙の縁へと進むほどに
鍼は遂に白亜の塔となり　検潮台の櫓と変じた呪いの木となって歩む
おれも銀泥の不安な飛沫をあげながら
ひとり歩む　歯型のごとく続く巨大な鍼　呪いの木の跡を追い
ひとり歩む　太虚そのままの干潟を何処へとも知らず……

銀泥の干潟に血の点点　歯型を凝結させる真夏の鍼
死の色よりも鮮やかな呪いの木は
血膿にぎらつき再びおれの肌を刺す
――おまえに清浄の肌は許されぬ
――識《し》ることの罪を知りつつなおもおまえはわが後を追う
――しかも　ゆうべおまえは誰を犯したか
恐ろしい凝視の鍼　残照の狼煙の刻《とき》　またもやおれは夥しい血を流し

苦痛のままに血膿じゃりじゃりの泥を啜る
と見る間に生涯の屈辱に耐えた干潟の上　あたりに弾けるのは
夾竹桃の花だ　毒ある樹液と異形の男の陰部を匂わせ
諦念のある鎖さえ断ち切って空に撒く　狂気の花だ
銀泥の干潟も乾き　見渡せばここは何時もながらの児童公園
欲情の黒い舌のあらわな向日葵の下に
あの女の屁体は埋めたというのか

脂っこい台風前の風が吹く
土用波とよめく夾竹桃の葉擦れの奥に
おれはまた銀泥の干潟と殺気だってなお迫る鍼を見る
その鍼は灼けた海茸　呪いの釘　まずは掌を刺し
両腕を刺し胸を刺し　足首を刺しては固い木の寝台
手術台の呪いの木にまたしてもおれを懸ける
最後の鍼はメスとなって喉元に伸びておる
――あの日　病変の左肺を抉り出した救済のメス
だが　きょうはまぎれもなくおれを処刑するのだ

夾竹桃の生臭い火花のなかで生血をぬきながら　最後にひと突き
眉間に地獄の鉞を打ち込みながら
一日の終り　人はこうして死ぬのか
落日の旋風に　銀泥の干潟は逆巻く華麗な認識の棺となり
無銘の歳月のほの暗い葬列　耐え難い睡魔も
やがて血膿の潮が遠く沖に流してしまう
宇宙の中心　無のまた奥の闇の淵へと……
ああ　そこにも澱む銀泥　血膿の潮ひたひたの豊饒の湿地
おれを逆さに懸け文明を嘲笑う原始の鉞　呪いの木は
そそりたつ宇宙の水柱となり　屹立する霊妙韻韻の水晶の塔となり
彗星の棘きらめく生命の樹を眼前に化現《けげん》せしめる
風さえ死んだ永遠の墓地　無可有のここの干潟で
おれは呪いの木からの声の木霊を聞く
とぎれとぎれの不整脈の心音を聞く
――わが血膿に潤う流刑の入江に眠る者に栄えあれ
――墨刑の鉞そよぐ銀泥の夾竹桃　狂気の夢に甦る者に栄あれ

四月譚

散るのが花の宿命というのなら
桜ばな散りかい曇れ……と歌うのも
老いらくの神秘捏造《ミスティフイカション》とでも言わずばなるまい
ああ　花は散り　花は散りしきり
花吹雪　花篝　花明り　花曇り　花の闇に花篝
さては花の柵　花の宴に花の雨
古風な旋律の白日夢　春の道行の果てに落魄の海があり
海は干上って銀泥の舞台の潟となり
女は鉛いろの桜の幹そのままの素っ裸となって花狂い
おれもまた崩れゆく泥像さながらの物狂い
未生の季節を抱くがに舞うておる
銀泥の汗ぶつぶつのひかり漂う無限の呪縛
常世の国にも続く寂莫の干潟の上で
何という華やかで血なまぐさい無言の仮面劇であることか

発酵し沸騰し　発熱と混沌　咆哮と威嚇
銀泥の無頼な幻は遂にひとつの天体となる
女の胸の吹きたまりにも花は散り敷き
おれの透明な馬刀貝《まて》にも魚卵のように纏わりつき
――愛とはかくも空しくまた美しい皮膜の存在なのか
二人の呻きも銀泥なら　腰にべとつく花の屍も銀泥
飽満の水平線に揺らぐ欲情も銀泥の波となり
乳房の間にも鈍くひかる水脈には
海人《あま》族の船団　ささくれだった髪毛の葦船が見えてくる
眩しい体臭の波ぶき　太股を一本おっ立てた舳先の尖塔
珊瑚・紅玉・紅水晶を鏤めた旗ひらめかす舷　艶やか肩と背
おれは爽やかな決意に仮面を外す
いまは穏やかな狩人のまなざしで女の仮面も外す
あたりいちめんの銀泥のざわめきを聞きながら
仮面の奥にもちらつく花明りを眺めながら……

花は散るのが宿命というのなら

春のこの仮面だけがおれの永遠なのかもしれぬ
ああ　花吹雪の花狂い　一期は夢の春・四月の真っ昼間
誰が老いの道を埋めよとばかり落花に物思うというのか
花吹雪に埋れる仮面の裏の女の素肌
取り澄ました媚態も失せ玲瓏と刻まれた砂の裂け目
その奥の狂気の襞にはひと筋　ようやく出会うた亀甲文字が見えてくるではないか

そしてまた屹立する呪いの木の銀泥の牙の言葉……
この時　老いらくの神秘捏造《ミステイフイカシヨン》など在りはしない
在るのはただ花吹雪　現今《いま》の時
在るのは花吹雪のままに広がる銀泥の潟
そこに立つ素っ裸の女の燃える宇宙塵の鮫肌　仮面の裏の霊妙な刻印

花冷えの午後　散り敷く花の断崖の下を
おれは女の襟足の間を見えかくれする小道・二河白道《にがびやくどう》を辿り
死すらも見失うた形象の海の向う迫り上ってくる深淵を眺め
太虚そのままの銀泥の潟を思うておる

宿命

この夜闇は何時まで続くのであろう
炎の雪は林檎ならぬ罪の匂い
女の腋毛の匂い　錆びた呪いの木の匂い……
むなしい約束の重みに耐えかねて
おれは血膿の反吐をはく

雪は人間の内側に墜ちてくる羽虫の死骸
灼けた鋼のことば　神の恥垢
おお　呪いの木にすがり蹌踉と歩む者に呪いあれ

未刊詩篇

I

〔一九四三—五一年〕

静歌

——ある夜の　(矢山哲治に)

しろい柩のやうにたそがれて
とほい空が埴輪いろにさわぎ
さみどりの靄に濡れ
面俯せながら夜がきて
咲きこぼれた薔薇の内部の仄じろく
ふと漂ふ真昼のむなしさの
喪のやうなしづかさにうかび
やや疲れた碧い翅ふる母音たち
またしても雪はふりしきり
うら若い寡婦のまなざしのやうに
音もなくふりつみ
ひとひら薔薇の葩《はなびら》をちらし
かすかな足音をきくやうに
灯もせつなく燃えあがり

呼び名がこんなにはかなく
さえざえと濡れつづける水もしめやかに
葉末の露のかがやきにも似た祈りのこゑ
濡れた繁みも嗚咽に擾《さわ》がしく
ひとしきり夜鳥たちが羽搏《はばた》いた後
毀れたピアノのなかの薄氷のうへにも
そぞろすべりゆく風の顫音符《トリロ》
指もはげしくおののき
ゆふべの歌がこんなになつかしく
鳴らないピアノのいらだたしさ
また新しいかなしみのやうに灯が消えて
おだやかな雪明りのなかの
まるではじめての沐浴をするやうなさびしさ
呼び名がこんなにやるせなく
声もほのかにくれなゐを帯び
渇いた唇にも滲む爽やかな血いろ
額もやさしく熱に染み

みだれた髪のなかより
明日のつめたい桔梗いろなど溢れ……

木葉集

序に代へて正徹の歌一首
吹きしをり野分をならす夕立の
風の上なる雲よ木葉よ　（『草根集』巻三）

美しい午後　抄

M・Nに

鳩

それとなく乳房のふくらみを匂はせて
ふと水泡の生れるほどしづかに羽搏きする
濡いろの白雲母の鳩よ
耳語《じご》する風の小さい縞模様に愛撫は目覚め
おまへの瞬きの絹屑から溢れて

あたりに満ちてくる予言の穏やかな春日和
やるせない日照雨《そばえ》の柔毛《にこげ》も
いまは私を眠らせる故郷のやうだ

美しい午後

日照雨のやさしさに戯れて
無辜の蝶はひそかに風を趁《お》つて行つたが
片孕《かたはら》みする帆の不安さにふと傾ぎ
花の湖《うみ》の眸に捕へられ墜ちてしまつた
水面には燦《きら》めく経帷子のさざなみ
ふるびた悔ひのやうに波紋がゆれる
私の病気がゆれる失はれた時間が蘇る
こんなとき　檸檬油の愁ひを零《こぼ》すのは
濡れしとる繁みの漏刻《ろうこく》の賢《さか》しらな嘘よ
虹の縞目を懼《おそ》れかざした掌の間とほく
見知らぬ私の影を山駿に彫つてゐる——

やるせない春の陽

驟雨

驟雨よ
美しい午後の罠網《わなみ》よ
おまへの白い炎の網目をわづかに遁れ
ひととき不思議な秤のやう
蝶は私の花かげに憩《やす》んでゐたが
——それも束の間
また声もなく悶え嗚咽しながら
取りすました叢に消えてゆくのは何故なのか
それは何の意味なのか
無為の日の甘い疲れに微睡《まどろ》む花の窓際に
微熱のほのかな色硝子を濡らし
無口にすぎてゆく驟雨よ
やがておまへの罪のない囚はれのなかに沈み

瑞瑞しい体温もしづかに烟つてくる沐浴の菜の花
洗髪《あらいがみ》もやさしい繁みたち……
蘇る愛撫の誘ひもやるせない
気まぐれな午後の驟雨よ
おまへの纖い絹の罠網で
おまへの古風な物語の網目で
私の何を捕へようとするのか
うまく思念を透かしながら降る日照雨
美しい驟雨よ

俤《おもかげ》

陽の照る午後の驟雨に濡れ
黄金いろの雌豹たちがすぎてゆく
私の苦痛のなかから虹のあちらへ
ああ　その最後の一頭の背にのつて
美しいひとはわづかに微笑んでゐる歌をうたつてゐる

幼い身ぶりに額にかかげた繊い手
そんな手つきのかなしさほどゆらめいて
やがて虹の幻がとほく消えるとき
眠つたままふともらす吐息のやうに
気まぐれに白い花弁をちらす　芙蓉の花

夜に……

夜光時計

光蘚《ひかりごけ》も妖しい夜の墓地で
怯えてわかい巫子《みこ》のやうに私はひとりです
蠢く蛇の青い眸に欺かれ
闇に捕へられた盲《めしい》の花は
裸形の装ひもかなしくうなだれて
嘘の花弁もあえかにひらきます

白い死の翅の蛾に誘はれると
いちずな識《しん》のこゑのやう
ひめかな不眠の吐息にも零《こぼ》れる
花粉の媚よ

譫《たわ》言《ごと》

眠るあなたの脣《くちびる》　灼けたやじりが
私の傷口のすくもいろ点火《とも》し
嗤ふ仮面の空にまた星を射竦めた
だからあんなにながく尾をひいて
祈るやうに火を散らし
碧い髪の波襞《なぐら》もこんなに冷い夜の湖《うみ》
霍の煌くさびしい悔いに消えてゆく
やさしい秋に摘んだ
愛称《よびな》なつかしい野菊の前髪も忘られ
いまほそぼそと不安に沈み

流るる空の花ひとつ
美しい蒔絵の流れ星

憑依の凮に誘はれ
薔薇の眠る柔らかな寝息に捕へられると
青蝈のなかにも蘇る憂悶の湖《うみ》
喘ぐ盲の水泡の言葉であつた

体温

藻の滑りつめたい　そなたの髪毛のなかの追憶の
とほい潮騒のやさしさに　灯も消えて
濡れた青麻《あおそ》の肌からは　暮春の墓地
濃みどりに焦げながら　蘚《こけ》の匂ひがながれてくる
闇は忘れ水の気配さびしく　泥土の牀に

とりとめもなく崩れるのは　月光の撓《たわ》　やるせない悔恨よ

もはや詮もない祈禱　枯れた絹の薔薇
かなしみは　腐蝕の空に　星とながれ

微熱の玻璃に病んだ　頰のかげに
欺かれたやうに　きのふの光草は凋《しほ》んでゆく

夜光時計のなかには　青い蜥蜴が　蛇が
不安な葉擦れの音が……

怯えたそなたの声　酸漿《ほおずき》の唇にも　やがて静かに揺れてくる
蠟染の虹の吐息　ほのかな触手の日照雨

ああ　蘚と青朽葉の匂ひのいりまじる　暮春の墓地
日照雨の乱れ心地に　墳《うごも》る乳房の夢の古塚《こちよう》さへ　顫《ふる》へてゐる

星月夜　［1］

水に泛《う》く檸檬の匂ひほのかな絹の夜は
おまへの瞳のなかの大玻瓈の壺また玻瓈を透かして海は鳴り
その海鳴りのふと跡絶えるほどしづかに
かすかに美しい脣は秋の物語に濡れてくる
なつかしい愛称《よびな》ひめた香油をこぼすと
ただよふ隠沼《こもりぬ》の気配やるせなく
夜の静かさを髪に梳くおまへの
思ひつきの歌をうたふかのやうな身ぶりのなんとかなしいこと……
瘦《えや》みの蓮の花の夢に似て
ほの白く泡立つ腕のつめたさにも
やがてミユウズの生命なめらかに蘇り
おまへの頬おまへのほろびやすい露の眼差
そして淘金《ゆりがね》色した肌のなかのミユウズの貝殻たち
捕へるための私の指先をすべりぬけて
取りすました鏡にも映る星月夜

約束のやうに広い未来の天蓋に
誰れがあの燦《きら》めく星の泡沫《しぶき》を撒いたのか
ああ　約束のやうに広い天蓋と
とほい海と生と死と愛の意味と
ひろがる神話《ミュトス》の空間も無限なれば
やさしい愁ひに患ふ接吻《くちづけ》よ
永遠《とわ》の星明りの薔薇と咲いてあれ……

幻夜　——祈禱篇

薔薇

F・Fに

1

呵責のくるしさに祈り　浸礼《バプテスマ》をうけてゐる

わかい娼婦の濡れた肌　その匂ひのなかに
静かに黄昏の泉は湧き
薔薇は咲く

2

鰓《あぎと》いろもほのかな水際に
生きる日の徒労に病んで憩ふ薔薇の花
なべての告白をうながされ贖物《あがもの》のやうに散らすのは
白い生命の花弁よ

3

傷傷しいこころの顫ふ絹のさざなみ
ふるい伽藍のつめたさに　闇はゆれ
奈落の空には　流れる不穏な鑽火《きりび》の星
故もない嫉心の悩しさに　蝙蝠も群れさわぐ

4

ゆふべまで水面の鏡が映してゐた
のどかな決意の白無垢も　浄慧《じょうえ》の純白の夢もなく
いま崩れ散る花弁のかげから覗き
そぞろ死に誘ふデモンのまなざし

5

娼婦の祈りもむなしく
不安な生の波襞《なぐら》ばかりに漂ふ　水の面の沈黙《しじま》
せつなさに掌をひろげた藻草ですら
纔《わずか》に忿怒の水泡を吐いたまま　もう何も喋らない

6

とほい未来の山嶺が死灰色《しかい》に沈むとき
幾夜さの無為の美しい放埒を嘖《さいな》め
薔薇の背後に　娼婦の追憶に冷えてゆく

夜の内部のうすい刃の刈萱

7

夜の水青の
永遠《とわ》の寂しさを映す纖《ほそ》いはがね　刈萱
それがするどく燦めくたびに　薔薇は
また愧《じ》れながら花弁を　言葉の蕋《しべ》を散らす

8

波紋がゑがく祈禱の余韻に
なほも水面はせはしくゆれ　悔いにゆれ
疲れて娼婦は遂に見喪ふ　自分の影
薔薇の白い炎　白い幻のなかの自分の影

9

このけだるい胎動の夜……
生温い風の潜熱の懼《おそ》れに

やがて水面は色を変へ
身近い葉末のなかに眼を醒す　夜の蛇

10

蛇の粗い呼吸を綯《な》ひながら　時は移り
擾《ざわ》めく林のなかでは　梟が鳴き始める
放心の眼差のやうに鳴き始める
ああ　その浅黄の声にも蘇る　春の情欲　癡愚《ちぐ》の夢よ

11

かの死のまなざしは蛇の眼にとどまり
ちらつく蛍光のむなしい約束の玻瓈
萎んだ花弁は　無慚な屍蛾の翅を呼び　眸を瞠《みは》れば
妖しい燔祭《はんさい》の月がでた　黒い柩の丘の上

12

釁《ちぬ》る赤銅の月光に　水底の空洞《うつろ》もやや明るく

新しい冥色の明日も展がるといふのか
うなだれた娼婦の悔悟の額に　ひとひら
最後の花弁は舞上り　不思議な翅となり……

玻瓈の貝殻　——渚の夢

K・Mに

きのふ摘んだ野薔薇の羞恥よりもうら悲しく
碧い死の装もつつましく汀に眠る貝殻たち
雫したたる星のひかりにふと眼覚め
懊《じ》れてゐる私の波になにかを訴へる
ひとしきり擾めきその波が引いた後の
つぶら瞳した愛の水泡よ

いつから私は此処に佇んでゐるのだらう
吐血の後もまだいちぢるしい砂の上……

素足にやるせなく藻草のつめたさをふみ
貝殻の一つをとつて掌のなかに暖めてみた

貝殻はなめらかな少女の肌のいろ
あどけない愛の意味の縞模様

不意に清しい鈴の音のやうに煌いて
せつない私の孤独を宥《なだ》めまどかな夢に誘ふが
日ねもす露《あらわ》な乳房の砂丘をめぐり濁世《だくせ》を渉り
悔に淀む薄暮のなかをさまよひあるき

遁れてやうやく憩らふこの身ゆゑ
目耀《まかがよ》ふ肌のいろ匂ひのまがなしさ

無頼ないのちは潮の香にむせて
けふの沐浴をうながされ約束のやうに

かぎりなくはるかに遠い未来の海
悶えながらいちずに清祓《きよはらい》の波間に消えてゆく

額に貝殻をかかげ玻璨とかがやかせ
そして水底ふかく沈みゆき

なかば疲れなかば泥土に埋れかけた深海魚
ぎこちなく言葉の鰭《ひれ》ふる唖《おし》の魚と蘇り

やがてそのまま静かに盲てゆく
額の貝殻からは浅みどりの光を放ち祈りをよび……

ああ　箯《はんだ》のすぎてゆくさびしさに

漂ふ水圧の黝《くろ》い闇よこの不思議な生の夜は
私のあやしげな思想に重り悲哀を眠らせて
いつかあたりに岩礁の滑りの夢をひろげるが

そのなかにもやはり瞬いてゐる貝殻たち
透きとほる玻璃の色もきびしい曝貝《されがい》たち

燃えあがる黄金《きん》の燠《おき》さながらいつまでも
血ばむ紙の汀に赫《かが》やいてゐる煌いてゐる
私のつらい希求の掌のなかに灼けてゐる

焼絵の夏　抄

焼絵の夏

太陽よ、太陽よ……めざましい錯誤よ（ヴァレリー）

白水ミユキに

雲母の翅を欹《そばだ》てて
まだ醒めやらぬ髪の香の狂気に
潮風は鳥肌した紙の渚に苦痛の光を淘《ゆ》り
乳首のやうに祈る曝貝《されがい》たちを銀の鉤にする
ああ　幻に白骨の崩れる波のなかの言葉よ
佚楽《いつらく》は文字盤《カドラン》のない時計のむなしさに
媚に酔ふ慾情の空に泡立ち
はだけた胸のなだらかな砂丘も燔肉《ひもろぎ》色に燬《や》けてゐる
その影に饐《す》えた夏は無為に眠り
ふるびた焼絵のかなしさに死んでゆく

やがて
潮曇のなかからの体臭が追憶に展げる
死杖《しづえ》　祭《のまつり》の白い闇

冷い真昼の愁夢
悪疾の蛭の蠢くやうな私の心音に重つて
おだやかな微韻の秒音も聴えなくなつた

悖徳《はいとく》のきびしい孤独に痛んだ昼月
掘頸《ほりくび》のつらい忿辱に
不安を匂はせる白斑の蛇のうねりのやうな
湿気の疲労ばかりが悔いに親しい

筐底詩篇から

有情《うじよう》歌

おお、陽のいきほひ絶え入るさなかに取り
残されるやさしさ……
このやうな想ひでのかずかずに気圧れて……
（……ナルシス断章）

藻草と髪毛の焦げる匂ひはげしい夕暮れは
旅情のおだやかな烟を透かし
とほい空にひとつの湖《うみ》を憶つてゐる
永遠《とわ》の虹たつうすい紫陽花いろも懐しく……

やさしい睫毛の顫ふ絹のさざなみ
毀れてもすぐ蘇る瑠璃草のさざなみ
いまその愛《かな》しい瞬きに濡れながら

指がこんなに冷えてくるのは何故だらう
点火《とも》された言葉を弄《まさぐ》つても
こころは錆びたやじりのやうに重く
黝《くろ》い爪の悔のいろにまで沁んでくる
紅朽葉いろのほのかなかなしみよ

夕映の疲れに微睡むナルシスの花かげに
縺《もつ》れる裳裾のさびしさを移ろはせ
水の精《ニンフ》の古風な死よりもしづかに凋《しぼ》み
追憶に消えてゆく空の湖《うみ》の花……
青寒い色にさへ慄《ふる》ふ微熱の燁の愁ひだつた

春の蝶

Ⅰ

蝶はわかい巫女《みこ》よ
そなたの真白の額をかすめ
失はれた時のおもてもすみやかにとび
ふたりの羞恥もこんなに青い叢
なかば幸福の瞼を開きかけたやうな
野薔薇の蕾にきてとまるしろい蝶
——蝶はわかい巫女よ

Ⅱ

さうです蝶はわかい巫女
神話の古風な舞姫です可憐な少女です
硬玉の床すべる素足のいろと匂ひと
やるせないほどのかすかな羽搏《はばた》き

香油よりもほのかに翅粉が溢《こぼ》れると
なつかしい春の御寺の鐘もこだまして
蘇る風の倡楽《しょうらく》もしづかに
遠い梢も葉がくれに竟宴《きょうえん》の琴を奏でます

Ⅲ

濃みどりに萌える陽炎が
花の女神たちのさざめきさへ匂はせる
このおだやかな神話の春の午後
もう何も喋らないで
愛《かな》しい夢のいろ透した薄い翅
あの身軽な生命の翅に
ほろにがい愛の愁ひもかなしみも
ふるびた悔ひもきのふもあづけ
せめてたそがれまでの暫らくを
ふたりは此処に居りませう
やはらかい翅の燦めきばかりが

秘めた愛のありかを知らせます

Ⅳ

やがて雲の静烏帽子《しずえぼし》さへうららかにはずみ
日光の黄金《きん》の簾もゆれるとき
そなたの微笑のなかの玻瓈の宮居
かがやく銀の階《きざはし》もなめらかに
ふと幻の珠裳ひるがへし舞上る　巫女の蝶
古風な舞の身ぶりも鮮やかに
あれはどこに飛んでゆくといふのでせう
ああ　知らないその行途《ゆくて》
現《あらわ》なこころの顫ふひめかな翅よ

Ⅴ

玻瓈　玻瓈づくり
そなたの真白の額をかすめ
やさしい声のなかからとびたつた巫女の蝶の

翅の燦《きら》めき清しい夢のひとつとき
ああ　何ももう喋らないで
むなしい真昼の約束など呼ばないで
せめてたそがれまでの暫らくを
ふたりは此処に居りませう
そして知らないあの行途
不思議な夢の意味ばかりを究《きわ》めて居りませう
しなやかにゆれる翅だけが
ふたりの未来を誘ふのです

〔「木葉集」終わり〕

山巓抒情

うら若葉吹く風が水のやうに流れて涼しい午前のとあるひととき、人通り跡絶えた街並のなか遠く、仔犬が啼きしきるのを聞いてさへ傷つき何かしら怯える俺だのに、母にならぬといふおまへをどうして許せるものか。しかもその俺が病んだおまへの姉を見棄てた。思へばそればかりが何時も淋しく冷淡《つらい》おまへの眼差でさへ、なかば諦め、祈りながら罪の日々を生きてゐるのだが、その祈りがわかるといふのなら、せめて身ふたつにもなつて離れて呉れないか。

（わたし達の真奈《まな》は……）昨夜も抱かれあんなに優しかつたのに、眼覚むればまた身の不幸を歎き、姉に背いたと俺をはげしく責めたて、なほも啜り泣き、近くの踏切で死んだひとりの詩人のことばかり言ふおまへ。

（彼がおまへの姉を愛してゐたことは知つてゐたが、おまへが彼を愛してゐたとは……）それが物語りめく此の世の真実だと、けふは、もはや争ふ想ひすらなく、その踏切近くの駅から旅に出で、草いきれのひどい野も、夏涸れの川のほとりも、悲しみも悔ひもすぎ、薄刃の萱《かや》の坂もいちづに駈け登り、いま午後三時の崖の上に立つ。行かすまいと追つて来たおまへも、故郷の街も、はや住めぬところだ。――だが、見下す谷の濃みどりと、生命あるもの丶如く赫《かがや》く陽を見れば幼いもの丶息吹きすら身近く感じて、ふと涙ぐむのは、まだおまへを憎み得ない俺の弱さの故なのか。ああ、燃え上る青い炎の空と樹木の濃みどりと、生命の陽の光をそよがせる山風。赫くあの雲に真奈は乗つてゐるやうで、俺はやはり生きたい。生きてうら若くとも父になりたい。見よ。言ひ敢へぬその想ひさながら、この内部の崖の上に立ち尽し、またしても吐く血の紅さ。その紅さの灼然《いちじる》く、俺はなほ真奈を想ふ。聞け、向ふ峯《お》の傾斜《なぞえ》に銀色に噴き出し、輝きながら落ちる滝の響。あれは真奈の産声ではないのか。妻よ、聞け、あれは真奈の産声ではないのか……。

恢復期

険しい譫言《たわごと》の陽ざしに怯え
毀れた飾窓の秘密のぞきこみ
罠のやうにふと蠟人形《マヌカン》を懼れるのは
無為の日のあはれな癖よ

窓窓にタイプライターの青麦穂のそよぎ冴え渡り
なつかしい噴水塔のちかく
素朴な野の夢に花崗岩は蹲《うずくま》り眠つてゐる
そんなひそかな追憶のかげから
わづかに覗き微熱のやうに過ぎる風のほつれ毛
――やがて目眩《めくるめ》く百貨店の花園に誘ひ
私を失神の昇降機《エレベーター》に乗せるのは誰れでせう

蛍

誰れももう居ないひつそりと静まつた黄昏の児童公園なのに、鞦韆《ブランコ》ばかりがあんなにせはしく揺れるのは、生きる日の徒労のやるせなさ、病んだ鶴さながら声もなく身悶えてゐる噴水の故なのか。それでも木隠れのおまへの部屋に灯がともると、何かしら安堵したやうな、わづかに蹣跚《よろ》めき歌うたひながら帰へる小川のほとりだつたから、叢に赫《かがや》く蛍をみてさへも、何がなしおまへの靨《えくぼ》を憶ふ侘しさだつた。ああ、消えやすいその片靨《かたえくぼ》ほどのかすかな明滅、その明滅のたびに稲妻が空とほく、一瞬《たまゆら》幻におまへを微笑せる。思へばこんな涼しい葉擦れの音を聞きながらあの夜も、ふたりは何処の叢に居たものか。その時、蛍はおまへの髪に光り手にとまり、なお訣れがたく佇む橋の袂では胸にもとまり、思ひもかけず乳首のやうに煌めき俺をどきつかせたが、それを捉へる手つきにおまへの腕をとり、そのまま朝になつて気がつくと何時の間にかその物悲しい灯は消えてゐた。いま、そんな想ひ出を映しながら小川の上に飛びちがひ燃えるあの青い火が、まさか、まさかその時の蛍だといふのではあるまいな。おまへのただひとりの姉を見棄て母に背いてすら一緒に住めず、それから短い夏がすぎ秋がすぎ……今夜また俺ひとりの悔ひと祈りのままにはげしく明滅する蛍。囁きかけるやうに掌に移さうとすると、おまへの額を思はせ風もつめたく吹き、振返り仰ぐ空に星ひとつ、天の蛍もまた赫き始めてゐた。

松

——離れてもやらで蔦紅葉の、色焦れ纏はれ荊の髪も
結ぼほれ露霜に消えかゝる妄執を助け給へや——
（謡曲「定家葛」）

幾条かの蔦に絡まれ
松はやうやく苦しくなつてきたにちがひない
天から降された錨のやうに根を張つて
千年の後までも真直にのびたいらしいのだが
解きほぐすすべもなく幹を捩《ねじ》らし
水際にむなしく枝を垂れてゐる
このままの姿で何年すごしてきたと云ふのだらう
年毎また新しく纏はりからみつく蔦の生命のかなしさに
五月になるとわづかに花粉をこぼし
愁ひのみ梢の翠《みどり》を濃くするのだつた
いまも何か怒るやうに愛の芽をのばし

またしても瑞々しく萌えだした若い蔦に告げて
すこしばかり枯松葉をちらしてゐる
松はすでに疲れかけてゐるのだらうか
しかし風にあらがひ聖なる琴にならうとしてやまぬ念力は
ひとしきり驟雨をよび梢たかく虹を耀かせ
雨がやんだあとも蔦よと呼びかけ
祈りながら枝もたわわに身を顫はせるのだつた
水面が映す松の影は老鶴に似てゐる

祈禱

人は空をみてよく泣くといふ
それは遊び馴れた墓地の叢に坐つてかもしれないし
ほど近い水天宮の森つゞき
筑後川の堤に佇んでかもしれぬ
かなしい狂気じみた怒りに母と争ひ

父さへメスで傷つけたそのあとで
人はだまつて空を見て啜り泣くといふ
孤独ゆゑのわが儘が何時からそんなにも激しい狂気に変り
誰れももう相手にしない拗ねた女に育つてしまつたのか
それはいつたい誰れの故《せい》なのか
泣いたにせよ父を傷つけた罪は消えはしないのに
よくそれを知つてゐるからなほ自分が嫌になつて泣く人なんだ
しかし　また次の日を約束する指切の時ですら
羞《はにか》みよくよくさわらせもしないその纖《ほそ》い指で
あゝ　何としたことだらう悪夢のやうな怖ろしさ
人は妹の腕をつねりまた幼い弟すら折檻するといふ
やがてふたりの子供を育てる時も
そんなにつらく子供にも私にも冷たく
或るひは眠りこけてゐる私を理由もないことで
ふつと縊め殺したりするのではなかろうか
思ひつめてゐると私まで狂気じみてくる物ぐるしさ
ゆふべもよく眠らず　けさ

人が眺めてはよく泣くといふ朝曇りの空をみて私は祈る
主よ　父すら傷つけたかの人の罪も
わが祈りわが生命もて贖《あがな》せ給へ
かの人を選びしはわが恣意ならず
たゞ聖なる恩寵に生き導かれ
永遠の生命を共に嗣がんとするわが願ひ故なり

春《しゆん》昼《ちゆう》

ごらんなさい　ここら千栗八幡宮ちかく溜池のほとりで
子供たちが桜の落花を手にすくひ
皿に盛つて遊んでゐるのは
何時からとなく街では忘れられ
やがて廃つてゆくにちがひない古風な遊び
お供日《くんち》ごつことでもいふ飯《まま》ごとなのでせうか
けふわたしたちも絵本のなかの少年少女のやうに

土筆や蓬を摘み摘みここまでやつて来ましたが
二人のその野遊びにもまして楽しくのどやかに
飽きもせず同じことを繰返しまた繰返し
歌ひながらあんなに嬉しさうです
眺めながらわたしたちも身じろぎもせず
花明りとはこんなに眩しいものだらうか
花盛りの午後とはかうまで静かなのかしらと
名を呼びあふことすら忘れ意味もなく
頷きあつて微笑みあふのです
もしかするとあの皿の花弁だけが
わたしたちの生涯の糧かもしれませんね
飢ゑて明日は死ぬかもしれぬことなどもう言はず
かるく手を重ねたまま眼を合はせると
あなたの歯並びからこぼれ叢に煌めいて
この世ならぬ美しい宝石にも似た野苺の白い花
ややせはしく睫毛が顫ふたび
花大根の間からは　紋白蝶　しじみ蝶

やさしいあなたの夢が舞ひ上り
ともすれば池の揺蕩《たゆたい》に胸のなかまで溢れさうなので
さりげなく立つてあなたを誘ひ
〆縄を張つた樹の蔭に佇むのです
つまりこの花花が明日からの二人の部屋なのです
これはわたしたちの祈りに浄められ
春がすぎ冬が来ても散りもせず枯れもしない不思議な桜
だから飴いろの幹に手をあてると
あなたの肌の温味《ぬくみ》さへうつすらと通つてくるやうになつかしく
陽炎になつて消えてしまひたいほどわたしは幸せなのです
遠くから次第に高まりざわめいてくる青麦穂の潮騒を
あなたは黙つて聞いてゐて下さい
あれが無限に烟る春の息吹き
あなただけに聞かせるわたしの歌声なのです

初秋

潮の匂ふやさしさに風は吹き渡り
あなたの髪も爽やかに燃えるこの丘に来て見下すと
いまにも飛びだしたげに羽搏いてゐる甍
街は真昼の明るさに醒めきつてゐます
あれがふたり住むやうになつた家の屋根
目じるしの白揚樹《ぽぷら》も銀いろに噴き上り噴き上りしてゐます
ああ　私たちあの焼跡のなかを過ぎ
瓦礫の道をやうやく此処まで登つて来たのですね
だが何やら冷いものの翳がふと空に漂ひ
あたりには百日紅の花が音もなく散つてくる気配
病み上りの昼月が薄い瞼を開きかけてゐるのは何故でせう
あなたの眸までがそれに似てきて涙ぐむのは何故でせう
さりげなく夏がすぎ花が散るのがそんなにも悲しいことなのでせうか
けれど茂みにはこの世ならぬ遠いもののやうに煌めいて

あなたの含羞《はじら》ひほど静かに桔梗の挿頭《かざし》がゆれてゐます
泣き微笑《わら》ひをしながら躊躇ひながら
やがて誰がその薄紫の夢を摘むといふのでせう
またひとしきり明るく烟り風は麓の方へ吹き渡ります

春宵

黄昏ちかく花冷えの堤に坐り
川の流れの不思議な音楽を聞いてゐる私たち
肩を寄せ手をとりあつてゐるこの歓びを
汀の花筏に乗せて何処《どこ》へ運んだらいゝのでせうね
あなたの髪に残り陽のうすく匂ふわびしさながら
散りかゝる花弁でさへあんなに美しく渦を巻き
ごらんなさい　午後の陽差にもましておだやかな宵明り
木隠れに月が昇りかけました
ふたりの夢が水青に烟る朧月夜です

微笑《わら》ひながら恥らひをかくす何気ない眼差で
子供つぽく誰が歌ひだすといふのでせう
声は低く川を渡り向ふ岸にひとつ灯をともし
やがて水の上に夜の電車を走らせます
あゝ　あなたの息吹きよりはやゝせはしく
見えかくれ波間にゆらめいてゆく灯影……
楽しかつた物語めくけふ一ン日も
かうしてさりげなく過ぎてゆくのでせうか
私たちも別れねばならぬ時刻だといふのでせうか
それでもなほ身じろきもせぬあなた
眸《め》をきららかに歌つてゐるあなたは
どうやら花の精でもあるらしく
唇《くち》にも灯のともる妖しさに　ふと訝ると
忽ち身を飜し梢高く舞ふのです
後を追い啼きながら私は夜鳥
名を呼べば木霊は遠い世のさはやかな風を呼び
またひとしきり花弁を散らします

とりとめもなく歓びを散らします

星月夜 ［2］

何時もならば蛍が赫《かがや》いているはずの叢に
今夜は風ばかりがあなたの髪よりややさびしく匂ひ
思いもかけずいま虫が鳴きしきり聞えるのは
茂みにも星が墜ちて燃え始めた故にちがひないのです
小川ですら炎めいてせはしくさわぎ
闇に啼く夜鳥のはげしい羽搏きの気配は
重ねあつてゐる手から手に伝い　やがて空にながれ
ごらんなさい　銀河もあんなに美しく烟つてゐるではありませんか
そしてうすら青い夜のかげろふの中のあなたの眼差
見詰めてゐると遙かな星雲がきらめくやうで
訳もなく涙ぐんでは祈るのです
こんな時　葉末の露に眠つてゐた神神も眼をさまし

あなたのくちに酸漿《ほおずき》いろの灯をともすのですね
廃墟の街ながら思いなしか此処だけが微かに明るく
気がつくと空は私たちを真中にゆつくりと廻つてゐます
ああ　銀河でさへふたりの息吹きと体温に烟つてゐるのだと
あなたは知つてますか
あのノザン・クロスもふたりの歓びに光つてゐるのだと
……あなたは信じてくれますか
静かな静かな夜です　またひとつ流れ星が飛んでゆきます

晩春 ［1］

あなたの肌の匂ひやさしく水かげろふがほのめきたち
花明りも眩しいここの堤までやつてきて
《これが紫雲英《れんげ》　白すみれ　雪柳
《この黄色く小さな花が沢小車《さわおぐるま》
名を呼びながら花を摘む日の午後は

麦の穂並みをわづかに揺り蝶の群れを追ひながら
川向ふから約束のやうに日照雨《そばえ》が烟つてきます
空にも銀の波紋がさざめき渡ります
だがさりげなく微笑つては髪を梳き
あなたは何を映さうと水鏡をするのでせう
水に浮く幻のなかにも髪の間にも
燃えあがつて音もなくちらつく桜です
私は菜の花のはげしい息吹きを身近く感じます
水面に映るうすら青い雲の影を眺めます
ああ　あんなにも儚い瞬間《たまゆら》の美しさばかりを信じ
何時までも何時までもここに居たいと願ふ私なのでせうか
森の上たかく虹はもう消えかかつてゐるといふのに
陽も淡く翳るといふのに……
訳もないかなしみの苛立しさに
私はひとつひとつ杉菜の葉つぱをむしります
昼月のすこし冷い横顔を見上げます
それでも散り敷く汀の花弁を手に掬へば

思ひもかけずそれは暖くあなたを抱くよりやや重く
またしても煌らかに水かげらふはほのめきだし
せわしく脈うち渦を巻く流れです
空に大きく水車が廻りはじめます

五月

朝の虹よりも瑞々しく
時に花蜂の羽音のやうにあどけなく
茂みに眠るあなたの寝息から烟りたち
松の花粉が黄いろく水の上をながれる日の真昼
澄んだ水底にも無花果の葉擦れが響き
昼月のかげ淡く映した耳朶をみてゐると
葦の間からは不意に水鳥がとびたちます
銀菫色の羽を陽に耀かせながら……
それをあなたがふと寝返りをうつほどに

またふたりの憧れそのもののやうにやさしく羽搏せ
いつたい何処へ飛んでゆくといふのでせうね
私は眺めます大きく輪をゑがき消えてゆく沼の向ふ
青葉の上いつぱいに展がるあなたの乳房
さうして寝息のなかにも咲く紫陽花を眺めます
ああ　まだ眼をさまさないで喋りかけることなどしないで
暫らくはこの草蘚を枕にじつと憩んでゐて下さい
私には眠つてゐるあなたばかりがなつかしく
眉のあたりの青い茱萸《ぐみ》の実をひとつ嚙んでさへ
こんなにこんなに楽しいのです
やがて薄羽かげらふの群れたつ頰にきてとまる天道虫
わたしもあなたの泣黒子になつて眠りませう

初　夏

汀ちかくひと時のやさしい驟雨がすぎた後

水底まで明々と光を撒き水鏡をするあなたの影に重つて
葉桜は惜しげもなく濃みどりの乳房を拡げます
灼けて匂ふ肌に水かげらふをほのめかせます
やがてそれより淡くかすかに息吹き
また目高のやうにわづかに微笑《わら》ひ
この豊かな胸に誰が抱かれるといふのでせう
乳房を含むとすぐ眠つてしまふあどけなさ
松の新芽の間には瑞々しい耳朶が覗いてゐます
ああ　私たち何にももう言はず
滅び易い葉末の虫のことなど言はず
その子供のために野薔薇の花粉を編んで
着心地のいい肌着を用意してやりませうよ
柔らかいジヤケツを作つてやりませうよ
歓びだけがとりとめもなく波紋ばかりが限りなく
意味もなく眸が離れふと陽が翳る時も
なほ鮮やかにたゆたふ葉桜です美しい真昼の乳房は
空にも高く拡がりきらめきます

ほら　ね　雲の影にあんな大きな揺籠が……
思はず手をのばすと不意に風がざわめきたち
青若葉はまたはげしく燃え上ります
遠い山脈《やまなみ》でさへ銀色に燃えるのです

菜種月夜

夜が来て空にももう虫が鳴きはじめ
部屋までが急に叢めいて涼しくそよぐ頃
あなたが眠る青いカヤのなかからは
何やら華やかなものの気配が匂ひ
眠りながらつぶやくあどけない言葉に
またひつそりと寝返りをうつたびに
やさしい春のさざ波があたりに煌めきます
おだやかな寝息のなかに葉桜がさわぎます
さうして次第に水量をましてくるのは星明りの泉

机の上の夥しい書物が書きちらしの紙片《かみきれ》が
浮巣のやうに儚なく顫へこころまでが
寄るべない巣立ちの想ひにゆらめきます
私はふたりの間の爽やかな夜の芝生を眺め
うつとりと眠り心地に烟る銀河を見上げ
思ひ余つては覗くのです　目もあやなあなたの寝顔
かぐはしい黄金《きん》ひといろの菜種月夜……
薄い瞼からはやや冷たい霧がながれます
ああ　青みどろの漂ふ耳朶のあたりに咲き
黄色い蕊もあらはに悶えてゐるのは何の花でせう
なほ覗きこむ頬に音もなく汀の白砂が崩れ
やがて狂ひたつ瑪瑙色の羽蟻です
遠く近く花粉の篝火がともります

雪明り

眠られぬ夜のかなしみに雪は降りしきり
ほのかな雪明りの海にうかび漂ふのは紫の舟　銀の舟
遠く近く妖しい篝火がほのめきたち
とあるやさしい誘ひに絹のさざ波が顫ひます
あどけない水泡があなたの唇を濡らします
ああ　明るくただ明るいばかりの寝顔のなかを渡り
清らかな首筋をめぐり秘そかな歓びをめぐりあの舟は
いつたい何処から来たといふのでせうね
舷には可愛い仔馬が嘶き蹄をならし
また誰が漕いでゐるといふのでせうね
やがておぼつかない手つきでその一つの櫂をとるやうに
汗ばむあなたの腕をとりほつれ毛をまさぐつて
やるせなく舟の行途をたづね私は微笑《わら》ふのです
暖い潮の香になかば酔ひながらまどろみながら……

さうして再び眼覚めてみればあなたも微笑ひ
なほ数ましてうかび漂つてくる紫の舟　銀の舟
雪は眠られぬ夜の静けさに降りしきり
ふたりの肩にも恥らふこころの間にも
あなたの乳房の上にも降りつもり
耳朶のうすくれなゐよりはやや淡く
灯影にちらつき舞ふのです
楽しくさざめき舞ふのです

万華鏡

華やぐネオン・サインも闇に消え
舗道も人気なく冷えまさる頃
ひそかに家を遁れ町外れまで来たが
とある籬に梅の花しろく
空にまぶしい　あの万華鏡《プリズム》……

三日月の眸も幼なく輝きだし
覗けば哀しいこの世の万華鏡ゆゑに
やがてまたことなげに戻つてゆく家路
忽ち消えるあたりの廃墟を眺めてゐた
いま或る夜のこんな夢の破片《かけら》でさへ
なほ鮮やかにきらめき廻りだす　夕ぐれ時の理髪店
覗けば楽しい万華鏡ゆゑに
姿見のひとつひとつにも映る
あどけない笑顔よ

銀の寝台

焼跡のここデパートの八階で
やうやく見つけた坊やのための寝台です
エナメルの銀もさはやかに　ごらんなさい
まるで汽艇《ランチ》にも似た軽やかさ……

私たちやがてこの夢の筏に乗つて
いつたい何処へゆくといふのでせうね
見渡せば青ひといろに燃えてゐる夏の海
流れる水脈《みお》は日ねもす岬をめぐり歓びをめぐり
憧れを波頭にちらつかせてゐます
のどかに鷗をとばせてゐます
さうして時に絹の驟雨が烟つた後で
波間に漂つてくるのは椰子の実　バナナの実
空にもほのかに浮いてゐるメロンの実
朱欒《ザボン》の実もひとつ黄いろくはげしく耀やいてゐます
だから私たち港を遠く離れてゐても
もう決して飢ゑはしないのです
虹のぶらんこや珊瑚の滑台　飛魚を玩具に
坊やもきつと丈夫に育ちます
ああ　いま舷の波もあどけない片言に喋りだし
積木の雲も沖にきらめく日の真昼
私たちも幼いむかしの歌などうたひ

睫毛の影すずしい濃みどりの島からまた島へと
鬼ごつこをして遊びませうよ
水底の兜虫を追つて遊びませうよ
やや疲れうつとりと揺れるエスカレータの船酔ひに
眼をとぢてみても銀の照り返しばかりが眩しく色濃く
あたりはただ華やぐ飾《ショウウインド》 窓の水の世界です
熱く灼けた手摺にも飛沫《しぶき》の蝶が舞ひ上り
なほ匂ひたつ花梨《かりん》の林の海なのです

晩夏 [1]

午後のとある町外れの川縁に　日々の歎きもあらはに悶えているのは百日紅
水面に夥しい火花が散り敷けば　きのふの栄燿もふと消えて　せはしく揺らぐ
未来の門　やゝかすかに橋の影が顫へだす　さうして空にも翳り輝やくのは
山脈のみどり　物語の門　ひと筋の道ばかり遙かに遠く続いている　しかもま
た　そこにも燃えしきる百日紅……　あたりには　微風さへ吹かず熱く灼けた

砂利のなかに　鮮やかな血の一滴がきらめきだす　怯えもせずに誰がこゝを過
ぎてゆくのだらうか　いま越えがたい橋を前にして　百日紅の滅びやすい夢の
焔を　閉ざされたまゝの未来の門を　暫らく眺めているわたしひとりの影に
なほもはげしい真昼の陽　七彩の秘密の陽炎よ

晩春 〔2〕

暮れぬとてけふを限りの春の日の
夕ぐれとさへなりにけるかな（『伊勢物語』）

花明りの木立に遠く
雲の影を追ひながら
麦の嵐のなかを汽車は往き
――これが筑後川
放心のやや長い鉄橋を暫く渡ると
黄昏ちかく鐘ヶ江に着いた
だが歩廊《ホーム》に尋ねるひとの姿はなく

そこはかとなく潮の匂ふ川風と
闇にまぎれてはや遠ざかりゆく後尾灯の紅
木陰れには白壁の家が朧ろに浮いてゐるばかり……
堤に立てば汀の桜もすでに盛りをすぎ
水車のかすかな揺らめきのまゝ散つてゐた
すべもなく水の上に散つてゐた

七月 [1]

曇り日の午後のビルの窓
タイプライターの穂波もすでに絶え
銀行の奥深くいらくさの茂る谷間には
はや冷やかな夜の訪れ
音もなく鋼の大金庫が開かれる
覗けば内部の廃坑の仄暗く
真紅に燃え上るゲヘナの火よ

はげしい人いきれの煙
カオスの叫びが忽ちあたりを取りかこみ
悶えるすべもなく
私の四肢は焼けおちる
（言ふまでもない　けふはわたしの誕生日）
それ故にかうして悪魔と蘇り業苦の指をふるわせ愛の棺をあばき
瓦礫のなかに黄金の貨幣を掘らせねばならぬ
紫も鮮やかなインキの染や日付のないスタンプ等
不思議な帳簿の呪文を解かねばならぬ
いらだたしげに回りだす扇風器
失はれた日の風ばかりが格天井の空を吹いてゆく……
いま一枝のざくろも壁の割れ目に咲き
いかにも死の谷間にふさわしいこの静寂
崖崩れの響も近く
なお覗く廃坑に
業火はひとしきりまた燃え上る
燃え上る

盛夏 [1]

日盛りのとある鋪道の片隅で　だまつて石を切つてゐる男たち　はげしい光を背に耐えて　それでもことなげに鑿《のみ》を振つてゐる　微笑《わら》つてゐる　その姿は　さながら楽しいこの世の歌をうたつてゐるやうだ　木陰に憩ひ僕はいぶかる　僕は思ふ　十年ちかいいちずな日日の営みも　無智なあの啞《おし》の男たちの歌に及ばない　傷口の灯も冷たくシグナルに明滅するこの街なかの砂漠　十年ちかく僕は無為に生きてきたのだらうか……だが僕は見た　その無音の歌ごゑが　のどかに空にもひびくまま　雲間を縫ひながらやつてくる真珠いろの電気バス　鳶《とんび》ほどにやさしく警笛が鳴りひびくと　ひとしきりの風に並木のみどりが燃えあがる　甍《いらか》もきらめき羽搏《はばた》きだす　ああ　それをもう幻と言ふな夢と言ふな　砂埃のはげしい交叉点をすぎ妻の待つ産院へ　夾竹桃の咲く道も　明るくひと筋つづいてゐる

舞扇

夜明けの部屋があまりに暗くさむいので　北を枕にはやもの言はぬ人の顔にも霜は充ち　かなしみにふともあたりに展がるのは　薄氷の張りつめた野末の沼　素木造りの舞台　やや揺らぐ香華の間からは　枯葦のそよぐ笛の音がひびく　耐えがたい悔ひのままに　鼓がひびく　風が鳴る　だがこの静けさこそはわたしの願望《ねがい》　やがて蘇るものへのかすかな期待　死者の眠りがながく愚かしいにしても　それはまたわたしの永遠の覚醒《めざめ》　枯木の指に氷柱の銀を燦めかせ　わたしは何ももう歎きはしない　懼れはしない　色褪せた金泥の襖を見るがいい　氷は忽ち陽炎と萌え上り　ことなげに蘇つた死者は長袖の　うら若い女性の姿して舞つてくるではないか　おだやかな面差に杜若の花そよぎ　謎めく微笑に廻りだす水車　時にちらつく波の流眄《ながしめ》があどけなくわたしを誘ふのは　死者の舞ばかりがわたしのすべて　わたしまでが　かの物語の貴公子だといふのだらうか　故もなく花は散つて流れてゆく　限りなく遠い水の上……それにしてもまぎれもなく冷やかなこの氷柱の銀　死者とわたしとわたしと物語の貴公子とは　知る由もなく関りもなく　言葉なく再び死者が遠のく時　仮初

の契の証さながらに　消えがてにつとひらめく白い足袋　ひとしきり縺れがちな足拍子　窓際には梅の花がわづかに散り敷く　霜はさらにきびしく色を増す　さうしてなほさだかならぬ生と死の明暗の林　この世の墓地のほとりを暫らく往けば　いましも恥らひのみ深くかざされて　空いつぱいにかがやく緋の舞扇よ

暮春

草蜥蜴　あどけない眼差のふともひらめく叢をすぎ　暮れなづむ野をかなしみの奥へとなほ往けば　愛の秘密に澄み渡る湖のほとり　松林の白砂に　思ひもかけず蹲る金色《こんじき》の伽藍　五重塔　薄れゆく影のわづかな陶酔に　水の上とほくなつかしい潮鳴りがさわぎたつ　素肌の匂ひほのかに鐘も鳴りひびく　そのたびに無為の日の愁ひ淡く透した空は　相輪を軸に廻りだし　日蝕の翳よりも暗くひややかに　湖もやや揺れながら廻りだす　さうして木隠れに暮れ残るものは　ひとり佇ずむ僧のまぎれもない憤怒の眼　白衣　ひとしきりの凪に水明りの吐息ばかりが粗々しい　しかもその白衣こそわたしの死装束　夜の廻り舞

台の上で　鐘の余韻を長袖につつみ扇にひろげ　苛立しげにまた華やかに悔ひを渡る狂気の舞衣裳　聞えぬ拍手に灯がともる　と見る間にあたりは山門の朱の焔に燃え上り　廻廊の窓にも映る内部の牢獄の　限りもない石塁よ　けだるい湿りよ　それ故か白砂のまだ暖いほてりですら　いまはもう耐えがたくただ耐えがたく　詮もなく遁れ再び汀に身を横たへる時の　不思議にもさはやかな麦の秋　舞の姿は何時しか波間に沈みゆき　空にも浮く屍の唇に咲く優鉢羅華《うばらげ》の青い花弁　流れ星　ことなげに湖畔をすぎてゆく葬列に　銀河もかすかに軋みだす　だが疎らな木影　とぎれゆく誦経に　伽藍も塔もあへなく崩れ　廃墟の墓地のさなか振りみだす髪に滲み　妖しく輝やく光蘚　蜥蜴ならぬ矢守が更けゆく劫初《ごうしょ》の夜を滑つてゆく　そのあたりまどろみの果に覗く水底に　ひと条の白毫《びゃくごう》も青白く　やがて凬もない朝がくる　物憂い死の訪れ……

冬

沼のほとり
枯葦のそよぐ闇のなかに

もう幾時間となく停つてゐる
夜の電車
わたしの宇宙も音なく燃えしきる
墜ちてゆく星
墜ちてゆく運命よ……
色褪せたクツシヨンと
破れたままの窓ガラスと
冷えまさる風と
味気なく夜明けを待ちながら
背には重いリユツクを耐えてゐるのだが
水明りに眺めるあのホセアも
いまは力なくうなだれて
空にも動かぬ転轍器
ひと条の線路ばかりが
沼をめぐり悔いをめぐり
夜の極みへと続いてゐる

夜景

冷えまさる風がひとしきり　この世の終りのやうに吹きすさむ黄昏の踏切で　通りすがりのわたしはふともとまどひ迷ひこむ　入りみだれた線路の謎のなか　廃駅の構内に　しかも怯えもせずにわたしは見る　錆びたままの転轍器　動かぬシグナル　毀れた時計塔　さては崩れかけた陸橋など　かすかな夕映えも忽ちに戦ひの夜のあの業火と燃えしきり　生き難い日日の秘密をめぐり　線路ばかりがなほつづく　悔ひばかりがなほつづく　さうして倦怠に悶え声もなく寝そべつてゐるのは有蓋車　無蓋車　素裸に近い幾人かの娼婦たち瓦礫の匂ふ体臭が闇に澱みひややかに展《ひろが》りだす　その時だ　明々《あかあか》と傍の高架線をすぎてゆく夜行列車　一瞬　あたりの叢にも灯がともり　古風な金屏風が輝きだす　といつせいに身づくろひを始める娼婦たち　優雅な振袖や裾模様を無造作に着こなして　それぞれの夢を追ふ姿勢に屛風の前に坐る　媚びながら客を待つ　どの女がぎこちなくわたしを招くといふのか　それからのながい抱擁　鈍い車輪の響　遠のく後尾灯の紅　遙かな灯も妖しい歓喜に消えて　更けゆく夜とともにわづかな安らぎを覚えたが　線路はさらに入りみだれ錯綜し

疲れるほどに歩いても金屏風の不思議な誘ひの意味はまだ解けず　再び踏切を前にためらふ時　思ひもかけずわたしはよろめき　草蔭の古井戸へ闇の極みへと墜ちて息絶える　薄れゆく意識の底にもただむなしく揺れる屏風の黄金《きん》　為すこともなくわたしは息絶える　だがわたしは見る　おぞましい愛執の亡霊と変り果てたいま　亡霊なればこそわたしは見る　黄金ならぬ銀に燦めく空の大屏風　その影のひそかな華燭の灯を……やがてのどかな祝宴の歌ごゑに導かれ　やうやくに踏切を越せば　地上のここ廃墟の石畳にも耀やかにまた燃える銀屏風　月光が視野のすべてに展がつてきた

音楽

紡績工場ちかく裏道を　小川伝ひに玩具屋から戻つてゆく日の昼下り　手には紫陽花と花咲くオルゴール　柿若葉の風がさりげなく吹けば　枝々にも青い梅の実がつぶらに微笑《わら》ひ　仄暗い木立の向ふにも暗いこころの片陰にも　なつかしい音楽は鳴りひびく　高く低くまた高く……そのたびに思いもかけず水の上に散り敷くのは物語の春の花吹雪　花の柵もたぐいなく美しいので　もし問

ふ人あれば　言ふがいい　ここそ名にし負ふかの桜川　狂乱の母ならぬうら若い父が　木洩れ陽の黄金《きん》の網をひとり持ち　むなしくただむなしく水かげろふを追ふと　言ふがいい　さうして日ねもすを立ち尽して居れば　手にオルゴール　空には雲雀　限りなく明るい五月の風景は　のどかな音楽のままに展がるのであらうか　だが妻はこの眺めをまだ知らず　ましておぞましい人の世の川を堰きとめるにすべもなく　いまは耀やく水の景色もあへなく消え　ふと覗く青みどろの果しない深淵よ　覗きながらわたしは喚ぶ　かけがへのない子供の名を　諦めながらわたしは呼ぶ　あまりに愚かしい妻の名を　それにしても梢から梢へと光の鞠をはずませるオルゴール　ちらつく纖《ほそ》い指と木立の奥の児童公園と　わたしはやはりこの裏道を歩まねばならぬ　時に巡礼の鈴ふるよりもやるせなく　わたしは灼けた砂利の道を歩まねばならぬ……放心の眼差を再び水面に移すと　水草のそよぎの影に波紋が三つ　心細く寄り添ふてゐた

残照

胸には生と死の飾文字

背には愛と美の花模様
悪魔の顔は仮面にかくし　サンドイツチマン
生きながらのミイラはけふも午後の街を往く
しかもいささかの善意のしるしのおどけた三角帽
孤独をまぎらすためのふざけた歌
乾ききつた舗道の砂漠に街角に　呪ひの鐘を鳴らしつづけ
時に歩みに倦《あ》けば現代風の隠れ簑
二つの看板をたくみに使ひわけ
露路の隅　貧しい家を覗いては投げ入れる白パン　金貨　腸詰《ソーセージ》
さうして店店の林檎を宝石に換へ真珠に換へ
煙草売の寡婦にめぐんでは　マンホールの底深く
あまりに暗いこの世の秘密に驚き
苦笑ひしながらビルの上へ駆け昇る　ビルの上では遊園地《プレイランド》
無邪気に子供たちと遊び惚ける
だが次第にせり上つてくる奈落の街の騒音に
彼はなほせきたてられ歩みだす　バスの怪異な眼　無気味な電車の触手
彼はやうやく訝りだす　追はれるかのやうに

何処まで歩めばいいといふのかこの一筋の瓦礫の道
だから手に向日葵と花咲く鐘の音よ
焼跡の絵看板にも裸形の女が蠢く時
姦淫　暴行　殺人　掏摸《すり》　堕胎　詐欺　男色　恐喝……と
なべての悪業背徳のかずかずは時ならぬ俄か雨と降りそそぎ
束の間の虹と消えうせる物語《ロマン》の隠れ簑
彼はまたしても醜いミイラのまま荒地に立つ
憐れなサンドイッチマン　通りすがりの犬さへ笑ひだす
愚かなサンドイッチマン　思ひ上つた魔法はよすがいい
とは言へ彼にどのやうな罪があらう
真昼の明るさを持てあます彼はただの小悪魔
背負はされた看板の耐え難く募る重たさに
いまは声なく喘いでゐるだけなのだ
見給へ　やがて落日ばかりが彼の吐息にあらあらしく
おどけた仮面も三角帽も地獄の街も
真紅のガーベラと花ひらく……

盛夏 ［2］

蝶ばかりが生々と飛んでゐる焼跡に　陽差は何故にかうまで暑いのか　そのはげしい吐息のなかに　喘ぎながらわたしは見る　塵芥《ちり》捨場の傍の　淫らに笑ふ南瓜の花と赤い鼻緒の下駄ひとつ　とふいに生温い風が吹いてきて　あたりは港町めく暗い石塁の道となる　それから曲りくねつた露地の　古風な門構への家と家　格子窓から女がひとり　こちらを向いてわたしを呼ぶ　唇にはカンナの花を毒々しく咲かせ　しかもなかば裸なのだ　戯れに化粧焼けした胸をさぐると　そこにももう見えてゐるベツドのある狭い部屋——やがて退屈な抱擁の後で　わたしは沈んでゆく　飜るシイツの波も熱い南の海　群青色の果しない海に……　（父もこの茫漠さにとまどひわたしを見棄てたのか）　呟きながらやうやくわたしは女の腕をとる肩を嚙む　夢うつつ母を呼び　柔らかい股を嚙む　さうして木洩れ陽の波の奥の　ひとつの遠い眼差に怯え　なほ蝶の飛ぶ戸外に遁れ　再び塵芥捨場の傍に侘しい町の匂ひを嗅ごうとする　訳もない不安に耐えながら　だが一瞬　夾竹桃のそよぐ茂みにわたしは見た　血を噴いてゐるその歯形をその傷痕を……　数へてゆけば限りもなく　覗きこむ水槽には

寝乱れた母の姿がありありと映つてゐる

晩　夏　〔2〕

午後の陽差に疲れ　気紛れに入るとある場末の映画館　闇のなかでは放心の横顔ばかりが美しく　この世ならぬレクランの物語こそわたしの現実《うつつ》　現実のすべてが嘘でもあるかのやうに　むかしの知り人に声をかけても怪訝な顔をする　扇をひろげ顔をかくす　さうしてわずかにひらめかす羞恥の眼　それに訳もなく安堵して　母に似た老婆　妻ともまがふ少女の間をめぐり　ひとつの空椅子をさりげなく求め　煙草をふかす手つきに氷菓子を喰べながら　人いきれのなつかしさに微笑《わら》ひだす　うら若い寡婦の物腰にやさしく廻つてゐる天井の扇風器　木曳れ陽のちらつく微風のたのしさに　何時となくわたしは微笑ひだす……が　一瞬　はげしい勢にレクランを迸り《ほとばし》　ざわめく観客も不思議な真昼の闇を包む建物も　わたしのなべての憩ひも忽ちに埋め尽す雪崩　あの呪はしい銀の炎をわたしにはとどめるすべがない　ああ　わたしにはとどめるすべがない　詮もなく再び眩しい町角に遁れ　あたりを見廻す時　なほはげしく雪崩

はひびき　青白い閃光をともなひ遠雷は鳴りひびき　またしても募る午後の恐怖よ　重々しく貨車電車が通る傍に　日向葵の花はすでに枯れ　むなしいままにはや雲間に消えてゆく空のレクラン　しかもそれよりもさらに冷やかに店店の飾窓は輝き　行きずりにふと覗くと青白いマヌカンが　哀れにも裸のままのけぞつてゐた

落日

色とりどりの鮮やかな数字のある円盤を　殺気めいて凝視する眼と眼と眼路傍のたわいもない遊びと眺めてゐるうちに　遂にわたしも幾枚かの紙幣を投げる　避けがたい宿命のやうに　さうして激しい掛声を合図に円盤を廻すと方四尺に満たぬ小宇宙に　稲妻さへひかり粉雪まじりの風が吹く　牙を鳴らし野獣が駆ける　鷲が飛ぶ　しかもそれらは皆きらめく色模様となつて　眼をこらせばそれはまたうら若い女の入墨と輝いて　何時となくわたしは夕陽のなかに放心してしまふ　仮初ならぬこの恍惚さを　背徳の業と誰が責める　誰が笑ふ　あまりの愉悦にわたしは残りの紙幣のすべてすら賭け尽す　さればこそま

ず母に背き　唯ひとりの子供とも離れ　いま醜聞の人と呼ばれてゐるのだが
何故だらう　なほ止らぬ円盤には　母でもない子供の顔でもない　まして入墨
の少女でもない　不気味なわたしの縊死体がありありと浮び　後はもう何もな
い大氷原ばかりが展がるのは――　つまり曠漠としたその風景こそわたしの賭
の実体　捉らへようにもすべもなく　動くともなく動く円盤の　音のない雪崩
れだけがすさまじく　時に向ひあつてゐる少年が憐れな子供に見え　ふとここ
ろ疼む時　やうやく止りだす円盤よ　ままならぬこの世のルーレットは　やが
て零に止る　灰色の零に止る　その声もない瞬間　夥しい紙幣ははや誰のもの
でもなく　わたしの上衣を剝ぎシヤツを剝ぎ　皮膚まで剝ぎ　骨をすらそぐ黒
眼鏡の侏儒《こびと》たち……　突き倒され罵しられ　わたしはそのまま気を失ひかけ
る　しかし不吉な予感の空にまたしても浮び　さらに輝きを増すのは何なの
か　夢うつつ遠のく笑ひ声を聞きながら　――確かにわたしは眺めるのだ　再
び紙幣をかぞへはじめた血まみれの指と　ひとしきりのオーロラを閃めかせ
不思議にもさわやかに廻りだす魔の円盤

冬の蛾

吹雪の嗚咽にけふも瓦礫の町は暮れ
灯もともらぬ石畳の道のとある十字路で
せはしく咳こみよろける男
白衣に松葉杖義手の不思議な男

右左　聳りたつのは焼跡のビルの
双の眼を虚ろに見ひらいてゐる巨大な夜の頭蓋……
その周囲をひとしきりめぐり　するどく松葉杖が軋む
アルミの腕が空に伸び縮みする
雪の切れ間にはネオンの燐が燃えしきる

再び燃える火薬　焦げる背嚢　軍靴
それから毀れた磁石と眼鏡と錆びた有刺鉄線
触手のあるゴム質の額を振りたてて

彼は何を怒つて火の粉の咳にむせぶのか
港では油槽船が燃えてゐる

やがて　はや動かぬ松葉杖
鉤のある硬い指には小石をつかみ
凍てついた吐血の上に　廃墟に充ちた地球の上にうつぶして
声もなく彼は息絶える　石畳の割れ目に
白衣は異様な花弁となつてそよぎだす

火星人の死　火星の花
人知れぬ隕石さながら屍体は凍り
北方の風はことなげにまた海の方へと吹いてゆく
さうして極光《オーロラ》とまがひ一瞬の爆音に港がきらめく時
かすかに星雲の瓦斯を匂はせ　銀の翅をふるはせて
なかば狂いながら舞ひたつ夥しい毒蛾……
　屍体は忽ち闇の中へと消えてゆく
白衣の花もゆるく羽搏き宙に浮く

Ⅱ

［一九五二―六五年］

旅愁

——朗読のために

ここは何処《どこ》だろう
暫くまどろみ目覚めてみると　はや暮れ方
国境の長いトンネルもすでにすぎ
汽車は山間の小さな駅にとまっていた
空には朝焼にも似て淡い光がながれ
ホームにはコスモスの花が咲いていた
花はわたしのなかの夕べにも点々と白い夢を咲かせていた
眺めながらわたしはこう思うのだった
〝きょう　昼間わたしは町にいた
　あくどい看板や人波に疲れきって町を歩いていた
そしてあてもなくひとり汽車にのった
そして眠りほうけている間に町を遠く
いまこうして山の中にいる
ああ　この静けさだけでわたしは満ちたりる〟

ホームに降りたちわたしはこう思った
ランプらしいはるかな灯を眺めては
このまま町にはもう帰るまい……と思ったりした

それにしてもここは何処だろう
やがてここからはまた急な上り坂
山の奥へと夜の深みへと汽車はなお進むにちがいないのだが
いったいここは何という駅だろう
さりげなくコスモスを摘もうとすると
なつかしい人が遠くから手を振るように
思いもかけずシグナルがカタリと鳴った
何かしら責めるように　ひとしきり谷川の音が高まってきた

曇　天

湿っぽい毒だみの匂いがこもっている

薄暗い庭
青く固い実をつけた無花果は茂り
片隅には錆びた鉄兜や古鍋がころがっていたりする
遠くでは誰かが白髪染を煮ている
おれのこんな中庭に
ジェット機はまたしても一瞬の血しぶきを散らし
過ぎゆく

廃墟の夏の明け暮れの
こころまで乾ききった季節……
死は白衣の清掃人夫と一緒にやって来て
庭の汚物の上からおれの内部まで冷く消毒薬を
降らしたが
きょう　死は奇妙な姿をして
あのジェット機の両翼にぶら下っている
それから毒だみの汚物の匂い
無知な群衆そのもののように茂る雑草

無花果の幹には守宮《やもり》が愚痴っぽくなき
厠の匂いにすら　おれは狡猾な政治家共の嗤笑《ししょう》を
聞くのである
（毒だみや汚物の匂いにゆらぎたつ
（あらゆる憎悪と呪詛の声を知れ！
だが絶望に譫言をいう蔓草の塀の向うから
死は金髪に似せて醜く髪を縮らせた女の姿をして
現われる
裸のままで淫らに身をくねらせて笑う娼婦……
陽は遂にその恥部に隠れた

白い怨霊を孕む真昼である
痴呆の眼差に似た囚れのこの中庭の鈍い光
そして白髪染の匂いのするおれという男の思想
無花果の葉には貝殻病の斑点が白く
おれの背にも紫斑病の痕が黄ばんでいる
（曝かれた罪悪　無花果はもはや熟さぬかもしれぬ

雲の切れ間には遠く　不気味な石臼の音が響いている

弟へ

弟よ　おまえが住む松林近く渚の砂が
おだやかな陽に乾いてゆくように
きのうまでの古い季節はすでに去り
きょう美しくも新しい年がやってきた
町の中のこのせまい庭にも山茶花は咲き
追羽根の音ものどかに聞えてくる
だが弟よ　こんな日もわたしの苦痛の中をすぎ
おまえの静かな明け暮れまで怯やかし
空高くはげしい金属音は鳴りひびく
あれはいったい何なのか
あれは死のひびきではあるまいか

けれどきょうわれら怯えることなくなお生きることを誓おう
よしこの世がいかに不吉なものの予感に充ちていようとも
われらお互を信じあうこころと
羽根の音や明るい陽を愛するよき意志で
今年こそ山茶花の純白の夢で日日を飾ろう
ごらん　きょうは凧も空の向う神秘な宇宙の奥へと舞上る日
弟よ　勇気をだして内部の窓を開け
そうして世界へ向いおまえの若いこころを
澄んだあの羽根の音のようにひびかせよ

不眠のうた

夜である　送信所の鉄塔は霧の中に杙《くい》のようにたち　ネオンの標識が牡蠣の
ように輝いている　遠く動かぬ一本の光芒が　暗い空に垂直にのびている　そ
のあたり　高射砲の試射音が鳴り　鉄塔の見事な組織に　うつろなあたりの建
物の窓に反響する……　夜である　海の方からはやや鋼くさい風が吹いてく

る　運河の澱みの上には額を割られた黒人兵が　時ならぬ石榴の花を咲かせている　岸辺のうら若い夜の女がピストルを水の中に投げた　その鈍い音　久しぶりにおれの裡にも波紋がひろがる……　やがて港の方からけたたましいサイレンを鳴らし走ってくるジープ　それにはねられた中年の勤め人　その飛びった脳髄が　これもまた季節はずれの花を鉄塔の脚に咲かせる……　こんな風景の中に　おれは遂に一本の動かぬ円筒式アンテナかも知れぬ……　暗い夜空を遠く　眼に見えぬ電波の呪文に捕えられ　おれの最後のジェット機が墜ちてゆく　港では油槽船が燃えている

炎天

夾竹桃は空にはげしく血潮を噴き
港に近いこの墓地の砂原にも
夏　雨曝しの髑髏が虚しく眼を見開く季節がやってきた
空にも浮ぶ青錆びた髑髏
そしてまた崩れかかったクレーンの蔭の血まみれの手

その手が俺の胃の腑を空に放り上げ
灰色の齲歯　毀れかけた墓石　茶碗
芋虫のように転がっている釣鐘
さては乾いた犬の糞ほどの声名など
そんなもの一ト破片《かけら》の俺の財宝を
汚物の浮ぶ海に叩きこむ
瞬間の眩暈にちらつく迷路　墓地の道
灼けた砂を踏むと
血の滴る桃の葉かげに　女の股が見える
冷たく青白いその肌　その足指のわずかな痙攣
俺の瞼も頬も奇妙な痙攣を起す
毀れかけた測秒計のように

港の造船所に近い　このどん詰りの墓地
夾竹桃の血潮は如何に流れたか
崩れかかったクレーンは再び誰が起すのか
真昼間から燃えるアセチレンガス

俺のX線写真の翳のように遠く霞んでいる島
それがまた一つの大きな髑髏となって
抉られた双の眼窩からは
やがて白濁の濃汁が流れだす
その中に蠢く里素色の胎児
——暫らくは贅言をいう陽差に怯え
汗くさい潮風を嗅いでいた

微笑と鉄塔

露地から露地へ
また崩れかかったボタ山の麓へと
彼女ら　若い四人の保母は自転車でゆく
紙芝居とハーモニカと古びた手風琴
彼女らは町の童話家であり音楽家であり
あやしげなバレリーナでもある

そして彼女らは何時も笑っている
「ほほえみ会」誰がつけたかその名のように
何時もやさしく笑い口紅もつけぬ唇から
絶えず朗らかなメロディが洩れている
しかも四千円ぽっちりのサラリー
みな自活しているのだが　勿論　赤字赤字の生活
質屋通いもやれば　夜は夜でガリ版切りのアルヴァイトもやっている
時には一食だけのひどい日もある
それでも彼女らは心から子供が好きだ
保育園の赤ン坊　炭鉱街の長欠児童
さては裏長屋の青白い子供と
歌って踊ってる子供たちと遊んでおればいいのだ
「ほほえみ会」その名のように
彼女らはこの世の不幸な子供たちと笑いあっておればいいのだ
「ほほえみ会」生き難いこの世の中を
せめては笑いあって手をつなごうというのだ
だが　よい歌と音楽と笑いの移動保育園も

思わぬことで潰れかかっている
いや　潰されかかっているといった方がいいだろう
それはある放送会社の青年が
グループ紹介として十五分の録音構成で放送したところ
経営者がそれと知って怒りだし
ほほえみ会などすぐにやめろと言いだしたのだ
――仕事外につまらぬことをやっている
――他所の保育園の縄張りを荒す
――即刻中止せねば　クビだ
彼女らは驚いたが　なお驚いたのは
その放送会社の青年だ
――保育園の仕事と　ほほえみ会
――どこが　どれだけちがうのか
――いや　保母ならでは出来ない仕事
――保育園の園外活動ではないか
――賞めてやって補助金でもだすのが本当だ
しかもその経営者は　特飲店の店主で町のボス

彼女らが正式に保母の資格をとろうとする時も
何かと理由をつけてその受験勉強を妨げたという
この時代錯誤　人権無視　暴言にも程がある
青年は到頭怒りだし　アナウンサー伝票　録音伝票　放送謝品伝票と
忙しく一日をすごし　三十分の録音構成を企劃する
「その後のほほえみ会」タイトルもちゃんときまっている
ところがところがだ　これがまた人の世の不思議さ
彼の企劃は遂に許可されぬ
何の理由と明示もされず　事なかれ主義の放送会社
一瞬　彼は色をなし　辞表を書こうとさえ考えるが
この怒りもすぐ消える　青年とはいえ　彼も三十歳
坊ちゃん育ちだが　浮世の苦労をなめすぎている
かなしい諦めと自嘲と淋しさが
遂に彼をだまらせる
この誤魔化しこの卑屈さ　徹底したサラリーマン根性
一晩　自棄酒を飲んで夜を明す
――かくて一つの社会正義　彼が好んで口にするラジオ・キャンペインも

遂に泡沫のように消えうせたが　この時
丘の上のアンテナの鉄塔はいったい何を意味するのか
五月晴れの陽の中にくっきりと
洒落ていうならば　さしずめ「白く塗りたる墓」のその輝き
幾万の鉄片と無数の鋲とで作られた
地上八十メートルの見事な組織
鉄塔の下のコンクリートの床は
すでに数人の飛下り自殺者の血を吸っている
その血のいろとは　また逆に
いまアンテナをかすめるように純白の雲が往く
ほほえみ会のあの八つの銀輪を思わせるような白い雲
あの四人の若々しい保母のクビは繋っただろうか
しかし　それさえももう無縁のことのように
青年は遂に微笑まぬ
「ほほえみ会」とは　何のグループだったのか
彼は不機嫌そうに毎日ただやたらと走り廻るだけ
スタジオから　副調整室へ副調整室から録音室へと

鉄塔の影の縞格子の　永遠の牢獄の中を
独楽ねずみのように駈け廻るだけ――
商業主義の手先　裏切り者の詩人
だが　噂などどうでもいい
彼はただ生きている　自分一人ではない生活のために
そうしてこの世のすべての人　すべての国が
何時かは「ほほえみ会」のグループになるように
祈りながら　ひっそりと生きている
彼の名は近代奴隷　またの名は
ラジオ・プロデューサー

聖夜

夜更けともなれば
思いもかけず近くの木立で梟が啼き
夜には星がきらめくほどしずかに

虫が啼く夏がやって来た
茂みの向うには梢の影がするどく
その影に重って絶ゆみなく揺れている天の鈴懸　銀河が
わたしたちの憧れそのもののように輝いている
何時となく海にもまして豊かにひろがってくる　この聖なる夜更け
妻よ　ごらん　やがて生れてくる幼い者の唇のように
木がくれに遠い灯がまたたき
窓にそよぐカーテンもやさしく闇をつつみ
二人だけのたのしい思い出や秘密をつつみ
ほのかな茂みの影には
暑かった一日の後の安らぎの中に蛍が一匹
流れ星にも似てふと消えてゆく
それは二人が眼と眼でわらいあう時のような
瞬間《たまゆら》の中にやどる永遠の光……
その瞬間の光に照らされて
今日という小さな流れがかすかな音をたて
二人の脈うつ鼓動のまま木立の奥へと流れてゆく

生きているということのこの物悲しさ　この安らかさ
二人はこのわびしさだけに生きているのかもしれぬ
だが　明日　庭にはやはり夏草の白い花が咲き
空に向日葵の炎も燃えたつにちがいない
また空の果てのさみどり　山々の濃むらさき
海辺をゆけば　水平線に湧きたつ真昼の雲
季節は大きな花のように
二人だけの喜びに輝き渡るにちがいない
だから妻よ　悲しいこと　さびしいこと
ましてつらい日日の生活のことなどもう何にも言はず
美しいあの空の鈴懸の木をごらん
あれは暗い世の闇の中になりひびき
二人だけに聞える物語の中の竪琴
耳をすませばひそやかに
澄んだ音が聞えてくるではないか
神々の声も聞えてくるではないか

魚市場にて

午前四時の魚市場　駅前に似た雑踏の中で
沖商のささくれた手が俺の腕を捉む
空の三日月と岩壁に積まれた秋鯖のするどい鰭
肌寒い風に鳶口の刃がきらりと光る
「おまえさん　誰だい」
彼のだみ声にふと怯え
捉まれた腕が痺れ骨まで痛いのは
彼の腕にどうやら入墨がある故らしい
「おまえ　魚を盗みに来やがったな」
「とんでもない　ぼくはただ放送局の……」
「なら　なおのこった　滅多なことを録音するでねえぞ」
黄色い歯並みが覗き　片方しかない耳がふと動く
その耳朶こそ彼らの組合のバッジ
そこで市場の前の屋台店でまずは一杯

酢蛸　刺身　鮑と酒の肴は場所柄充分だ
「わっしは無籍者でねえ」
「そいつあいい　ぼくもなりたいよ」
徹夜の仕事だったから　俺も陶然
無籍者の気楽さを羨しがる
（出来ることならあいつの首を締め）
（ついでにあの女も殺したい）
（そうして電気剃刀　オーデコロン　蝶ネクタイ）
（客に向っては慇懃無礼の偽の生活）
（文化人のレッテルよ　糞くらえだ）
酔えば口も軽くなる　素朴な告白
魚の匂いに染んだ彼の体臭が無性になつかしい
それにしても俺は何故に　毀れやすく取りすましたこの人生
携帯用録音機《ミニテープ》と称する体臭も無い機械相手に生きねばならぬのか
何故に……何故に……俺ばかりが何故に……
この時だ　薄ら闇の海の上にまでひびき　急にどよめくせりの声
みるく〵岸壁は鯖で埋ってしまい

訳もわからぬ叫号《きゅうごう》に波もひときわ騒ぎ立つ
彼はにんまり笑って立ち上る
俺などはや無用の者　鯖と叫号の中に彼はそそり立つ
よろしい　その姿　千両役者の登場だ
空にも血のいろをした録音テープが廻りだし
やがて俺も遂に一箇の録音器
秋鯖などどうでもいい　俺はただ録音したいのだ　もうひと言
海から上ったばかりの鯨のような
今にも飛びかかろうとする獣のような
全身黄金いろに濡れた巨人のその声を　その唸り声を……

テレビ塔から落ちて死んだのは……

地上　六十七メートル
明方のテレビ塔から落ちて死んだのは
若いテレビ技師ではなく　俺なんだ

落雷のような音をたて　地面に四五寸軀をのめらして
意識不明のまま死んだ
あれは徹夜の仕事に疲れた技師ではなく
満三十五歳と九カ月の俺なんだ……

映画のフィルムを逆に廻したら
こうも見えるにちがいないと思うような空の色
夢精の後のように惚けた雲　遠い海
一瞬先に落ちてゆく商売道具の記秒計《ストップ・ウオッチ》だけが
出発のドラの音よりも大きく響く
ようやく俺はこれで解放されるのだ
その記秒計の中の人生から　その針のような生活から――
だが昨夜　嫌な汗の匂いと疲労に
俺はしきりとある風景を思いだしていた
それは海盤車《ひとで》のように膨れ上り　また静かに汚水の澱む下水処理場
いわば都会の　人生の吸い溜めだ
あたりいちめん埃がたちこめて

空さえ黄疸を病んでいた
コンクリートの貯水溝の縁には右往左往
陰鬱な顔をした清掃人夫が熊手で汚水をかき廻す
泡だつメタンガスの鈍い音に
俺はまさしく奴隷の鼓動を聞いた
血の気のない人夫と録音機を抱えた俺とそれをまた見守る処理場の小役人と
平気で鞠をついて遊んでいる子供たち
どいつもこいつも不景気な顔をしていやがる
ところで汚水をかき廻すと何が出たと思う
まず錆だらけのブリキ　鉄屑　歯のかけた櫛
使用ずみのゴム製品　破れたタイヤ
さてはメッキの剝げた真鋳　名だけの民主主義
エチケットとか称する外交辞令　文化人の尻ッ尾
ジャーナリストの空のチューブ
またその空のチューブにへばりつく偽詩人
まだある　どこで誰が投げ込んだのか不発の焼夷弾　油紙包みの胎児
アンモニア臭い人間の諸々のエゴイズム

それから　それから　それから……と
かき廻す人夫も狂気なら　俺も狂気
興奮のあまり到頭俺は頭から汚水を浴びてしまったが
あれは何時の日のこと……
掬い上げられた沈渣物の上に腰を下し
俺までが遂に一箇の廃物か何かと思い込んでいた
しかも足もとに蠢く夥しい蚯蚓
誰だ　この汚水にまみれた蚯蚓になってもいい
自由になりたいと言いだすのは
それより　こんな蚯蚓のような自由こそ踏み潰せというのか
鼻をつく臭とはげしい嘔吐に　午後のわずかな休憩時間を夢み
汚水の引くのを待ってみても　まだ鳴らぬ合図の鐘
なお開かぬ貯水溝の水門の　重々しく厚いコンクリートの壁
昨夜も　眼に見えぬ電波の呪文に苦しめられ　飴色のテープを持てあまし
俺は夜っぴて防音扉のあるスタジオにいたが
おお　あの壁だ　重々しく厚い灰色の扉
永遠に開かれそうにもないコンクリートの水門

汗ばむ腕にはテープの切り端がまつわりつき
足もとにはあの蚯蚓が　蚯蚓が　蚯蚓が……

地上　六十七メートル
明方のテレビ塔から落ちて死んだのは
若いテレビ技師ではなく　俺なんだ
何のために登り　どうして落ちてしまったのか
それさえ喋らず死んで行った男
あれは徹夜の仕事に疲れた技師ではなく
満三十五歳と九ヵ月の俺なんだ

声　――女山《ぞやま》古墳にて

赭土の丘のこの展望台
君が腰を下した石をたち給え
この石こそまぎれもなく古墳の石

三千年の閲歴と赤銅色の重量が
透き通った午後の暗い陽差しの中で
紋章のように輝いているではないか
鳴鏑《なりかぶら》の響にふとすぎる風
鋭く煌めく薄刃の萱
麓に転んで白く輝いている石は
生贄の牡牛かも知れぬ
石の割れ目　荒れた古墳の暗闇からふと声がする
　（悔い改めよ　生きとし生けるもの
　（存在こそは　まさしく一つの罪
湿った風がまたひとしきり吹き
櫨の葉の火花を夥しく散らす
かつては女王と呼ばれ　巫子としてこの国に君臨した一人の老女
古墳の主の妄執と呪咀に木の葉を散らす
歪んだ地の涯の上に黒い虹がたつ
午後三時
馴れぬ坂道を登りつめた疲労の果　無の果

現代の砂埃が麓から舞い上るにしても
君はただひとり眺め給え
淡い昼月より白く盲いかけた瞼を開き
この視野のすべてに膨れる平野と海を眺め給え

やがて　梢渡る夕べの風と光の翳の擾騒
かの女王のミイラさながら
血のいろをした月が登る時
声なき言葉が再び古墳の暗闇から聞えてくる
（人間　この妄執に生きるもの
（われは奴隷欲しさに戦いを挑んだ
（されば　罪と罰と愛の業と
（歴史もまた妄執の影にすぎぬ
（この地の底の壁画の薄れゆく朱のごとく

冷えまさる闇のこの古墳の上
硫黄よりもほのかな死者の声を聞き給え

晩秋〔1〕

秋澄んだ空に向って樹木は立つ
くるしみも怒りも夏の陽が灼いた
今は静かに冬を待つばかり
繊い枝が祈りに腕を組合せている
眺めながらわたしは思う
あの静けさこそわたしの生
あの昂《たかぶ》らぬ姿こそわたしの存在
風が騒がしく枝をゆする時も
樹木は見えぬ根を地中へ張っている
晩秋　樹木は明日に向って立っている

競艇場にて

救命艇が駈けつけた時　君はすでに事切れていた　血まみれのマフラーとわずかに罅《ひび》割れた風防眼鏡　むなしく浮ぶボートの周囲には夥しい油が　そしてわずかな血の色が　午後の陽に思いもかけず美しい　君の徒労の生さながらに……と　再び合図し鐘が鳴り響く　君の死にも君のあのいちずな速度にも関りなく　またしてもボートは走り出す　黄　黒　赤　紫　緑　それぞれのユニホームの背の番号と観客たちの怒号のなかに　君ははや亡霊となって迷うことすら出来ぬ　さっきまでの花形も　今はただの屍　無頼だった無名の男　非情なテレビカメラだけが宙に伸びた君の拳を追っている　罅割れた風防眼鏡を手にすると　破顔一笑　かつての君の言葉が聞えてくるようだ「何を信じよう太陽と空と鋼くさい潮の匂いの中のこの無暴なスピードの外は……　さらばだ地上の脂っこい言葉と人間共の薄っぺらなエチケット」

六月

葉桜のオルガンがひとしきり鳴った後
虹の縄梯子伝いに下りてくるのは天使たち
見給え　見えない絹の羽を羽搏せ
甘い匂いを漂わせるあの光の子供たちは
善だとか悪だとか慾情だとか
さては生とか死とか愛だとか
そんな人間共の脂っこい言葉にかかわりなく
ただ無邪気に微笑っているではないか
だから雨上りの昼はこんなに静かで
濡れた繁みは中世紀の城のように美しい
俺たち　せめてはこの聖なるひと時
繁みの間に覗いている小さな窓
澄んだ空の色を信じよう

葡萄の季節

葡萄の眸の中にあなたの眸がある
熟した秋の果実
熟れた愛の知恵
白く光る風の中にあなたの顔がある

灼熱の向日葵とダリヤと
凶悪な真夏の情欲にも飽いた
いまは淡い木漏れ陽を愛そう
現代からは程遠いこの無垢の森の中で

葡萄の宇宙の中にあなたの宇宙がある
そしてまた解き難い歴史の謎のように
未来に臨んでたっている樫の木
祈りも知らぬあなたの亡霊

死の町

テレビ塔の魔の腕が
落日までむしり取ろうとするので
はげしい黄塵に宙に浮いた町

黒死病と脳肥大症の交叉点
ボギー車が鯖色の痰を吐いて走る
バスが運命のように全速力で走る

賭博者だけが生き残った町

蒸汽《スチーム》ハンマーの下から聞えてくる
あの男の呻き声は……
あの女の呻き声は……

昭和三十三年晩夏
工事現場の砂地には
黄色い隕石も埋っているという

岬歌

秋も終りに近いとある日
暫らくは苦痛に沿うて電車を走らせ
かなしみに川を渉り石塊《いしくれ》の道をすぎ
薄刃の萱の坂もいちずに駆け登り
この内部の崖の上
岬の鼻までとにかくわたしはやって来た
だが見下す海がひっそりとほの暗く
この世の愁い重ねた紫陽花いろにさびしいのは何故だろう
磯馴《そなれ》松が孤独な影を投げかけているあたり
空虚な胸の砂地を叩く波の指先は

俺のすべての歌を拒み　こころは
片孕みする白帆さながら不安に淋しい
ああ　あの舟はどこへすぎてゆく
眺めながら今こそ祈らねばならぬ
ひとりの少女を見棄て　それからの日日を
誰と一緒に俺は生きてきた？
そして　昨日また誰と別れて来たと云うのか？
流れる水脈は日ねもす岬をめぐりつらい秘密をめぐり
すべての告白を促しやさしく未来を誘うが
もはや俺には許される明日もなく未来もなく
見るがいい　背徳に病んだ昼月のうすい瞼
海の眸にさえはげしく見据られ
怯えて俺は涙ぐむ
波間から飛びたつ鷗よ　せめては語れ
どの少女を愛して今日まで俺は生きてきたのか
ふと響く放心の潮騒にうしろを振りむくと
愛と死と少女の三つの峰した立花山

俺の生そのもののような険しい山が
麓を淡く雲にかくしている
やがてあたりはようやく暮色に沈み
ひと日の果のむなしさを煌めかせ
ためらいがちに羽を閉ざす蝶……
またしてもつのる悲しみに
思わず草に倒れ空を見たけれど
空とてもあてもなく明日を透かした水青のわびしさ
わずかに額にふれた野菊の前髪だけが
やや恥らいがちに震えているばかり
手にとろうとすると蝶はまたとびたち
さみどりの灯をひとつ空にともした

雄牛とテレビ塔

1

朝の出勤時　とある大通りの町角で
男は前方の巨大な縛り首の木を睨みつける
銀のてらてらした鉄塔を睨みつける
（かつては何時もあの影に怯え
（陰萎《いんい》の醜態をさらし笑われたこともあった
（だが今日は違う今日はあれよりもでっかいんだぞ
と
男はぐいと足を踏んばり　胸を張る
——この時　彼は一匹の雄牛だ
そうして彼は駈け出してゆく　久しぶりの発情　多血質の復活
赤い布ならぬ眼に見えぬ電波の粒子めがけての突進だ
（笑う奴は笑え　あの鉄塔が吹きとぶか

（俺がその前に宙にふっ飛ぶか
左右の角に火をつけて彼は黒い爆薬だ
雄牛は呻き声も上げずに走ってゆく
——道は殆ど一直線　凡そ二キロ半の最短距離

2

雄牛の今朝の眼は血走っている
猪突猛進　猪武者　こんな言葉もあるが
（誰がもうそんな言葉を信じるものか
スペインの闘牛場　またあの眩しい空の色と貴婦人たちの金切声と
死を賭けたゲームの途中でふと感じた爽やかさ
（俺は百人の闘牛師を倒したが
（それも甘い思い出さ
走りながらも彼は狂気の裡に醒めきっている
だから札びらを切る興行師にも
ヌードになって飛びついてくるかつての貴婦人にも
取り澄ました獣医の看板にも用はない

眼ざすはあいつだけだと知っている
(毛むくじゃらの勃起した奴
(あいつが昨日　一人の気のいい男を殺した
(あいつがクレーンのような悪魔の腕でつるし上げ
(七人の家族を養わねばならぬ中年男の首を縊めてしまった
(その哀れな男の名はテレビ・タレント
(誰だ　マス・コミ病だのノイローゼだという奴は……
雄牛はただ走る　はげしい怒りに二つの角から火花をちらし
雄牛は走るただ走る　鉄塔とその下の白い死の建物
毎日のように人を殺しながら血一滴流さぬあの屠殺場を目指して
さあ　ついてこい日和見の牧童たちよ
西部ならぬ日本の伊達男たちよ

3

雄牛はなお走ってゆく　青麦穂のタイプの戦《そよ》ぎの中を
ごった返す港の朝の輪転機の中を
芝居の書割りめいた安っぽい裏町を

柩のようなテレビ放送局へ
その上に聳りたつ銀の絞首台をめざして
雄牛はただ走ってゆく
（左右の角に仕込んだ爆薬は充分　何十億メガトンのエネルギーだ
（爆発は数分の後に迫っている
（無論　朝の花と咲くその爆発の後
（俺の臓腑は小間切れになってどす黒く雨の中に腐ってゆくだろう
（脳髄は脳髄　胃袋は胃袋　肝臓は肝臓と
（歌えぬままに裂けた舌には蛆が湧くだろう
（ましてや雌牛とのささやかな平和ともおさらばだ
（だが俺はもう己れ自身の爆砕だけしか信じられぬ
（夜だけにしか輝かぬ毒茸のようなあの鉄塔を倒せ
雄牛はなおも猛りながら走ってゆく
交叉点という交叉点のシグナルを無視し
碁盤目の美しい公園の路も突き抜けて
白バイの警官　パトロール　さては鉛の兵隊よろしく並んだ人垣も飛び越えて
雄牛はただ走ってゆく　走ってゆく

黒い爆薬は火を噴きながら転がってゆく
――道は殆ど一直線　凡そ二キロ半の最短距離

老　婆

歯ぎしりをする霙《みぞれ》のなかで
あなたは海の譫言を聞いている
波と砂の塩からい冬の墓地
岬の崖の不気味な亀裂にも　皸《ひび》割れたあなたの唇にも
白い粘液が凍りついている
だが　あなたはそれでも祈っている
死者たちの黴くさい霊を呼びながら……

不精髭さえ生やしあなたは盲目の霊媒　贋の祈禱師
雲の切れ間には血の滴る眼球をぶらさげて
首にかけた数珠は　まぎれもなくあの胎児の臍の緒だ

それはあなたの呪文と共に伸び縮み
蛇の様に捩《ねじ》れ　錆びた指に絡む
その指には青みどろが生えている
悪臭を放つ膿汁の青みどろが生えている
あなたはその指で死者を呼び
聖なる祭壇も飾れば　写経もする
また宙に浮く水母の実存や風船を捉え
透明な定規でロケットの醜悪な軌跡を描く
そうして糠味噌の匂いと人間の湿った部分の匂いと
耳なりと木枯しとジャズと火葬場の焔と注射針と
贋造紙幣と春画と聖書と羊皮紙のビザと生命保険証書と
それら人生の断片を丹念にメモをする

あなたは人間なのか　それとも獣

黄昏の海辺
生と死の単調な繰返しのなかに

あなたは燐のように燃えながらたっている
わずかに覗く白衣の影の入墨にも冬の海は展がって
乾涸びた双の眼を覗きこめば
帰るべきわたしの故郷　棺の町が
なかば白骨に埋れ見え隠れしていた

夜の鼓

鼓　金と銀の古風な蒔絵をちらした鼓
むかしながらのただの古風な楽器と思うていたが
木枯しの夜におまえがそれを打つと
不思議と俺は息苦しくなってくる
木枯しならぬ降りしきる豪雨の中に
稲妻の刃がきらめき　追手の火花が散り
俺は息も絶え絶えに走り続ける
死の恐怖　生そのものからの逃亡

聖なるものへのいわれない拒否

俺は今夜こそおまへを犯そうとやってきた
だが渋い結城にわずかに朱の見える帯
和服に端座して鼓を打つおまえを見れば
何やら犯しがたい巫子のようにさえ見えてくる
しかもつつましく鼓を打つその指は
しなやかな鞭よりはげしく俺を打ち一つの告白さえ促す
おお　鼓は鳴りひびく　天からの神の声
鼓はなおも鳴りひびく　地の底からのこの罪深い男の呻き声
そうしてふと眼と眼が合う時の
人間と人間と男と女と
生と死と愛の触れ合う傷ましくも凄まじい瞬間……

だが気がつくとおまえは俺を許すように
わずかに笑いながら立ち上ろうとしていた
（その白足袋の目に沁むほどの悔恨と自嘲……）

それでも俺はその足元にありありと見た
仄暗く広がり　もはや救いもないままに波うつ虚無の夜を
そうしてたしかに俺は聞いたのだ
その波間に今度は白衣《びゃくえ》姿で
またしてもおまえが打ち鳴らす鼓の音を　海の雷鳴を……
その夜から俺はひどい耳鳴りに悩むようになっている

沼の素描

古代豪族の葬列のように
鳥の羽搏きも聞えぬ赤土の丘
立ち枯れのオリーブ　俺の十字架だけが
小刻みにふるえながら何やら呟いている
（石さえ死んでしまった　秋　飢えの季節
（だがあの人は死んではいない　あの人は

（永遠に生きるために　自分から捕われていったのだ
（大きく背を曲げた佝僂《くる》の空　青黒い無の沼の中に………

不思議な眺めだった　時間だった　昼とも夜ともつかぬ薄明の世界の縁を黒衣の女たち道化の男たち　唖の不思議な生物が踊っていた　沼は岩漿のように大きく哄笑していた　ゆっくりと寝返りを打ち脂ぎった娼婦の腹を見せていた　湿った襞のある皮膚を醜く痙攣させていた　そうして美なるもの聖なるものの名に於て淡紅色の乳首の花を点々と咲かせていた

俺は一匹の野獣だった　錯乱の小さい恐竜だったあの人が残した血潮を舐めて生きていた　あの人の断末魔の声をこの上もない愉悦の声と聞きながら女獣と戯れていた　沼は淫らなベッド……俺は生臭い吐息ばかりしか感じなくなっていた　それにしても何故だろう　なお聞えてくるあの声　息絶える時のあの人の苦痛な呻き声は……（あれこそ俺が三十年かかって遂に聞き得た厳粛な生の声無垢そのものの人間の声ではないのか……

昼とも夜ともつかぬ底無しの沼　青黒く澱む沼　だがやがてもはや揺ぎない

確信と祈りのまま俺も身を沈めて行く　己れを滅すために　また一つの奇蹟を求めて……廃墟の林　赤土の丘とにかかわりなく　沼は何時しか金環蝕のように燎燎と輝きはじめていた

秋日

きょう筑紫路の秋を都府楼跡に来てみれば　何とまあ無慚な　裏手の丘は俺の傷口さながら赤く刳られ　あたりには安物の家が散らばっておる　宇宙人の住処《すみか》でもあるまいに　忌わしい銀色の触角さえ軒々に光らせて……　西の遠《とお》の朝廷《みかど》の幻はどこに失せたのか　雅やかにまた時に憂愁に充ちた眼差に朱雀大路を歩いていた大宮人はどこに去ったのか　まして酒と梅を愛し　歌ばかりに放埒の日日をすごしていたかの老都督の行途をたずねる術もない

やがて太宰府の天満宮へと来てみれば　こことて同じ　友なる宮司は名士にすぎ　境内は町さながらに人出のみ多い　拡声器が脂っこい音楽をがなりたてておる　また俺が四つまですごした母の実家の糸問屋の跡には　いささか場ち

がいなアパートが建っておる　せめてはと梅のみを六十年育てて来た無口な老爺を櫨の木陰に訪れたが　ついこの間のはげしい夏に死んだという……　これが世の中　これが人生と暫らくはわが影の上を歩ませる妻と二人の男の児

妻と知合ったその頃までは境内も白砂に眩しく　梅が枝を渡る風にもたしかにかの清廉の人　罪もないのに都を追われた人の哀しみが響いていた……　だがそれもこれもただ伝説とのみ思う人多く都府楼跡も荒れはてた今となっては　わが子・旅人《たびと》よ　かの老都督にあやかって名づけたそのいわれも知られずにただ風変りな名だと笑われるのではなかろうか　真人《まひと》よ　おまえの名もあまりに古風にすぎようから　やがて恋人からも不思議がられるのではなかろうか……　もしそのような日が来ても　この父を恨んでくれるなよ

太宰府も遂にわが故郷ならず　秋のひと日を歩きつかれ　夕方をわが家の窓に　近くの林の百舌の声を聞いておる

早春

河口の潮の上を鷗が一羽とんでいる
失意の神のように
あの純白の夢はどこへ行った
鷗の羽は媒煙で汚れている
あの啞の日の安らかさは何故に消えた
無法者の斯弾に傷つけられたので
苦痛のあまり鷗は啼きつづけている
沼にも似た虚無の入江の上
鷗はよろめきながら舞っている

春はこんな鷗の血潮のやさしさにやってくるのである

幽母亜艦隊始末記

「六万トンの戦艦を中心とする敵艦隊数十隻那珂川河口において砲撃中」
夢だとはわかっていた
夢をみているんだなとは承知していたが
敵艦隊が那珂川に現われたとは奇怪な……
パトカーの通信員もどきの応答を繰返し
俺は宙を見据えたまましどろもどろ醜態これ極りない格好であった
那珂川は脊振山地に発する全長五十キロたらずの川である
河口の幅とて百メートルにも充たぬ
また年ごとに夥しい土砂を流すので有名で
ためにかつての那《な》の津・袖《そで》の湊《みなと》も跡形もなく埋っている位だ
千三百年のむかしかの白村江《はくすきのえ》でわが水軍が破れた頃
または七百年ほど前の元寇の時ならいざ知らず
こんな河口に敵艦隊がおし寄せるはずがない
まして戦艦という艦種などとっくに消え失せている現在《いま》

何をとぼけてかかるおかしな夢をみたのであろう
確かにゆうべはかつての日本帝国海軍の精鋭戦艦「陸奥」のことを女房に話し
三万三千トンの巨体がいかに熟れきった女体そっくりに美しかったかを
舌なめずりせんばかりに喋って寝ついたが
まさかそんなことが原因だというのでもあるまい
それとも世界最強という例の第七艦隊とやらの行動を苦々しく思っている故な
　のか
この日頃の胃痛で何時も胸苦しい故なのか
ともかくもおかしな夢をみたものだと
真夜中に起されたのも忘れひとり苦笑していた
だが思いをこらせば笑えない何かがある
実際に博多の町が幻の艦隊に怯え騒いだことがあるからだ
それは百年ほど前ペルリが浦賀に来た頃のことだ
博多湾にも黒船が現われるというので町中は大混乱
おっとり刀ならぬ竹槍片手に浜辺にかけつける火消し人足の類い
遠目には巨砲ありと見せかけようと梵鐘を並べた砲台の侍たち
さては半狂乱なにやら叫んだり祈ったり泣きわめいたり……

それを鎮めんとする小役人　万行寺の何とやらいう和尚など
修羅場そのもののような光景が目の前に浮ぶ
それに百年ほど前などとはいわぬつい二十年前の出来事だ
正確にいうと千九百四十五年八月十八日
俺は亡国の民ながら無為徒食の気楽さに
主食代りの貴重な南瓜畑の手入れに余念がなかったが
お逃げなさい今夜にも敵が上陸する　と知らせてくれた女がいた
十六の時の恋人でその頃すでに四人の子持
あまりの世帯やつれに時々南瓜を贈っていたが
その恩返しにと知らせに来てくれたのであろう
赤ン坊を背負い両手には二人と一人の子供をぶらさげて……
それを聞いた俺はひと走り
別れたばかりの女の許に急いだものだ
腰には先祖伝来の刀を一振りぶちこんで……
誰を　どうして斬るつもりであったのか
女はとっくに疎開していなかった　年老いた母親だけが残っていた
それで夜更け久々の配給のミルクに乾パンを嚙《〔ママ〕》っていたら

急に人声　リアカーの音　荷車の音
闇のなかから急に波のようなざわめきが聞えてきた
さてはと思うとまさしくそれは女の家の方角からだ
つまり町ぐるみ上陸する敵を避けて奥地へ遁れようとしていた訳だ
第二の黒船騒動……しかも第一回よりはより痛切なより深刻な
そしてまたすこしばかりおかしげな……
とはいえ俺は笑えぬ　笑えぬ　笑えない
俺は起き上ってこみ上げるおかしさと哀しみを訳知らぬ嘔気と共におし殺し
暫らくは硝煙のたちこめる朦朧とした思いに包まれていた
——と思う間もなく血腥い吐血にまみれ俺は湯殿に倒れていたが
湯船に浮ぶ玩具の船にも似たかの艦隊を何と名づけたらいいか
夢のなか　記憶の彼方に雨のごとくに現われ
幽かにわが哀感を横切って消えたおかしな艦隊だったから
幽母亜艦隊と名付けるにしかず……
さよう　幽母亜艦隊　すこしばかり字面が神秘めいているのがよろしい
さりながらこの胸苦しさは何故か
多分俺の胃はやがて手術してとってしまわねばなるまいが

その時　綺麗さっぱりとこの艦隊も消えてしまえばいい　と
どうやら俺は泣き笑い　ユーモアにもならぬとんだ夢の顛末であった

Ⅲ

［一九六七—七八年］

撫でる

撫でる　まず胸の横一文字の傷痕を
撫でる　背に割られた縦ひと条の傷痕を
撫でる　この十字架の悲惨な肉色を

胸から背にかけては薬疹の砂漠
視野いっぱいにひろがる笑気ガス　砂嵐のなかに
サボテンの黄色い背信の花が咲いている
思いもかけず刺をつけたメスの墓標がたっている
そうして鼻を削がれた駱駝の群れがひっそりと通りすぎる影
空には災いが充ちうつろな笑い声が充ち……
それでもなお未来を示す指は
撫でるのだ　十字架の光栄を聖なる痛みを

指　しかもこの指は　きのうまで妻の生《いのち》の秘密を弄り　女の湿っぽい死の内部

を探り　黒い舌のざらつく樹木にふれ　地上の愛の暗さを麦秋のなかに追って
いた指だ　いま秋冷の陽にかざせば　無限の青い空間に　麻酔のまださめやら
ぬ表情に背をまげたまま墜ちて行く屍……かかるエロスの指のすべてを切れ
切れ　滴る美学の血潮を啜り　浄めよ　死者をして復活せしめよ

血まみれの掌で撫でるのだ
撫でるのだ　胸の横一文字の傷痕を
背に割られた縦ひと条の傷痕を
撫でるのだ　荒々しく地軸までつっ立つケロイドの十字架を

笑気ガス＝液化亜酸化窒素のこと。全身麻酔に用う。

夜の鋼索《ロープ》

何故にわれらは暗い山頂へ急がねばならぬのか
不安な旧式の登山電車に身を委ね

どうしてふたりだけの空間に浮ばねばならぬのか
時に揺めき軋む車体　われらの未来
奈落に沈み行く夜景　われらの過去
黝《くろ》い影が擦れちがいざまにわれらの間の灯を消すのは何のためか

旅行者にしてはわれら　あまりに貧しい服装にすぎ
行き着く山頂が何という山なのか知らない
ましてわれら何も期待せず何も誓わず
愛さえも信じようとしない
信じているといえば　やはりかの山頂にそそりたつ呪いの木の
何者をも赦そうとしない呪いだけだ
傷口の標識灯を点滅させているテレビ塔だけだ

呪いの木のどうしようもない呻き声に引きたてられ
われらはやがて手術場めく山上駅のホームにたつ
がらん洞の人生の傾斜にたち裸になる
裸になってせめてもの赦しを請うというのだが

それでもわれらはありありと見るのだ
われらを締めつけ呪いの木に懸けるための鋼索《ロープ》
血にまみれ鈍くひかる夜の鋼索《ロープ》を

明朝　われらはかの鋼索《ロープ》で呪いの木に懸けられるであろう
恥部までを見せるスキャンダラスな姿を人目に晒すであろう
呪いの木の呪いのままに腐った腸のような鋼索《ロープ》を首に巻かれ……

深夜の日時計

深夜　呪いの木からずり落ちた男はスープを啜る
乾いた棒状のパンを浸し
コルプス・カヴェルノズムとやらいう呪文を称え
むなしい蘇生のための夜食をとる
食卓がわりの固い木の寝台の端に
呪いの木は妖しげな火となって燃え上る

滴り落ちる膿汁と血脂
不気味な罪の触手が　熱いスープを掻き回す
おれのふやけた性《セックス》まで掻き回す
呪いの木の倒影がスープのなかの熱い戒律を掻き回す
女はこの戒律を知らない
呪いの木とともに燃え尽きる情熱を知らない
まして焼け爛れた呪いの木が
空に逆流するスープを塞ぎとめていることさえ知らない

蘇りのためのスープは無限の空間となる
呪いの木はその中心にすっくと身をもたげ
まぎれもなく深夜の日時計となる　おお　おれの自転軸
白磁のスープ皿の内側には
許されぬ〈明日〉が果てしない地平となって傾いている

新春短唱

また元旦がやって来た
錆びついた扉をおし開く〈時〉のすさまじさ
またしても新年がやって来た
しかも今年は一人の殉教者の血にまみれ……

新春に血の不吉をいうのを咎むな
人生はただ一度のものとすれば
この一回性《アインマーリヒ》は美であらねばならぬ
〈歴史〉もまた美であらねばならぬ
譬えていえば　薄氷に血の滲むような
煌耀の美であらねばならぬ

やがてこの決意のままに　陽は昇る
歳月のむなしさを破り

宇宙のリズムとともに空も動く
かかる時　口唇はおのずから開き朗々と誦するのであろうか
即ち〈天文ニ観テ以テ時変ヲ察シ、人文ニ観テ天下ヲ化成ス〉

奇蹟

ガーゼ交換室にはゾンデが鋭い嘴を並べている
一日に一度ここに集る男女の傷口をつつく
袈裟がけに背中を切開されて顔色もない男　傷口には赤蝮がのたうっている
左胸に瘻孔《ろうこう》のある男　がぼりごぼりの血膿　生き死にのおかしな放尿だ
右胸の肋骨を全部きられた男もいる　サモン色に響くコキュの不器用な手風琴
脇の下をわずかに割られた女もいる　古びた似たり貝　ヘドロの海の熔岩
みんな海豚になったのか　何も喋らない
ゾンデの嘴だけが　傷口から汚れたガーゼを摘みだす
ガーゼ交換室　ゾンデの嘴が傷口から胸腔をひっくり返す

覗けば人間の宿命ばかりの暗い洞穴
背を割られた男のおれは　鏡にその洞穴を映し
冷凍室の雄鯨のセックスを背負ったまま突っ立っている
そんなおれをゾンデの嘴が固く黒い診療台の上に押し倒す
地球が歪むように大きく開く傷口
幽暗の空さえ呑みこんでしまう海が広がる　黝い北極海
膿盆の上に盛り上り拡散する時間という潮流
ゾンデはこの時〈呪いの木〉となりおれを刺す
氷河の緩やかな速度に　おれの内側を抉る
それでもおれは喚かぬ　身顫いするほどの痛みだけがおれの救済《すくい》……

ガーゼ交換室の〈呪いの木〉
快癒のおれを見て　人は復活の奇蹟をいう
それもよい　だがほんとの奇蹟は奇蹟らしくもない事柄だ
ゾンデの灼けた嘴はおれの傷口から
汚れた宇宙の臓腑をひきずりだし
いまも真新しいガーゼに変えているのだ

銀泥譚 〔3〕

丘を降る　朝焼けとも紛う落日の淫らな血膿に伏しまろび
丘を降る　声もなく堕ちていくおれの屍体の左肩　汚れた傷口を眺め
ひとり丘を降る　秋も終り薄暮の外側を　宇宙の青い割れ目
美と呼ぶ罠に沿うて降る　紫摩黄金《しまおうごん》　落日の不隠な魅力に憑かれ……
そうだ　光のなかに影あるこの風景はまさしく罠だ　生死の境におれを誘い
首だけの妖しい生き物にするための物の怪だ
枯れた穂芒《すすき》に　悪寒さながら寂漠と立ちよろう時刻《とき》
なおも無様《ぶざま》な傷口を見せ　ただ堕ちていくばかりのおれの屍体
空さえ落日の血膿に染んで　やがておびただしい汚物を滴らす
もしかすると血膿どろどろのこの坂道は　呪われた迷路かもしれぬ
蹌踉《そうろう》と歩み　疲れきったおれの足首にもはや霜柱立ち
凍てがての老醜の胸には　あのいやらしい木枯しが吹き通る
木枯しの果て　虚無の極みでおれの屍体を焼く音がする
海鳴りだ　屍体を焼いて骨さえ砕いてしまう宇宙の海の音……

落日の血膿滴る坂道を　焦げたおれの屍体がよろめいていく
木枯しの果てに玲瓏の海があり　永劫の近代都市があるというのか
だが　ここは海からも近代からもほど遠い　原始の闇に続く切り通し
光の影と生と死の不思議な曼荼羅模様を見せている坂
天刑星ひとつ　血腥《ちなまぐさ》い雲間に漂わせ　落莫の海鳴りを響かせながら
物の怪が咆哮する歴史の裂け目　おれの肩を再び切り裂く処刑場だ
物の怪は遂におれを縊《くび》り　朱ら顔の傴僂《せむし》　異形の塞《さえ》の神と蘇らせ
死霊の棲む谷間　喪神《もがみ》のすだく森　魑魅魍魎の飛ぶ空と
天涯地角　視野のすべてに地獄絵の凄絶な認識を漲らせる
さればこそ　この坂道は滅びへの闇の隧道　自我《エゴ》の断崖
脂っこい夕靄を払い　傷口の底に無の秘密を覗けば
思いもかけず銀泥の海がざわめいておる　消えがての光の内部から
豊饒華麗な湿原の干潟　銀泥の海が溢れておる
おお　聖なる女陰《ほと》の形して噴き上る太虚そのままの銀泥
渦巻くその中心　宇宙の無の深淵にも見える　惨憺たる現代の奈落よ
丘を降る　ゆるやかに動く銀泥の干潟を臨み　狂気の冷えた愉悦に

丘を降る　棘ある死の石　血膿の凝結した言葉を踏みながら
ひとり丘を降る　落日の罠も消えた原始そのものの静寂な岸辺へと
瑞瑞しい約束の土地　絶対極限の干潟へと降っていく
しかもこの銀泥の干潟は生きておる　若い彗星の跳躍にのめり込めば
火照った海星《ひとで》の腕がしかとおれを締めつける　灼けた貝殻の舌が
おれの肩をおだやかに舐め　汚れた存在の傷口には
胚珠　宝珠　紅炎きらびやかな瑪瑙の塔が屹立し　銀泥のなかにも
千の透明な稲妻の眼が光る　濡れしとる子午線がひらめく
なおのめり込めば　この耽溺が「永遠の今」と呼ばれ
ゆっくりと開かれる宇宙の白い股　銀河のかすかな軋みさえ聞えてくる
遠く水平線の軛《くびき》のあたりにちらつくのは　何の合図の火なのか
宇宙の縁の蒼白なその火は　ゆうべ逢うた娼婦の繊い指
天蚕糸《てぐす》のごとく宙に伸び縮み　銀泥を撫で宇宙の中心をまさぐり
血膿にまみれ朽ちかけたおれの呪いの木を支え　地軸さえ支えておる
古代と共に現代を夢み　神秘な恍惚の表情を見せる情人《おんな》の指だ
純粋無垢　可憐な爪の三日月は大胆にも歴史の呪詛を消し
時間の裂け目　坂道の古風な物の怪をも殺し　銀泥の潟に

彩色の虹の花咲かせる海茸　水晶の情念を育てておる
――この時　萎えた呪いの木を支える指はいよいよ繊く
指先からは黄燐の蜃気楼の炎を燃え上らせ　銀泥の潟も
空いっぱいに広がっていく　新しい星雲の誕生……
新しい宇宙の創成だ　なべてのものを見通す銀泥の眼
曠劫多生《こうごうたしょう》の豹の眼を持つ干潟のきびしい視線に見据えられ
おれは丘を降る　落日の血膿どろどろの怯えも忘れ　もはや祈りもなしに
おれは丘を降る　壮大芳烈な宇宙の姿態を見せる干潟へと
おれはひとり丘を降る　秋は終り薄暮の内側を　眩暈《めまい》のうちに縫合され
恒星の重みに熱い肩の傷口に沿うて降る
未来の色した劫初《ごうしょ》の夜の底　銀泥の呪いの木の影の飛沫《しぶき》を浴びながら……

秋の刃

おまえは知っているのか
博多は筥崎宮の放生会《ほうじょうや》　雑踏の参道筋

掛け小屋まがいのとある店先の斧が
宙にとんで女の首を落すのを……

斧は鋳物の安物ながら
ひと夏を耐えてこの日を待っていた狂気の刃
首を手始めに指を手首を腕を両膝を股を
最後に亀甲模様の冷涼の背を斬る
むなしい約束の背骨を砕く
爛れるほど灼けて残照の空を割る
おまえは知っているのか　あの狂気の行途を

斧は空にとんで雲を斬る
大きく右に傾き空そのものさえ斬る
時間の黝い影を臓腑のように落し
血に染んだ社殿の檜皮葺《ひわだぶき》を斜めに削ぐ
おまえの美学を無慚に斬り落す
——神木の古松とともに倒れるおまえの呪いの木

女の屍をなお斬りきざむ狂気の刃
抉られて月もない宵空に放り上げられた乳房　腐った耳朶
なべて愚かな秋の殺戮の果てとはいいながら
おまえの存在はあのひしゃげた肉の一部
更にまた抉られた恥部のびらびらよりも醜い
血にまみれた刃はやがて空を旋回する
見世物《たかもん》小屋のオートバイの曲芸さながら
妖しい爆音をひびかせ鋭い弧を描く
夜の内側までを抉りとる

おまえは知っているか
筥崎宮の放生会　人いきれのなかで
とある店先にひかる一本の斧　秋の刃が
宙にとんで昼と夜を断ち斬り
雲間もるひとつの淡い視線を断ち斬り
遂にはおまえの首さえ刎ねるのを……

景　清

盲《めし》いたその眼はさみどり
うつつの世界は識別し得ぬ
晨昏《しんこん》晴雨の仮象の世界も知らず
見るは茫漠とした宇宙の光蘚

一騎当千の侍大将も今は驍骨《ぎようこつ》の世捨て人
肌《はだえ》に刀傷の痛みを知るのみ

痛みは時に暗暗たる欲情を呼ぶが
愛憎・怨情の人間の絆はすでになく

ひとりの娘・おのが官能《エロス》の訪れる時
わずかにかつての修羅場に敵を追い散らす

盲いた眼に血がのぼる
けわしく物狂いの殺気がきらめく

せわしげな世俗の喚声　罵声
烏合の衆のおぞましい矢襖　槍襖……

束の間に眼はもとのさみどり
物狂いはふと静まる　木犀の花のごとく

〈見るべきものは見たり〉
盲いた世捨て人は永遠の外側にいる

狂いながら目覚めて
豊饒の秋を端座しておる

七月〔2〕

みどりの炎が燃えているのではない
あれはおれの半生の血の道標
かなしみの果ての一本の樟の木は
濃い血潮を噴き上げている

苦渋な七月　おれの生れた季節よ
人は何のために生れたのか
むなしい問いの繰り返しまた繰り返しに
風も青やかな空をすべっていく
あたりに縹渺《ひょうびょう》とした海を見せながら……

ああ　楠若葉のなかの飢えた夏の海
おれの詩法は伸びきった岬の影を
片孕《かたはら》みしながらいく白帆だ

それでも危《あやう》いこの内部の崖の上に
みどりに輝いている灯台「永遠の現在《いま》」

新生の予感におれの樟の木はそよいでいる

夜の声

耳鳴りの遠い潮騒がしきりと響く夜を　おれは惨めに萎えて眠りもできぬ　おれの肉《サルクス》は乾いた砂丘　霊《プニューマ》はきららかな雲母　身動きもせぬ女の裸身は膨らんだ海峡となり　闇にのたうつ透明な水母の殺意が白塗りの灯台の影に重なって　隠微な呪法の天文台を狂気のように屹立させる

女の腰にちらつくのは流星塵か　やや淫らにまたすこし清潔な恥毛のそよぐ地球の湿った自転を見下して　おれは恩寵もない流謫《るたく》の男さながら宇宙のただ中にいる　瞬きもせぬ女の目の奥に　もしかするとおれの生の秘儀が隠されているのかもしれぬ

潮騒の奥の聖なる亀裂を閉じ　やがて女は背を向けて宇宙の沈黙のなかに眠る　その背骨を滑る広がった「時」の軌道　灼けた寝言のなかにも塩からい星座の風が吹き　乾いた肉《サルクス》の果てに稲妻が鳴り　おお　何という神々しい詐術　永遠という名の酩酊の夜　仮初の祈りに愛の頭蓋にともる灯を消すな

覗き込む女の臍《ほぞ》　そのなかのもう一つの宇宙の「現今《いま》」に　不眠の霊《プニューマ》の血の滴る汗の染《し》みを描くがいい　仮死を装う女の肩の黒点　古風な太陽の炙瘡に縮みいく「時」の軋みを聞き　恐ろしいブラックホールの崩落現象を見るがいい　ここではもはや「無」の伝説すらない　生きることの「意味」さえない

耳鳴りの遠い潮騒の彼方　乾いた砂と雲母の降る夜　「在る」ものはただ女の白い裸身と呪いの木に　未来よりも高く宇宙の裏側に吊るされたおれ　そして萎えたまま血膿をこぼす肉《サルクス》　異形の軟骨……それでも冷え冷えとなお白銀の超新星のように呼ばわるのは何か　けだるい霊《プニューマ》が闇にまぎれた後　おれは新しい宇宙に再び広がる「時」の澄んだ声を聞いている

火炎形土器

――長岡市関原町　馬高遺跡出土　高さ三十四センチ――

血糊べっとり　笑い狂う鬼女が
牙を剝《む》いている
原始の火の呪い
幻妖の炎が渦巻く混沌《カオス》の小宇宙

赫赫赫赫
その 雷《かみひかり》 蚖蚖《ひろめき》　目精《まなこかがやく》赫赫
赫赫赫赫赫
女は醜女《しこめ》　乳房も固く粗い腋毛が臭う
それでも勾玉《まがたま》を愛し　誰よりも
ただ一人の男を愛した
奔放自在　絢爛たる官能《エロス》の溶岩流がたぎる

赫赫赫赫赫
その雷蚖蚖　目精赫赫
赫赫赫赫赫

蝮だ　稲妻のきらめきに肩を咬《か》み
裏切った男の生命を断つ
憎しみの極みにとぐろ巻く蝮の髪
怪異の土偶とも見える裸女だ

赫赫赫赫赫
その雷蚖蚖　目精赫赫
赫赫赫赫赫

朱《あか》らひく肌　股長に寝《い》ねた夜はない
いまは真昼　山津波した崖に咒詛《とこひ》して
わが子さへ木の俣《また》に刺し挟みて号泣する女

声もなく息絶える嬰児の血潮の滝……

赫赫赫赫
その雷蚖蚖　目精赫赫
赫赫赫赫赫

紅葉した日本国の秋　阿蘇に近い山奥に
おれもまたかの醜女さながら苛烈な血を流し
赫赫《あかあか》と燃える数千年のむかし
縄文の幻に一つの原存在《ウルダーザイン》を思うておる

赫赫赫赫赫
その雷蚖蚖　目精赫赫
赫赫赫赫赫

石人幻想 ［2］

山を崩し大地を割り
宇宙の生命を奔流させる真紅の溶岩
雪さえ燃える動乱がしばらく続いたが
ここ筑紫の果てにも静謐が来た
祈ること即ち祭り事が政治となる共同体《コミューン》
豊饒の稲穂波うつ精神の王国の誇りに
地上のいかなる権威にも屈せぬ部族が生れた
——いま石人の素朴な微笑はかく語る

遠い海のかなた常世《とこよ》の国を信じるな
信じていいのはここの穏やかな風土と
生きる業苦に耐え突ったったおれだけだ
時に稲妻を走らせ弩《いしゆみ》を射る憤りはあっても
おれはこの国の情緒を見下しておる

まろやかな微笑に両腕をひろげ
天馬となって月明の空を飛んでおる
おお　その白い臂《ただむき》　かがやく官能《エロス》……

漆黒の歴史の闇から生れ
おれは未来だけを信じる新しい精霊だ
おればかりが明日の神話を創る
いや　おれがひとつの神話なのだ
青苔が包む凜冽《りんれつ》にして異形《いぎょう》の意志を見よ
謎めいて解けがたい微笑というのなら
おれを寿陵のまわりに飾ったかの反骨の男
筑紫君《つくしのきみ》・磐井《いわい》のたくましい情念を思え

きょう新春というに空は低く
毒ある刺の詛詞《とこひ》に雲はまた燃えておる
だがなおもおれが夢みるのは共同体《ユートピア》
放埓にして秩序ある永遠の王国だ

それがまだ信じられぬというのなら
現代と呼ぶ火の洪水を受けるおれの胸の喘《あえ》ぎ
天地にとよめく原始の鼓動を聞け
――かく叫び石人は無限の明日を眺めておる

銀泥譚〔4〕

今日も女の干潟に遊ぶ　潟は銀泥　混沌のおれの大宇宙　星雲の渦巻く現在《いま》の
時刻《とき》は深く澱み　蠢めく海星《ひとで》の朱《あか》らひく裸身は熱い舌となっておれを包む　今
日もおれは銀泥の潟に遊んでおる

額　未知の空間の奥処《おくが》に屹立する漆黒の星座
髪　泥のなかに溶けた隕石の腐肉の軌跡
汗ばむ腹部には聖なる予言としての黄道線走り
男と女の燃える湿原の銀河系
灼けた泥と潮を噴く馬刀貝《まて》の唇

ひらかれた咽喉の奈落の底　漂う血膿の靄のなかで
時間の水位はゆっくりと上り
検潮台の長い影が執拗にまさぐるのは
銀泥の果に茂る海の羊歯類

おお　羊歯類　原始の星座の物語
……とすると銀泥のこの干潟はおれの創世紀か
女の肋骨を見せる近代の廃船を撫で
人間生死の秘密を探るのも無意味ではあるまい
彗星が時に女の眼のなかを通過する
永劫回帰の夢を乗せた黒い古代馬《プロトヒップス》の嘶きだ
やがて女の呻きに銀泥の潟は渦巻き　空が渦巻き　時間も渦巻き
白い防潮堤が毀れ町が毀れ　都市が国家が歴史が毀れ
愛という怪しげな呪文は大きく揺れ
それから……そして大爆発　崩れいくおれの大宇宙
銀泥の上にはばらばらの死体ばかり　泥質王国の終末

生首がひとつ　髪を逆立て沖を睨んで歩いておる
散らばる白骨を食べながら耳朶が這うておる
年老いた惑星のかなしみを支える指なしの片腕
萎えた太陽を蹴っている硬直の太股
女の歯茎までが熊手のように歩いておる

今日も死の匂いのする干潟で遊ぶ　潟は銀泥　おれの大宇宙　齲歯《むしば》の星屑散らばる墓穴の深淵……おれは今日も銀泥の潟に遊ぶ　のめり込んで遊んでおる

銀泥譚　〔5〕

深夜　女との間の塩壺からは銀泥の血膿溢れ
殺し屋の体臭さえ匂うて来る
凍った木霊を鳴らす憎悪　北海の流氷の凝視を見せる殺意
殺し屋の宇宙の果てまで見通す眼は
裂けたテーブルの隙間から

湿った流し台やテレビの影　剝げ落ちた天井の漆喰から
何の変哲もない日常性の形して覗いておる
だから殺し屋の体息は煙草くさい
それでも銀泥の血膿滴るカーテンの背後から
また女の眉間にちらつく永遠そのもののような照準器

殺し屋は何も語らぬ　まして塩辛い男女愛憎の秘密など喋らぬ
ただ黙っておれに夜の銃身をつきつけておる
だが不思議なことにおれには恐怖がない
むしろ銀泥の血膿を瀟洒な塩壺に盛り込み
確実におれを追いつめた美学に感嘆しておるだけだ
そうだ　姿もなく声もない彼こそ
おれが待ち望んでおった精霊なのかもしれぬ
銀泥の沼のほとり　雪消の街道をひた走りに走り
認識の亀裂　無の標識　生死の境界線
時にドルメンの巨石となったおのれの屍を眺めながら
塩壺だけが財宝のここの地獄　現代のマイホームにやって来た

彼こそ優雅にして兇悪な殺し屋　古代伝説の刺客
隕石の肌した木彫の精霊なのかもしれぬ
それほど彼の眼はさりげなく寂しげにおれを狙うておる

――おれには彼が辿って来た道がよくわかる　彼は神神の世界ではまさしく疎外された異形の百太夫神《ひゃくだゆうがみ》　雪消の街道にうっすらと苦渋の血をこぼしておった流浪の男巫子　同じ異形の胞《え》衣《な》神《がみ》の呪術や塞《さい》の神　蛇神《がみ》　天金神《てんこんじん》　地金神　狸神《がみ》の毒を含んだまなざしに　凍てつく夜をひとり彷徨うていたはずだ　街道の砂利はと見れば甕棺や土偶の破片でいっぱい　彼は呆然と足裏《あなうら》に歴史の痛みとやらを感じておったにちがいない　それから駅逓の馬小屋　軒先のひょろひょろ松　その小枝で痛恨の遺書を残し誰が縊れ死んだというのか　峠にかかれば峠神《がみ》　古い習わし通りに柴を折って供え　山間の村をなお往けば姥神《がみ》　母なる女を犯して鬼神《がみ》となり　遂には非情の殺しばかりをするようになったにちがいない……彼を罵るのは止そう　悪行だけにしか彼の生きる証はないらしいのだ　しかもいま　彼はおれの俗物《キッチュ》を狙うておる　銀泥の血膿に執することの殺し屋の聖なる儀式を笑うまい

深夜　銀泥の血膿のなかに息絶える前に
おれはまだ眠らずにおる女を殺す　塩壺から小刀を取り出し
まず耳を削ぎ鼻を削ぎ　唇を切り刻んで眼を抉る
手足を落し首を切り落し　胸から腹部に断ち割って
恥部のあたりの傷口にも見える古代からの街道を覗く
なるほど銀泥の血膿にまみれ　異形の神・奇しき精霊の殺し屋は
時に古風な狩人　時に猛猛しい武人
またある時は獣くさい近代の戎衣に身を固め
たしかに永劫未来に続く暗い道をやって来たようだ
その確信ばかりにぐいと伸びでてくる銃身
眼を閉じると　更に闇深く落ち込むおれひとりの夜を
女の脇腹からも流れでる銀泥の血膿　もはや取り返しもつかぬ「時」
大地の中心までを貫く銃身は　灼けた呪いの木となって
女の腐肉のなかからなおもおれを狙うておる

冬の刃

詩人の末路にも似た場末の市場の片隅で
またしてもおれは見てしもうたのだ
昨日　女の首を刎ねた後で恥部までを抉った刃
冷寒の季節そのままにきらめく庖丁が
時にいなせな若衆の眼差しで光っておるのを……
だから何も知らずにひとりの人妻が
その青白い硬質の「美」をいそいそと購うて帰る
明日　平穏な夕餉の俎板の上では
あの冷酷な刃もさすがにつつましい家庭の音を響かせるであろう
(寒いから今夜は鍋物よ　魚に豆腐に白菜に葱　人参
やさしい人妻はそうしてこの上もなく幸せにちがいない
だが　おれは残酷な夕暮れの物語を知っておる
あれは狂気の刃　猛禽の嘴よりもするどく灼けた魔性そのもの
白身の魚と思うて切り刻んでおるのは

実は律気で働き者の肩の肉
固い尾鰭と思い削いでおるのは
痩せてもう脂もない中年男の脛の骨だ
それでも鼻唄まじりに人妻は俎板の血を洗う
亭主の臓腑とも知らず血の塊を棄てる
ふやけた脳髄と汚物に脹らんだ夜のポリバケツに
――その時　ちらと思うのは亭主がもうすこし若かったらということだ

多くの人はこんなドラマに思いもつかぬ
おれが女を殺したのがまぎれもない事実なら
女もまた男を人知れず殺すことだってあり得るのだ
やがて悪業の呪術めくこの刃の鏡に映るのは
恍惚とも紛う女の断末魔の顔と呆けた男の死顔……
おれはまたしても起る女への殺意に
この世の血膿と垢の入りまじった豚汁を啜っておる
魔性の眼　冬の刃をさりげなく眺めながら

雪の夜

雪がふると子守唄《こもりうた》がきこえる
――こう歌った詩人がいる
けれどわたしは
雪がふるとこころ花やぎ
よろこびに満たされる

夜になってもふりやまぬと
なおのことうれしい
ほの暗い雪けむりのなかを
紫と銀の縞馬《しまうま》が勢よく走ってゆくからだ
ああ　不思議な光のように
音楽そのもののようにいななき走る幻の馬
わたしは夜通し眠らない

雪がふると記憶にないはずの子守唄が
ありありと聞えるという詩人がいる
わたしは見えるはずもない縞馬を
雪の夜の闇にみつめている
――どこへ　あの美しい馬はゆくのだろう

浴場譚

銀泥の匂い縹渺《ひょうびょう》と烟るここの娼家の大浴場は
虚無の果ての雲ひとつない碧落の夏の海
遠雷の稲妻に狂うた毛深い大男に組み敷かれ　犯されている女がいる
柔毛の肌まで剝がれ　恥毛さへ毟られた半透明の肉体は溶けていく
灼けた砂地の雲母《きらら》の泡のなかに……
凶暴な抱擁だ　波だ　獣めく「時」の生臭い呼吸　反覆だ
宙に伸んだ女の太腿　痙攣する足首の上に

湯槽の水は逆巻き真昼の銀河　男の白濁した漿液の人工海となる
黒紫の大アーチ橋も少年の記憶の弧を描き
大股開き　あられもない姿に女はのけぞっている

浴場での儀式に声をたてることは許されぬ
蒙蒙漠漠の湯気地獄　白熱地獄の責苦に耐えて
少年は聖なるもののように　女の呻き声を聞いている
内股にも浮いた静脈の航跡を追うている　餅肌の女の白い帆前船だ
火柱となって泡立つ末期の夢の陶酔だ
それでも柔毛の腰は無惨な岩礁となって
凶暴狂気の男の直立した発作に　再び静謐の海が沸騰する
　ぷぅあん　ぽぉあぁん　ぽこぽこ　ぽこり
　ぷぅあん　ぽぉあぁん　ぽこぽこ　ぽこり

あれは宇宙が罅《ひび》割れる音だ　千の彗星が死斑となって浮き上り
人類の生命を溶かしていく音だ　開かれた魔性の魂　辛い木霊
なお沸きたつ湯　崩れいく星雲の筵に

いちめんに波うち跳躍する毒茸の電波星……
男は「時」を回帰せしめるあやかしの陰陽師でもあるのか
おのれの吐血で女を溶かした後　少年のおれを孕んでは
銀泥ならぬ白銀の岩漿《マグマ》がぬめる古い娼家の大浴場で
暗緑色の暦そのものとなって寝そべっている

菊花譚

菊千代　菊奴　菊大夫
菊丸　雛菊　菊染　菊香　菊世
ああ　菊　菊　菊　菊　菊尽し花尽し
菊　菊　菊の優雅な呼び名に
幼年のおれは仮名よりも　まずは難しい
菊にちなんだ漢字を覚えたものだ
朝焼けとも紛う張り店《みせ》の金屏風の前で
古代重陽の節句さながらに

着飾っていた菊一楼の妓《おんな》たちよ
幻の菊人形の女たちよ

思えば　あの頃からおれは菊に憑かれておる
今夜もまたひとりの女と戯れて
きららに濡れた菊籬の茂みに臥しておる
それから繊い首筋のあたりの小径を辿り　遂に狂気だ
ああ　物狂いの風狂の　菊　菊　菊　菊の花狂いの菊狂い
ああ　菊千代に菊奴　菊大夫
菊丸　雛菊　菊染　菊香に菊世
おれにさまざまな情念《こころ》と男女の約束と
さては娼婦という母性の　すばらしい純潔主義《ピューリタニズム》を教えてくれた女たちよ
化粧焼けした襟足から崩れた肩先に
現今《いま》も廓《くるわ》の裏のどぶ臭い露地が見え隠れ
宿世とやらにむしられた花弁が走ってゆく
痛々しいまでのあの素足の美の極点　無のきらめきを逃してはならぬのだ

所詮　この世は菊人形のパノラマの
十二段返しのからくり舞台だとしても
あの菊人形たちだけは確かに息づいておる
そしてまた素裸なのにすこしもたじろか〔ママ〕ぬ
――この寒菊のしなやかな吐息と鼓動
ああ　菊千代に菊奴　菊大夫
菊丸　雛菊　菊染　菊香に菊世
なつかしくも風雅な呼び名よ
寒菊よ　眩しい現今《いま》よ
やさしい菊籬の中での蘇り　老残菊狂いの男はなおも生きておる
かの菊慈童の無垢の夢に生きておる

Ⅳ

［一九七九―九三年］

恋の浦奇譚

花曇りの空が透けて　四月の夜
星座は毒ある薄い翅だ　どこぞの国の媚薬模様に
ネオンの灯も羽搏いている　ここは駅前四丁目裏通りの安ホテル街
ひとしきりの風塵と沸きたつ汚臭に
おれはまた行き悩む　探す女はどこにいる
〈約束の時刻《とき》〉はとっくに過ぎているのに……
――気がつくとおれは稚魚の化石ちらばる裸岩の海辺にいた

生命の始源の形して揺れている海
海胆《うに》の棘が追憶の白い蹠《あなうら》を刺す
兜蟹が巨大な鋏で光の網目を断つ
沖には岩礁が嘯《うそぶ》いて　変幻する水脈《みお》　傾く水平線
禊《みそぎ》する老行者の呪法など否定せねばならぬ
おれは打ち上げられた溺死体の男の臀部を踏み

生と死の縞目と時の割れ目まで見える岬の崖をめぐり
人間の殺戮　男女の相剋にはげしく震える近代の子午線を越え
ゆっくりと宇宙の沈黙のなかに踏み込む……と
崖際には白塗りの墓めくこの世の掲示板が見えた
――名勝「恋の浦」

ああ　恋の浦
その昔　都育ちの上臈が慕うて来た男に棄てられ
身を投げたという伝説でもありそうな大和絵の入江　物語の
恋の浦　おれもひとりの年増女に恋い痴れて
裸岩の隙間の深い淵をのぞいては　潮の香に酔っている
思いもかけぬ大波にふとよろめくと　海は一回転
ネオンの灯に烟った回転扉《ドア》も一回転
おれは裸岩ならぬ玉砂利を敷きつめた暗い玄関先にいる
怪しげな草書体のネオンの看板はと見れば
――ホテル「恋の浦」

ああ　またしても恋の浦
女が後からやってくるはずもないと知りながら
おれは登る　岬の崖の危うい小径の鎖をたぐりながら
血まみれの胞衣《えな》　ひと筋の言葉を頼りに
二階　三階　四階……と悦楽の果て　無の極みへと登りつめる
壁にもペンキ絵の松林　蛍光灯の海もま青に
部屋に入れば　窓際にまたもひろがる玉砂利の渚
作り物の岩には海鵜と紛う姑獲鳥《うぶめ》が
血染めの花びらを呑んでは狂い鳴きしている
どうやらおれは恋の浦の蘭麝《らんじゃ》の香に欺かれ
腥臊幽冥《せいそうゆうめい》　おれの魂の奥処《おくが》に迷い込んできたらしい
それでもおれは翠帳のかげに女を待っている
確かにあの女は鬼女　胎児の目の耳飾《イヤリング》　男の枯れた背骨を鞭に
首のない馬に乗ってくる気まぐれな美女……
だが　あいつを思うことがおれを蘇らせた
すぐに来なくともいいのだ　おれは待っている　何時までも
夕凪にはすこし更けすぎた夜半だが　おれは待っている

来ぬ人をまつほの浦　恋の浦　おれは待つことに馴れている
そうでなければ何で〈約束の時刻《とき》〉など信じるものか
――ああ　恋の浦
恋い惚けた男の花闇に空は湿り　荒れた肌の裸岩も濡れてくる
魑魅魍魎　幻妖の声声に生き返った化石の稚魚は
あの鬼女の目つきして時の刻みの秘儀を見せ
噴き上る潮に　岩礁も宙にのけぞっている

生《いき》の松原

――わが復活

生の松原の真昼
サナトリウムの窓にも松の花粉が烟り
夜が更けると黄色い梟が啼く
屍室にはまた灯がともる　赭《あか》茶けた砂漠の欲情が燃え上る
血膿いっぱいの左胸を抱えた男は
もう眠れない　左背の術後の傷口と胸の瘻孔から〈宿命《モイラ》〉が覗き

腐りかけた肋骨や粘膜を噛むので
もう眠れない　暗く湿った胸の洞穴から吹く風の音を聞いている
そこに棲みついた〈悪霊〉のすこし淫らな笑い声に怯えている
――あの嗄《しわが》れた笑い声が〈死〉という存在《もの》にちがいない
――やがて　おれも立ち枯れの松になってしまうだろう

死の松原の灼けた砂漠の片隅で
男は腐りかけた屍体　白布で全身を巻きたてられ
岩屋の墓地の底深く固い石の寝台に横たわっている
次第に宙に浮いてゆく意識のなかで男は叫んでいる　血膿をこぼしながら
「誰もおれの屍体を見るな　手を触れるな
誰もおれを葬るな　おれ自身がひとつの弔いの花なのだから」
叫ぶたびに　血膿は赤い原始の水草の花を咲かせる
狂おしい静謐と平穏　青みどろの闇のなかで男は
ぼんやりと浮いているだけだ　頭だけが流木になって
なお宙に迫り上り　迫り上り〈無〉の極点に吊されてゆく
聞えるものは　左胸の洞穴からの笑い声

声はだんだんと首を締めつけて　顳顬《こめかみ》に鉄鉱を打ち込む
無理に口を開こうとすると毒棘が散り　はげしい目暈がする
軀は更に迫り上り　逆さ吊りになってしまう
——ああ　〈死〉は宇宙とおれを串刺しにする
——銀の氷柱は永遠の炎をあげておれを刺し貫ぬく
しばらくの苦痛のあと　男は透明な〈時〉になって
血膿の拡がる銀河系に無数の白骨が犇《ひし》めくのを見る
その核に高々とひとつの白熱の光　無温の炎が燃えるのを見る
この時刻《とき》　男は確かに聞いた
細くやさしく澄んだ声がおのれの名を呼ぶのを
《ラザロよ　出で来れ》
——ああ　あの声だ　〈死〉を切り裂いてくる光
——手術のたびにおれの側にいて励ましてくれていたあの声
男は冷えきった全身を熱くして　思わず虚空を蹴って立ち上る
手探りながら歩きだす　再び松原の砂地を踏む
癒えた傷口の肉いろの明日を撫でながら叫ぶ
「おれはラザロ　甦った人間」

男は顔の白布を取ってありありと見るのだ
松の花粉が烟るなか　確かにあの人を
やさしい声の主の笑顔を眺めるのだ
男は膝まずきはじめて祈った　その瞬間
男はまた確かに見たのだ　その人の左胸から血膿がこぼれ
わずかに背を向けた左肩にも傷口が深々と開いているのを……
傷口は暗く醜く爛れていた　だが覗き込むとその奥深く
透明な五月の空が無限に拡がり　甦った死者の歌が聞えてくる

生の松原の真昼
男は松の間の昏い迷路を脱れ　あの人の細くやさしく澄んだ声
〈永遠の現今《いま》〉をゆっくりと歩みはじめる
左胸の横一文字　左背の傷痕が描く十字架《クルス》
聖なる呪いの木を生命の証として生きる
特に棕櫚ならぬ松の木陰にこの世の刺客の目が覗くが
男はもう何も懼れはしない
――かくて讃むべきかな　わが死　わが生の松原

――わが〈ラザロ〉よ

夜の歌

わたしの夜は微熱の虹が渦巻いている
かつては遠いヘルモン山の雪よりも驕慢だった乳首も
いまは無花果の甘さに熟れている
赤銅の満月に挑み青い星の魂を嚙んでいた無知の眼も
何時しか象皮いろした湖の上に無限の影を追うている　こんな悔いばかりに
わたしは狂気と冷涼の縞目が泡立つ妖しい星雲の宝石
わたしは荒れた胃壁のざらつく風が吹きぬける永劫の洞穴
わたしは眩暈《めまい》の大きな巻き貝が開ききった弔い花
わたしは恩寵の坂道をただひたすらに揺らめく脂くさい狼煙
わたしは温気《うんき》の流れに喘いでいる錫箔の反吐の翼
わたしは追いつめられたエロスの禿鷹の脳髄の乱反射
わたしは……ああ　だが再び疼きはじめた肉の擾乱《じょうらん》を

誰が美と呼び動く円柱といい恍惚のリズムに誘うのか

蝮の狂熱に身をくねらせるのは卑猥にして聖そのものの舞踏
虚妄の砂漠に燃え上がる火の祭典
苦悩の魔薬に酔うて陣痛まがいに響きわたる音楽よ
死海のなべての汀　水底の死霊のすべての冒瀆の言葉を
石塊のように呼べ　毒蛾のように呼べ
わたしは青く透けた羞恥の天蓋の下で　まずはベールをとり
愚かな人の世の儀式《セレモニー》　忌わしい密儀のまだら模様のリズムに合わせ
そうして次々とわたしの存在　わたしの認識の衣を脱いでゆく
最後に愛の極みのせめぎ合う吐息の秘密を探る手つきで腰布をとり
両手を宙にかざす　あらぬ方を眺めては水晶の首をのけぞらす
――そう　わたしはこうして蝗と蜜ばかりを食うていた男
――剛直で髯むくじゃらの荒野の男を
――虚無の世の唯ひとつの現今《いま》と思い
――大地のように抱きしめたかったのに
――いったい何のために　わたしはあの男の首を望んだのか

ああ　素裸の肌が灼ける　人目にさらした恥部が燃え上る
碧玉の床に散らばるひと筋の恥毛　愛の呪法の護符が
寸断されたわたしの日日の宇宙に未知の火花を炸裂させる
母よ　わが快楽のヘロデヤよ　わたしの嘆きと忿《いか》りを嗤うがいい
いまになおあの男の髑髏を捧げ
断ち切った未来の傷口を舐めている女を嘲笑うがいい

やがて　ひそかにあたりを取り巻き肉の焦げる匂いに揺れはじめる闇
大地までが悪霊と争いうねりにうねり地鳴りさえしてくる
この時刻《とき》　傾く王宮の塔　美の権威　崩れゆく迷妄の自我
わたしの嘆きの夜の塔も死の稲妻を象眼する旋風に軋み
燃えていた恥部にも蠍が乾いた砂にまみれている
荒寥の砂漠　人間の淫虐に抉られた砂だ　殺戮の熔岩の黝《くろ》い飛沫だ
この時刻《とき》〈無〉と化した庭園の石畳の亀裂は何の神託であったろう
もはや救いすらない緋薔薇の肉のなかに
あの男の萎えた蕊《しべ》を探せというのか
わたしは瓦礫のなかに屹立する呪いの木・永遠の生命の木を口に含んでは

悶えに悶えている現今《いま》の瞬間《とき》そのもの
サロメという名も忘れた血膿病みの乞食女になっている
宇宙いっぱいに股を拡げ　その向うにも聳える呪いの木を眺め
細く澄んだひとつの声　やさしい許しの声を待っている
宿命の無花果の乳房　血膿に爛《ただ》れた下腹部にふれると
ああ　そこからもあの予言者の浄らかな血が流れだし
傾く空には聖なる香油とともに噴きだす無垢の血の幻影……
夏至に近く　わたしの夜は劫罰の虹に騒いでいる

晩秋〔2〕

日暮れ　みだらな夜闇に染んだ山裾のとある宿場町に着いた　人気もない腐
肉のような寂寥そのものの町だ　板屋根の家並みと埃っぽい道を　湿った風が
鼬《いたち》の白い歯を見せて吹きすぎる　空も軋んで鴉が森閑と鳴いておる

正面には黒塗りの古びた木戸が見える　おれのどん詰まりの印なのか　縛り

首　磔台の老木さながら宙に浮いておる　柵も黒々と忍び返しをつけ夜とともにこの孤愁の旅人《たびにん》を搦《から》めとろうとするらしい　やがて音もなく木戸は開くがどうしてもおれは歩み出せぬ　どこからか殺意ある眼が覗いているからだ　おれはためらいに屈みこむ　無言の石となって一夜を明かしてもいい悪業無頼の男だとしても　まだおれは死ねぬのだ……それにしても何というおかしな町だ　道の真ン中に川があり　両側には宿屋とも女郎屋ともつかぬ三階建ての大厦高楼が芝居の書割り然と並んでおる　しかも女たちの嬌声すらない　川にも水はない

涸れた川の底には黝《くろ》い苔が　死者たちの脱け毛と煮凍りの血膿をつけたまま静もっておる　いと条のおそろしいこの世の亀裂　両岸も醜く乾いた棺いろの石垣だ　もしかしたらこの川底だけがおれの真正の道かもしれぬ　おれは謎めく家並みの前を避け川底に降りる　また始まるおれの苦業の旅の第一歩　鈍くひかる輪廻の道　山では鼯鼠《むささび》が不気味に鳴いて飛んだ

この時だ　無人の道を山から一気に駈け降り疾走する黒牛の群れ……光を呑んだ鋼の角と朱に染んだ腥《なまぐさ》い蹄のついぞ見たこともない怪異の生霊らは　忽ち

に古風な木戸も柵も薄墨いろの家並みも踏みしだき　おれの脊髄を駆けぬけまたとって返して汚濁の夜をひと飛び　虚空へと消えてゆく　《ああ　おれはやっと生きのびられる……》　わずかな安堵のあとに手をかざせば　山の上には宵月が白眼を見せて烟っておる

沼　〔1〕

町なかとは思えぬほど鬱蒼と茂った木立である　玉砂利の細い参道の奥には竜神を祭るという社が見え　媒けた朱塗りの拝殿が妙になまめかしい　男は残《のこ》んの欲情に眼を輝かせる　老斑の顔を醜くゆがめる　それほどに幽艶玄妙　木の下闇に人間業苦の影絵を垣間見せてくれる神域……竜神を祭るからには海が近いはずだがそれは太古《むかし》のこと　今はかつての入江の跡と伝えられる沼が　潮の香ならぬ青みどろと苔の匂いを漂わせ本殿の後ろに黝《かぐろ》く澱んでおるばかりである　男はこの宇宙の底にも似た藍甕　幻妖《あやかし》の沼のほとりを日ねもす逍遥するのを好んだ

沼はまた浮き世ならぬ憂き世の隠れ沼　原始の潮の香よりも若い女の陰《ほと》より
も豊潤に匂いたち　夢うつつに何やら呟いておるかのようだった　男は沼の秘
密　水かげろうの揺曳《ようえい》を愛するが故に　水面まで伸んで濃くなりすぎた青葉を
枝毎に切った　汀の寝よげに見ゆる若草を刈った　息はずませて刈った　猫背
ですこし左肩をいからせたその様は　恥毛の白髪に目をそむけ腰をおとした無
惨な姿とも見えた　しばらく声もなく沼に手を浸しておったが　やがて男は狂
いたつように女の名を呼びはじめた　裏切り者　背徳の女よ　鮮烈な照り返し
のなかで息もとぎれとぎれに叫《おら》んでは　男は天《あま》の逆手《さかて》を打って呪いに呪うた
沼は宇宙の藍甕　わが聖なる血膿の海　この地獄の底に女をして逆さに溺らし
めよ　船裂きの刑に処して沈ましめよ

　深閑とした木立である　濃みどりの脂が煮えたぎる森である　黐《もち》の花が一念《いちねん》
瞋恚《しんに》・邪淫の恨みに沼に散り敷く六月である　男は木洩れ陽の静脈があばらの
梢に絡むのを眺め　やや腥い吐息が空にまで大きく波紋をひろげるのを見上げ
ては　またしても毒だみの花の狂熱に身を捩らせる　身を捩らせてはひと声
かくては何のため生けらんものをと叫んでは　いきなり沼に身を投げてしまう
……そうして再び浮びあがった姿はと見れば　何と男は暗黒色のおぞましい獣

人に変現　毛皮の帽子　肩当て　長靴めく臑《すね》当て　さては石槍石鉾などを持ったピテカントロプス　極北の岩礁をひとり往く異形の竜神になっておる　その頃あたりは白銀皚皚《がいがい》の死の氷原　岬とおぼしき丘のあたりには白骨の樹氷林そそりたち　時にまがまがしい極光《オーロラ》が崖を崩し氷壁を砕き　人面鬼獣の男の喘鳴《ぜんめい》に死斑《はだら》模様の吹雪が荒れておった　遠い山顛には火が噴き上っておった　その時も天の逆手を打つ音は雷鳴と地鳴りと共に響きわたり　男は猛りに猛り石鉾を灼いてはわずかに覗く入江の黝い澱み――「時なるものの存在」を貫いておった　その名残りの海のここの沼　宇宙の謎を湛えた藍甕の沼……

　男はしばしの仮睡《まどろみ》のあと　貫き通したのは沼ではなくおのれの老醜だったと気付く　幻妖の美の棲む沼　絶ち難い愛執の沼であるにしても　宇宙の底なるこの藍甕は生命あるもののごとく胎動　水明りの不思議な縞目を見せて瑞瑞しく息づいておるではないか　玲瓏蒼蒼の海のうねりに　日の照る驟雨よりもはげしい清浄の飛沫《しぶき》をあげておるではないか　船裂きの刑に処するは女ではなく卑猥なおのれの情欲であった　去れ　一刻も早う幽暗玄耀のこの森を去れ　去れ……だがこの時　男は見たのである　切り棄てた青葉の枝枝　刈りとったまま積み重ねた若草の隙間から夥しい虫が半透明軟体質の蠢く虫が　白濁の膿汁

と見紛うがにぬれぬれぬれと沼への細道　宵闇にほの白う浮きたった絹の小道を這い一転しておのが首筋にまつわりついてくるのを……あなやと叫ぶ間もあらばこそ男が悶絶したことはいうまでもない　沼ばかりが戯画にもならぬこの光景を眺めては　何の合図にかまことの怪士《あやかし》の面して嗤うておったのである

醒が井

——わが古典的コラージュ

眠られぬままに
青磁いろの錠剤を二つ飲む
岩清水そっくりの氷水
唇も舌も脳髄までが痺れる水で
素朴な村里の色した安定剤を
楽しい乾飯《ほしいい》さながらに噛んで飲む
この頃は何時もこうなんだ
夜明け近くなって
うとうととしばらく眠ったとしても

もともとがこの世は夢幻　中有《ちゆうう》の闇のうつつ
夢にだに返らぬものをと
返らぬ約束事を悔やむ思いはさらさらない　それよりも
冷たい夏とはいいながら蛍の二匹や三匹はいるだろうと
水暗き沢辺の蛍を追う手つきに
またしても飲む氷水　苔の匂いのする真水
清冽な山の井を思いだしては
またコップ一杯飲んで草の庵を見棄ててゆく
昔男もどきのこの気弱い逃亡奴隷
鴉が啼きはじめた逢坂山で
どこの少女と逢うて朝の会話をかわしたのか
うすら闇を風が吹きわたるうち　はや打出の浜　淡海《おうみ》の海《み》
薦《こも》屋形の船に乗った少女を見送っては
陵路《くがじ》をゆく　草津　野路　守山　野洲大橋に老蘇《おいそ》の森
彦根を過ぎ芹《せり》川　不知哉《いさや》川を渡れば
このあたりが芥川ではないのかと思うのだが
ここは物語の川堤ならぬ　近江路

この世の塵芥に濁った琵琶湖からほど遠い小道を
喘ぎながら辿る乞児《ほがい》びとの旅なのだ
そうだ　それは幼い日から飢えておった
あの女この女をひと口で喰らうた鬼が何となく生きて
いまゆくりなくも辿りついたのが
醒が井　なつかしい青磁いろの村里
夜明けの聚雨に迷妄の夢も醒めたらしい
それほど山ふところのここの閑寂な宿場　町外れの清水は
蔭暗き木の下の岩根から流れ出て涼しきまで澄みわたり
老いの哀しみをひと濯ぎ　口に含むと
六軒茶屋の暗い奥から鄙《ひな》びた唄が聞えてくる
〽旅寝の夢はさめがひの　雨か木の葉か
　遊び女の涙《め》がのう　はらはらと
はらはらと顔にも落ちかかる雫に　ふと目醒むれば
醒が井の岩清水のほとりとはとんでもない
雨もりする安アパートの一室に
何と遊び女ならぬ二人の女と雑魚寝をしておった

あられもない姿のまま三人は　前世《さき》の夜から
何時からどうしてここで眠っているのか
日めくりをそっとめくる仕種に
ひとりひとりの肩に夜具をかけるのも
さみどりの夢がまだ醒めやらぬせいらしい
女たちの穏やかな眠りの花野を逃れて
旅はまだ続く　ひとりの女の繊《ほそ》い睫毛《まつげ》の間にもちらつき匂いたつ
鳰《にお》の海　虹の海　有漏《うろ》の海
ひとりの女の腰に咲きこぼれる早咲きの白萩　燃えあがる秋の精霊《すだま》
この女たちの間に見えかくれ
永遠が烟っている青朽葉の濡れた街道
ああ　醒が井の石清水の里にやって来て
おれは何に目醒めたというのか
おれは何に目醒めたというのか

沼　〔2〕

死斑《はだら》模様の吹雪の山を越えると
刑場跡の崖に近く沼が澱んでおる
白髪まじりの恥毛の枯葦に囲まれて
沼は藍いろの甕棺　女の血膿にほめいておる

南蛮いぶしの粉雪が降ってくる
沼は忽ちにして凍り　人間業苦の舞台となる
道は堤のほとりで消えておるが　それでも
歩むのは　巡礼ならぬ仮面をつけた呪師《のろんじ》の男

口から火を吐く幻術と呪師走《ばし》りの早鼓
男は沼の舞台をひとっ飛び走り出す
老醜無慙の生命を賭けて虚空を飛ぶ
おお　細くしなやかなけれんの手足よ

虚空を飛んで彼岸に降りたてば　ここも崖
熔岩のおぞましい余熱に　男は怯える
沼はと見れば　毒ある永劫の血膿を湛え
わずかな地震《ない》にもふるえ沸きたっておる

ひたすらに走り　沼のほとりを走りに走り
やがて男は消えてゆく　朱泥の沼へ
死とはこのような無言の跳躍かもしれぬ
男は双手をあげる　呻くように拍子をとる

死はわが蘇り　宿業のこの沼はわが浄土
雪の晴れ間に優雅な空も見えるではないか
——左はと見れば　荒野の亀裂に疼く陰《ほと》の岩
——右はと見れば　氷柱よりも清潔な陽根石

＊呪師＝中古、散楽を業として幻術を行った遊芸人。

男

夕暮の湿った風の奥に聞く
かすかな土砂崩れの響
崖の上の小屋は傾いている
男は左肩をいからせた何時もの姿勢で
ただひとりの夕餉をとる
汚れた半生の地図が染みついたテーブルと毀れかけた椅子
白磁の皿には耳朶を削いだ肉がひと片　干からびて
食欲すらない　男はスープがわりに鉄気《かなけ》くさい水を飲む
天井からぶら下っているのは
爛れて萎えた腸管だ　その黄ばんだ狂気の光を
男は古い猟銃で狙い吐息をつく
——狙うならこの小屋の怠惰な影だ
崖の下には高速道路《ハイ・ウェイ》が走っている

乾いた獣の足どりで　やがて遊覧バスがやってくる時刻……
バスは豪華な金色の背を見せて走る
虚空を飛ぶロケットだ　いや　紛い物のロケット
バス旅行を美的生活と勘違いしている輩《やから》は
崖崩れの道が　そのまま谷川に墜《お》ちているのに気がつかぬ
そうだ――男は不意に立ち上る
アルミの義足の捩子《ねじ》をゆっくり締め
銃を構えて夜の底の灯《ライト》に照準をつける
――狙うならあのバス　詩人もどきの乗客たちだ
男は久しぶりに不眠の疲れを忘れ
固くなって灼けたもうひとつの銃身を撫でる

闇に聞く　生暖かい風の音
男の厳《いか》つい肩を崩れゆく土砂の響
小屋は地図にない火山のようになおも揺ぐが
男は憤怒と愉悦の入りまじる熱い眼差しで
ちらつく死の形を追っている

海浜譚

1

海は
宇宙の欲望に蠢く青磁の水盤
砂浜は
その縁に寝そべる女の肌を見せ
永遠の謎めく縞模様を
見せている

縞目に沿うて指を走らせ
淫靡な湿地帯の影を重ね
それから柔毛《にこげ》のひかりの爪
貝殻の紋章　固い乳首　呪縛の臍《ほぞ》
太陽のなかのもう一つの岬の腕

真昼の〈時〉は海草の縮れ毛を嚙み
滅びゆく草食獣の夢を嚙み
迫り来る聖なる網目の世界の秘密
脳漿の蜜流れる千年王国の銀泥を舐めている

祈る者だけに見える海の深淵と
乾いた砂浜の曲折模様《メアンダリー》と
星座が滅んだ果ての羊皮紙の天体表の皺
哀しい歌ごえに仮死の女の股には
彗星が舟虫となって這い回る
海も死にかけている
あまりの欲情のはげしさゆえに
砂を嚙んでは大きくのたうっている
——凄艶《せいえん》なこのひとつの終末論《エスカトロジイ》

波ばかりが生きている
濡れしとる縮れ毛の陰に大癋見《おおべしみ》が

金泥の目を剝き海の屍を貪り
死屍累累　砂浜には再び銀泥の脳漿流れ
波の上にも灼けた羊歯の舌が顫う時
誰が雲間の蜂の巣の眼を呼ぶというのか

――砂の相

2

昼の遠雷が竪琴《リラ》の雲間に消え
幻の稲妻が波の花文字を滴らすと
砂丘には裸馬が駆けぬける
再生の季節のさわやかな戦慄の時刻《とき》
羞恥を知らぬ原始の姿のまま
死者たちもまた近づき
恥毛を鬣《たてがみ》のようにそよがせる
湿った砂浜に生贄の臓腑を散らす
海の木霊　宇宙の果てからの乾いた声は

夢魔に犯された女の白い墓標図だ
残照の香気に啜り泣く萎えた卒塔婆
恍惚の耳鳴りに太陽の仮面を拒む風紋
悪魔祓いの秘儀を見せる謎の幾何学模様
——だからといって海を狂っていると言うな
胎児よりも無垢な女　この堕天使は
裏返しにされた水母が
なぜに血膿にまみれて転がっているかを
暗鬱な来歴よりも確かに知っている
——海は醒めた狂人
優雅にして卑猥な火の咆哮を聞け

——風の相

3

迷妄の日日の果てに海がある
原始の埃　素粒子の雪降り積む砂丘
宇宙の頭顱《とうろ》を見せる波

昏《くら》い煙草の煙ほどに海鳥の足跡がつづく
——こんなにも荒寥とした虚無地帯で
ゆくりなくも見た生命の誕生
単細胞生物の胚の記憶が蘇る

砂の上の白色矮星　中性子星
さてはまたプレアデス散開星団
白鳥座ペール星雲　射手座の明るい発光体
淫蕩な造物主の星座に蠢くのは
これも生命の萌芽　黒い海の水稲を
豊饒の腹部に植えつけ
磯の匂いをかの聖なる体液のように漂わす

三十五億年の伝説に濡れしとる家系
交わり断絶し群れ集う魂たちが
虚構の空にすぎぬ世を呪い
一本の枯草にしがみつく愛を処刑した跡だ

その透明な首を吊した綱に支えられ
いましも未知の大陸へと揺れ動く
美しい徒労の　夢の浮き橋……

——生物譜

〔付記〕この三篇は清水一洲氏の写真集のために書き下したものである。

祈禱歌

砂漠の果ての暗い海から
陽が昇る　宇宙の聖なる水母《くらげ》
陽が昇る　人間の憎悪と怨念を薄く透かし
歪んだ現代の水平線を破り
陽が昇る　脳髄の錆いろに軋みながら

無限の「時」を凝集　虚空の毒を奔流させ
水母の刺ある触手の炎は

忌まわしい権力の瀬岩を激しく打つ
蠍の尾にも似た剛直な意志で岸を砕く

冬の詐術　愚劣な政治の季節は過ぎた
新しい秩序の波間に響く無音の鼓動を
聞くがいい　あの烈烈の太陽は
初日という風流めくものではない
まして鄙びた習俗　歴年の美徳でもない
あれは銀河系に縁どられた生物……

平穏な日日の海底から這い上る狂気の水母
燃え上る舌の光芒は　明るくなお熱く
破廉恥な世相を灼き滅すというのか
変革の波頭がふと停る隠微な時刻《とき》に
またしても沸きたつおれの胸の海
原始の崖に波は熔岩の飛沫をきらめかせ
岬の廻廊の夢をやさしい腕にする

暗い海　近代の果ての奈落から
陽が昇る　芝居の書割然とした町の遠景
偽りの国家を呪詛し弾劾しながら
陽が昇る　初日ならぬ聖なる水母の触手
日常の時空を花園の環礁とするあの炎
星雲まで呑み干す錆いろを讃えよ

神話

岬の果て　狂気の断崖は
不遜な凋落の美を見せるひとつの存在
不吉な宿命を思わせる岩山には
昼の灯台　白塗りの墓が立っている
不気味なこの業苦の堆積を
赫赫《かくかく》の宇宙の燠《おき》　日御碕《ひのみさき》というのは誰か

おれにはただの青白い霊《ひ》の岬
汚れた岩礁にはウミネコが群れ
惚けた魂を浮遊させている

崖の下にも墓地が展がり
夥しいおれの女たちの屍体が転っている
吹きあげてくる饐《す》えた海風　死臭
わずかに見える洞窟の割れ目には
迷宮めく古代地下墓室が覗き
血膿にぬめる横穴の奥深く
のぞけるひとりの女神の陰《ほと》には　雷《いかずち》
黄泉国《よもつくに》の鬼火が燃えている

日御碕　根の国・出雲の霊の岬
ながい迷妄の横穴をようやくにして脱け
沸きたつ盟神深湯《くがたち》の波の淵にたてば
海はなお豊饒の女体に匂いたち

雲間洩る神の視線にもたじろがず
愛の秘儀を語る島影の向う
熱く灼けた波間にきらめくのは
異形の鰐鮫《わにざめ》さえも嚙み砕くという
――ワギナ・デンタータ〈歯のある陰〉

＊『古事記』上巻・伊邪那美命

イルカの唄

深夜の交叉点に　秋の仮面は砕け
乾いた街の脳髄が　喪章の光芒となって揺れておる
もはや何事も起らぬ　終末の闇
白　線《ゼブラゾーン》に泡立つ波も　鋸歯紋《きょし》となって崩れ
罅《ひび》割れた石畳　色褪せた季節の隙間からは
見慣れぬイルカが　汚れた礼服のまま躍りだす

──それも束の間　苛酷な影をひきずって
マンホール　ひとりの女の迷宮の奥へと
吠えながら消えてゆく　酔漢《よいどれ》のおぼつかない足どりで

あられもない幕間だ　イルカを追うのでもなく　男は
脚本《ほん》屋に黒子《くろこ》まで兼ねた　とんでもない愚鈍の俳優
人気もないここの広場は　舞台でもないのに
まして　愛憎の極みの祈禱の場面でもないのに
イルカの悲鳴を真似て叫ぶのだ　愛の呪文を
《汝《な》が心はわがもとにおいて渇け　また汝が唇は渇け
《はたまた汝れはわれへの恋ゆえに渇け
《しかして汝は唇を渇かして暮らせ……
おお　眠りのなかにまで響く声　湿った言葉よ　塩からい
愛の認識よ　闇の広場はなお騒乱し　空にまで迫り上る波
イルカの死とともに廻る夜の廻り舞台　男は
星の軌跡　桔梗いろの蠕動に焦れながら
またしても唱えだすのだ　胞衣を焼く匂いのする古代呪法(1)を

男は邪悪な口寄せかもしれぬ　黒子ならぬ黒衣の覡《かんなぎ》
錆びた魑魅《すだま》にも似た声に誘われてか
イルカは宙釣りの格好で　再び地上に躍りでる
腐りかけた背鰭と神秘主義とやらの柔らかい黒紫の胸鰭
あわれな時代錯誤のこの生物　偏執狂のロマンチストは
再び死を選ぶ　街灯を柱に縊れ死ぬ　尾鰭を鉄十字の形に硬直させて……
断末魔のはげしい痙攣に　街角のビルも毀れ
地下鉄の階段も毀れ　ロータリーの花時計も毀れ
あたり一面は　最後の吐瀉物の黄色い液で滑っておる
男は――それでも身動きもせぬ
一瞬の妖艶美　永遠の現在《いま》を見せて消えたイルカの
あの死のなかの永生こそ　おれそのものだ　と
言わんばかりの傲慢さで　砕け散った秋の仮面の破片を
なつかしい女の汗を舐めるかのように呑み干してしまう
深夜の交叉点にアパティア《無感動》の風が吹く
白線の波間に亡霊となったイルカは　新しい仮面を求め

何時の間にか太古に帰って遠浅の海となった街を
俳優にして覡　過去も未来もない魔性の男と葦船でゆく
意味もない澪標《みおつくし》とも見える街路樹　信号灯　電柱　テレビ塔
近代の残骸のなかを　男の冷たい影に重なり滑ってゆく
喜悦の表情で　ひとつの時間ひとつの死をくぐり抜け
空いっぱいに拡がる　徒労の美という一つの格言を信じながら……
岸辺の葦の茂みには　斫訖羅《ちゃくら》(2)の嘴をした水鳥が騒ぎ
浮藻と泥にまみれたイルカの首と　ふやけて縮んだ軟骨の一部が
明方の夢そのままに　浮いておる

（1）アタルヴァ・ヴェーダ讃歌——古代インドの呪法。
（2）梵語。輪宝といい、古代インドではこれを投げて敵を殺傷した。

七　月　〔3〕

夾竹桃の腐った花弁が
宙に浮く

霊魂は　昼の恒星の淡い信号灯となり
町は狂騒そのものだ

灼けたタイル張りの舗道
女陰に蒸れた砂埃の道
文明の黄昏を思わせる繁華街は
猿芝居　三文オペラ
薄明の力学とやらいう書割りに
狂気の舞台を演じはじめる

テレビのＣ・Ｍの窓に
乾期の草原が見えている
時計塔ではない蟻塔の影に
縺れながら旋回する恥毛の風
干からびた愛人バンクのカードが
舞いあがる

おれは
錆びたテープを鳴らす廃品回収車
それでも罅《ひび》割れた心臓を
警笛がわりに響かせる
この島宇宙の片隅の
ささやかなたったひとりの反乱

沈黙の岬へ
曲りくねった断崖の道
習俗の廃品を担いでぎくしゃくと急ぐ
だが　雲間に消える水平線
拒絶の海

白蠟の灯台も萎え
冷えまさる琺瑯引きの岩肌に
薄刃のように光るのは
青銅の舌を放電する発電所

腐れ花弁の偽証の夏は
ここにも匂っている

ひねくれ男の年賀

「私は詩を書こうと白紙に向う場合
いつも恐怖を覚える」
——とはある老詩人のことば
おれもまた毎年のことながら　新年になると
言い知れぬ恐怖と不安を覚える

初夢もまた髑髏《しやりこうべ》が彗星と降ってきたり
海があっという間に凍って砂嵐が吹いたり
地下霊堂《カタコンベ》のミイラたちと踊ったり
焼夷弾がサンゴと燃える密林に迷ったり
おどろおどろした愚かな風景ばかり……

せめてもの慰めにと古代図鑑を見れば
悪魔そのままの翼竜ラムフォリンクスが
攻撃用ヘリよろしく乱舞している
この奇妙な連想も　どうやらきょうも
世界のどこかで硝煙くさい内乱さわぎや
戦争が行われているせいにちがいない

この世の平和　まして中流意識など
すべて虚偽と言え　この腐爛した唇
すべて空しいと言え　この薄れゆく目
博多湾もすでに青みどろ
無明の曼陀羅模様にさわぎたち
戦艦ヤマトの蘇りか島のように浮上するのは
またまた古代怪竜のティロサウルス
ふやけたおれの夢《ヴィジョン》などひと飲みさ

——とはいえ老醜無惨　六十五歳の恨みを
肴がわりにトソに酔っていても仕方がない
さて……と　しばらくは玄界灘
西海の補陀落《ふだらく》の屈《くぐ》まった落日を眺め
遅ればせながらの年賀状を書こう
いやあ全く　一期は夢　一会は現《うつつ》ですな
——まずはおめでとうござる

朝

すでに　冬至を過ぎ
涸《から》びた水仙の匂いが　流動する
〈時《と》刻《き》〉
地下迷宮の　地下鉄
セピア色の階段からは
三角歯の氷河が

殺気を孕み　迫りあがってきては
　　　　　　　　　　　　　　　　落下する
——白濁の　水晶体の奔流

崩れる青銅の道標
　　　下水管も　歪み
　　排水口の錆びた　金具
血膿の屍体の　ヤスデ
燻製のイカの滓《かす》　罅《ひび》割れた仮面
　　　模造プラチナの　義歯
　　　　汚水のままに流れる　悪夢の残像
おお　人造大理石の側面よ　曲りくねった
　その果ての　薄明の縞模様の
無明《むみよう》曼陀羅　青みどろ
硬直した　運河
歯がみする　氷河
汚水はまた溢れ　流れゆき

泥眼の太陽の下　運河には
　古びた鉄橋が　見える
〈赤茶けた人骨のレゴ《組立玩具》〉
　　鉄橋が見える　湿原に続く
　　　　　泥炭層

蒼い平野の　回廊
あの向うに　桃源郷　ひとつの半島は
眠るというのか　オオツノ鹿の胎児の
死の匂いばかりが　烟る
――凍土の　街

新春・わが宇宙論《コスモロジー》

おまえの寝顔　オーロラの焔のなかを
ひとすじの光芒《ひかり》が走る　流れ星
と見る間に　わずかにふるう睫毛《まつげ》

そのたまゆらの「時」の揺らめきに
秒音《セコンド》の無韻の響　鳴りわたり
新しい年がまたやってくる

眠りのなかに目覚め　わたしは見る
無限の空間にひろがる唇　朱《あか》い唇と
さみどりの宇宙塵《じん》がほのめき烟《けむ》るままに
ゆるやかな曲線《カーブ》を描く宇宙の砂丘
やわらかい乳いろの二つの星雲を……
幾百億光年の光が鼓動する官能の稜線の中心
臍《ほぞ》のあたりで明滅するのは
もう十数年前に飛びたった　霊妙な機械《マシーン》
ふたりだけの宇宙船の灯か

新しい年　新しい太陽系が生れる朝
オーロラの焔は　おまえの腰にも燃え
神秘な竜巻きほどに渦を巻く柔毛の星座

ああ　その黄金の放射状の奥処《おくか》には
この世の謎　生命の秘密を物語るコロナ
美しい宝冠が覗《のぞ》いている
ああ　またしても襲うこの歓喜の磁気嵐に
わたしたちはなお生きるのだ　永遠に

されば　横臥するわたしの宇宙よ
放埒なまで匂《にお》やかな蒼穹《そうきゅう》よ
むなしい約束やあらぬ妄想の夢はすて
ふたりの愛のなかで　オーロラの焔を
再びかのビック・バンたらしめ
もう一つの宇宙　聖なる真正の世界を創ろう
――われら人間の営みには「夢幻の時」
――虚無《ネアン》などないのだ

嗚呼　サソリ族

チャック族なる言葉がある
胸部の手術痕が
チャックを閉めたように見えるからだ
結核　腫瘍　癌　自然気胸に膿胸
それぞれの病変を抱いた者の悲哀と自嘲は深い
――チャック族　おれもまたその一人
二十年来　入退院を繰り返し
そのたびに　チャックの数も増えた
昨秋またまた入院　七回目の手術のあとで
抜糸を手伝いながら若い看護婦《ナース》が叫ぶ
〈あ　ムカデが這ってる〉
――なるほど　チャック族ならぬムカデ族か
毒舌家で嫌な奴として知られたおれだから
ムカデ族の呼称は気に入った

肩で風を切って　やがて病棟を闊歩する
――ムカデ族さまのお通りだい

それでもおれは慰さまぬ
ムカデの毒はたかが知れている
もっと毒ある虫こそおれにはふさわしい
――サソリは……そうだ
おれはサソリ族の一員
いやらしい触角の毒虫を　数匹
左胸から　肩　背骨のあたりに這わせている
膿胸の　能狂言ではない膿胸男の
執念の　宿業の痩男（1）だ
しかも　このサソリは
病室の砂漠から廊下へと這い
見舞の女を追い回し
ねばっこい血膿の毒汁を吐く珍種だ
こいつを飼い馴らし　時に戯れ

生きのびている　おれの六十九歳……
幽明を隔てんとするこの丘の上で
サソリ族の首領《ドン》となっている

まさかサソリ座が墜ちたのでもあるまいに
まがまがしい星を　現し世にきらめかせ
――〈くだをただ輸血と下血去年今年〉(2)の時も過ぎ
快癒の朝　おれはもう一度　丘を下る
コブラは牙から毒液を噴くというが
そのようにおれも血膿の毒を撒きちらし
猥雑そのもののメディアの町をめざす
そこでは死もまたシステム化されているから
おれは再びグラフィックの木を植えよう
さらば　丘の上の白い柩よ
――咄

（1）能面（亡霊の面）
（2）磯村英樹氏の句「秋」、一九八九年一・二月号所載「柳町句会 Ⅲ」より。

天津をとめ

遍昭《へんじよう》という歌人がおった
俗名　良岑宗貞《よしみねのむねさだ》　従五位上　蔵人頭　左少将にまで昇った殿上人だが
千年たった今では　百人一首のなかに
僧正となって端座しておる

朝の浅茅が原を思わせる瑞々しい頭
皇孫(1)だけあって体貌閑麗
彫りの深い顔はあくまで白く
緋の衣との対照がまぶしい
――かかる高僧が何でうつろな表情で
空ばかりを見上げておるのか
やはりかの舞姫の〈をとめ〉の姿を
なお追い求めておるというのか

〈をとめ〉はいうまでもなく　五節の舞姫
豊明《とよのあかり》の節会に天女となって舞う聖なる五人の少女《をとめ》
巷説によればこの舞姫のプリマ・バレリーナは
後にかの業平の思い人となる藤原高子《ふじわらのたかいこ》である
貞観元年十一月十九日　清和帝《せいわのみかど》の大嘗会《だいじょうえ》[2]の日のこと
舞姫たちは天女の羽衣さながら　唐衣《からぎぬ》の長袖をひるがえし
裳裾にはこの世ならぬきららの雲をわきたたせ
妙なる調べのままに　神さびた連れ舞を舞うたというが
高子だけは長袖を五度ゆるやかに振り
うら若い帝の前を馳せるがごとく舞い狂うたという
この時　清涼殿に集うた公卿たちの吐息は
五彩の風となって中空にとよめいたが
遍昭もその高子の容姿に魅せられ
〈あまつ風……〉と思わず詠んだとされておる
後世にいう〈天津をとめ[3]〉の歌である
だが　こう読んだのは遍昭ならぬ〈よしみねのむねさだ〉である
思うにこの歌は何時とはしかとわからぬが

この日から十年ほど昔　仁明帝《にんみょうのみかど》に仕え奉った頃に
放胆奇警　絶妙の機智《ウイット》をもって詠んだのではなかったか
もしかすると僧正遍昭の鬱々とした表情も
こうした史実の誤謬を正す術《すべ》もないもどかしさに
疲れ果てた結果かもしれぬ
また後世　倭舞《やまとまい》の替え歌として改悪されたことへの
忿懣やるかたなき思いゆえかもしれない
〈おお　おお　おお　天つ風　雲の通ひ路　吹き閉ぢよ　少女《をとめ》の姿　暫《しま》ら止めむ(4)〉
——とは何たることか

廓育ちの少年だったおれにはかかる故事来歴はおろか
聖なる〈をとめ〉にも縁がなかった
だから正月　多くの従姉妹《いとこ》たちと遊ぶ折には
この一枚だけは誰よりも早くとらねばならなかった
それから生死の大患　戦乱の果ての長くひどい窮乏生活
著述自由業といえば聞えはいいが、全くの虚業に生きて
再び病院暮しにつぐ病院暮し　百人一首など

思いだす暇もないほどの日日だったが
平安ならぬ平成の御代となった今
ゆくりなくも何十年ぶりに遍昭に出会うたのだ
さりながら　七十歳になったきょう見たこの歌人が
かの〈をとめ〉を追う目つきこそしておるが
それも一つのポーズとしか思えぬほど
したたかな面構えを見せておるのはなぜか
それというのも仁明帝の死に殉じ　出家遁世
衣だに着ず　簑笠に身をやつし(5)彷徨《さまよ》いながらも
いつしか反俗のその心を忘れ
再び験者《げんざ》として宮中に入ったからであろう
おれは思う　なぜに高子との恋に破れ
東国へ旅だった業平の後を追い
無用者としての志に生きなかったのか
史実によれば遍昭は叡山に入り　二十余年
台密の秘儀を習学したとある——ならば
〈をとめ〉の舞姿のその瞬間《たまゆら》の美を

なぜに〈永遠の今〉として　この世を
密厳浄土《みつごんじょうど》にせんと祈りかつ行《ぎょう》しなかったのか
牽強付会の誹りをおそれず敢えて言えば　おれはこの歌に
かの西欧の有名な詩句を重ねて思うておるのだ
〈瞬間に向ってこう呼びかけてもよかろう
　留《と》まれ　お前はいかにも美しいと[6]〉

七十歳のおれがきょう知った遍昭も
やはり七十歳　仁和元年の秋　僧正となり
十二月十八日には　仁寿殿で七十の賀を賜わる
太政大臣　左右の大臣をはじめ高位百官の居並ぶなかで
帝の御言葉をうけて感涙にむせび
果ては足腰も立たなかったというが
これを事実だとすれば　いやはやこの歌人も明哲保身の全くの俗人《ただびと》……
嗚呼　かの〈をとめ〉の妙相に魅せられ
聖なる天界の美を垣間見たはずの良岑宗貞
天真爛漫にして闊達だった歌人は

どこに去《い》ったのか――さはさりながら
晴れの席で感激にむせんだというのも　いわば空泣きのご挨拶
足腰も立たなかったというのも　折からの厳寒
あまりの冷えに下腹が疼くほどの尿意に耐えかね
ええい　ままよとばかりに洩らしてしまったと思えば
遍昭はやはり語るに足る風狂洒脱の歌人だったと安堵する
されば　久しぶりに改めておれは百人一首で遊ぶのである
天女の舞ならぬ鬼女遊行する現世に生きて　遍昭とともに
天津をとめの玲瓏たる舞姿に酔いしれておるのである

（1）遍昭は桓武天皇の孫。
（2）平安初期の大嘗祭のこと。
（3）上田秋成『春雨物語』による。
（4）『東遊歌拾遺』（岩波古典文学大系）
（5）『春雨物語』の「天津処女《をとめ》」より。
（6）ゲーテ『ファウスト』相良守峯訳

新春お道化《どけ》うた

今年こそはと　新しい日記帳を求め
七十一歳の初春の思いを記そうとする
数年の病気暮らしのあとの捨て聖《ひじり》だから
無為と倦怠の時間ばかりが白く広がって
何も書くことがない　何も歌うことがない
シベリアの大雪原がおれの裡《うち》には見えているばかり
白銀皚皚《がいがい》の大雪原　これは覚めたまま見ている夢か
とすると新春らしからぬあまりにも寒寒とした風景……
雪は天からの手紙だと雪博士はいった
真っ白い　やわらかいスノークリスタル
天からの——ついこのあいだ帰った宇宙特派員は
地球の外側に真っ暗闇の宇宙　天があると教えてくれた
真っ黒い手紙をどう飜訳すればこんな白い雪になるのか
どんな言葉が書かれている手紙なのか

わたしも飜訳してみようとするが
この世の僅かな温みにもすぐ消えてしまって
その秘密をあかすのはとてもむつかしい
だから世紀末とかいう毎日を
胃袋を裏返しにしたようなざらつく思いでいるわけだ
捨て聖のもはや現実《うつつ》には用もない身であってみれば
詮もないことであろう——されば
せめては大昔　帝《みかど》から蚕《こ》を集めて参れと言われ
嬰児《あかご》を集め笑われてしまった小子部連《ちいさこべのむらじ》ではないが
孫の八十人と遊び惚《ほう》けて
これからの長いか短いかわからぬ人生を
ほんわかと生きてみようかいのう

夏の紋章

また七月がやってきて

夾竹桃の毒ある茂みのなかを歩む
廃墟の街の涸れた運河のほとりを歩む
砕かれた人骨の眩しい河底を眺め
滅びゆく国家の割れ目に沿うて歩む
――おれもまた涸れた運河にすぎぬ
胃袋を裏返しにしたようなざらつく風と
午後の鴉《からす》の嗄《しわが》れた声に誘われ　ふと呟やくと
青く灼けた空にも走る　ひと条の飛行機雲
昼と夜の間の晦《くら》い亀裂が見える
脂汗に濡れたおれの左肩にも
涸れた運河が赤黒く乾いて見える

古びた暦を腰蓑がわりに
頭には錆だらけの膿盤をかぶって
おれは聖《ひじり》と呼ばれる埒《らち》もない遊行僧
髑髏《どくろ》もて築いた堤にしばし合掌し
水子塚と彫られた石に念誦《ねんじゅ》すれば

臍の緒とおぼしき蝮の屍骸が茂みに揺れ
わずかに顫う蔓草は水精念珠となる
やがて念誦を終え　黒と黄の斑蜘蛛が這う錫杖をひと振りすれば
双の目を点滅させる猿神《さるがみ》なる者が現われる
電気仕掛けの滑稽かつ厳つい表情で
この非力の老人を搦めとろうとするのか

猿神は即ち　この世の大魔王
それでもおれと同様　緑青の帽子をかぶり
黄金の冠と思うているらしいが
遊行僧はこれまた修験者　古代呪法を知る者である
贋のあの大王を消すぐらい朝飯前
錫杖をまたひと振りすれば　あたりは忽ちに冥冥漠漠の砂埃　王宮の広間とな
　って瓦礫のなかに消えてゆく
さりながら　おれもすでに七百歳
不死の身とはいえ　すこし疲れた
腑分け台にも似た石のベンチに休むと

思いもかけず茂みにちらつくのは　昨日の淫夢の破片
あの女この女の歯形が　生臭く匂うてくる
――されば　この真昼の幻妖《あやかし》もかつての悪業の報いかと
なおよく見れば　真紅のその花花は
歯形ならぬ神憑りした一人の女のヴァギナ・デンタータ
おれの祈禱のままに死者の脇腹をその口で嚙み破り
古釘にブリキ　蝗の乾物　さては一束の黒髪となった悪霊を
追い払おうと狂い舞うている　あの女は
おれの霊魂《アニマ》の唾を飲んだ怜悧な巫女
おれは祈る　祈る　なお祈るこの真言《マントラ》に呼応して
血だらけの古釘を宙に噴きあげると
空は鉄骨のドームとなる　半透明の天蓋
汚血に濡れた髪をしごくと　紫の火花が散り
天界はゼリー状の電脳都市ならぬ霊能都市となる
宇宙の恐ろしい割れ目　おれの涸れた運河にも
ややあって林檎酒の澄んだ水が溢れる

また七月がやってきて
凶凶しい日照りが続き　野山も枯れ
変死者たちの屍臭が鼻につくが
悪霊死霊どもの呪いもとけた運河は
護法結界の水路となって　今は街をめぐり　港へと続き
青銅の屋根を見せる由緒ある寺院の岸を廻る
その一角に建てられた石造りの楼閣
――あれがおれの終の栖とでもいうのか
だがおれは遊行の聖であって　捨て聖ではない
プラスチック製ながら竜頭の船に乗り
港を出て無明《むみよう》の海とやらの向うに
まだ見ぬ広大無辺の一如《いちによ》の海　紺碧の大洋を思うている
かの彼岸の聖なるものが　この世では
美と呼ぶものとなって顕現するのではないのか
これを妄説というならば　それもいい
ただおれは遊行する験者《げんざ》にして見者《けんじや》　幻視者だ
廃墟の街の運河の涸れた原因から　堤や河底の人骨の砂の記憶

太陽と惑星　あるいはまた惑星同士が引き合う宇宙の秘密
かつまた繁文縟礼《はんぶんじょくれい》　争権奪利《そうけんだつり》の地上の歴史の隠微な部分
魔女にして霊能者たる彼の女の奥処《おくが》に　美の謎まで
すべてを視ることができる
おれこそこの世の大王にして魔王
後ろに拝跪する魔女の澄んだ目を見よ
——この時　哄笑しながら喚《おら》ぶ者がいる
運河の尽きるあたりに聳える白金の展望台
美の僭王ともいうべき　これまた猿神の一族たる女神像だ
〈聖王にして魔王たる遊行の幻視者よ——〉
〈汝の言葉が真なれば　その証を見せよ——〉
その名はメディア　花粉の烟る媚態に声は蜜よりも甘い
再び兆す闘志に　おう……と応え七百歳ながら
雄心勃勃
おれは大威徳明王《だいいとく》となって舳《へさき》につっ立ち　腰蓑がわりの古い暦も棄て
朱《あか》らひく肉質の磁針をはっしと斬る　極北へ向けて——

されば見よ　見よ　血のしたたる独鈷《どっこ》のごときものが宙に飛び
媚態を示す女神像の乳房を掻っ切り
茂みの奥の崩れかかった王宮の尖塔にがっぱと突き刺る
瞬間《たまゆら》　風も死んで夕陽ばかりが　赫赫《かくかく》
なお血をしたたらす磁針は　永遠の夏の
魔の紋章となって耀《かがや》く

鵜《う》の小崎《こざき》

病みあがりの早春のひと日
あてもない思いのままやってきた
ここは玄界灘を見渡す岩山の岬
眼下の渚や沖の岩礁には
波穂が古代の夢を白くちらつかせ
漆黒《しっこく》の羽を見せる海鳥たちが
無口な聖霊のように群れている

すべてが静寂そして幻めく風景のなかで
わたしは明るい未来を眺めている
だが美しいこの春の岬の名を問うな
まして無心に遊んでいる
——あの海鳥たちの名を言うな
可憐なあの海鳥の仲間が
いま何処《どこ》かの海辺で魔性の油にまみれ
飛びたつことも潜ることもならず
哀れな姿で悶えているかもしれぬのに

昼月の薄い瞼もおだやかな午後の空
いつもは荒い波風のこのあたりも
今日は芝居の書割《かきわり》めいて妙に静かだ
だがそれも束の間　また冷たい風が吹き
不吉な予感にふと翳《かげ》る日差しと
急に傾きだすわたしの内部の水平線
ここの岬の岩山でさえ　不気味な

石造りの柩《ひつぎ》に思えてくるのは何故なのか
波間に見えかくれする海鳥たちも
遠い海辺での仲間の非業の死を嘆き
歴史の冷酷な海鳴りを恨み
海に潜って啼いているのかもしれぬ
遠い国での戦いは終ったが
空に飛びたち大きく喪章を描いている
——あの海鳥たちの名を言うな
——ましてここの岬の名を問うな

美濃道行魂胆咄《みのへのみちゆきこんたんばなし》

正徹(1)『なぐさめ草』より

（壱）

春や夢　山科の落花

——いにし弥生のすゑかとよ。ねにかえり古巣をいそぐ花鳥の身さへ、跡とど
　むべき方なくなれば[2]——
と、応永廿《はた》とせあまり五つの年の春
三十八歳の正徹は
旅にでた　山科の閑居をあとに
——さそう水のあはれよすがに任せつつ、みやこをさすらひ出で[3]——たのだが
〈身をえうなきものに思ひなして〉東国へと流浪した
かの雅び男《お》の心境かとも思われる　とは云え
五山の一つ名刹・東福寺では徹書記と呼ばれたほどの
いわば執事格の洒脱磊落なはずの禅僧が　今更に
ドイツ浪漫派風にいえば〈青春の美しき惑い〉の心情《ゲミュート》に憑かれ
まずは美濃へと　旅立つとは思えぬ
事実　かの物語そのままに東国へ旅したのは
この歌人　二十五歳の杜若《かきつばた》の季節
だが　そのころからすでにひと昔近くたっておる
しかも　勅勘のとけた後であったから
すぐに洛中にとって返し　禁裏に伺候すべきであったのに

道を逆に東北《うしとら》の方向を志すという――何故なのか

思うに――この歌僧は武家の生まれ
備中国小田庄神戸《かんべ》山《やま》の城主　小松上総介康清《かずさのすけやすきよ》の二男で俗名は信清《のぶきよ》
三十三歳にして出家したが　後世にいう五山文学の漢詩文さかんなころに
王朝美に憧れ　幽玄体の定家に心酔
――抑々《そもそも》於二歌道一定家をなみせん輩は冥加《みょうが》もあるべからず、罰を蒙るべき事
なり(4)――とまで言い放った傲慢不遜　言うならば風狷《けん》にして狂簡の徒……
されば当時　室町歌壇の主流たる二条派の平明枯淡の歌風に馴染まず
はげしい勢いで勃興していた連歌のエンターテインメントにも目もくれず
いちずに敷島の和歌《やまとうた》に生命を賭けたといえる
まして禁裏とか幕府とかの権力に諂《へつら》うことを潔しとせず
よき機会《しお》とばかりに　東福寺すら棄てる覚悟で
――西行は一期行脚にてうたをよみし故(5)――
われもまた自由闊達に歌のみ作らんと
旅にでようとしたにちがいない
かかる歌人にとっては朝夕の勤行《ごんぎょう》すら世俗の雑事にすぎぬ

寺僧としての執事の日常にしてもそうだ
写経写本ならばまだしも　算木に算盤
こと細かに会計目録まで作らねばならぬとは……
（奇怪なことだが　その頃の五山は金融業を営み幕府の徴税機関も兼ねていた）
新進気鋭のこの歌人が如何にこれらの庶務を厭うたか
鬱屈したかかる思いが　時には沙門らしからぬ不穏な言辞となり
乱世の様相を風刺したことも宜《むべ》なること
なるほど　俗にいう南北朝の合一なって凡そ三十年
『中夏無為《チユウカブイ》ノ世』(6)になったかのように見える
だが　当今のバブル現象とやらに似て　都の賑わいは表面《うわべ》ばかり
白昼　群盗が禁裏におし入る時代でもあった
正徹はこの事実を次のように詠む
――ちらせ猶みぬもろこしの鳥もねず桐の葉分る秋の三日月(7)――
この歌が時の帝の逆鱗にふれ　ここ山科へ謫居《たつきょ》となったのである
それから数年　無聊《ぶりょう》と寂寞の情に耐えかね
望郷の想いを詠んだ歌が帝に聞え　許されたという
歌としては何の変哲もない凡作だが

いわゆる歌徳物語の見本《サンプル》とでもいうべきこの歌は　というと
——なかなかになき身なりせばこの暮に帰らんものをけふの古里

いささか短慮なこの帝が誰であったのか
考証学徒の論争は姦しいが　それはどうでもいいことだ
ともあれ　仏門にあって仏法を修めず
——禅録をあがめおくべき机には、和歌の抄物を重ね、ふとんに座すべき床の
　上には、枕草子を携へてよこたはりふせり。炎天にたへずして袈裟衣を忘
　れ、びゞしきをほしきまゝにして、酒にくの中にたはぶる。(8)——と
時に自嘲するほど破戒無惨の奇僧が
勅免を幸いに都を棄て旅にでるという　その事実だけを知っておればよい
かく言う僕《やつがれ》も息子ほどの正徹と共に　古稀を迎えた記念にと
正徹の謫居にも似たサナトリウム暮し数年のあと
三里の灸ならぬ低周波のエレキで脛を治療
七十九歳の天寿を全うし　生涯の詠草四万首(9)以上にのぼるという
この稀有の歌僧に寄り添い　影となって
まずは逢坂の関へと　ゆるりゆるりと歩みはじめるのである

六百年ほど昔への坂道を登るのである
近ごろ流行のＳ・Ｆばりにタイム・スリップするのかというのなら
それもよかろう　妖かしのその秘儀を証しせよというのなら
そうれ　僕《やつがれ》の左肩から背にかけての傷痕の窪みが
四代将軍・義持の治世へと誘う神秘捏造《ミステイフイカシヨン》の隧道の入り口じゃて……
しかもこの傷痕は開放療法とやらで二年近く開けっ放しであったから
内部は奈落にも通じる永劫の闇の無常観と
飛花落葉　変転きわまりない現世の相もしかと知っておる
しゃきっと御覧ぜられい　赤黒く凶凶しいほどのこの醜さ
撫でられても結構　僕《やつがれ》は涸れた運河に擬《なぞ》えておるが
それは自己韜晦《とうかい》のただの思いつきの奇麗ごと
生き死にの何回かの手術の果て　八十針を縫うたこの傷痕を
ひそかに僕《やつがれ》にふさわしい婆娑羅《ばさら》な紋所　百足《むかで》の紋章と思うておる
百足――蠍とかいう異国の毒虫よりもなお獰猛《どうもう》な毒虫
いや　これはとんだ戯《ざ》れ言を……許させられい
ともあれ　文字通り同行二人　僕《やつがれ》は正徹を頼うで
――もとよりかゝるよすて人は、いづくかは爰《ここ》とさだむべき宿もあらましを、すみの衣のあさはかにて、えびすの姿にあらざるばかりにて(10)——
旅にでるのである　目ざすは美濃　新らしき国　美の桃源郷《ユートピア》
病後はじめての旅であるから　僕《やつがれ》は息はずませて
夢の中に夢を追うような　うつつが夢であるような
恍惚となるほどの門出であった

ところは洛東・山科の里　見送るべき人もあるはずもなく
時も移ってはや夕暮れ　縹《はなだ》いろに空もおだやかに烟ってくる
日暮れに旅立つとは不吉——という者もおるやもしれぬが
六百年の時空を越え一休となった聖なる乞児《ほがい》びとのわれらである
美の遊行者《ゆぎょうしゃ》としての呪われた宿世は　いやというほど知りぬいておる
されば　われらの行手に不安なし悪しきことなし　まして何の障礙《しょうげ》もない
金箔銀箔の花びらが　永遠《くおん》の謎ひめた言葉のきらめくがに
またわが百足の紋章より化生《けしょう》して降りかかる蠱物《まじもの》のごとく
この世ならぬ幽玄のイデーを降らせる桜並木の道……
思わず〈一期は夢　一会はうつつ　旅初め(11)〉と吟ずれば
正徹もまた同じ思いにちがいない

白面の顔を紅潮させて　低く詠うのであった

――この夕べ吹きくる風をたよりにて思ふかたにや春の行くらん(12)――

(1) 正徹は室町時代の歌僧（永徳六年～長禄三年）『なぐさめ草』は美濃へ旅した折の紀行文。家集に『草根集』がある。
(2) 『なぐさめ草』の冒頭の一節。
(3) 『なぐさめ草』の一節。
(4)・(5) 正徹の歌論書『正徹物語』より。
(6) 平和の意（『太平記』）。
(7) 「もろこしの鳥」とは、中国の伝説上の霊鳥「鳳凰」のこと。梧桐に宿り、聖徳の天子の兆として飛びきたったとされ、桐は菊と共に皇室の紋章。で、この桐の木に鳳凰が宿っていないという意になり。聖徳の天子のない世を風刺したとされた。『草根集』『多聞院日記』『にぎわい草』など参照。
(8) 『なぐさめ草』の一節。
(9) 永享三年、正徹五十一歳の折、草庵が焼け、それまでの詠草の殆んどを焼失したという。それからの詠草が一万五千首。このことから考えて生涯の詠草は四万首にのぼるのではなかろうか。『草根集』は没後編集され、いまだに定本がない。
(10) 『なぐさめ草』より。
(11) 現代の俳人、石寒太氏の作品。「旅初め」は新春の季語であるが、敢えて引用させて貰った。
(12) 『正徹千首』（一条兼良選）より。この年、応永二十五年の詠草ではないが、わが作品は古典的コラージュ、全くの戯作である。学究の徒のご寛恕を請う。

（弐）

鏡山陵《かがみやまりよう》 夜魔現出《やまのあらわれ》

正徹が山科の謫居をあとに美濃へと旅立ったのは
応永廿《はた》とせ五つの年　弥生の末のとある夕暮れのこと
僕《やつがれ》も（すでに申せしごとく）折からの落花のなかを
遁甲の術ならぬ神秘捏造《ミステイフイカシヨン》の美学の修《ず》法によって
剛毅不拘のこの歌僧と一つ身となり　まずは逢坂の関へと　六百年ほど昔への
　坂道を　ゆるりゆるりと　歩みはじめたのであった
されば久久に高雅芳醇な酒に酔うた思いに息はずませ
臈纈《ろうけち》模様に変わりゆく空の下　艶なる木《こ》の間を急ぎゆく
さりとて美濃は遠い　病みあがりの古稀すぎた僕《やつがれ》が長旅の疲れ
『同じ憂き寝の美濃尾張《みのおわり》(1)』とならぬよう頼みますなどと
軽口をたたきながら　なお歩みゆく
それにしても関は逢坂　相坂　われらも同じ芸文の友とはいえ
よくぞ相会うたものである　思えば五十年ほど前のそのころ
僕《やつがれ》は血を吐き高熱に悩みながらも拾遺愚草を手離さず

その定家の生まれ変わりとまで言われた正徹を
『日本文芸学』(2)なる一書で知ったのである
と　涙ぐめば正徹はわざと磊落に笑うて　足をとどめ
詠みかけてくれた即興の歌一首
——都出で関に隔たる旅なれど友も別れず道もほどなし(3)
歌人ならぬ僕《やつがれ》は返歌もならずただ顔赤らめておると
正徹はまた笑うて、次のように詠《うと》うてくれた
——さしも世の長月の果を思ふにも弥生の夢のけふの夕暮

まことにあまりに事多かった長い年月の果て　お互いの身は
——すみの衣あさはかにも、えびすの姿にあらざるばかりにて、かはほりの鳥
　にもねずみにもあらぬがごとくにして(4)——
見る目には僧俗二人の埒もない旅姿　異形の者とも思われよう
宿へと急ぐ傀儡師《くぐつ》　被衣《かずき》姿の歩き巫子　麻商人の群れなど
胡乱者《うろん》よと顔をそむけて擦れちがうてゆくのだが
弥生の夢幻とも思える　きょうの夕暮れのなんという穏やかさ
花冷えの夜風もほてった頬に心地よく

北花山の堀道を東《うし》へ曲って街道へでる
関までは三里　夜明け前には着くであろうと
思わず足を早める　正徹もまた先を急ぐがに歩む　その様《さま》は
まさに早舞を舞うような軽やかさ　凜凜《りり》しさ
もっともこの御仁　東福寺では隠れもない遊僧・延年の達人
足拍子をはげしく踏みならすがごとく　一気に逢坂へ向かうと見えた
ところが何を思うてか　やがて道を左に折れ
東北《うしとら》ならぬ北《ね》の方へと歩みはじめる　鬱蒼と茂った森のなか
枯草の小道を足早に急ぎ登ってゆく　はてと訝ると
こここそ御廟野《ごびようの》が原　天智天皇・天命開別天皇《あめみことひらかすわけのすめらみこと》を祀る山科陵《やましなのみささぎ》
しばしの廻り道だが　今から詣でるのじゃと正徹は言う
驚いて袖をひくがこの奇矯な歌僧は　いささかもたじろがぬ
頑なに陵に詣でると言い　なおも僕《やつがれ》を促し
ここを通りかかっては　まずはこの陵に詣でるのが
歌びととしての礼ではないかと言うのである
更に続けて言うには　この幽寂な参道は
また歴史を辿る道　天智の御陵に詣でることは

言うならば壬申の乱の経緯を知るよすがにもなる
それがまたこのほど数十年来の　いわゆる南北朝の動乱の意味を極め
天智の御代の復古を願うた　近つ世のかの専制君主
後醍醐の帝の親政の夢の秘密を知ることにもなろうぞ
――と　ひと息ついて　まあこのことはともかく
天智は英明な天皇《すめらみこと》にして万葉の歌人　その歌ごころに詣でるのじゃ
さればよと　僕《やつがれ》も頷き山科陵に詣ずることにした
天智のあまりにも有名な歌の一首を思いながら……
――わたつみの豊旗雲に入日射し今夜《こよい》の月夜《つくよ》まさやかにこそ
王者の風格あるよき歌である
さりとてわれらの今宵は月もなく　暮れ果てて漆黒の闇
明朗闊達のこの歌境とは逆に魑魅魍魎でも現れそうな気配に
怯えて僕《やつがれ》は身を竦ませる　それでも正徹はひたに歩む
この風狂人《びと》は六百歳に近い歌仙にして神仙
夜目もきき　闇の奥処《おくが》の陵に眠る天智の秘密
正史(5)には近江宮で崩御されたとあるが
一書には崩御のあと　馬を召され山科に行かれたまま

『更に還御なし』(6)と伝えておるとか　しかのみならず　正史にはここ山科に葬
　ったという記載は一行もない
わずかにかの額田王《ぬかだのおおきみ》の挽歌で　この地に葬ったと知るのみ
正徹は続けて言う――奇怪とは思わぬか正史のこの欠落の事実
しかもこの傑出した勇猛果敢なる天皇に捧げられた挽歌は
身近い妃のほかは無名の舎人《とねり》の一首だけで
公けのものは一首もない　これをまた何と見る
正徹の目がきらりと光る　わしはかかる謎を解くためにも
この陵に詣でねばならぬのじゃ
僕《やつがれ》はおのれの無知を恥じた　『更に還御なし』という事実など
きょうまで遂に知らなかったことである　闇も深いが
歴史の闇も深いと　なお暫らくゆけば前方に透かし塀と鉄の扉が見え
あたりに広がる清浄の広場　陵の前にでた
正徹は星明りのなかに端座　しばし黙禱しておったが
やおら立ち上がって雅《みやび》やかに舞いはじめる
今様風の神舞を舞いはじめる
――おもほえず仏や神につかふとて此《この》一たびぞいまだ旅なる――

和歌としては概念的　いささかの情趣もないが神仏のけじめなどより
聖俗一如　敬虔なる祈りのなかに美なる世界の顕現を夢みるのであろう
正徹はおのれの理念《イデー》とする幽玄について
——幽玄といふものは、心にありて、詞に言はれぬものなり(7)——というが
言葉にとらわれぬ絶対無の信仰こそ
正徹の偽らぬ歌のこころ　詩精神というべきであったろう
かかる正徹の祈りのままに僕《やつがれ》も真似ごとの連れ舞
『二人静』(8)ならぬ二人乞児《ににんほがい》のパフォーマンスを演じはじめる
陵は上円下方墳をなし　またの名は鏡山陵
さればこのパフォーマンスは　いうならば上古《むかし》と現在《いま》の合せ鏡
旅の思いも時の流れもない　とんだ戯れの舞というべきか
正徹とて同じ思いにちがいない　舞い終ってまた語りかける
所も鏡山陵　ならば天智の御代またはそれに続く動乱の世の軍鼓　小角《くだ》　弓弭《ゆはず》
　の騒ぎ
更に近つ世数十年の血みどろの擾乱《じょうらん》　近くはついこの前の応永の乱(9)
そなたの身に即していえば　戦争の暗い谷間の十五年・昭和の戦乱

これらの時代を照応させる鏡のなかにわけ入ろうではないか
美の遊行とは落花に浮かれ歌枕を尋ね歩くことではない
われらは聖なる乞児なれば銭の泡とび
『下克上する成出者』(10)の末裔ばかり蔓延《はびこ》る現世
救済なき世に　永生《とことわ》の明るい展望《パースペクティブ》を見せる旅を続けるのだ
鏡の向こうにわけ入ることも　そのための生き死にの行《ぎよう》ともいえる
旅とはかかるもの　『理の外なる玄妙』(11)の世界への参入——
躊躇《ためら》うな　ただ祈りながらこの石段を登れ
然り　僕《やつがれ》も同じ思いに合掌して登ろうとした折しも
参道から一陣の旋風吹きおこって血の匂いと
不思議や脂粉の香のまじる砂埃のなかを
一匹の白馬が舞上がってゆく　剣をかざした甲冑姿の武人も見える
しかも　雲の火柱のなかを駆けめぐる白馬をよく見れば
何と双頭の天馬それぞれの頭《こうべ》に　愛憎の犇《ひし》めく黄金《きん》の鬣《たてがみ》そよがせ
嘶《いなな》くたびになおひとしきり軍鼓の響　悪鬼の声を咆哮させる
その首の一つはと見れば天智の天皇　また一つは後醍醐の帝
一天万乗の君ながら　共に救われざる怨念の人

人間《じんかん》の傻い営みにすぎぬ律令の美を夢見たばっかりに
今は畸形の馬となって天空を飛ぶ大魔王となり
奇怪な朱《あか》と青の刺青の面をふりたてる
しからば　この怪異の馬の背はと見ると　これまた何ぞや
双身一体の陰《ほと》ひとつ持つ女人の怪物　全裸のまま何やら喚いておる
一人は天智の寵妃かの額田王《ぬかたのおおきみ》　一人は悪名高い
阿野廉子《あののれんし》と見たは僻目《ひがめ》か
と　飛縁魔《ひのえんま》(12)にも似た二人の喚き声は　見る間に空いっぱいに黒雲を呼び
どこから飛んできおったのか　大いなる羽をひろげ
立ち竦むわれら二人に襲いかかる不気味な怪鳥
『以津真天《いつまで》(13)』
何時まで何時まで――この世にかかる修羅の場面を見せると
人面に歯のある觜《くちばし》　蛇体の胴をくねらせ鋭い爪見せ襲いかかる
思わず遁げ込む闇の奥処《おくが》は玻璃《はり》微塵《みじん》に砕け
稲妻と埃塵《ちり》　濛濛《もうもう》の鏡山の麓
気がつけばわれらは陵の前の広場におののきながら平伏《ひれふ》し
二人して声張りあげ　護身結界の真言を称えておった

——唵《おん》　枳里《きり》枳里《きり》　縛日羅《ばさら》　縛日羅　部律《ぶりつ》
満駄《まんだ》満駄《まんだ》　吽《うん》　発吒《ばった》(14)

（1）謡曲「杜若《かきつばた》」の一節。
（2）岡崎義恵著、岩波書店（昭和十年刊）
（3）『草根集』より（以下正徹の歌はみな同じ）。
（4）「なぐさめ草」の一節。
（5）『日本書紀』
（6）『扶桑略記』
（7）『正徹物語』
（8）謡曲「二人静」
（9）応永六年、大内義弘幕府に反す。
（10）「二条河原落書」
（11）『正徹物語』
（12）女人の吸血鬼。
（13）元弘年間、疾病などで非業の死をとげた庶民の怨念が怪鳥化し、屍を何時までほってておくのだと「イツマデ、イツマデ」と鳴いたという。『太平記』には、怪鳥が紫宸殿の上に現われ鳴いたという。「以津真天」とは後年の命名。
（14）室町時代は五山の禅僧も台密を修していた。禅密とも雑密ともいう。この真言（マントラ）は自分の場所に魔物が入らないように結界を作るためのもの。出典「金剛経」

恋法師　一休

秋も闌《た》けた方丈の簀子天井に
死に遅れた蜂の羽音が
落日の翳のなかに消えてゆく
座禅ならぬ昼寝から覚めた老和尚は
侍者を呼ぶ　早く来ぬかのう
森《しん》よ

森とは十年ほどむかし
老和尚を慕ってここ酬恩庵(1)に居ついた
瞽女《ごぜ》の森女《しんじょ》　森侍者《しんじしゃ》のこと
四十路《よそ》を経た今では
慈栢《じはく》(2)の法名を貰い　弟子とも妻《め》とも
婢女《はしため》ともつかぬままに慎ましう仕えておる
老和尚は森女を得て　宿痾《しゅくあ》の瘧《おこり》も治り

文明三年九月《ながつき》十余《とうよ》日《ひ》の今日は
目こそやや薄うなったが　矍鑠《かくしゃく》として八十七歳
森よ　十年のむかしの今日を
覚えておるかのとはげしく抱けば
水仙(3)の香りはせぬものの　庭には
残んの木犀の花が甘やかに匂いたち
茂みの奥処《おくが》に野菊もしとど濡れておる
されば　老松の一枝も枯れかけたかと言うな
老和尚は風流隠士の矜持に生き
奇矯風狂　まざれもない逆行《ざやくぎょう》(4)三昧の徒
やがて森女の膝頭に　縹渺たる夢幻の鐘の音を聞きながら
ひそかに一篇の詩偈《しげ》を思うておる
題して「恋法師一休自讃」

生涯の雲雨《うんう》(5)　愁ひに勝《た》へず
乱れ散る紅糸　脚頭に纏《まつ》はる
自ら愧《は》ず　狂雲の佳月を妬《ねた》むを

十年の白髪　一身の秋

老和尚は苦笑して思うのだ　八十路《やそじ》にして恋法師とは
じゃがわしはまさに恋法師　幼き日生別した
母を慕うあまりに
齢を重ねるほどに飢えのごとく
その慕情は身心を灼いて衝きあぐる
まして皇胤(6)の身ながら不遇に生きてきた恨みもあって
若い日から酒肆《しゅし》淫坊《いんぼう》(7)に出没　坊徒にあるまじく胡乱《うろん》に生きた
ある時は堺に妻《め》と住み息子(8)さえ儲ける
ために土産物の「誰が袖(9)」雛人形作りに扇絵の揮毫
職人の真似事さえしたが乱世(10)のさ中なれば一家は離散
畿内を寄る辺ない雲のごとくに乞食《こつじき》をして廻った
狂雲と号するのも　ここに由来する
その狂雲和尚が　この十年の何という痴態
五山十刹の伽藍禅(11)を否定
なべての名利　栄衒の心を棄てたはずの坊徒が

若い女体に伽藍の湧出を夢み男女交会《きようかい》の法悦のなかに
菩薩界を見ようとした
忸怩《じくじ》たる思いのなかに　散乱する脚下の紅き糸を
わしは何と思うたらいいのであろう
思うに　この紅き糸こそ男女相愛　姻縁の絆
しかも繊き紅糸は　かの空海も
——生れ生れ生れ生れて生の始めに暗く
　死に死に死に死んで死の終わりに冥《くら》し(12)——
と言うごとく　生死一如の永劫の生命の比喩ではないのか
母がわしを生み落した時の淋漓《りんり》(13)たる血
この血こそ人間未生の本然の姿ではないのか
わしは狂うた雲　無量劫(14)の識情に
森よ　そなたの佳《うつく》しい月の裸形になお執着しておるのじゃ

森よ
森よ……　　となおも老和尚は声を荒らげ熱い吐息に
胸をまさぐり

淫色風流《いんしきふりゅう》　女犯三昧《にょほんさんまい》の艶詩と譏《そし》られても好しと
詩偈を集めて編む　名付けて「狂雲集」
われら十年の愛怨地獄を　共に生きてきたが
わしはこの愛染の業《ごう》をさえ
風癲《ふうてん》風狂の禅者として表白せねばならぬ
地獄の底に堕ち　魔界を見たとは嘘
われらそのものが堕地獄……　とすれば
森よ
詩文はもと地獄の工夫⑮
清浄と汚濁　炎天の灼熱と雪山の冷徹さの苦界を越え
まさに狂うた雲の厚きを破って
人間再生の清新の詩偈を唱えねばなるまい
されば　恋法師　一休が
その再生の誓いも新たに　一首を詠じる

　十年花の下に芳盟を理《すす》む
一段の風流　無限の情

惜別す　枕頭児女の膝
夜深うして　雲雨三生《さんぜ》を約す(16)

（1）京都府綴田郡田辺町。一休宗寂の地、廟所がある。
（2）一休十三回忌の奉賀帳尼衆の項に森侍者慈栢の名が見える。
（3）「美人の陰《おん》に水仙花の香あり」（『狂雲集』）
（4）信順しない者に対して違法の手段をもって教化するための修行。対して戒を守り衆生を導くために行なう行を「順行」という。「逆行順行　天も測ること莫し」（伝灯録）
（5）男女交会のこと。
（6）一休＝明徳三年元旦、後小松天皇の庶子として生まれる。母は伊予局《いよのつぼね》、幼名千菊丸。文明十三年十一月二十一日示寂。いま酬恩庵一休寺には「宗純王廟」との宮内庁の標示がある
（7）居酒屋に女郎屋のこと。『狂雲集』の各所に見える。
（8）紹等《じょうとう》。一休の弟子となり、画号を没倫《もつりん》。一休の肖像画で有名。
（9）匂い袋のこと。
（10）当時は南北朝合一後の不穏な時代。応永の乱、嘉吉の乱、応仁の乱と続き、大洪水、大飢饉、土一揆などで擾然。
（11）五山十刹の官寺の形骸化した禅を嘲って言う。
（12）空海『秘蔵宝鑰《ほうやく》』巻上
（13）「娘生《にしょう》の脚下　血淋漓たり」（『狂雲集』）
（14）「腹中に地獄成る　無量劫の識情、野火焼けども尽きず　春風また生ず」（『狂雲集』）。「識情」は人間本然の情念と解すべきか。

(15)『狂雲集』に「嘲文章」とある。詩文に携わる者の驕慢を戒め、謙虚に人間の魔性を認め、真理探究に真摯たるべきことを説いたものと思われる。〔編注：一休の原文は「詩文はこれ地獄門前の工夫」となっている〕

(16)「辞世の詩」(『狂雲詩』)。三生は三界のこと。

岬歌異聞《みさきうた》

水青の錠剤を飲み　眠ろうとする
いや眠らねばならぬと焦る　病室は漆黒の闇
ベッドの軋みのままに　木枯しが吹く
その果ての暗い海の不穏な騒音《ノイズ》
それからだ　海霧《じり》の混迷にたちまち帆柱も折れ
水浸しになって漂いだす　おれの北前船《きたまえぶね》
波間に見え隠れする岩礁の間を往けば　行手には
断崖十仭《じん》　思いもかけず屹立する異形の岬
黝《くろ》ずんだ血の色が　夜目にも凄まじい
――その名を問えば　牛の首岬

かつて岬は聖なる場所《トポス》　船乗りたちは
旅の無事を祈りながら過ぎて行ったというが
牛の首岬とは　何とまあ禍禍《まがまが》しい
なお眠られず　おれは舳先ならぬベッドの端に座し
首を打ち落される牛の断末魔の声を聞く
だが牛とは後世の作り話　実は老領主の怒りにふれた
愛妾が不義の罪を問われ　ここの崖の上で
逆さ吊りの後　若侍と共に首を刎ねられたのかもしれぬ
血飛沫をあげ宙を飛ぶ二つの生首　この世ならぬ悲鳴が
凍てつく闇夜に　金泥のま砂子《さご》を撒きちらす
きらめく刃が稲妻を呼んだのか　雷が鳴る
岬の上の石舞台　刑場の枯草までもふるわせて
通俗的な田舎芝居ともいえないこともない　冬の雷が……

紫蘭《しらん》の電光に打たれ　岬の石舞台も燃え
沖におれの北前船も燃える　別離怨憎《おんぞう》のはげしい炎に

おれの紋所を染めぬいた古い帆布も燃える　暴虐の老領主も
若い男女の首無しの屍体も燃え　血を吸うた岬の枯草も燃える
おれも冷汗をかきながら　全身を火照らせる
雷火というが　思うにこの炎は屍体から噴き上った血潮が
人間の業《ごう》の火の粉の霰《あられ》となり　降ってきたのではないのか
老領主の理不尽な嫉妬心　殺意
そうとは知りながら　なお男に逢いつづけた女の哀しい性《さが》
これら無量億劫畜生の身のすべてを知る故にか
生首岬というべきを　敢えて牛の首岬と名付けたのは
——どこの誰であったろう

おれはここで命名《ネーミング》の不可思議さを思うのだが　この秘密を
解きあかすにはおれはまだ未熟　識情の徒にすぎぬ
ただ言えることは　おれの北前船が岬に当って砕け
身も凍る海底に　死よりも重く沈んでおるということだけだ
今もそのような闇の現《うつつ》の底で　おれは人間生死の謎
男女の絆の謎　老いの痴情にのみ生きる領主の狂気の秘密など

あれこれと思うのだが　遂に何一つとしてわからぬ
まして沖に渦を巻く大いなる女陰　神漏美《かむろみ》の玄門《みほと》
大地の奥処にまで続く迷宮の秘密を　知る由もない
あまりの苛立しさに　歯噛みをしながら雨戸を繰れば
ここもまた牛の首岬の荒磯　怪しい白光がきらめき
妖怪《あやかし》の蛾となって波の花も乱れ飛び
おれの七十三年の視野のすべてのなかに　舞い狂うておる

夢の手風琴

夜　夾竹桃の毒ある火花が消えたあと　町外れの丘の麓の市立屍体焼却場の広場には　浮遊する聖霊か　青白い野外灯の灯がともる　児童公園めく広場の片隅には　涸れた噴水の金具に緑青を錆びつかせた「時」が　季節にはやや早い冷たい風を呼んでおる

つい先程まではホテルのロビーとも紛うほどだった待合室も　はや漆黒の闇

破れた硝子窓から飛んできたのか　一枚の古びたカレンダーが　白く浮き上った広場に派手な絵柄模様の絨毯となって貼りつく　それにしてもカレンダーの絵　広鍔《つば》の黒帽子に黒衣　青ざめた髭面　片目の老旅芸人の稚拙な絵を　誰が何のために描いたというのか

埒もない奇怪な絵　あまりのことにふと顔を歪めたが　そのかすかな気配に異形の旅芸人はカレンダーからゆっくり立ち上り　黒衣や垢じみた肌着を脱ぎ血膿に汚れた包帯までとって　古風な手風琴を鳴らしはじめる　肋骨のすべてはなく大きく息をするたびに　淡紅《とき》いろの肺が伸び縮みするのが見える　それがなつかしい夢の手風琴を鳴らすのだ

やがて何時しか野外灯も消え　手風琴の肺は次第に膨らみ　空いっぱいに広がる柩いろの月となる　カレンダーも千千《ちぢ》に破れ　永劫の夜闇の空に銀泥を撒きちらす　焼却炉の鉄扉も不気味にはじけ　燃える業火の底からなおも聞えてくる手風琴のやさしい夢の音楽……

外輪船異聞

平成六年元日の午後
街の南郊　丘の上の国立療養所に
異変起こる　第二病棟七号室に
異変起こる　詩人のベッドに
外輪船がいきなり接岸したのである

いうまでもなく外輪船とは
両舷に大きな回転板《フロート》をもった蒸気船
黒船渡来でもあるまいに
院内は忽ちに大混乱　恐慌に陥ったが
内外ともに異変続きの季節である
まして太古　この辺は入江であってみれば
タイム・スリップして外輪船が幻出
美の王者たる詩人を

迎えに来たとしても不思議ではあるまい
やがて詩人が乗り移れば　準備完了
はげしい渦を巻き回転板《フロート》はまわりだす
即ち回　転《レボリユーション》する歴史
革　命《レボリユーション》の時代である
左右の危うい均衡を保ちながら
ともかくも平穏に出航する外輪船だけが
秩序ある空間へと飛びたつ
——この事実を異変と言うのか

砂漠の暴走族

病みあがりの無為の日日　わたしの乾いた脳髄のなかには　無数の舗装道路が走っている　はげしい耳鳴りと思っていたのは別離怨憎　感情の起伏のはげしい道を縦横に走りまわるオートバイの一群　暴走族の轟音だった

大晦日から元旦へと　東洋の片隅の砂漠を走る小悪魔たち　ＣＴでは蟻のごとき存在だとしても　年毎にわたしを蝕み蹴ちらす巨大な怪獣たち　昨年も見事に轢き倒され　転倒　今は血みどろの頭蓋に肋骨数本だけになっているわたしの肉体

わたしだけの密室のこの砂漠では　脳髄はさらに乾いて大砂漠の岩山となりわずかに残った左眼だけが古い碧玉を湛える鹹湖《かんこ》となる　それさえ空中ショウめいて軽軽と飛び越えてゆくアマルガム製のオートバイ　禁治産者の黒ジャンパーの暴走族の一団

それでもわたしは怯えない　耳鳴りがひどくなり　血の色した音量計が極限を示そうとも　青い炎と燃えあがる鹹湖のほとりを　大魔王の駱駝《らくだ》となって　砂漠の涯　宇宙の隅まで暴走族の後を追ってゆく　愚直の鼻血をたらしながら

……

初夢

うらうらの春日めく海辺を
鳥追い笠　手甲《てこう》　脚絆の旅芸人がゆく
吠えながらじゃれてゆくのは一匹の雄犬
発情しているのか　乾いた啼き声だ
それでも旅芸人はつれない
門付けの古びた歌を口遊《くちず》さむ
波の音にまじって　その歌ごえは
永遠のようにひびく
と思うと目がさめて　涙がこぼれていた
——これがおれの初夢である

思うに旅芸人は　おのれの美の女神
妖しい伎芸天の化身だったのだ
この女神に魅いられて　もう六十年

どうやらおれは生きのびているが
あの旅芸人の古風な歌を越えるような
傑作を遂に一篇も書いていない

うらうらの春日めく海辺
陽炎にも似た伎芸天の移り香に酔い
そればかりを夢みて生きてきたのは
おれの迷妄　甘い錯覚
あまりの悲しさに　海に身を投げると
何と　おれは大きなくらげとなり
海中深く沈んでは伎芸天ならぬ
裸形の海女《あま》となった旅芸人に
まつわりついていたが
気がつくとそれは錆だらけの沈没船だった
と思うと　二度寝の夢がさめた
——埒《らち》もないおれの初夢の話である

夏信

〈百日紅　杖ひく人となりにけり〉
灼けた道で　ふと唇《くち》にでた駄句である
だが日は真昼　風も死に
あたりはこの国の魔界の匂いがする
乾いた魂がひしめく電脳都市
メディアの罠にうごめく昏《くら》い緑の森
青空の極みにも救済《すくい》はなく
色褪せた生首が浮いているばかり　昼月
あの薄い瞼の縁《へり》ほどの細い道を
ふつふつと何に憤りながらおれは
何に苛立ち歩むのかおれは　何処《どこ》へ……
それでも陽は金剛不壊《こんごうふえ》の石と燃え
颪も清涼の音色に蘇っている
百日紅は腥い炎のなかから　清冽の叙情

自刃の滝を噴きあげている
この時　おれは非力の杖を棄て
魔界の涯の無何有郷《ユートピア》　玲瓏の聖地へと急ぐ
余生を持て余した風狂老人の自慰　怨念《ルサンチマン》……
嗤う人もあろうがそれでいい　兎も角も
おれはひとりで往く　この白熱の道を——
誰かも言っているではないか
〈詩文ハモト地獄へ到ル工夫〉

詩論・随筆

近代詩入門

詩の本質・近代詩の特性

詩というものは、まず広義には次の北原白秋の言葉をもって理解される。「詩は、しかも人生の精華たると共に真に芸術中の精華である。世に詩情なきまことの音楽家、画家、彫刻家、或は建築家、工芸美術家は有り得ない。無論真に傑出したる芸術家ならば、先ず彼等は真の詩人たる天稟《てんぴん》をば最も豊満に享け得たに違いないのである」。また心理学者のシャルル・ボードリンもこう言っている。「科学者に発見されるのは科学者の裸なる詩人である」

しかし、今日私たちが近代詩という場合の詩は狭義の意味の詩に属し、言葉と音律による芸術表現、つまり作品としての詩である。広義の詩が、詩的なものと言われ現実的なる言葉に対比せられるような、個人の裡《うち》にあってしかも普遍的に個人を超えている叡智の輝きとすれば、狭義の意味の詩とはその叡智が直覚的な言語活動を通じて表現されたもので、人間の精神の美的な創造と言えよう。だから私たちが万葉の歌人たちや、芭蕉、藤村、白秋、朔太郎らの詩歌人を持つことに誇りを感じ、ドイツはゲーテ、フランスではボードレール等を生んだことも誇りとすると言ってよい。つまり私たちは彼等すぐれた芸術家の表現のなかから、私たちの感情を象徴する普遍的なものを聞きかつ見るのである。この普遍的なもの――宇宙的な調和に与えられた純粋な人間性――こそ一国文化の創造の基となり、人間社会の進歩とか健全さというものが実現されてゆくのである。

詩は私たちの生活の推進力である。詩はまた私たちの人間苦を浄化して愛と美にまで高める。これは人間の思想性に関することであり、詩が決して安易な気持で創られぬことを意味する。「一日山の中を歩いた人間は、赤土や石ころを麓のわが家への土産にはしない。彼の手に握られるのは一茎のりんどうの花である」と近代ドイツのすぐれた詩人リルケは歌ったが、詩とはこの花なのである。詩人が苦悩のなかから咲かせた美しい花なのである。従って詩の問題は、人間そのものの問題となってくる。

詩とはそれほど深奥な人間性にふれているものである。それで詩は何かと問う前に、人はまず自らの生活や苦悩を省みるといい。そうして自分の内部を流動し、目まぐるしく移り変る現実を眺める時、人間の仕ぇるべきものが一国とか一民族というものでなく、あくまで精神の王国であることに気がつき、人間存在の最も深い問題につきあたるであろう。アランという哲学者は「外的な世界が動揺の形をとっている時は、私たちはまず自分の内部に人間的な整いを持つことが必要である」と言っているが、現在のこの混乱しきった世相のなかでは玩味すべき言葉ではあるまいか。かつて私たちは戦争の第一線にまで『新古今集』の文庫本を持ちこみ、空襲の日日にあっても能楽の鑑賞が続けられていたことを知っている。現在もまたそうである。インターナショナルの合唱の声の傍で、聖書を読み、また明日の糧のない夜ですら、ベートーヴェンの交響曲の一節を想いだす余裕があってていいのではなかろうか。ハックスレーもこう言っている。「どのような意味に於ても人間と人生を愛さなかったら、文学など私にとって何物であろう」

詩のこころとはこの人生への愛と誠実さである。だから如何に詩としての表現が絶望的で暗くとも、その根柢は人生への肯定と人間への愛に満ちている。ドストエフスキーを例に引こう。確かに書かれてある世界は暗い、がそこには現実への認識が暗く救いのない時にこそ、精神は人生肯定の明るい信念に身をゆだねねばならぬといって、いわばペシミズムからヒューマニズムへの転調が感じられる。詩の世界に於てはこの転調の意味が重要視され、詩人はこれに対して宗教的な敬虔さを持つ。そして日常の現実の体験を、高い理念の象徴にまで高めてゆくのである。この転調の意味を比喩的に語ったのが、前記のリルケの言葉である。私たちは人生のこのむなしい生の徒労や悲哀を変じて、美なるものに転ぜしめねばならぬ。この転調を必然たらしめるエネルギーが詩精神である。こう把握する時、詩と詩的なものの混同の愚かしさは避けられるであろう。詩的な行分けの文章が詩的なのではない。いい詩は、読後に充実した生命観と秩序感を同時にあたえる。詩人はこうして人のこころを歓喜の世界、絶えず醒めきった神々しい世界へ導く。教養という言葉がよく使われるが、真の教養人とはかかる転調の精神の持主ではなかろうか。散文の特徴は、認識そのものよりも、その対象に主体があるように思える。そしてそれをぐるぐると廻ることによって、あるがままをえがくといった、リアリズムの信念が生れる。不思議にもわが国の近代文学はこのリアリズムが伝統的に強い。リアリズムでなければ文学でないといった妙な偏見さえ生じている。が詩人は現実の事象の奥に、本質的なものを見極めねばならぬ。デュアメルの言うように「無数の大砲の響も、ゲーテの静かな言葉をかき消す力はなかった」のである。

こう述べるとむつかしいことのようである。が、以上のことは私たち日常生活のすぐ消えうせる世界の中から、不変の世界を創り上げようということにすぎない。戦後の新しい課題が「幸福の追求」であるとしたら、この不変の世界の追求、創造こそ、まさしく幸福への第一歩ではなかろうか。ヘルマン・ヘッセが「文学とは感覚の霊化だ」と言うのもかかることを意味するのである。つまり詩とはいわゆる現実への抵抗と言ってよい。詩人の内部で解体され新しい秩序によって組織される世界が詩の世界である。

俗に「詩は夢みさせる」と言われるが、詩人の夢とはこういう意味での夢である。従って、「故に詩的精神は、第一にまず『非存在』へのあこがれであり、ある主観上の意欲が掲げる夢の探究であることがわかるだろう。次に解明されることは、すべて詩的感動をあたえ得るものは、本質において『感情の意味』をもっているということである」という萩原朔太郎の抒情精神を強調した言葉も、またジャン・コクトーの「詩は計算」するというような主知的な言葉も、詩についてはは矛盾なく言えるのである。詩とは酔わせながら目ざめさせる力なのである。詩人は夢みることが深ければ深いほど醒めていなければならぬのである。これは宗教の持つ力と等しい愛の力とも言えよう。しかも詩とはそれを理屈としてではなく美の形象をもってする。詩の持つ唯美的傾向を、現実と無関係な、単なる唯美主義のものであると考えるのは誤っている。

ところできょう私たちが近代詩と呼ぶものは、こうした詩精神に立脚し、しかもフランス象徴派の詩人の影響のもとに、さらに複雑な要素が多く附け加えられている。それはフランス近代詩が十九世紀のリアリズムに対する反動として起った徹底的な批評であり、懐疑であるからである。従って懐疑と絶望、倦怠と虚無の色が濃く、詩感としてそういうものが特色をなしている。わかりやすく近着の椎名麟三の小説の中の言葉を引用して言えば「精一は疲れ果ててゐた。それは栄養のせゐでもなく、仕事の過労では勿論なく、と云つても病気でもなかつた。その疲労は、云はば彼の存在の根源からやつてきてゐた」というような近代人の複雑な思想を含んでいる。しかもフランス近代詩の父と言われるボードレールが「詩人は究極に於て批評家であらねばならぬ」と言った有名な言葉や、イギリスの批評家アーノルドの「詩は人生に於て人生の批評である」とか、わが国に於ける新しい傾向の詩人の先駆者と言える西脇順三郎の「人間の存在の現実それ自身はつまらない。この根本的なつまらなさを感ずることが詩的動機である。詩とはこのつまらない現実を一種独得の興味をもって意識さす一つの方法である」という言葉のように、批評的態度が重要視されている。これは近代詩が一つの人生批評を含み、単に感動のままに歌いあげた素朴な感情の甘い陶酔ではなく、むしろ思考に訴える知性的要素が強い新しい抒情の発生を意味していると言えよう。

日本近代詩の成立

ここでこうした新しい抒情性を持ったわが国に於ける近代詩が、如何にして発生し、成立して現代に到ったかを、詩史風に概説してみたい。

まず明治十五年七月に外山正一、矢田部良吉、井上哲次郎共著の『新体詩抄』が刊行され、次いで竹内節著『新体詩歌』等が出た。これでわかるようにわが国の詩というものは、和歌俳句等の伝統詩に比べてはるかに歴史が浅く、現在近代詩と称せられているものは、なお短い歴史を持っているのである。便宜上、明治初頭から現在に到る間を次の七つにわけてみる。

（1）新体詩草創時代
（2）浪漫派時代
（3）象徴派時代
（4）口語自由詩勃興時代
（5）社会主義詩時代
（6）芸術詩復興時代
（7）戦後

さてこの（1）の新体詩草創時代は、前記『新体詩抄』の総序に「新日本の大潮流に棲息する国民が依って以て情思を発叙せんには現時の国語を以つて作れる欧風の詩形を取らざるべからず」とあるように、五七調や七五調の定律詩を正しく用いた韻文詩で訳詩が多かった。が創作上の素養うすく詩句も平凡で自ら告白するように芸術味に乏しく、彼等自身、新しい詩の自覚には立ったものの、その真の開花は次の時代に待たねばならなかった。

（2）の浪漫派時代とは、島崎藤村が『若菜集』（明治三十年八月刊行）を出した前後より次の象徴詩時代の勃興前までの約十年を言うもので、北村透谷をはじめ多くの優れた詩人が輩出した。詩形としては五七調、七五調を用いながら内容としては全く新しい情感を盛ったものである。藤村は『若菜集』に引きつづき『一葉舟』、『夏草』『落梅集』と出し、作らず飾らず、ただ素直に純情の情を流露して、何時の時代にあっても愛誦され顧望されるところの抒情詩を創造した。ついで土井晩翠が『天地有情』を三十二年四月に上梓し、藤村の優美な女性的情感に対する男性的幽雅な詩風をもって、藤村、晩翠と雁行する時代を創した。またこの時期に『明星』を主宰した与謝野鉄幹、藤村につづきながら韻律的にやや複雑味をみせ、新体詩に破調を混えた詩風をみせた薄田泣菫、新進詩人の揺籃としての「文庫」を主宰した河井酔茗があり、この派の逸材として『孔雀船』の伊良子清白がある。また世に筑波根詩人として有名な横瀬夜雨もいる。

次いで三十八年十月、フランス象徴詩邦訳の集大成たる上田敏の『海潮音』が刊行され、更にその影響下に蒲原有明の『春鳥集』が出て、ここに日本近代詩の成立をみた。いわゆる（3）の象徴派時代である。ついで北原白秋、三木露風が出、明治末期から大正初期へとかけて、わが国の現代詩は決定的に近代詩の方向へ進んで行った。が詩形的にはなお文語で五七調を主体として用いることが多かった。この傾向は次の時期にまで尾を引いて日夏耿之介、西条八十、堀口大学、佐藤春夫等に及んだ。また『日本社会主義思想』を出して発禁になった児玉花外、石川啄木、神秘的半獣主義をとなえ特殊な存在だった岩野泡鳴も年代的にはこの時期に属する。

やがて、詩形では全く文語と訣別し、(4)の口語自由詩勃興時代に入った。つまりわが国現代詩は、『新体詩抄』、『若菜集』の発刊、象徴詩時代と移り来って、第四のエポックを劃したのである。口語自由詩は、まず川路柳虹に提唱され、福士幸次郎、山村暮鳥、室生犀星、千家元麿、高村光太郎、萩原朔太郎、大手拓次等が出た。しかし第一次世界大戦後の社会主義の影響をうけ、いわゆる民衆派、プロレタリア派の時代となり、美術意識を欠いた単なる行分け的散文の愚劣な作品が現れ、(5)の社会主義詩時代となり、昭和初期をむかえた。ところでこの頃またこの反動が起り、芸術性の優位を説く当時の文壇の風潮にも呼応して、日本浪漫派、超現実派、新散文詩派等が現れた。

現在、私たちが詩と呼んでいるものは、厳密にはこの時代以後の作品をさすもので、民衆派、プロレタリア派の影響を受けた大正末期の自由詩の散文的解体を救うために、新しい詩形を発見しようと苦しんだ結果、一方に抒情の本質たる音楽性を主張し、また反対に詩を完全に韻律から解放して散文形態の中に新しい美を構成しようと意図したものである。前者が日本浪漫派であり、後者が新散文詩派、超現実派である。これは私たちの書く新しい詩——近代詩が藤村などの抒情詩の如き、感情に訴えることからはるかに遠く、心理的、即ち頭脳的な抒情詩で、作者がどのような秩序を作品にあたえているかということに重点がおかれていることを意味すると言えよう。従って詩形的には(6)の芸術詩復興時代(新形式詩時代)と呼ばれ、主として現ヴァレリーやジャン・コクトーなどのフランスに於ける新興詩派の影響をうけ、西脇順三郎を始めとして現在活躍している詩人の多くが、この時期に生れた。中でも雑誌『詩と詩論』は西欧の新思潮の紹介に評論に目ざましい活躍ぶりをみせ、春山行夫、北園克衛等の詩人を生んだ。その他三好達治、丸山薫、北川冬彦、竹中郁、金子光晴、菱山修三、田中冬二等があり、日本浪漫派系統からは、伊東静雄、神保光太郎、小高根二郎、中原中也等がある。しかし、戦時中は詩壇に自主性なく愛国詩など生んで、宮本百合子からすら「戦時中、詩人たちの多くは詩神《ミューズ》と一緒に活躍するよりも、軍神《マルス》と共に活躍した。……フランスのシンボリズムの上薬ははげた。そして日本の暗い封建の生地をあらわした。この痛手から詩人が自分をだまさないで恢復することはむずかしい。詩人たちには、時間の裕余が与えられる必要がある」と酷評されるほどに詩そのものの持つ意味での活躍は少かった。がその中でも立原道造、野田宇太郎、川口敏男、木下夕爾等、落ちついた本質的ないい仕事をした詩人も多かった。

そして(7)の現在はどうであろうか。いわゆる戦後派《アプレゲール》の活躍が目ざましく、中村真一郎、加藤周一等のマチネ・ポエティックの運動をはじめ全国各地に詩誌が発行されている。中でも北川冬彦は抒事詩を提唱し多くの反響を呼んでいる。九州に於ても『ノトス』、『母音』等があり、小田雅彦、丸山豊、安西均、吉木幸子、岡部隆助等、中央の詩人に比して力量では劣らない詩人が多くいる。また熊本の淵上毛銭が驚くべき多作を示している。ところで注目すべきは、こうした主知的傾向に対する昔ながらの古風な抒情詩をめざす『詩風土』(京都発行)があり、また芸術的な美意識に抗する一派の詩人が現われて来たことである。

これは大正時代の民衆派、プロレタリア派の復活とも言えるが現実の意味はもっと深く、『国鉄詩人』を始め多くの勤労者グループの詩人がいる。芸術性はうすい。岡本潤、壺井繁治等がいる。しかし芸術を政治的イデオロギーの方法とし、美を功利の価値下におくことが果して、真の芸術と言えるかどうか。民主主義とはアリストクラティック(高貴)な精神の称であり、これこそ詩人のモラルであると私たちは信じている。詩とは美の形態による人間性の表現なのである。私たちはこの美意識の主のみを詩人と言う。が何故にこの美が私たちに必要なのか、それは美というものが人間内部で相剋するエゴイズムを超えて、高貴な人間的情熱を永遠に私たちの内部の宝として保ちたいという魂の欲求に根拠を持っているからである。この魂の欲求のみが人間をして詩心をひらかせる。

以上、詩の本質、近代詩の特質、わが国に於ける近代詩の成立事情を一瞥した。次いで近代詩の特質を更に詳述しつつ、この鑑賞に及ぼう。

近代詩の鑑賞

前回に於て近代詩の特徴が単なる感情に訴える抒情から遠く、詩人の意図する精神の図式にあることを述べた。従って鑑賞するにあたっても、そのような詩人の表現意識を計量し、詩人の心理的・頭脳的な抒情、つまり主知に訴えんとするところを知らねばならない。単なる日常の出来事や感情を即物的に歌い、行分けをして書いたのが詩ではない。「このような風の作品は、事実に即しすぎる欠点があり、その背後の思想の深さが見られない。これでは面白くないので、詩はその思想の深さにある。事実で詩を語ろうとするのは半端な考え方である」(三好達治)

まず木下夕爾の「海のほとり」をあげよう。

海のほとり

木下夕爾

日まはりがうつろな瞳をみひらいてゐる
南瓜の花がききみみを立ててゐる

白い道が一すぢ
絶望のやうに海へ身をなげてゐる

これは夏の日に感ずる季節の哀感といったものを歌ったものである。それは、実感にはちがいない。がその表現に「日まはりがうつろな瞳をみひらいてゐる」とか「南瓜の花がききみみを立ててゐる」という風に作者の鋭い感受性をもって現し、夏の風物があたえる感動を、決してそのまま表現してはいない。特に最後の二行など作者の詩的思考が明らかに看取される。夏の日、海のほとりにひまわりや南瓜の花が咲き、白く乾いた道が曲りくねり続いている。唯それだけの風景である。その中に立ち尽す作者の物憂さ、倦怠といったものが、感情に溺れず的確に表現されている。特に「白い道」のあたえる語感が海辺に立つこの詩人の若い日の苦悩をありありと感じせしめている。

また次のものも同じ作者のものであるが、同様のことが言えよう。「寒い夕焼け」とか「枇杷の花の影」という視覚的なものと、「たべものをきざむ音がしてゐる」といった聴覚的なものを巧みな手法で配置して、夕焼の静かさをとらえて、作者の静かな精神の在り方を暗示し、母子の平和な生活と作者の母への愛情を歌ったものである。

母　親

寒い夕焼けと
枇杷の花の影が

厨の窓にとどいてゐる
たべものをきざむ音がしてゐる

次に同じような三好達治の四行詩をあげよう。

土

三好達治

蟻が
蝶の翅をひいてゆく
ああ
ヨットのやうだ

鹿

午前の森に　鹿が坐つてゐる
その背中に　その角の影
弾道を描いて　虻が一匹飛んでくる
遙かな谿川を聴いてゐる　その耳もとに

これらの詩にみられるのは作者の知性と感情の見事な結合、それによる事物の明瞭な観照である。読者はこれによって何ら強いられることなしに作者の感動を自己に移すことができる。これが無理なく行えるものが成功した作品なのである。

以上は主として田園に取材したものであるが、都会的な作品に於てもその原理は変わらない。

目まひ

丸山　豊

汗ばんだ昇降機で屋上庭園へゆくひとびとはネクタイもなほさずに
水とぼしい撒水電車が思はず左右へよろめくとき
不意に花売車はこはれます　緋薔薇　鉄砲百合
花言葉　空高々と舞ひあがり　ときならぬ日蝕です　千のきらめく音響です

美しい罠

安西　均

陽の照りながら降る雨に濡れ
一匹の豹はひそかに過ぎて行つたが
遠くまでひと声悲しげに咆えると姿を消してしまつた
天に輝くあえかな陥罠のやうに秋の虹

前者は都会に住む男のめまいの映像である。めまいがし失神してゆく気持を昇降機の感じに表現し、撤水電車とか花売車とかの町の風物を持ってきてその効果を的確ならしめたものである。つまり失神と昇降機が結びつくところに近代詩の世界があるのであって、「近代詩人はとらわれない感覚と思惟とをもってあらゆる説明を飛びこえ、新しい世界を形成する。世界はその詩人の漸新な感覚で見直される。そこでは言葉自体が対象化され、根元の世界すなわちポエジイそれ自身を表現するのである」（阪本越郎）。

このことはわが国でも、古く室町時代の歌人たる正徹《しょうてつ》が「かけはなれたるところをとりあはすこと」（「正徹物語」）と言っている位で、象徴詩の原理であり、対立する二つの映像《イマジイ》の関係を結びつけて、しかも全く新しい一つの映像を創りだす近代詩の手法の基礎的なものである。「美しい罠」もそうである。秋の日照雨《そばえ》の耀しき、それが豹の美しい毛並みと結びつく、つまり作者の幻想としての豹、しかもそれが「遠くまでひと声悲しげに咆えると姿を消してしまつた」というところに作者の感傷があり、実感が表現される。そしてその豹を待つ陥罠のような虹が空には輝いている。共に気分を主とした作品で、この種の作品は、意味を問う前に詩感が私たちにあたえる効果――感覚表現の色調を味うべきである。また近代詩人は、その効果を最初から計算して書くのである。

近代詩の原理を早くから喝破していたアメリカの詩人ポー（彼はボードレールに多大の影響を及ぼしている。従って彼こそ近代詩の父と言ってよい）は「詩の原理」で、常に独創を念願におく私は作品の効果を考察するところから始めると言い、伝達せらるべき印象、乃至効果の選択の必要を述べている。このような近代詩の感情は自然発生的な詩歌と異り、あくまで創られているものである。従って読者は作品の美感だけを問題とすればいいのである。つまり、読者は作品の情調、作品を通じて感ずる作者の心情の呼吸に同感すればいいのであって、解釈は自由なのである。これは詩の表現が散文の表現と全くちがい、散文が一つの行程と目標を持つ登山であるとすれば、詩はそれ自身で満足しているような鳶の飛翔に似ているからである。散文はとにかく描写が完成すれば、一応それで完成する。が詩に於ては独立した作者の精神の秩序が完成せねばば未完であり、更にそれが完成しても、言葉が的確でなければ作品は不明瞭なものになる、つまり詩は散文より作者の思想性が問題になるのである。更にも一つ丸山豊の作品をあげよう。

白鳥

丸山　豊

白鳥よおまへに
また秋のなべての生きものに
あたかも苦しみの奥義を
ものがたりでもするかのやうに
まひるの水のなかより
おまへをぢつと見つめてゐるまなざし
絹色のさざなみが立てば
こはれてすぐに蘇るまなざし
それは水にうつるおまへのかげよ
そぞろにすべるおまへを
始終つきまとふひややかなまなざしよ
おまへは例の白無垢の

祭の着物をつけたまま
憤りの色をひそめ
嘴を入れて水中のまなざしを啄《ついば》む
そしておまへはかげを喪ふ
かの死のまなざしは咽喉《のど》にとどまり
ちらちらと降る光の領域
水の面に世にもしづかな輪をゑがく

一読して近代詩の特徴が明らかに感じられる佳作である。秋の風のない日、池に浮ぶ白鳥、作者はその雰囲気から何かを暗示しようとする。西欧風な幽玄とも言うべき一種の情緒がある。近代詩とはこの情緒そのものを象徴するものである。これによって詩人の内奥に生じた心情のリズムを読者に伝えようと試みるのである。フランス近代詩派の大宗マラルメは「対象を名指すのは詩興の四分の三を奪うものである。けだし詩の享受は少しずつ推測することの幸福の中に成立つものである。暗示すること、それが夢である」と言い、蒲原有明も「わたくしの求むるもの、わたくしに恵まるるものは暗示と開展の相互律動性であって、直接の啓示ではない」と『有明詩集』で言っている。

従ってこの作品に於て読者はこの白鳥が何を意味するかなどと思う前に一篇の雰囲気、リズムを感じねばならぬ。そうするうちに、この白鳥が作者の苦悩が作りあげた映像であると気づくであろう。つまりこの現実にあって不変なものを目ざし生きる作者の純粋自我の象徴が白鳥なのである。次の作品に於てもまたそうである。

天のシグナル

安西　均

どこから――どこへ
一本の道がかなしみの夜闇をつらぬいてゐる

すこしばかり雪をかむつた終列車が
一ト声叫んで通る　重い鳥のやうに

その翼の蔭で人の世の様ざまな顔が仄かにちらつき
一瞬　わたしはすつかりそれを見てしまつた

わたしの腕がコトリと垂れる　何かしら安堵のやうに
わたしの瞳の色が変る　またも孤独を迎へる興奮に

わたしはただ素朴な言葉を二タ言三言しかしらない
その言葉でわづかに足もとを照らしてゐる

これも白鳥と同じく雪の夜のシグナルという物象の実感を自己の精神の上に反映させ、更にそれをもとの物象にかえす詩的操作が試みられているのであって、風景は詩人の心象なのである。精神によって風景を創るのである。だからこのシグナルによって作者が何を言おうとしているか、結局読者は自分の力で作品の中に入って行き、作者の詩的体験を追体験したり、すべての感覚を発動させて、作者の世界を探してみる必要がある。近代詩の鑑賞にはこの努力が大切で、これは近代詩鑑賞の方法は読者が自主的にそれを享受する以外に道が無いことを意味する。しかも文学が単なる知識でなく、深奥な人間意識の所産である限り、この自主的な努力の根底にある「精神の力」はまた詩人の心に通じ、この力こそ真の鑑賞力と言うべきであろう。

つまり近代詩を一言にして言えば、情緒を平面に描写することなく、立体的なものに創造しようとするのである。これは従来の詩にあきたらず、何か新しいものを求めようとする生の飛躍を求める気持の現れなのである。近代詩に於ては教訓は語られていない。ただ美の形象をもって真実が語られる。これが近代詩が造型的で観念性を帯びている原因である、がこれはまた印刷術の発達に伴う時代の所産でもある。それが日本語という特殊な形象文字と相まって、わが国に於ては視覚的に絵画的な情緒を選ばしめている。だから読者もまたヴァレリーの言うように「頁の上を素早く、がつがつと勝手に走り廻る眼、その眼に堪え且つその眼を必要」とするのである。

結び

複雑な色調を持つ近代詩を、あたえられた短い紙数で説き尽すことは不可能であるが、以上で概略は語り得たつもりである。更に蛇足として一言を附け加えれば、文学とは知識のものではないのであって、如何に近代詩についての知識が深まろうと、詩心というものに眼を開かれぬ限り、遂に無意味だということである。

従ってこの一文は単なる手引であり、後はただ読者自身の苦悩を通じて、詩集に限らず、多くの読書と、その苦悩の誠実な解決に心を労する以外に方法はないのである。詩人の願いは言葉の中に永遠を見、あらゆる現実の現象を通して真実を見極めることである。読者は詩人の言葉に、永遠の生命を感じなければならない。

詩の目的は、窮極のところ自己解脱――つまり全人的な自由さの獲得というものであるが、これは単なる自由でなく常に新しい秩序を求める自由であり、唯物論的革命による人間の幸福という安易な考えを更に一歩進めて、あくまで人間の精神の改変による真の世界の創造を試みんとする、苦難に満ちた自由でなければならない。「詩」という無形のこの綜合力、この力こそ混乱の時代の中から新しい真の時代を形成する唯一の力なのである。私たちはこの真理を自己の体験の中で戦いとり、しかもそれを調和的に繰返してゆく努力を忠実に果さねばならぬ責任を持っている。ドイツ近代派の詩人、ホフマンスタールはこう言っている。

「美しい文章や詩句が私たちの胸を打つのは、それがいろいろな危険や誘いや混乱の中で守り通されて来た内部均衡の示顕であるからである」

読者はこの言葉でも分るように、芸術的表現の美しさとは、結局、生きている表現の美しさ、人間の魂の美しさであることを知らねばならぬ。そして詩が単に美しいもののみを描き、抒情とは弱いもののように思う誤りを改め、更に、内部均衡への希求と、近代詩人としての自己の技術についての思考故に、一見して反社会的な態度にも見える詩人の孤独の立場をもって、詩人には社会性が無いなどという謬見も是正せねばならぬ。この孤独の立場は決して社会性と矛盾するものではない。むしろ社会への義務や仕事がここで内省されるのであり、個性創造のはげしい力の根源なのである。紙数もすでに尽きた。

最後に次の永瀬清子（現代の女流詩人）の言葉を引いて、二回に亙ったこの蕪雑《ぶざつ》な一文を終ろう。

文学とは棚の上の一壺の塩のやうに、私には美しく、人によそ〲しい神であらう。
乾魚に対してうまいごとく
青葉に対してかなしみのごとく
なめくじに対して恐怖のごとく
それぞれ別物である。

つまり詩とは詩に恋する者の因果であらう。

民衆は皆一種類ではない。文学の政治的効果などを云々するのははかなきことである。

ある人々には所謂プロ詩などよりも統計表の方がより感動的であることを心得てゐる位の謙虚さは持たねばならない。

カロッサ頌

ハンス・カロッサの一冊の詩集と、小説とも追憶記ともつかぬ数冊の著書は、二十五時〔編注：一九四九年に発表されたゲオルギューの長編小説『二十五時』を指すか〕の現実が語られている現在、私たちに静かな慰めと、日にまして不思議な勇気を与えてくれ、生きてゆく希望を強くわきたたせてくれる。彼によれば、文学とは一人の人間が永遠なるものと時代の両方に接しつつ動いてゆく時、必然的に歌いだされる魂の歌であらねばならなかった。それは人間としてこの現実の戦いに生き、その中にあってはまことに微々たるものでありながらも、「自己の運命全体の中へ、この戦いを包含せしめ咀嚼し、人間存在の最も深い問題と結合して初めて一つの作品を建立すべき」であるとする詩人の凜とした決意であり、とかく枯渇しやすいきょうの私たちの魂に、新鮮な人間性の感覚を吹き入れる賢者の啓示ともいえる。

教養とか文化とかいう言葉が安易に語られながらも、その本質をよく語り、よく伝え得る人が少いことを思う時、こうした詩人がいまになお生きていると考えることは非常に楽しいことである。その文体は別に異風をたてず、むしろあっけないほどの素朴さであり、まして流行にこびる刺激的な部分もない。一読してあたりまえのことを、あたりまえに表現している。だが現在の混沌とした世相の中にあって、あたりまえのことを、あたりまえに表現することは、まことにむつかしいことであり、文学的にいえばむしろ珍しい例なのである。そうして彼は物の生産を基準とする考えとは逆に、精神の生産を主体とするあくまで「聖なるものの感じ」に執する。そして人間の精神とは、ただ人間の心を基準にしてのみ成熟し、価値を持つことを力説する。彫刻の線を思わせる明澄な文体、しかも若草のようなやさしさと暖さに溢れ、時に微笑を誘う豊かなユーモアのある文章。彼の筆にかかると、一見無意味と思われる現象が、多くの意味深い啓示と宗教性をおびた神秘な光を放ち不思議な位である。

そのようにまた、カロッサが私たちに与える多くの追憶はそのまま意味深い予言であり、黙示である。彼は「植物からはなみなみならぬ精神作用を発する」というが、彼の作品を通読すると、彼自らが人生の多くの体験を美しい花弁と開花せしめる不思議な作用を持つ一種の向日性の植物のようであることに気づく。彼はそれほど柔軟な魂とけわしい世相に耐えぬくにたる精神を持っている。だからこそドイツの一地方の医者として生きながら、首都ベルリンをさえよく知らぬ生活を老年に到るきょうまで営々としてつづけ、現在では巨峰のごとく私たちの前にそびえているのである。私は彼こそ現在に於ける真の詩人であり、哲人であり、賢者であると畏敬の念を禁じ得ない。ここに彼のごとく深い叡智と高貴な魂を持つ詩人が、いかに私たちの周囲に欠けているかを歎きつつ、彼の生活と作品を一瞥したい。

ハンス・カロッサは一八七八年十二月十五日、ドイツ南部山岳地方のイザル川に臨んだ温泉町テルツに生れた。父は医者、北部イタリアからの移住者の子孫といわれている。彼が生れて間もなく一家は、近くのケーニヒドルフに移った。ここに父は町医として七年間住んだ。従ってこの時期から彼の意識的な人生は始る訳である。この土地に育った幼年の彼は非常な空想家だった。蛇や野良犬などにおじず、あてもなく野原や山を歩く癖があり、また本気で空中をとぶ練習をするようなところがあった。しかし真面目なカソリック信者で、教育に熱心だった母は、そんな時も決して彼を罰せず、やさしい態度で叱言をいうだけだった。この母に彼はすでに五つの時から読み書きを習っていた。

やがて父はケーニヒドルフから離れ、ニーダーバイエル平野のカディングという町に住むことになった。カディングは美しい市街地で、山裾のケーニヒドルフとは全くちがった風情だった。幼いカロッサは最初はこの町並みに子供らしい戸惑いを感じたが、すぐに馴れた。特に昔ながらのカソリックの宗教的な風習の中で「殆んど苦しい位の華やか」さで行われる祭りは、彼をしてこの上もなく楽しいことのように酔わしめた。幼時のこの雰囲気と、カソリック信者としての母の教育が彼の生涯を決定したといってよい。彼の著作のすべては、カソリック的な神秘的精神と、ヒューマニズムの一致した結果の具体的形姿なのである。宗教の世界と、ヒューマニズムという人間自我の世界の、調和しがたいものの調和に彼は己れの詩の確証を求めた訳であるが、その根源の秘密を、私たちはまず彼の幼年時代に求めねばならぬ。そういう意味で、彼の『幼年時代』という回想の書は、リルケのいう「内面である世界空間」を私たちに教えてくれ、この世の功利主義が無視しがちな人間の品位を護り、私たちを力づけ浄めてくれる。従って『幼年時代』を単なる随筆風な追憶記とのみ考えるのは大きな誤りである。それはまたランツフートのギムナジウム（九年制の高等学校）に入学して卒業するまでを述べた『青春変転』の美しい記述についてもいえる。

ギムナジウムでは、彼は附設されたカソリック教の修道院風な寄宿舎に入った。この厳格な団体の中で、彼の神秘的精神は益々深まったことはいうまでもない。しかし一方彼の中の自然的精神、やがてヒューマニズムへと広がるところの奔放な精神は、ともすると内攻し、時としてやかましい寄宿舎の規則に反することさえやった。禁足のその期間中、彼は図書館の「家庭用詩集」を読み、深く感動した。勿論、読んだものの全部が本当に理解できたかどうか疑わしい。が少年の彼は、まず詩の響、韻律に感じさせられたのであってしばしば読み返し暗誦した。「それは郷愁をかりたてるものであったが、また郷愁を癒すものであった。」

さてこのようにして多くの詩人たちに魅惑されている時、十五歳の彼はクリスマスの贈物に両親からゲーテ全集を貰った。両親は彼の教養のためにと考えたのであろうが、彼は忽ちにしてゲーテのデーモン（詩魔）にとりつかれた。彼にとっては形式的な教養など、どうでもよかったのである。『ファウスト』をはじめ、まだわかるはずもないむつかしい作品にまで読みふけり、暗誦した。こうして彼はゲーテに私淑したが、これがまた彼の一生を決することになった。ゲーテはすべての人の行く道を啓示し、かつ人生の迷路の価値を知っている。そうして彼の精神生活は常にゲシュタルツング（形づけすること）を通じて営まれている、といわれるほどに芸術家の義務に対しては峻烈であった。彼は夢中になってゲーテを読んだ。ゲーテの力ある言葉や星のように光りある詩句によって彼の青春時代は養われたのである。

しかし、ゲーテはプロテスタント（新教）であり、自分はカソリック（旧教）の家庭の子であることが、この時代のカロッサの唯一の悩みだった。それに当時のドイツの偉大な詩人、思想家等はすべてプロテスタントであった。彼は毎日暗い気持で暮した。だがオルガンや讃美歌や祈りの声が壮厳に響く教会の雰囲気に、彼は「ゲーテのように自由に飛びまわる精神もたやすく包括する青空のような広さ」を感じ、自らを慰めるのが常だった。そうしてゲーテ以外のホーマーやシェイクスピアやダンテ等の古典もまた熱心に読んだ。しかもこの間、彼はギムナジウム九年間を通じ「性質は全くこまかに挽かれた胡椒のようにやわらかく辛辣だったが、日々の薬味だった」二つ年上の病身の少年フーゴオと親交を結び、最上年級になる頃は、一応詩についての修練を経て、古い調子ではあったが、読者を感動せしめるほどのものを書くようになっていた。

ギムナジウムを終えて、彼はミュンヘン、ライプツィヒ、ヴュルツブルクの諸大学で自然科学と医学を修めることになった。この頃から彼は従来の古典的手法を一変せしめて、当時の新しい詩人であるリリエンクローン、デートル、ハウプトマン等を読んで、自由韻律の詩を書いた。がこれは後年、彼をして「この時代の詩のノートがすっかり失われた時に私は殆んど喜んだ」といわしめる程つまらないものだった。

やがて一九〇三年に大学を出ると、二十四歳で彼はパッサウに定住し、父以来の結核専門医を開業した。もともとの考えは、詩人の使命を主として医を副業としたいのだったが、それがだんだんむつかしいものになってきた。というのは、患者が増え、「待合室の大小の椅子が残らずふさがっているのを見る時、すべての患者が私の血を啜ろうとする亡霊になる」と歎かざるを得ない現実になったからだった。このやりきれない現実、しかし彼はこういっている。「自分の医者の仕事を私は小さく見積っていた。むしろ患者から感謝されたり、ほめられたりすると、これは本当はただ、彼らに聴診器をあてたり、脈膊をみたりする時の私に、美しい詩句が出来ようとしているのを彼らが私の鼻もとで分ったせいであろうと考えていた」

またこの頃、彼は文学的にいえばゲーテの直系である。シュティフターやホフマンスタールの諸作品を感動をもって読んだ。またパッサウ近くに住んでいた画家クビンを知り、少からぬ影響をうけた。更にデーメル、ホフマンスタールと文通をするようになり、彼らの手によって、一九一〇年、彼の最初の詩集がライプツィヒのインゼル出版社から出た。

この間も彼の医者としての仕事は相変らず忙しく、しかも病人とか死者とか、またそれをかこむ家族の深い歎きを前にして、絶えず自己の無能力を見せつけられ絶望することが多かった。また事毎に「日常の生活と詩の源たる深い所には広い頑強な層が横たわっている」と感ぜざるを得なかった。彼はまだ若く医者としても未熟だったからである。だがいまや彼にとって詩人の使命と医者の生活とは何ら矛盾もないものになっていて、物を書くという意味も、「自分の辿ってきた道を示すことによって、他人の道にも光を与える」という風に変っていた。彼にとって「詩人の夢を守る薄明の世界はもう存在しない」のであった。そうして「詩人がその神の命令を実現せんとするためには、英雄的忍耐を必要とする」ことをはっきり認識するようになっていた。それでとかく疲れがちな日々を辛棒強く生き、市井人として平凡に生き、もはや例外的な生活を願おうとしなかった。「君のさまざまの名称を脱ぎすてよ。鏡に蔽いをかけよ」と歌い、無名への切実な要求があった。これは神というべきものとの統合の要求であり、所謂文学至上主義の揚棄であった。彼はもはや他の詩人のように耽美と特権的雰囲気に生きようとしなかった。彼はただ詩人としての自らの体験が正しい人生を通じてのみなされることを願った。いわば文学以前のことが彼にとっては問題となってきた訳である。

こうして彼は宅診に往診に余念のない日々を送っていたが、患者の中に愛する少女を見出した。すこし病弱だったが、暫くの静養をすればいいと彼は考えた。彼は結婚して彼女を連れ田舎に保養に行った。彼自身の疲れも少し快復した。そこでそれまでの日記をもととして、『クトル・ビュルガーの運命』を徐々にまとめ始めた。この作品はなお数年未完成のまま篋底にしまわれていたが、ゲーテの『若いヴェルテルの悩み』と同じく、主人公を自殺させるという可能の死によって、危機にある作者の死を予防せんとしたものであった。彼におけるゲーテの影響を論ずるには見落してはならぬ作品である。

やがて彼は、妻と共にしたこの旅行のあと、ニュールンベルクに移った。ニュールンベルクは中部バヴァリアの大都会である。ここでは彼を知る人もなく、パッサウとは逆に彼の方が患者を待つほどの閑散さだった。しかし彼はこの町で、彼のファンの一人、マクス、ディーツェルを知り、彼の書庫を利用しているうちに、トーマス・マンの作品に接し、自己の南部的性格に対する、マンの北方的性格の冷静にして精緻な強固さを知り、少からぬ影響をうけた。患者もすこし増えてきた。が少し健康を害したので、ゼーシュテッテンという古い森と岩のない河辺の町に移り静養した。多くの詩を書いた。『クトル・ビュルガーの運命』はこの年、一九一三年に、インゼル出版社から出版された。これによって、ベレトラムを始め多くの知己を得、文名も多少のぼった。

やがて呪うべき一九一四年の夏がきた。第一次大戦が始った。彼は二年後の一九一六年に軍医を志願して戦線に向った。健康もすっかり快復していた。その前日、彼はミュンヘンのあるアパートの一室で、かねて会いたいと考えていたリルケに会った。リルケは弱々しそうで「人が話しかけるなどということは到底ゆるされぬ状態であるように思われた」。その印象は近寄るにつれて、虚ろな光が目立ち、死にかけている大きな野の鳥のようだった。リルケは不機嫌そうだった。だが二人とも「霊感などというものはまるで問題にならず、手仕事が一切だとでもいうような」詩作に、全人的な期待をかける詩人だった。すぐに打とけて執筆のくるしさについて喋りあった。話が進むにつれてリルケは「医業というものはやはりどんな仕事にくらべても一番はっきりしていて美しく、恵みを授ったものですね。自分も若い時は医学を勉強しようと思ったものです。今からでもまだおそくなければよいと思っています」と語った。詩人は魂の医者であらねばというのがリルケの信条であってみれば、それと共に病める肉体をも救うことのできるカロッサは、彼にとって、ひどくうらやましい存在であったにちがいない。

この時の二人の会見の美しい情景の叙述が『指導と信従』の最も重要な部分となっており、それほどカロッサにとっては、この一日が生涯の最も意味深い出来事となっているのである。この日、リルケと別れ家路を辿る時は、一日も早く戦線に行こうと考えた。無意味な弾丸の爆発のためには忽ち死んでしまういかにも脆い人間存在だと知りつつも、彼はあくまで人間の精神力というものを信じたかったのである。人間精神の絶対優位、しかしこれを傲慢といいきることは出来ない。この信仰性に人は喜んで生命を捧げ得るのである。なるほどこの世には多くの危険が横たわっている。だが「危険に身を挺せよ」と歌う通り、彼はわが身をわざと危険の中におこうとしたのである。「死して成れよ」というゲーテの精神に通じるこの精神。彼は当時のドイツ軍国主義を支持した訳でも安易な愛国心を以て第一線を志願したのでもなかった。彼はただ惨めな偶然が自己をとらえ、無意味に肉体が滅んでしまわない前に、未だかつて敢行されたことのない精神の世界への出征のために、敢然と第一線を志願したのだった。こうして彼は三十六歳の時から四年間、各地の戦線を転々とした。「皮膚脱落有真実、刀斧従教学開」（大智禅師）といった禅の境地に通じる精神である。私たちはこの心境を特攻精神などと軽蔑せず、深く味ってみなければならない。

つまり、カロッサの行為の源泉としてはしばしばこうした宗教的神秘精神がみられるのであって、ここに彼へのいいがたい親しさとなつかしさが生じる理由がある。従って彼の著作は、人間存在が、ヴァレリーのいう知的な視察ではなく、あくまで神的視察であることを私たちに確信せしめるものであるといえよう。

従軍した彼はまず北フランスのソンス、それからルーマニア戦線に移り、一九一八年更にまたフランス戦線に転じ、北部フランスで全戦時中を通じ、最もくるしい時期を経験した。ル・サール付近で左腕に負傷し送還された。本国に戻ってからは多くの衛戍病院をめぐった。

この期間の体験が素材となって、一九二四年、『ルーマニア日記』が世に出た。それは所謂、戦争文学、記録文学といったたぐいのものではなく、あくまで清澄な詩人の精神《エスプリ》に貫かれた一つの予言的文学であった。その記述はあくまで平静であり、暗示的な筆法ですべてが淡々として描かれている。妙に深刻ぶったり、誇張したりすることを、カロッサは好まぬのである。しかもこの書が出たのは大戦終了後十年程たってであるから、その間、彼はじっと荒涼たる戦場を、己れの中に持ちつづけ、聖なる苦痛として耐えてきたのである。彼はこういっている。「飢えも寒さも涙もなくなるほど人間を無情にする苦痛、慰めや好意をも悪魔を払い浄めるように斥けずにはいられない苦痛、それは最高の守護神とも血縁であり、人間の最後の大きな聖物であるのに、それを饒舌によって踏みにじってよいだろうか。それを残虐好みの話し家や霊の探求家のための機会にしてもよいのだろうか」。

戦争中、彼は戦場の刻々として変る様相に従って、人間の精神もまた予測しがたい微妙な変化をすることを注意深く見守っている。医者らしい科学的な実証精神の発露といえよう。しかもそれだけに止まらず、詩人としての眼が、現実が苛酷で危険が増大すればするほど、覚めきった精神を必要とすることを確信するに到るのである。彼が傷病兵の間に入ってゆくと、暗い空気も悲観的な気分も失せた。彼は軍医であり、友であり、詩人であり、どのような場合も微笑することをやめないユーモリストであった。この間、彼は文学を「一番かるい精神的な処方」として信頼するに到った。放射性元素にも比較され、「作者はもうこの世からは消え失せているのに、なお世界を引き寄せ、更生の潮を注ぎだし、疲れきった魂をも新たに動かすに足る」生きた言葉の魅力や、測りがたい効果を発するそのエネルギーを、銃火の中にあって新しく発見し知ったのである。そうして従軍中に『幼年時代』のノートを、寸暇を惜しんで書きあげた。

それまでの彼は、何のために記録《メモ》をとるのかわからなかった。がこの時、彼は書くという技術と人間性《ユマニティ》がお互に養いあって成長することのむつかしさを知り、しかもそれ故にこの二つのものを生命的につなぐ仕事に、詩人の使命の新しい課題を見出したのだった。ここに真の新しい人間像の一象徴としてのカロッサの存在がある。現代人としての行為と思考の見事な調和が、彼に於てはあまりに見事に樹立されている。この調和は、医者としての月日の惨ましい現実の中から育てあげた貴重な花の如きものなのである。それで医者と詩人とが無理なく調和して、軍医としても思うままにその手腕を振うことができたのである。

従って陣中でせっせと『幼年時代』のノートをとることは、単なる慰めでなく、また気晴しでもなかった。むしろ守護神のように彼を勇気づけ、彼を内部から元気づける一種の推進力であった。それ故にこそ彼は精神も傷つき、また肉体も傷つけられながらも、四年間、第一線の生活に耐え通し、自らを決して談らず「英雄的な受動」と評せられる『ルーマニア日記』をまとめることができたのである。そこに、カロッサという個人が自らの幼年時代を語り戦線の体験を綴ったにすぎない手記が、所謂日本流の私小説とはならず、内面としてはインニッヒ（切実）であり、空間としてはニュヒテルン（覚醒）しているが如き真に綜合的なものとして、私たちに迫ってくる原因がある訳である。

これは浪漫主義と古典主義の新しい一致であり、今後の私たちの文学の進むべき方向を、端的に暗示しているといえよう。

さて、戦いが終った後、彼は住み馴れたミュンヘンに戻り、再び医者としての生活を始めることとなった。最初の患者がリルケであったことはいうまでもない。そうしてその後も医者としての激しい活動の傍、次々と著述がまとめられた。まず一九二二年に『幼年時代』が出版され、次いで二四年『ルーマニア日記』が出、二八年には『幼年時代』の結篇、『青春変転』が出た。更に三一年には『医師ギオン』が出た。これはかつてヴェルテル的に悩み、そうしてゲーテ流に「死して生きた」一人の若い医師ギオンを中心に聖なるものだけに己れの生涯を捧げている若い女流画家や、戦災孤児の物語が、戦後のインフレと頽廃を背景に描かれている、カロッサのものとしては極めて小説的な構造を持つ作品である。しかし我が国の常識的な小説の概念からはよほど遠く、意味のちがう小説である。第一次大戦後の有名なあのインフレの時期の世相が刻明に描れながらも、あくまで詩人の筆致らしく、人物は多分に象徴味をおび、いつもその性格をなす本質だけが語られている。従って面白い小説ではない。むしろ考え考え読み、文体としてはむつかしくないが、一行一句をおろそかにしては理解に困難だといった風な小説である。

この中で彼は、戦後の荒廃の中で何から始め、何をなすべきか、医者らしくこう考えるのである。「人間の肉体の表面から皮膚をはぎとったら、その損傷の補塡はどうすればいいのだろうか。ごく小さなうすい皮膚の小片をその上にちらし、それを固めよ。すると大部分は癒着する。極めて小さな島から始まって全体が癒着するのだ」。これと同様に、彼の小さな精神の城砦も全国家に働きかける。たとえこの小城砦は、お互いに知られなくともかまわない。人類の神聖な精神は、その欲するままにそれを利用するだろう。そうして彼は、「自分の辿る道を示し、他人の行く道に光を与えること」を更に決意するのである。しかも医師として劇薬を用いると同じ態度で、文学に於ても注意深く、己れの文学を取り扱おうとする。

この謙虚さは死とすれすれに生きてきた四年間の戦線生活の賜物ともいってよく、彼もまたゲーテと同じく聖なるあの諦念に生き始めたのである。そしてギオンに「信ずるものには癒えないものは存在しない」と言わしめるほどに、信念の美しさがすべてを救う力となることを力説する。そして素朴な子供の中にこそきっと新しい美が生れることを信じ、自分の生命を、やがて生れてくる生命のために残りなく与えようとする瀕死の母親を崇高なまでに感動的な筆致でえがく、こんな風に、カロッサの作品は未来への展望を持っている。否、彼の絶望の真実性が、私たちの心情により高い境地を与えるといってよい。『医師ギオン』を読めば、絶望とか虚無とかがいかに甘い安価な感傷にすぎないかを知るのである。

次に一九三三年、彼の生活の偽らざる記述で、記念アルバムといえる『指導と信従』が出た。これは単なる追憶記というより、ゲーテの『ヴィルヘルム・マイスターの遍歴時代』の如く、一つの美しい魂の告白であり、発展の後をつぶさに記した人生の書である。当時のドイツは大きな危機にあったが、人々は争ってこの書を求めたということである。この年、彼はナチスによる文学アカデミーの会員にあげられた。が彼は辞してうけなかった。ナチスのファッショ的な存在が、本能的に詩人をして拒否せしめたにちがいない。

更に一九三六年には『成年の秘密』が出た。「幼年時代」の主人公アンゲルマンが成長し、老年となった彼の手記という形式になっている。しかしこの小説とて、作品全体が、一つの意味をなしており、象徴味をおびている。また彼自らがいう如く、筋はあまり重要ではなく、非常に難解な作品である。内容はゲーテの『親和力』とやや等しく、田舎で暢気に恩給暮しをしているアンゲルマンとコルドウラという老夫婦の間に、バルバラとジビルという若い女性が現れ、平和な家庭に運命の一つの石を投げる物語りである。しかもこれらの登場人物の関係は『親和力』よりも更に錯綜し複雑である。アンゲルマンは老妻を愛しながら、何時の間にかバルバラを愛している。彼女もアンゲルマンに心ひかれるようになる。しかも彼女は女友達のジビルを深く愛している。そうしてこれら四人の男女が、白金の触媒によって、或る種の化学作用の発展が可能なように、お互に影響しあい、あたかも諸遊星が引力の不思議な作用で天体に浮いている如く、それぞれに自分だけでは永久に得られない力を得て生きている——といった、極めて哲学的な小説で、更にアンゲルマンとバルバラの間に生れる子供のため教母になって貰うジビルには「善良な処女の顔には非常にはっきりと涙が描かれていた」と、現在の聖母像、つまり、カソリックでいう処女受胎、聖母子の像を認め、そこにこの作品の重要なモティーフを暗示するといった、神学的な作品である。従って人物に肉体性がなく、すべて暗示的にしか語られていない。アンゲルマンとバルバラの結合ですら極めて象徴的である。これはカソリック信者としての自らの制約であろうが、またここらに彼の限界があるように思われる。だが、この作品もまた非常に特異《ユニーク》な、彼の特徴がよくわかるもので、私は彼に十三世紀の神秘道《ミュスティカー》に通じる神秘な象徴精神を感じるのである。

こういう詩人が今度の世界大戦をどのように考え、かつ深刻な戦後のドイツにあってなお生きているか、想像するだに傷ましい気がする。ミュンヘンにあって黙々と医療に従事しているにちがいないのだが、その消息はあまり伝っていない。わずかに敗戦に際し、ナチス親衛隊がミュンヘンの重要美術品を破壊しようとした時、身をもって防いだということだけが伝えられているにすぎない。著書も『イタリア素描』が一冊あるだけである。この書は前後七回にわたるイタリアでの見聞を、戦後の情勢による交通の困難と老先短いことによって、その一部でさえ発表することができなくなるのをおそれ、断片的にまとめたものである。小品集とでもいうべきものである。しかしその内容は形式とは逆に、他の作品とはすこしも変らぬほどの意味深さを持っている。それに彼の祖先は北イタリアの住民であり、祖父の代にヴェローナからブレンネル峠を越えて南ドイツに移り住んだのだったから、イタリアは、いわば彼の精神的故郷ともいうべき地であり、それ故に、ゲーテの『イタリア紀行』にもまして、生々と私たちに迫るものがある。

書かれていることは、イタリア各地の美術品の観賞、イタリア人の性情、風物の記述等、決してこと新しいものではないが、『ルーマニア日記』にも共通する彼の一貫した人生への誠実な態度が見られる。例えばありふれた靴みがきの少年を見ても、彼はこういわざるを得ないのである。「靴みがきたちは、自ら知らずして教育者である。彼等の仕事は人が要求し得る所を遙かに超えている。一度でも自分の専門の道でぞんざいな仕事をしたい誘惑を感じるものは、彼等を思いさえすればすぐに後悔するであろう」、こうした言葉を単に教訓的にみるのは誤りである。彼の場合はそうした啓示が極めて即物的に、瑞々しい形象をもって示されていることが、私たちの共感を呼ぶのである。ここに詩人としての彼の偉大な点があるといえよう。しかしながら、さすがのこの現代のゲーテも一九四三年の日付のある「西欧悲歌」では第二次世界大戦の激化に伴う荒廃を痛み、絶望に近い調子を述べている。が彼はやはり人間性への確信を失っていない。彼は年老いた園丁のように、枯死しかかった人間性に水を注ぎ、やがてはそれが日輪とその光を争うほどに快復することを疑わないのである。ゲーテの多くの詩がそうであるように、彼の作品には人生と存在に対する信仰がある。そうして光への可能性がある。その目だたない発光体のような不思議な美しさが、この紀行集にも隅々まで漲っている、そしてシューベルトやシューマン等に通じて郷愁じみたある種の幸福さを感じせしめることがある。この幸福感は、素朴な農民のように静かに微笑《わら》っている近着の彼の写真をみる時、より強く感じられる。それほど彼はまず人間的に魅力ある人物なのである。

以上、カロッサの作品と生活について、諸々彼の言葉を引用しつつ、殆んど冒瀆に価するほどの簡単さで走り書してきた。意図するのはただ彼への讃歌である。きょうの私たちの師表にたる人物と信じる故の恭敬《オマージュ》のみである。しかしこの彼にしてなお一個の批難声を聞く。それに反論を加え結論を急ぎたい。

彼への批難としてまず、『ルーマニア日記』等に見られるが如く、戦争を避けがたい自然のように受けとっている態度が反動だとする声がある。しかし戦争反対のための政治的活動をするのが、必ずしも詩人としての唯一の道ではなく、常に私たちの胸中に人間性への確信と、究極の勝利の信念を喚起し培養することも正しい在り方だと知るべきである。そしていまなお南ドイツの一隅に住んでいる彼の文学が、所謂、地方主義文学というものを乗り越えている事実に注目せねばならない。なるほど彼は社会性を有する作品も、また野心作というべきものも創っていない。だが深い教養を積み、生活を貫く芸術的精神と、人間の運命を調和的に統合してゆくその人間的態度にこそ、真の意味の社会性が宿ると知るべきである。「真の詩は人間の歩調と共に歩んでゆく」のである。こう知る時、彼が幼年時代の美しい自然や小川や星や、または旅や忘れがたい人との出合いの追憶のみを語ることを軽蔑して、星菫派の現代版にすぎぬという第二の批難もあたらぬことを、人は悟るにちがいない。確かに彼には浪漫派に通じる定かならぬ無形のものに対する憧れや郷愁があり、仄かな情緒や美への志向もある。だがそれは星菫派と嘲られる感情誇張のセンチメンタリズムではなく、一人の詩人が人間存在の秘義を探究するために、自らに課したきびしい克己主義であり、人生への激しい意欲なのである。彼の幼年時代に流れる小川にしろ、私たちを導くユーガ（諭伽）の河であり、彼が追憶の中に語る星辰の運行も、私たちをして知らず知らずのうちに生の根源へと導く恩寵なのである。この恩寵こそ私たちをゲーテ的諦念の世界に住せしめる。しかもこの諦念こそ宇宙の秩序を信頼する諦念であり、無常迅速のこの世の迷妄から私たちを解き放つ無言の決意なのである。

　きょう「私たちの星は危難に充ちている」。だがすでに私たちは彼に啓示されこう知っている。「われらの存在と非在との両方を貫いて、或る認識の得ないものが廻りを流れている。そのものをわれらは愛と呼ぶ」――と。この時、私たちはもう何もおそれることはないのである。社会と現実の重圧はいかにも大きく、暗い。しかしこれを絶えず超克しようとするのが人間精神の最大の特徴であり、また偉大さであることを固く信ずべきである。そうして愛に貫かれた精神の諸法則が、あたかも自然のように不変であることを知り、詩人に限らず、人間の生活を延推させてゆくものは、この不変の精神の諸法則に裁《〔ママ〕》われた「無名なもの」だと、カロッサにならい深く認識すべきである。

虚無の情熱　大手拓次小論

　大手拓次の怪異な映像に満ちた難解な作品と童貞のままに終ったといわれる四十八年の神秘的な生涯の秘密を解くのに、次の二つのことが考えられる。まず第一に「象徴は瞬間の幻である。……象徴は美しい胎児の揺らぎである。全官能と霊とは、苦しい煩悶の緊着をなし、幻影の救ひ主があらはれる。その幻のうちに信仰の誠をこめて人間活動の全を尽すとき、真理の萌芽が生れる(1)」というほどの象徴への深い帰依であり、第二に「気分の音楽のある範囲のうちから、一つかみづつ摑んで来て、それを美しく調節的にならべる。その選ばれた言葉は暗示の代表者である。そして其の気分は、それこそ私自身の刹那の全生活であるのだ。詩はこの全生活の暗示である。故に私の詩は単なる抒情ではない。生活の表現である。否、表現そのものに生活ありとも言える。とに角、一語も私の生活とはかけはなれてゐるものはない(2)」と断言するほどに徹底した表現の完璧性への志向である。この重大な事実を見逅して、作品の一、二に肉感的情調が溢れているということと、生涯を独身にすごしたことを結びつけ「彼の映像のすべては女性の肉体を象徴し、詩人は此等の言葉と、妖しい性欲の悩みをこめて歌つて居る(3)」とか、更にはフロイト分析論を持ちだし、「悩しい性の憂鬱をロマンチスムの香気に包み、妖しいばかりの夢幻の香気をたち騰らせた(4)」というごときは愚の極みである。

　なるほど彼は生涯を独身ですごした。その上、一方の耳が遠かった。あらゆる不如意と寂寥と呪詛に満ちた日々であったことは想像に難くない。だがそうした環境的事実からのみ作品創造の秘儀は実証されぬのである。詩を創らしめるものが外的世界の内的世界への投影だとしても、詩を創造するものは内的世界の完成にあるからだ。彼のいうごとく「芸術は要するに表現なのだ[5]」。しかもその表現が生活そのものだといいきる場合、実世界と作品は明らかに断絶すべき次元の異るものであった。彼は生活の素朴な実感を歌い上げる幸福な詩人ではなく、現実を絶えず乗り越えようと苦しんだ詩人であった。その苦しい意欲故に彼は己れの浪漫精神に絶えず笞刑《ちけい》を加える。そうして「背後に啼きつづける『蒼白の抒情の鳥』を刺し殺し[6]」て生き、「しなびた船」、「笛を吹く墓鬼」、「槍の野辺」、「枯木の馬」などの異端に満ちた映像を駆使し、虚構そのものの世界を営々として創りだす。否、そのように夢幻的なものとして現実を摂取する以外に、彼は生きる術を知らなかったのだ。

よれからむ帆

ひとつの帆は黄色い帆
ひとつは赤い帆
もうひとつはあをい帆だ。
その三つの帆はならんで、よれあひながら沖あひさしてすすむ。
それはとほく海のうへをゆくやうであるが、
じつはだんだん空のなかへまきあがつてゆくのだ。
うみ鳥のけたたましいさけびがそのあひだをとぶ。
これらの帆ぬのは、

人間の皮をはいでこしらへたものだから、
どうしても、内側へまきこんできて、
おいての風を布《ぬの》いつぱいにはらまないのだ。
よれからむ生皮《いきがは》の帆布は翕然《きゆうぜん》としてひとつの怪像となる。

常識的人間感情を卓絶したこの非常の世界の不気味さ。私たちにはこのような作品を創りだす詩人そのものが「ひとつの怪像」として印象づけられる。しかもこの怪像は、表現そのものに生活ありといわざるを得ないほどに、実生活の基盤を喪失し尽してしまった「長い耳の亡霊」でもあるのだ。拓次は己れの幸福は現実のなかにあるのではなく、想像力《イマジナション》の中にしかないことを知って、こうした映像の世界へ遁れようとしたのである。人はこれを逃避と呼び、虚構として責めるのであろうが、この第二の世界こそ「ボオドレエルといふ古風な黄色いらんぷをともし」孤独に生きた彼の唯一の現実であった。そうして彼は三番目物の能に醸しだされる神秘感のごとき美そのものを捉らえようと焦る。従ってこの詩には意味はない。「人間の皮をはいでこしらへた」帆といい、「うみ鳥のけたたましいさけび」といい「海」といい「空」というもみな一種の小道具にすぎず、一篇を流れる怪異感ですら、単に作品の効果をより強くするためのものにすぎない。要はこれらの創りだす日常的な感覚の世界を離れた雰囲気の中に、海鳥のけたたましい叫びや、生皮のきしむ音から触発された不思議な律動の波を読者に感知せしめればいいのだ。しかもこの律動の波こそボードレールが「神秘なるメタモルフォズ」として歌い上げた自我も他我もない純粋にして無限そのものの空虚、拓次の言葉によると、「万物は一如として光被され、すべては mortal immortal の境を撤しさつた、不可測の、思惟のゆるされざる虚無の、あらゆる相対を離れた絶対無絶対空の世界」(7) であった。

彼はかかる世界の創造によって、自己のミクロマスム〔ママ〕と不可知論のなかに横たわるマクロマスム〔ママ〕を照応させ、遁れてゆこうとする超自然の世界の存在を暗示しようとしたのである。飽くことなきこの無限への渇望、脱出の希願がかくまでに異常な情熱を傾け尽して雑多な映像を創造し、晦渋そのものの作品を構成した唯一の目的であった。即ち、彼は身をかきむしられるほどの無限感を、己れのメチエのみ信じ、何とかして捉らえようと焦ったのだ。この意味に於て、彼の作品は宗教的神秘精神のはげしい情熱から生れたものであったといえる。この焦慮と敬虔の念の入りまじる態度で、彼は営々として詩作を続けたのであって、朔太郎がいうごとく「自己の詩情に駈りたてられながら、自己の悦楽にのみ詩を書いてゐた幸福な詩人(8)」ではなかった。

海鳥の結婚

大きな緋色の扇をかざして
空想の海は大声にてわらふ。
濃い緑色の海鳥の不具者、
命の前にかぎりない祈禱をささげ
真夏の落葉のやうに不運をなげく。
命はしとやかに馬の蹄をふんで西へ西へとすすみ
再現のあまい美妙はいんいんと鳴る。
眠りは起き、狂気はめざめ
嵐はさうさうと神の額をふく。

永劫は臥床《ふしど》から出て信仰の笑顔に親しむ。
空想の海は平和の祭礼のなかに
可憐な不具者と異様のものの媒介《なかだち》をする。

寂寥の犬、病気の牛、
色大理石の女の彫像に淫蕩な母韻の鳴き声がただよふ。
唇に秋を思はせる姦淫者のおとなしい群よ、
悪の花の咲きにほふひと間をみたまへ、
勝利をほころばす青い冠、
女の謎をふせぐ黄金の円楯よ、
恋の姿をうつす象牙の鏡、
宝玉と薫香と善美をつくした死の王衣よ。
海鳥の不具者は驚異と安息とに飽食し、
涙もろい異様のものを抱へてひざまづく。

戦後の社会主義的リアリスムのエコールからみれば、こうした造形的な作品はおよそ無意味にちがいない。が彼はあくまで言葉をもって縷縷《るる》として創り上げるのである。「海鳥の不具者」といい「寂寥の犬」、「病気の牛」といい、みな彼自身の具象化であり、人間そのものの不幸さの暗示だ。そうして「命の前にかぎりない祈禱をささげ」る彼の宗教的精神が背後にひそんでおり、「真夏の落葉のやうに」人間の「不運をなげく」

彼がいる。しかもこの歎きは「嵐はさうさうと神の額をふく」と、必然的に神への認識となる。彼の飽くことなき美への志向、無限への渇望は、要するに神への希求なのだ。彼はある時は「吠える月暈《つきがさ》」となって呻く。しかし彼は単なるボードレールの亜流にすぎぬ頽廃無智の無頼の徒ではない。彼はあくまで呻きつつ求める人なのだ。この呻き声のままに彼は言葉をあやつる。「ひとつの言葉をえらぶにあたり、私は自らの天真にふるへつつ、六つの指を用ゐる。すなはち、視覚の指、嗅覚の指、味覚の指、触覚の指、温覚の指である[9]」という風に言葉を操作し「無心の勤行」をつづける。この時、「言葉は人間となり神となって宇宙にみち、とこしなえに若く空間と時間に生きるのである[10]」。これは言語の記号性を超え、無秩序極りない日常言語の世界の中から、直観的認識とでもいうべきものをもって実在を求めることを意味する。この真のリアルな言葉をもって、紙の上に美の世界を構築し定着させようとする試みこそ唯美派と称せられる詩人の唯一にして至高の律法なのだ。ここに表現そのものに生活ありという言葉も生れる訳で、如何に表現するかという芸術的な面に重点が置かれる理由もある。だがそれが単なる言葉の羅列にすぎぬ人工の浅墓な営みでないことはいうまでもない。しかもその言葉のひとつひとつは「全存在を髣髴させ、はるかな神の呼吸に通う刹那[11]」を創りだすものであった。私たちは彼の創りだした世界を虚構と責めることなく、かかる世界を創りださざるを得なかったところに彼の真実があり、モラルの苦悶があったことを知らねばならない。

この時、初めもなく終りもない単調な雰囲気のみと見える作品も注意深く眺めていると、洪水のごとく次々と漲溢しお互に連鎖しからみあってゆく映像の奥に、単調どころか、極めて動的な生命感と激しい変化を隠していることに気づく。重要なのは女体等の素材、映像の駆使によって示された一篇の意味ではなく、あくまでそれらの醸しだす雰囲気によって伝えんとして苦しんだ彼の精神の図式である。次の手記はかかる点の機微を記したものである。「ある意味を伝へんとして構図をなすことは正しい方法ではありません。ある感じを伝へんとして構図をなすのがいいと思ひます。……但しこの感じとはfeelingでもemotionでもsentimentでもないのです。まあ私の考へでみますと、人間の香気とか、人間の混融的流れとかいふものだろうと思ひます。……私はくりかへしていふ。意味を伝へんとする勿れ。感じ（即ち、人間の香気）を伝へんとせよ。……この人間の香気ですが、この香気は貴方自身（心身全体として）の持つ香気です。これを表現する時には、無窮に入つてゆかねばなりません。之は私のいふ『魂の地下水』に沈むことです[12]」。即ち、彼の織りなすあやしい虚構の世界は、単なる趣味とか好みによって創られたものでなく、のっぴきならぬ彼の自我意識の心的転換として創造されたものであった。

　これはいうまでもなくボードレールの創始した「照応」（Correspondances）の理論の忠実な継承である。しかし、だからといって彼に独創性がないとはいえない。彼は異ったこの国の風土の中で、意識的にその世界の展開を計ろうと試みたのである。それは結果的にみてひとつの実験でもあった。が彼の生きた時代とその制約を思えばこの試みこそ当時に於ける彼なりの大きな抵抗であったことに気づく。しかも彼の定義に従えば表現そのものに生活があった訳であるし、「言葉の錬金術師」としての彼の日日は、また彫心《ちょうしん》鏤骨《るこつ》のきびしさに満ちていたはずだ。この時、象徴は単なる一エコールの技法、ひとつの文学理論の域を超えて、倫理とすらなって彼を支える。これは象徴があくまで人間的な「魂の地下水」に連なる「極端な良心の芸術、きびしくものを考える人の芸術」（ジャック・レヴェール）にふさわしい手法であり、詩人が自らに課した峻烈な克己主義であることを意味する。彼はこの克己主義故にメチエを重視したのであり、またその駆使であった。ここに「信仰の誠をこめて人間活動の全を尽す」といいつつも遂に八木重吉のごときキリスト教詩人にはなり得なかった理由がある。が彼の意図したものはあくまで新しい宗教であり、その生命ある形式としての象徴であった。即ち、彼のいう象徴とは単なる現実の再現でも、いい変えでもなかった。雑多な映像にせよ、蕪雑《ぶざつ》な日常性の奥に隠れた実在の本質に通じるものであった。これは恩寵による救いを拒否することを意味する。つまり彼はあくまで詩人としての自覚とその信念による生活の中に、人間救済を求めた訳で、そのための人工意識をもって創りだした映像なり言葉の操作が「宇宙的頽堆の尽きざる奥底に汲まれた(13)」ものであったことはいうまでもない。

ところでこうした神秘的宗教体験の結果としてあらゆる感覚や怪異な映像を駆使して創り上げた多彩な水蒸気のごとき人工の世界、すでにひとつの信仰にまで高まり、被催眠状態《トランス》にまで陥った美への希求が、果してどの程度まで彼を救い、未知の理想界として彼を安住せしめたであろうか。彼の神秘精神は、確かに神を信じる者の精神に近い。が問題は彼が信奉する象徴が「瞬間の心である」という点だ。十年一日のごとく同じ下宿に住み、しかも「近代映画館の電飾と騒音を前にした机の位置すら変えず(14)」営々として創りあげた内面の世界も、事実は一瞬の光芒にすぎないのだ。この瞬間を「はるかな神の呼吸に通う刹那である」と彼は陶酔し歓喜する。また「それこそ私自身の刹那の全生活である」と自負する。だが、陶酔である以上それが醒めることはいうまでもない。彼の前には「幻影の救世主」しか現れぬのである。彼は不安になり、自信を失いかける。「宗教の束縛から解放され、恩恵の幽霊から解放され……新しく目覚めて肉体の尊貴を認めてきた(15)」はずの男が教会に通い、海老名弾正の講話を聞いたりする。しかし表現そのものに生活ありといい放つほどの、芸術的回心というべきものを持つ彼も、真の回心にはなかなかにして達しない。神という観念があっても、彼の場合、明らかに「乱れたる花の呼び声」のごとく「うつくしいけもののこゝろ」のごとく実在を反映させる汎神論の神であった。「わがキリスト」と彼は呼びかける。だがそれですらすこぶる曖昧なものだ。

わがキリスト(16)

透明にその光彩をあふれさし、
闇のない無限の窓にむかつて、
自らの心にいのる。
ああ、わたしのキリストは万有をとほしてしみじみとよみがえる。
わたしは　ただ汎神の沼にひたつてゐた。
しかも沼は暗かつた。
うつくしいけもののこゑばかりが聞えた。
今や　かすかにも
深い清浄のひびきのおとづれをおぼえて
わたしのキリストの足音の香に聞きほれる。
真珠を求めた商人の限りない求道のあこがれは、
わたしの心にももえ立つてゐる。
しかし求道はすなはち人生そのものの真核をえようとするにほかならない。

一読して敬虔な宗教詩のようである。が、キリストは万有をとおして我々の胸にしみじみと蘇るものではなく、あくまで私たちに君臨するものなのだ。強いてとおしてというならば、十字架上の流血の惨、そのおそるべき虚無をとおしてなのだ。彼の場合、キリストへの呼びかけも、所詮はそれだけのものに止まり、彼はただ依然として異教徒の「怪異な托僧」にすぎない。だがこうして彼にも次第に真の宗教心が芽生えてくる。この時、罪の観念が意識にのぼってきたことはいうまでもない。

罪の拝跪

ぬしよ、この「自我」のぬしよ、
空虚な肉体をのこしてどこへいつたのか。
ぬしの御座は紫の疑惑にけがされてゐる。
跳梁をほしいままにした罪の涙もろい拝跪は
祈れども祈れども、
ああ　わたしの生存の標《しるし》たるぬしはみえない。
ぬしよ、囚人の悲しい音楽をきけ。
拠りどころなき亡命の鳥の歌をきけ。
ぬしよ、
罪の至純なる懺悔はいづこまでそなたの影を追うてゆくのか
ぬしよ、信仰の火把《ひたば》に火はつけられんとする。
死は香炉の扉のやうににほふてくる。

「囚人」といい「亡命の鳥」といい、いうまでもなく人間的なものに執して、神の言葉を素直に信じようとしない傲慢な人間の称である。その人間が自らの罪を、懺悔し祈るというのだが、しかし、果して彼は罪の真の意味を知っていたか。その罪、いうまでもなく原罪、即ち、人間をして神の意志との一致を不可能ならしめる人間の自由意思。この罪障感によればこれのメチエのみ信じ、言葉と映像をもって構成することによって実在を探らんとする人間的試みは明らかに悪なのだ。果して彼はそれを知っていたか。

枯木の馬

神よ、大洋をとびきる鳥よ、
神よ、凡ての実在を正しくおくものよ、
ああ、わたしの盲《めくら》の肉体よ滅亡せよ、
さうでなければ、神と共に燃えよ、燃えよ、王城の炬火《たいまつ》のやうに燃えよ、
ああ、わたしの取るに足りない性の遺骸を棄てて、
暴風のうすみどりの槌《つち》のしたに。
香枕《かうまくら》のそばに投げだされたあをい手を見よ、
もはや、深淵をかけめぐる枯木の馬にのつて、
わたしは懐疑者の冷たい着物をきてゐる。
けれど神様よ、わたしの遺骸には永遠に芳烈な花を飾つてください。

「あをい手をみよ」という時、彼は明らかに人工としての己れの手故の罪を認識しているのだ。だから

「青白い幻の薔薇をのむ」豊麗な汎神論の馬は、殺伐とした「枯木の馬」となったのである。しかもその馬は深淵を、ボードレールが畏怖と共に歌った「パスカルと共に動く深淵」を駆けめぐるのだ。彼はもはや傲慢な人間の人工の手を信じない。「盲の肉体よ滅亡せよ」と悔悟するばかりだ。しかし彼は、なお棄てきれぬ夢の過剰に「遺骸には永遠に芳烈な花を飾れ」と願うのだ。詩人のどうしようもない本能といえよう。がこの限り彼は「懐疑者の冷たい着物をきて」、文字通りの唯美主義の「殻をもちあるく人[17]」として生き「この虚無の十字路にどんよりとした満開の花をなげる」単なるリリシスムの詩人にすぎない。しかもこの虚無も「どんよりとした」という語感がはっきり語っているように、多分に気分的なもので十字架上の「エロイ、エロイ、レマ、サバクタニ」の峻烈な虚無とは全く別のものである。彼にはボードレールの激しい原罪追求のきびしい態度など、遂に無縁のものであった。この点、朔太郎が「彼がボードレールから学んだものは、そのカソリック的部分であり、単にその部分の『香気』にすぎなかつた[18]」といったのは正しい。なるほど彼は「信仰の誠をこめて人間活動の全てを尽す時、真理の萌芽が生れる」とか詩作の気持として第一に「快き信仰の悦びがある[19]」などといっているが、所詮それも求道的な一種の精神主義的な宗教的なものにすぎなかった。「虚無の十字路」に住み、乞食のごとく魂の餓えに日日を歎く彼であったが、次のロマ書の一節など、どのような感懐に読んだであろうか、「われ思ふに、今の時の苦難は、われらの上に顕れんとする栄光にくらぶるに足らず。それ造られたるものは切に慕ひて神の子たちの現れんことを待つ。造られたるものの虚無《むな》しきに服せしは己が願ひによるにあらず、服せしめ給ひし者によるなり」。

このように神を認めることと、神を愛しその義に生きることとは全くちがうことを不幸にして彼は悟らなかった。ここに常に「憂愁の芽」をはぐくみながら、その意味を解せず、また「作品に不満を感じつつも新境地を拓くことなく[20]」生涯を通じて同じ調子の作品ばかり書いたひとつの理由がある。厖大な「藍色の蟇《ひき》」

一巻にして、かつ全作品の四分の一位だと知る時、私たちは何としても「どろ沼のような」彼の暗い情熱を感じない訳にはゆかない。一言にしていえば、虚無の情熱といったものが、彼の内部では渦巻いているのだ。生きる意味と溢れるばかりの情感はありながら、回心の一歩手前で逡巡、空虚そのものにしか生き得なかった詩人の焦躁感と寂寥感、即ち虚構と見える彼の作品も、虚無の中なる生命がいちずに歌い上げた歌声に外ならぬ。

さて、このような情熱に憑かれて拓次は生きたが、これを一部の人のいうごとく、自らの創り上げた狭い世界の中で自慰的に生きたと責めるのは誤っている。神と共に生きんと苦しみつつも、結局のところ人間的なものに執してしか生き得なかった彼の苦悶、さてはまた造形的態度によって仕上げられた作品だけにしか美的感動は宿らぬとした、その方法論探求の意欲、即ち、芸術的実在と宇宙的実在の統一《ユニテ》を計ろうとした意図など、それが彼の本質をなすリリシスムに災いされて、充分に完成し得なかった憾みはあったとはいえ、その努力なり意図は高く評価せねばならぬ。しかし繰返す、自らの意図による人間の救済など、遂にむなしいのだ。彼は明白なこの事実への認識を徹底させ得ず、生涯を「夜の光の日向の花」として生涯を終えた。つまり「真紅の萌芽」はあったが、彼に於ては遂にそれは育たなかったのである。

きょう、政治第一とも思える激しい世相の中に彼を取り上げ、「涙ぐむ鉱石」として結晶化しているような「藍色の蟇」とか手記類に敢えて斧鉞《ふえつ》を加えるのも、まぎれもなくこの「真理の萌芽」を正しい方向に伸し「今の時の苦難」を超克せんとするにある。この時、耽美派とか頽廃にすぎるとかいう通俗的見解の中に、いつまでも拓次を置いておくことは耐え難いことだ。なるほど彼は時代と隔絶した韜晦《とうかい》趣味に生きたように見える。そこが絶えず時代との緊張感に生き、文壇とか世相の猥雑さに対して積極的に発言した朔太郎とくらべて、女性的であったと評される点であろう。だが芸術家の第一の義務が造形的意欲をもって、形象性のある一つの物を創ることにあること、また美とはそれ以外の何物でもないことを極めて明確に教えてくれたのは彼であった。それは罪の所産かもしれぬ。が逆にいえば、それ故にまたその立場から容易に神に近づき得るものなのだ。即ち、表現の完璧性への志向は、また神の愛に通ずるのだというひとつの確証。晩年の傷ましい頽廃はあるにしても、これだけで彼は「明治大正昭和三代に亙っての数少い優れた詩人の一人であった」ということができる。生涯を独身で生き、失恋に失恋を重ねて孤独のまま死んでいったリリシスト故に彼は純情なのではない。いちずに神を求め、その苦悩のままに造形し、美なるもの即ち、聖なるものの感じ(le sentiment du sacre)に執した人工の手を持つ罪深い男、あくまで詩人としての自負に生き、その苦悶に殉じたところに彼の無垢な精神があるのだ。ジイドもこういっている。「大詩人ということは何でもない。私たちは唯、純粋な詩人を目標とせねばならない」

(1)日記、大正元年八月十六日
(2)日記、大正元年十一月十八日
(3)・(8)・(14)・(18)「朔太郎『藍色の蟇』跋」
(4)創元選書『大手拓次詩集』あとがき
(5)逸見亨宛書簡、大正七年九月二十一日
(6)散文詩「緑色の馬にのつて」
(7)散文詩「日食する燕は明暗へ急ぐ」
(9)・(10)・(11)散文詩「噴水の上に眠るものの声」
(12)・(15)同右、大正七年九月

(13) ボードレール「ロマン派芸術」
(16) 日記中の詩篇、詩集には不収録、大正二年四月二十六日
(17) 日記中の詩篇、昭和二年三月七日
(19) 日記中の詩篇、大正元年八月二十六日
(20) 逸見亨「『藍色の蟇』跋」

室町の象徴詩人「正徹」

その一

城中有一老衲、諱正徹、自号松月主人。初入此山、師事東漸、而司記於万寿。其性温雅、工詠和歌、兼書和書。一詠一唱、形於翰墨、則誉世珍之。故公卿大夫、為方外交者多矣。自春初染疾不起。去九日而逝。享年七十九。言和者、嘆惜之也

（「碧山日録」第五巻）

正徹《しょうてつ》に関するノートをまとめたいと思う時、まず痛感するのは、彼の唯一の歌集で、一万四千首を納めた「草根集」の刊本の不備である。私のように、大学あたりに研究室を持たない者は、特にその不便が大きい。歌論集である「正徹物語」、紀行文ともエッセイともつかぬ「なぐさめ草」は『群書類従』に、また、弟子の一人であった蜷川新右衛門尉の聞書と伝えられる「清巌夜話」は、『続群書類従』に納められてあり、さして閲読に不便はない。しかし、肝心の「草根集」は、明治年間の刊行で現在、殆んど入手しがたい「丹鶴叢書」だけにしかなく、その外、内閣文庫本などの写本による外、研究の方法がないのである。わずかに『続群書類従』に、一条兼良撰の「正徹千首」があるのが幸いと言うべきであろうが、これとて抄本にすぎ

ず、「草根集」一万四千首に、不幸にして焼失したそれまでの分まで合せると、詠草四万首に上ると云われる、この室町時代第一の歌人の全貌を知るには足りないのである。

こうした困難や、意外な隘路《あいろ》があったにせよ、私はこの十五年、俊成、定家に連なり、世阿弥、芭蕉へと続く、所謂「幽玄」の理念の担い手としての正徹の芸術に触れ、その生涯を丹念に辿って来た。一口に十五年と云うが、その間の年月は、戦争から戦後にかけて、私としても、また歴史の動向としても、あまりに激しい変転の時代であった。つまり、この年月、私もまた、正徹が「正徹物語」で開口一番、「於歌道は定家を難ぜん輩は、冥加もあるべからず、罰をかうぶるべきことなり」と言い放ったように、正徹とその美学をひたすら奉じ、自己への沈潜だけに生きて来たとも云える。

だが私は、そうして種々の困難をも意に介せず、何故に今日まで正徹と共に歩んで来たのであろう。正徹はまさしく私の裡に蘇り、私もまた正徹の裡に生きて、青春の虚妄の時期を、危く生き延びて来たのである。私が正徹を語るとしたら、ただそれだけの理由である。またこれを語る以外に、正徹の本質を分明ならしめるものはないと信じるからである。

そこで私は、まず彼の生涯を述べることから、このノートを始めたいと思う。「正徹物語」、「なぐさみ草」「草根集」の外に、冒頭の「碧山日録」を初め、東常緑の「東野州聞書」、天野信景の「塩尻」、寺島良安の『和漢三才図会』、一条兼良の草根集の「はしがき」などが、この場合貴重な資料となる。

その二

正徹は備中の国、小田郡小田庄、神戸山の城主、小松上総介康清の次男として、後亀山天皇の弘和元年

（一三八一年）に生れた。幼名を信清と云う。いま、『備中志』をみると、

「備中国小田郡小田庄、神戸山の主、小松上総介二男、幼名信清、孝元天皇ノ裔也、姓ハ紀氏、（此頃小松秀清、足利将軍ノ命ニヨリ、地頭職ニテ応安元年、コノ地ニ転住シ、四ケ村ヲ有ス。父、上総介モ歌道ヲ嗜ム。コノ年、母二十九歳」

とあるように、幼時から極めて恵まれた環境にあったようである。地方武士にすぎない家柄だったが、この頃の地方の武士の常として、北朝の足利幕府と同じく、もはや単なる武弁ではなかったのである。また時代は、鎌倉時代に基礎を築き、その後次第に発展してきた地方武士の文化意欲が、ようやく静から動へと動き始めた頃で、所謂地方文化なるものが、長い冬眠的な体勢からさめかけた頃でもあった。この時、地方の武士が京都の古い伝統に憧れ、またそれを模倣することは云うまでもなく、中央との間に、大きな文化的な落差がある場合、両者の交渉ははげしく頻繁に行われることは、当然のことと云えよう。その上時流は、五十七年の長きに亙る南北朝の対立を解消して、足利幕府による政局の安定化へと向い、京都と地方の文化の交流は更に深まっていたと見るべきである。

この時代の空気が、京都にさほど遠くない備中の小松一族に響かぬはずがない。正徹も十歳になるかならぬうちに、神戸城を離れ、京都の東洞院なる館に移り住んでいたのである。この頃、足利義満は北朝の将軍に任ぜられてから二十年、従一位左大臣、三宮に准ずる待遇をうけ、室町の新邸に栄華を極めていたし、明徳の乱のように、地方での騒乱はあったにしろ、室町幕府が花の御所とも花営、或いは花亭とも呼ばれていたように、京都はすでに昔ながらの風雅の落ちつきを取り戻していた。そして正徹は、「をさなかりしころ、七月、ほしに手向けするとて、一首歌をよみて、木葉に書付侍しが歌よみ初也」（「徹書記物語」第九十八条）とあるように、この頃、父の薫陶がようやく実を結んでか、和歌を作り始めている。

ここで、正徹の母について考えてみると、まだ想像の域を脱し得ないのであるが、康清は足利幕府に仕えた武士であったから、京都に関係深い家柄、つまり、下級の公卿、或いはそれに関係ある者の家から妻を娶ったのではなかろうか、と思われる。東洞院の館も、案外この母方の館であるかもしれないのである。一見、これは徒労のような詮索に似ているが、正徹が地方武士の生れであるのに拘らず、俊成、定家につづく幽玄の理念の展開者、そして源氏的王朝美の憧憬者としての彼の芸術の秘密を解く一つの鍵になり得るのである。久松潜一博士の正徹京都生誕説も、この辺りの事情からと思われる。

さて、十二歳、元中九年秋のことである。正徹は伏見院の御所に上って庭の大輪の菊をみている。それから二年後の応永元年、十四歳の八月初め、初めて歌会に出席して、冷泉為尹、為邦、今川了俊など当時第一級の歌人に会っている。この時の模様を「徹書記物語」第九十八条にみよう。

「さるほどに星の徳を思ひて去年の秋まで七首七葉にかきてしかば、八十余の古入道のしらがかきなる出合て申侍りしは児の御うたあそばさるることは、今の時分さらになき事也。禅蘊が若ざかりの時分などこそさやうの事はうけたまはりしがやさしき御事にさふらふ。これに毎月廿五日月次のさふらふ、御出さふらひてあそばしさふらへ。題はこれ〳〵にてさふらふと云て、我にかきくれ侍りける。深夜閑月暮山遠雁別無尽恋三首四文字題にてありし也。それは八月初つかたの事也。既に廿五日に会へば星に手向け侍りし也。また歌をよみならはぬさきから、はちのかほを思はず晴の会へと出てよみならひ侍りし也。わが家は東洞院にありし也。その向いに奉行の治部といひたるものの所に月次有て冷泉、為尹、為邦、前探題了俊その外近習の人々とも卅人ばかり数有し也。恩徳院の律師のありしが歌がよみたくば、向の治部が所へつれてゆき侍らんと申されしほどに其比かしらさかりしころにてはつかしかりしかども、律師につれられて治部がやどへゆき侍りかかり出しかば、一方の座上には冷泉為尹、為邦、今一方の座上には前探題、其次に近習の人々達禅蘊が一旗三十余人歴々としてなみいたる所へ遅く出しかば、横座へ請せらるるほとに計会にてありしかど、座敷へつき侍りし探題は其時八十余の入道にてすみのもなしころも平口帯のふさながきをして居たまひし也。

深夜閑月

いたづらに更行空の影なれやひとりながむる秋のよの月

雁の歌は山のはに一つらみゆるはつかりのこゑとやらん上をばわすれ侍り、恋もおぼえざる也。それからひた出もてきて歌をよみならひし也。その比十四五歳にてありし也」

つまり正徹は、この時すでに出家していた訳で、恩徳院の律師なる僧に連れられて、奉行の治部という人の所の歌会へ出たというのである。恐らく初めての歌会に出る彼の胸は期待に弾み、羞恥とかすかな恐怖と喜びに末席に連なっただろうことは、想像に難くないのである。

その三

十四の頃出家した正徹は、恩徳院の律師なる僧に伴われ、初めて冷泉為尹、為邦、今川了俊らの月例の歌会に出席、「それからひた出に出もてきて歌をよみならひし也」と云うような生涯が始まるのであるが、ここで彼に決定的な影響を与えたと思える冷泉派の領袖たち、特に今川了俊について詳述せねばならない。正徹の弟子で、連歌の心敬の云うところによれば、正徹は了俊の弟子で、彼は了俊を通じて、定家、慈鎮の短歌のイデーを発展させたと思われるからである。

まず「今川記」、「花営三代記」など今川家の記録によって彼の生涯を見てみると、次のようなことがいえそうだ。今川了俊、正中元年（一三二五年）に生れ、応永二十七年（一四一五年）に没。歌人にして歌学者、剃髪して了俊、或いは徳翁と号す。足利義詮《よしあきら》に仕え、遠江守護、南北朝の争に戦功を立て九州探題となる。応永二年、失脚し、以後歌道に専念した。著述はおおむね晩年のもの。十六歳から歌に志し、冷泉為秀の門に入り、また連歌を順覚、救済等に学び、後、二条良基に従う。冷泉派歌学の継承者で、後の正徹などを出した点に意義がある。歌論書「和歌所へ不審条々」、「言塵集」、「落書露顕」、その他「雑太平記」、「今川大双紙」などがある。また彼が弟に与えた教訓に「今川壁書」、「今川状」があり、室町時代から江戸時代にかけて長く愛読された。

了俊の生涯は、どうやらこの数行で尽されている。人名事典的に調べるのなら、これで結構である。が、彼が文学史上名を止める価値があるとしたら、正徹を生んだことである。つまり、正徹の母胎としての了俊への理解が大切な訳だ。そこで彼の生涯を語り、正徹との出会いを語ることを更に究めることが必要となってくる。正徹の精神史を調べる前に、了俊の精神史の探求が必要となってくる。勿論、この手がかりは、「今川記」や「花営三代記」などと共に、正徹の残した「徹書記物語」や歌集「草根集」、弟子正広の著した「清厳夜話」である。まず「徹書記物語」第四十条を見よう。

「為秀。哀しる友こそ　かたきよなりけり、ひとりあめ聞　秋のよすがら。此歌を聞て、了俊は為秀の門弟になられたる也」つまり、冷泉為秀のこうした歌に感激して了俊は弟子になったというのであるが、一方、「今川記」には「彼了俊は、文武二道の名将にておはしまして、御詠歌なども、多集に入たると申せ冷泉為秀への御うたに、心ある友こそかたき世なりけれ。独雨聞秋の夜すがら。此歌ゆへに歌道は為秀の御門弟に成給ふ、と申伝や」として、全く逆の記事になっている。この辺、微妙な点で伝記を考える場合、遂々《ママ》慎重ならざるを得ない点であるが、幸い了俊自から、「落書露顕」の中でこう書いているので、「今川記」の誤りは明らかである。

〔未完〕

現代詩の話

第一回

今月から数回にわたって現代詩について述べる訳ですが、複雑な現代の世相を反映して精巧な手法と怪異なまでに難解な表現をとる現代詩について、簡単に述べることはなかなか困難なことです。その上、私は詩を教える教師ではありません。論理的に現代詩について記述することを最も不得意とする種類の人間です。しかし、これを知りつつこうした解説めくものを書くというのは、編集部の要請もさることながら、詩によってしか満されない心の持主や、詩によってしか慰められない人達があるはずだと思うからで、敢えて筆をとりました。

前置きが長くなりましたが、まず次の二つの詩を読んで下さい。

初　恋

島崎藤村

まだあげ初めし前髪の

林檎のもとに見えしとき
前にさしたる花櫛の
花ある君と思ひけり

やさしく白き手をのべて
林檎をわれにあたへしは
薄紅の秋の実に
人こひ初めしはじめなり

わがこころなきためいきの
その髪の毛にかかるとき
たのしき恋の杯を
君が情に酌みしかな

林檎畑の樹の下に
おのづからなる細道は
誰が踏みそめしかたみぞと
問ひたまうこそこひしけれ

（『若菜集』）

囚人

三好豊一郎

真夜中　眼ざめると誰もいない
犬は驚いて吠えはじめる　不意に
すべての睡眠の高さにとびあがろうと
すべての耳はベッドの中にある
ベッドは雲の中にある

孤独におびえて狂奔する歯
とびあがつてはすべり落ちる絶望の声
そのたびに私はベッドから少しづつずり落ちる

私の眼は壁にうがたれた双ツの孔
夢は机の上で燐光のように凍つている
天には赤く燃える星
地には悲しげに吼える犬
（どこからか　かすかに還つてくる木霊）
私はその秘密を知つている

私の心臓の牢獄にも閉じこめられた一匹の犬が吠えている
不眠の蒼ざめた Vie の犬が

「初恋」は一読してその意味のわかるもので、テーマも、誰しもが感じる青春期の恋情です。ところで問題は「囚人」です。つまり私達はこの「囚人」のような作品を現代詩と呼ぶのですが、同じ詩とはいえ、この二つのあまりに違いすぎるのに驚かれることでしょう。藤村が「初恋」の恋情を高高とロマンチックに歌い上げたのにくらべ、「囚人」は何と苦渋なものに充ちていることでしょう。三好豊一郎は東京の人、いわゆる戦後派の有力詩人で、『荒地』のメンバーであり、第一回詩学詩人賞を受けていますが、この作品を少し鑑賞してみることにします。

まず大切なことは、この詩が戦争末期に書かれたということです。つまり三好は戦争末期のあの混乱した時代に生きる自分を「囚人」として感じたのです。「孤独におびえて狂奔する歯　とびあがつてはすべり落ちる絶望の声」という表現でしかいい表わし得ないような現実、しかもその戦争という現実を、作者は自己の内部の問題として捉えています。これは戦争中、わが国の大部分の文化人、またインテリといわれる人たちが、戦争を避けられない文化的現象として受け取り、一種の知的傍観者として過したのにくらべて、格段の差があります。「私の心臓の牢獄にも閉じこめられた一匹の犬が吠えている　不眠の蒼ざめた Vie の犬が」という個所によく注目して下さい。実際にはこの時、作者は不眠に悩んでいたのかもしれません。深夜のことで、犬の遠吠えがしていたでしょう。しかし作者は、その遠吠えを、わが Vie つまり生命の犬の遠吠えと聞き、戦争によって蝕まれ崩れてゆく人間性を予言せずにはいられなかったのです。つまり作者は、戦争末期のあの苛酷な時代に生きて、人一倍人間的なものを求め、平和を希求していたが故に、誰と話すべもない「雲の中のベッド」のような一種の真空状態の中にいる孤独感に陥って、野犬のように生命への欲求に悶える外仕方がなかったのです。しかもこれは、当時の大部分の国民の偽らない気持でもありました。食糧もない、言論の自由もない、明日はわが家が焼かれるかもしれないという不安、本土決戦など、ちょっとでもほんとうのことを喋ると憲兵隊から取調べを受けた時代、「心臓の牢獄にも閉じ込められた」とは、そうした時代的社会的重圧によってうちひしがれ、抑圧された人間の心情の暗示です。「不眠の蒼ざめたVieの犬」としての作者です。しかも作者の考える生命とは、当時の軍国主義的な生命とは凡そかけ離れたものでした。そこで、わざわざVieというフランス語を使っています。この細心な表現技術も見事なものです。

この作品は戦後の詩の一つの典型とも思われ、定評のあるものなので特にあげたのですが、このように現代詩とは、作者の意識によって構成された詩ということが出来ましょう。そこで藤村的な歌は古いといえるのです。もう一篇、これも現代詩の典型だと思える作品を上げてみましょう。「囚人」が戦後直後のすぐれた作品とすれば、これは最近の作品では、最もすぐれたものの一つでしょう。

黄色い鉄かぶと　　　　野田寿子

きいろい鉄かぶと
ペンキもあざやかな
うしろさがりのドイツまがいの。
ひさしのかげから

かなつぼまなこが
おそるおそるみあげる。
まむかいにおよぐクレーン
がなるミキサー
黄・黒がだんだらの交通止。

とつぴようしもない
この大穴に
生えたつのは何か。

男はしらない

どつちみちわかつているのは
てつかぶとをかぶつているということだ
いや　もつと正確にいえば
かぶせられていたが　ということだ。

それでも男は
ひざをちぢめ

きいろい鉄かぶとにかくれ
とおりかかつた
だれも　かれも　わたしまでも
その中にかくれ
上目づかいにうずくまる。

午後三時　ビルの入口三段目
雨もよい。

（『歩道』五号より）

作者野田寿子は『母音』、『詩科』を経て今、久留米から発行されている『歩道』同人で、二児の母親で教鞭をとっています。

「囚人」の例にならって、各自鑑賞して貰いたいのですが、参考になる点を多少申しますと、町なかのビル建築場の横を通りかかった時の感想でありながら、それが単なる感想に終らず、現代のわが国の状況とその中に生きる人間の心情を見事に浮彫している点です。この点に、まず注目して下さい。その上、三十そこその女性でありながら、女性にありがちな感傷性がなく、額にはめられた絵のように、いわんとするところと形式がカッチリとまとまって、過不足がありません。しかもその表現のドライさが、内容を浮きたたせるのに大きな作用をしています。黄色い鉄かぶとをかぶり、かなつぼまなこをした男が恐る恐る見上げる巨大なビルの鉄骨は、現代の社会機構の象徴です。そう考えると「黄色い鉄かぶと」が何を意味するか、自ずからわかってくるでしょう。読者は、作者の強い社会意識を感得すべきです。

つまり藤村の詩が歌う詩ということが出来れば、「囚人」といい「黄色い鉄かぶと」といい、社会的な歴史的な視野の上にたった、考える詩ということが出来ましょう。このことは、換言すれば、思想なしには現代の詩はあり得ないということを意味します。勿論、藤村の詩にも、作者の思念はちゃんと含まれています。「初恋」は明治二十九年に書かれたといわれていますが、当時にあって藤村はキリスト教の洗礼を受けたりした若いインテリでしたし、こうした詩を書くこと自体が当時の封建的な世界への反抗であり、新しい世界の創造でありました。その限りにおいては、確かに藤村の思想を反映しています。しかし、それから数十年たった今日は、「初恋」の恋情というモチーフ（詩の生れる動機）が、そのまま一篇の詩のテーマとなり得る程に社会は単純ではありません。戦後の荒廃、現代という非人間的な社会機構の中での個人の生活、つまり「囚人」のいうところのVieというものの確立をめざして苦しんでいます。

北川冬彦（明治三十三年生れ、東大中退、大正十三年に『亜』を創刊して以来、昭和初頭『詩と詩論』に加わり、現代詩に於ける詩語、詩形、表現法の徹底的な変革と形成に主導的な役割を果し、現在なお活躍を続けています。私達が現代詩と呼ぶ詩は、この『詩と詩論』の運動以後のものなので、その意味でも忘れてはならない詩人です）はこういっています。「今日の詩人は、もはや断じて魂の記録者ではない。また感情の流露者でもない。彼は尖鋭な頭脳によって、散在する無数の言葉を周密に選択し、整理して、一個の優れた構成物を築くところの技師である」。つまり、知的な技術と手法によって書かれたものが現代詩というにふさわしい詩なのです。単なる日常の出来事や感情を流露的に歌い、行分けにして書いたものが詩ではありません。

今日、詩人達は、作りながら思考します。従って鑑賞する場合も、そのような作者の意識を考え、彼が知

性に訴えんとしたところを汲み取らねばなりません。この点が現代詩が難解だといわれる原因でしょう。も
一つ作品を見ましょう。

革命

谷川　雁

おれ達の革命は七月か十二月か
鈴蘭の露したたる道は静に禿げあがり
継ぎのあたつた家々の上で
青く澄んだ空は恐ろしい眼のようだ

鐘が一つ鳴つたらおれ達は降りてゆかう
昼間の星がのぞく土壁のなか
肌色の風にふかれる恋人の
年へた漬物の香に膝をつくために

革命とは何だ　瑕《きず》のあるとびきりの黄昏
やつらの耳に入つた小さな黄金虫
はや労働者の骨が眠るかなたに
ちよつぴり氷蜜のようにあらわれた夕立だ

仙人掌の鉢やめじろの籠をけちらして
空はあんなに焼け……
おれ達はなをも死神の真白い唾で
悲しい方言を門毎に書きちらす

ぎ・な・の・こ・る・が・ふ・の・よ・か・と
（残つた奴が運のいい奴）

谷川雁は一九二三年、熊本県水俣に生れました。東大出身、戦後九州に在住、『母音』に入り、現在中間市にあってサークル活動の指導者として活躍、評論家として中央の雑誌にも執筆しています。青年たちと共に、生活と思想を結びつける運動に専念している詩人ですが、この作品は彼の特色を一番よく表わしています。象徴的手法が用いられていますが、第一行目の「七月」、「十二月」とは、日本の風習である盆と暮を意味し、「漬物の香」、「仙人掌の鉢」、「めじろの籠」と共にまだまだ払底できない日本の封建性を象徴しています。その中にあって、「革命」とは何であろうかと自問し、職業的革命家を皮肉っているのです。読者はこの気魄のはげしさと「革命」という主題をいうにふさわしい言葉の組合せの新鮮さと面白さを感得しなくてはなりません。（なおこの詩人はまた後で、くわしく触れようと思っています。）
歌う詩から考える詩、つまり読む詩へ――ここでもう一度「囚人」、「黄色い鉄かぶと」、「革命」を注意深く読んで下さい。すると行のとり方だとか、言葉と言葉の組合せによる新鮮な感覚だとか、リズムの展開などその表現様式が、普通考えられている詩とはかなり違っていることがおわかりでしょう。そして、これらの詩が現代詩の典型と考えられ、秀作ともてはやされる点を考える時、現代の詩人の関心は、もはや単なる個人的な心情の世界をはなれ、外部の政治的、社会的情勢に眼を向けていることに気づかれるでしょう。

繰返して申しますが、「初恋」の恋情はモチーフではあり得ても、もはやそれがテーマにはなり得ないのです。従って現代の詩人は、そのモチーフを言葉の組合せにより発展させ、作者の内部の世界にまで高める努力をしなければなりません。つまり現代詩人は、ある形而上的な直観を、より明確な形象に定着させようと苦しんでいるのです。しかもその努力こそ、この困難な現実を克服してゆく原動力ともなり、事実またその力で詩人は一つ一つ困難な壁を越えてゆくものなのです。賢明な読者諸君は、ここで「なるほど、それで現代詩というものは、むずかしい表現をとるのか」と、その方法論の重大なことにお気づきになると思います。そこで次回からは、現代詩はいかに書かれているか、つまり現代詩を技術面から眺め、その形式的構造を分析し、現代詩の文法、法則というものを探ってみたいと思っています。

第二回

前回では、現代詩が歌う詩でなく読む詩であること、つまり考える詩であることを申し上げました。これはいいかえると、現代詩の特徴が単なる感情ではなく、詩人の思想、つまり詩人の意図する精神の図式にあるということで、鑑賞する場合もそうした点を考慮する必要がありましょう。しかし思想といっても、詩の場合、それが単なる思想の伝達に終ってはなにもなりません。Xという概念を伝えるためのものだったら、論文で事足りる訳で、詩とは思想の形象化されたものなのであります。小林秀雄も「現在我々が詩と呼んでいるものは、言葉に関する批判的認識を徹底させた後、日常言語のうちに詩的言葉を選りだし、あらゆる鋭い感覚を利用し、一個の彫刻のごとく構成するという極めて精密な知的技術の所産であり、感動と計量を一致させようとする、おそろしくむずかしい知的努力の結果のものである」といっております。従って、詩の方法論、即ち技術面が大切になってくる理由がここにあります。何を、如何に書くか、ということです。そこで今日は現代詩の文法、法則といったものをお話したいと思いますが、お断りしておきたいのは、文法だ法則だといっても、公式的に受けとってもらいたくない、ということです。あくまで現代詩を理解する一方便として、文法とか法則という言葉を持ち出したにすぎません。ではまず、次の作品を読んで下さい。

独　楽

高野喜久雄

如何なる慈悲
如何なる孤独によっても
お前は立ちつくすことが出来ぬ
お前が立つのは
お前がむなしく
お前のまわりをまわっているときだ

しかし
お前がむなしく　そのまわりを　まわり

如何なるめまい
如何なるお前の　Vieを追い越したことか
そして更に今もなお
それによつて　誰が
そのありあまる無聊を耐えていることか

高野は一九二六年、佐渡ガ島に生まれ、現在は新潟県高田市で数学の教師をしています。戦後、北園克衛の『VOU』に参加し、後、三好豊一郎の『荒地』に参加している戦後の新鋭詩人です。すこし分析してみましょう。

この詩は一言に要約して申しますと、「私たちはひとつの独楽と同じようなもので、如何なる決意で立っているのでもない、ただ私たちが立ちつくすのは、むなしく自らのまわりを廻っている時だけだ。しかもめまいの激しさによって立ちつくしているのだ」ということになるのでしょうが、これでもわかるように、この詩の主題は一言にしてはいい尽せないひとつの存在論です。「言葉とは人間の自由に処理し得る道具ではなくて、人間存在の最高の可能性を左右するような出来事である」というようなハイデッガーの言葉によって詩に入ったと伝えられる高野にとっては、詩を書くということは自分の存在について考えることに外なりませんでした。そしてもともと私たちの存在は、むなしく私たち自身のまわりを廻転しつづける一つの独楽のようなものではないか、という感慨に落ちつくのです。即ち高野は、独楽の動きの中に人間存在の象徴を感じたのです。つまり、彼の思想が「独楽」というものに形象化されているのであります。そこに作者の並々ならぬ腕の冴えといったものがある訳です。このように現代の詩人は、思想を独楽なら独楽という、視覚的心象におきかえる方法、つまり思想を物によって語らせるという手法を使うのであります。現代詩は難解だと批難する前に、このことを一つの常識としてハッキリ頭に入れておいて戴きたいと思います。

この作品も難解な作品だ。一度読み、二度読みしなければわからない作品です。しかし、「独楽」が人間存在の象徴と感じた時、その独楽の廻転はそのまま読者の経験として、その人の内部で廻り出すことでしょう。同じ「独楽」をモチーフに書きながら、次のような作品の抒情性とは雲泥の差のあることを知るべきです。

独　楽

高祖　保

……（前略）
独楽よ
廻り廻つて澄みきるとき
おまへの「動」は
ちやうど深山のやうな「静」のふかさにかへる
静にして
なほ　動
――この「動」の不動のしづかさを観よ

秋のゆふべの掌の上

独楽　ひとつ
廻りながら澄んでゆく

高祖保はつい最近なくなりましたが、戦前派の『四季』の抒情詩人だけに、この詩もわかりやすいものです。だがそれだけにこの詩は、「独楽」が何を意味するかわかってしまうと、何でもなく終ってしまいます。いい抒情詩ではありますが、もはや現代詩とはいえないと思われます。

さて、現代詩とは、思想を視覚的心象におきかえる、つまり思想を物によって語らせる手法をとると申しましたが、次にこの心象についてくわしく述べましょう。

心象、即ち映像ともイメージともいわれるものですが、これなくしては現代詩は構成されないという重要なものであります。何故なら現代詩は、過去の歌う詩でなく、読む詩（考える詩）でありますから、「まだあげ初めし前髪の」といった音楽的な要素より、詩人の思考力によって描かれた言葉の絵画ともいうべきイメージを使用した方が、効果が大きい訳であります。勿論、過去の詩に於ても、このイメージは存在したことは確かです。例えば、西条八十の次の作品

夕

西条八十

想いはかなく門をとざす
けふも草家の門をとざす

落葉のみちに里鶫《つぐみ》
終止符のごとく蹲る

作者はこれを自ら解説して「ああ、今日も暮れて終った、という、文章の最後のピリオドのイメージとなる里鶫」といっていますが、何もここに深い作者の思想がある訳ではありません。あるとしたら、そこはかとない夕べの感傷ばかりでしょう。次の北原白秋の有名な「思い出の序詞」もそうでしょう。

思ひ出は首すぢの赤い蛍の
午後のおぼつかない触覚のやうに
ふうわりと青みを帯びた
光るとも見えぬ光？
（以下略）

つまり、一般に抒情詩は、そのイメージが単純で平面的な面が多く、読者の情緒や感覚に訴えるところはあっても、主知的、論理的な面に乏しいといえましょう。しかし、昭和に入ってイメージもまた複雑になっています。

蛍　　　丸山　豊

牢《ひとや》の窓の濃《こ》みどり

齲歯のいたみに犬儒派の
混血児《あひのこ》は身をおこします

作者丸山豊については、すでに『暁鐘』詩壇の鑑賞詩篇解説の時にお伝えしているので申し上げませんが、この詩は処女詩集『玻璃の乳房』に収められており、昭和初期の作品です。つまり、明治、大正を経て、昭和初期になってイメージもまたこのように変ってきていることに注意すべきでしょう。例によって、この詩を鑑賞してみましょう。

まず注意してほしいことは、「独楽」と同様「蛍」という題がなければ、ちょっとそのモチーフがわかりにくい作品だということです。白秋が「思ひ出は首すぢの赤い蛍」と歌い、八十が「落葉のみちに里鶫　終止符のごとく蹲る」と歌ったような単純さはもはやありません。蛍というイメージが、「牢の窓」とか「齲歯」とか「犬儒派」とか「混血児」とかいったような多様なイメージを連鎖的に触発し、そのさまざまなイメージが結合し、全体として一つの縞模様となり、それが作者を取り巻く外部世界の状況と照応し合うという仕組になっています。丸山豊の場合、まず「蛍」の青白い色が「牢の窓」の「濃みどり」と感じられたのです（ここで断っておきますが、蛍の光は濃みどりじゃない、あれは蛍光色といわれるように青白い色ではないか、といった愚問を避けていただきたいということです。詩人の直観が蛍の光を濃みどりと捉えたのです。これは画家の捉えた空の色が、必ずしも青い色とは限らないのと同じ意味です）。というのは、作者を取り巻く現実は実に重苦しく、作者は牢屋に閉じこめられているような毎日を送っていたにちがいありません。「齲歯のいたみ」とは、心の疼きでしょう。その疼きに耐えかねて「犬儒派」の「混血児」、つまり作者はゆっくりと身を起す。そして考えることは、身をもって脱獄するか、このまま牢屋の一生を送るか、といった思いが省略されて後に続いている訳です。「犬儒派」の「混血児」を何故に作者と考えるかというと、犬儒派はいうまでもなく常識的に解釈して、社会生活の伝統や見栄を意識的に無視する生活態度をとる、皮肉たっぷりな人間のことでしょうし、「混血児」は西欧文化、東洋文化、日本古来の文化の混同の中から生まれた現代知識人の象徴だと思うからです。

こう考えてくる時、イメージなるものも現代詩の場合はまことに複雑で、多次元的であるといえましょう。白秋の「蛍」の場合はまだまだ「蛍」という言葉の意味に頼った、他にいいかえのきくイメージです。それは思い出序詞の二連目が「あるいはほのかな穀物の花」という風にはじまるのでもわかります。しかし、丸山豊の「蛍」なるイメージは、外にいいかえようのないものです。

T・E・ヒュームというイギリスの批評家は「詩におけるイメージは、単なる装飾ではなくて、直観的言語の真髄そのものである」といっていますが、このように真のイメージとは、単なる思いつきでなく、詩人の明確な意識の統一の中に作りだされるものです。つまり自分の見たものを類型化することなく、正確に言葉でつかみとろうとする態度こそ、現代の詩人の不可欠の条件です。勿論、ここにたいへんな困難がありま す。何故なら、詩の場合、イメージを構成する言葉そのものにすでに意味があり、イメージがあるということです。その点、画家の絵具、音楽家の音、共にそれ自体は何も意味するものもイメージもなく、詩人よりはるかに恵まれているといえましょう。ここに、詩人の宿命的と思える程の難行がある訳です。「蛍」というすでにイメージのある言葉を使って、その詩人独特のイメージを創造して行かねばならないのです。

ながながと解説して参りましたが、これもイメージを創造する方法こそ、現代詩の手法の基礎的条件であり、詩のオリジナリティ（独創性）は、イメージのオリジナリティであり、詩の新しい魅力は、新しいイメージの形態の上にかかっているということが出来るからです。

では最後に、西脇順三郎の作品を鑑賞しましょう。西脇順三郎は一八九四年、新潟県に生まれ、一九二〇年以来、慶応大学英文科教授の職にあります。文学博士の称号を持つ詩人で、英文学者としてもわが国の最長老の人です。詩集に『あむばるわりあ』、『旅人かへらず』、『近代の寓話』があり、評論集も多数あって、現代のわが国の詩壇に大きな影響を与えています。現代詩を考える人は、まず研究すべき詩人です。

冬の日

西脇順三郎

或る荒れはてた季節
果てしない心の地平を
さまよい歩いて
さんざしの生垣をめぐらす村へ
迷いこんだ
乞食が犬を煮る焚火から
紫の雲がたなびいている
夏の終りに薔薇の歌を歌つた
男が心の破綻を嘆いている
実をとるひよどりは語らない
この村でラムプをつけて勉強するのだ
「ミルトンのように勉強するんだ」と

大学総長らしい天使がささやく
だが梨のような花が藪に咲く頃まで
猟人や釣人と将棋をさしてしまつた
すべてを失つた今宵こそ
ささげたい
生垣をめぐり蝶と戯れる人のため
迷つて来る魚狗《かわせみ》と人間のため
はてしない女のため
この冬の日のために
高楼のような柄の長いコップに
さんざしの実と涙を入れて

この作者の詩は俗にいうわからない詩に属します、が、これは比較的わかりやすいものでしょう。西脇は「昔から哲人の言葉を借りるなら、詩の世界は老子の玄の世界で、有であると同時に無である世界、現実であると同時に夢である。またロマン主義的哲学を借りたなら、詩の世界は円心にあると同時に円周にあるという状態の世界であろう。そうした詩の世界から受ける印象をいろいろの名称で呼ぶ、美を好むものは美という、神を好むものは神という。それがために詩の精神のことは或いは善或いは真ともいわれている。またある人は（私もそうであるが）詩やその他一般の芸術作品のよく出来たか失敗したかを判断する時、その中に何かしら神秘的な『淋しさ』の程度でその価値を定める」といっていますが、この淋しさを読者はこの作品から感得すればいいのだと思います。しかもその淋しさは、一般の考えでは全然連想も及ばないような遠い関係にあるイメージを結びつけ、そこに美学的な驚きの世界を創り出そうとしている、新しいイメージの造形方法によっております。従ってそこに一種異様な調和の世界が生まれ、魅力ともなっている訳です。特に終りの三行は、作者独自のイメージとして注目していいと思います。

今回はイメージの話で終ってしまいましたが、ここでそのイメージの変化となる言葉の問題が当然考えられます。次回は詩の言葉について述べてみたいと思います。

第三回

前回はイメージを創造する方法こそ、現代詩の手法の基礎的条件であり、詩のオリジナリティ（独創性）はイメージのオリジナリティであり、詩の新しい魅力は新しいイメージの形態の上にかかっていることを述べました。そこで今回はそのイメージを創る言葉について述べましょう。まず次の作品を読んで下さい。

静物

吉岡　実

夜の器の硬い面の内で
あざやかさを増してくる
秋のくだもの
リンゴや梨やぶだうの類

それぞれは
かさなつたままの姿勢で
眠りへ
ひとつの諧調へ
大いなる音楽へと沿うてゆく
めいめいの最も深いところへ至り
核はおもむろによこたはる
そのままはりを
めぐる豊かな腐爛の時間
いま死者の歯のまへで
石のやうに発しない
それらのくだものの類は
いよいよ重みを加える
深い器のなかで
この夜の仮象の裡で
ときに
大きくかたむく

（吉岡実詩集『静物』より）

さて、この詩ですが、これは初め読んだ時、さすがの私も歯がたたなかった作品です。というより私は当惑しました。勿論、一読して主題は容易につかめますし、あるひとつの場面を視覚的に思い浮べることも確かです。しかし一度読み二度読んでいくと、まことに難解で朦朧とさえして来ます。そして結局のところ、この詩人が、詩の世界をあくまで言語そのもののリアリティをもつ言葉によって構成しているなと気づきました。つまりこの作品に於て作者は、詩からイデオロギーや意味を排し、また言葉の伝達性を排し、甚しく難解な形而上学を展開しているのです。即ち、絶対無の世界、虚無の情熱といった奇妙な作者の世界が展開されていると見てよい訳です。勿論、この形而上学に対しての賛否や批判は自由であります。が、作者の言葉に対する異常なまでの執着は、現代詩が歌う詩でなく、考える詩である限り、誰しもが学んでいいことと思われます。

ところで、ここでもう賢明な読者はおわかりでしょうが、詩人とは、言葉を、絵に於ける絵具や彫刻に於ける石のように取り扱う、ということです。詩を形づくる素材としての言葉です。一般には、言葉は思想、感情を表現し伝達するための手段であり、道具であり、記号であるとされておりますし、一応はそのように考えていい訳です。が、詩に於ける言葉は、決して伝達の道具や記号ではありません。例えば「静物」をもう一度読んで下さい。「腐爛」という言葉があります。これは、これだけ取り出してみれば「腐爛」という事柄の符号であり、万人に共通する一つの観念を表すものでしょう。しかし、これが一度、詩の中に置かれ、他の言葉と結びつけられた時、突如としてその実用的で平板的な意味のある面貌を一変させ、作者の詩的世界の形成のためのイメージを作り上げるのです。即ち、「豊かな腐爛の時間」といった作者独得のイメージも、「腐爛」という一つの言葉が他の言葉との衝撃的な結びつきによってその風俗味や観念化された意味を破壊され、初めて言葉本来の生命を得たといえます。このようにして言葉を慎重に取扱ってこそ、ハイデッガーのいうように「言葉は存在の住居」といえましょう。

もともと言葉には、匂いと意味があるものです。そしてこの二つは、言葉の本質を最もよく代表しているものですが、普通、言葉の意味しか見ないで、この匂いを感じる人は少いようです。エリオットは「言葉の匂いに対する感覚は、単に思想とか、意識の面から遙かに深いところまで滲透し、遠い過去に忘れられた最も原始的なものの底に沈み、その根源に帰って、何ものかを持ち帰る機能をもつもので、それらは勿論意味を通じて行なわれるものである」といっております。詩を書く者の第一の仕事は、まずこの根源にまで遡って、言葉の真の意味を探ることにありましょう。「静物」はその意味での尊い実験作です。その困難な仕事の成果に対して、東京詩壇がH氏賞を贈ったということも、当然のことに思われます。ここで、詩を書きたいのだが言葉を知らないからうまく書けない、と歎くことが凡そナンセンスだということに気がつくでしょう。詩を作ることは、言葉を数多く知らないでもいいのであります。必要なのは、一つの言葉のもつ「意味の広さと深さ」です。

ところで「静物」が、実験的でやや難解な作品だとしますと、次の作品は現実の話し言葉である平易な日常語を組合せて創ったものです。

あなたも単に　　　　黒田三郎

あなたも単に
ひとりの娘にすぎなかつたのだらうか
とある夕あなたは言つた
「あなたに御心配かけたくないの

私ひとりが苦しめばそれでいいのですもの」

あなたも単に
ひとりの娘にすぎなかつたのだらうか
とある夕あなたは言つた
「あなたがひと言慰めて下さりさへすれば
私はどんなに苦しんでも
それで十分報いられたのでしたのに」

あなたも単に
ひとりの娘にすぎなかつたのだらうか
とある夕あなたは言つた
「あなたなんて
一寸も私の苦しみを察して下さらない
あなたなんて」

作者黒田三郎は、一九一九年鹿児島に生れ、七高を経て東大経済学部を卒業、終戦後、ＮＨＫの本部に勤めているサラリーマンです。一九三六年頃から北園克衛の『ＶＯＵ』に参加、『荒地』同人となった。詩集『ひとりの女に』（第五回Ｈ氏賞受賞）、『失はれた墓碑銘』があります。

単純明白、一読してすぐわかる詩です。しかし、さて分析してみると、この詩もなかなか複雑なものです。もともと、こうした普通のありふれた恋人同士の愛情を歌った恋愛詩など、その愛があまりに万人に共通しすぎるものであるだけに、個性的なきわだった作品として私たちの前に現れることが困難なのですが、作者は見事にそのジンクスを破って、作者独自のスタイルで現代の愛を歌い上げました。「あなたも単に　ひとりの娘にすぎなかつたのだらうか　とある夕あなたは言つた」というリフレイン（繰返し）からなっており、娘の言葉だけが少しずつ変る形式になっていますが、その意味でこの一篇は、たしかに一つのメロ・ドラマでしょう。しかしそれが通俗に陥らないのは、何といっても作者の高いヒューマニズムの故でしょうし、この詩が現代の愛というものを現しているからです。つまり、これが現代の恋愛詩であります。藤村の歌い上げた抒情詩と比較して下さい。何気ない調子で、わかりやすい日常語で構成されていますが、この詩の主題はまぎれもなく現代です。もし注意深くこの詩を読んで下さるならば、初め三行のリフレインが変らず、後の二、三行が少しずつ変っているところに、作者の意図した一つの思想の提示があることに気づかれるでしょう。即ち、変化していない部分で、作者は一般的な日本女性への女性観を語っており、変っている部分で、告白、呼びかけ、追憶といった、これまでの恋愛詩とはちがった現代の愛の形を物語っているのです。しかも、多少とも感じられるユーモアとペーソスの背後に見える小市民としての苦渋と自嘲。作者自身、自分の詩に対して「僕としては、ありのままのところで自分の身に合ったものをつくりたい」といっておりますが、その言葉通り、日常生活と詩的体験を一つのものにしようとする態度がうまく成功した点、この詩が秀作といわれる訳でしょう。

こう見てくると、誰にでもわかるように書かれたこの詩が、実にむずかしい内容を含んでおり、詩とは単に言葉を選んで上手に配列するといったものでない、あくまで言葉自体に対する、本質的な把握の問題になってくるということが出来ます。
ここで崎村久邦の近作を読みましょう。崎村は三十代の新鋭詩人で、九電の社員、福岡の『ALMÉE』に所属しています。

歌

崎村久邦

1

駆けあしで通らねば　とお前がいう
石の田舎は朝の風の方向にまがる
藁屋根のなげき　古い木株のぐちに耳をかすべきか？
草たちが訳もわからずにまたしたり顔をむける
なにが終りになるのか？　平穏のなかの憤怒？
凝然とものいわぬ牙をむけるのは？
そしてひとつの極　とお前がいう？

2

刈り入れには　すべての準備がいる
鐘が鳴る

お前の生きる支えのための
お前の思考の空間の
稲穂の鳴る音
お前は静かに待たなければならないだろう

3

ああ　空気の娘たちの歌ごえでみたしてくれ
ぼくの倦怠の塔によじのぼって欲しい
ぼくは目覚めよう　水桶の声のなかから
ふさぎこんでいるのは　性のない山羊たち
ぼくはひび割れよう　これら肥えた田土のひびに
それからぼくは語ろう
昔の儀式や貧しい家具たちのことを
ぼくやお前の若い嫁のことを　抱擁を
子供のことを　泣くことを　笑うことを

（『ALMÉE』27）

この作品は、若い詩人の対社会的な不満や焦燥といったものがよく表現されているものです。しかも「歌」と題されなければならなかったように、はげしい調子のリズムがあります。それが、作者独得の手法によって構成されている点、見事なものです。主題も明白、別に難解な作品ではありません。すこしくわしく鑑賞してみますと、1章で作者は、この現代の「石の田舎」で「藁屋根のなげき」や「古い木株のぐち」に耳を傾けながら、「訳もわからずにまたしたり顔をむける」草たち、即ち周囲の俗衆に向って腹をたて、そうした環境が平穏無事であればある程、憤りの牙を一つの極、つまり自分の理想に向けているのです（家庭の幸福は人間を馬鹿にします、という伊藤野枝の言葉を思い浮かべて下さい）。

2章で、作者はだが、刈り入れは静かに待たねばならぬと、自らをなだめた訳です。「石の田舎」ですから、秋の刈り入れを持って来たのでしょうが、この辺が作者の腕で、読者は無理なく一篇の雰囲気の中に溶け込み、作者の意図する「刈り入れ」つまり自分の希望する真の幸せな社会の実現を理解するのです。

しかし、3章に於ては、現実は明るい期待ばかりに充ちているのではなく、時には倦怠し、「性のない山羊」のようにふさぎ込んだりします。そうして、作者は「昔の儀式」や「貧しい家具たちに」囲まれた家庭を振りかえります。その時、若い嫁や子供たちのことがふと思われ、彼はただ無性にこうした肉親をなつかしく思うのです。

では次に、作者の創造になる、この多くのイメージを一々分析して行き、それが一篇の詩の構成上、どのような役目を果し、働きをしているかを調べてみましょう。つまり詩の技術的な面を更に掘り下げてゆこうという訳です。そうして、イメージと共に現代詩の大きな技法となっている比喩について研究して行きたいと思います。勿論、広い意味でいえば、象徴もイメージもすべて比喩的表現だといえます。が普通、詩のテクニックとしての比喩という場合は、直喩《シミリィ》と暗喩《メタファー》の二つが考えられていますので、その慣例に従って考えてゆくことにします。

比喩とは、わかりやすくいえば、ある一つの事をいい表す場合、そのものを「説明」するのではなく、全く別のことをいいながら「暗示」することによって表現しようというものです。「石の田舎」なるイメージを創造することによって、日本の現実を表す方法です。この方法は詩ばかりでなく、他のあらゆる種類の文学にもとり入れられています。そして説明しにくい複雑な感情や思想を伝えようとする訳ですが、最近では大江健三郎の小説など、冒頭に娼婦との性交の場面を長々と描写したり、自分や娼婦の性器を描くことによって、自分並びに自分の属する青年層の虚脱感や無目的性を出そうとしていることなど、いい例でしょう。つまり、この辺に文学鑑賞のむずかしさがあります。小説に於てさえそうした比喩がとられるのですから、短い形式のなかに複雑な感情や思考を盛る詩に於ては、全篇これ比喩といった作品が多いのも当り前です。つまり、詩の機能を完全ならしめるためには、この方法の自由な駆使こそ不可欠の要件で、「歌」に於ても盛んに用いられている訳です。では次回は、この比喩についてくわしく述べたいと思います。

終回

現代詩というものが、普段考えられているように、喜びや悲しみといった感情を歌い上げるだけでなく、あくまで作者の思考と対社会的な対決からのみ生れること、そしてそのための手法としてイメージがあり比喩があるということを、前回までにお伝えしましたが、今回は、その比喩について申上げましょう。まず近着の『詩学年鑑』一九五九年度代表作品集から選んだ、次の安西均の作品を読んで下さい（作者安西均については すでに紹介しておりますので省略します）。

羞恥

安西　均

1

暗い道の端ばかり歩いて帰つていく
アパートでは待ちわびているだろう
今夜も宿題をやり残した小学生の息子と
遠慮がちに薬草を煮る便秘症の老いた家政婦と
テレビは拳銃ばかり鳴らしているだろう

虫も鳴かない運動場のわきを過ぎ
昔の陸軍病院の長い塀に沿い
泥どろの道を曲りながら帰つていくと
ある一軒の窓明りが下向きに流れて
ぬかるみが甘酸つぱく光つている

小走りに私はそこを通り抜ける
ふたたび暗い道がつづいている
それはいつそう重たく靴に粘りつく
なぜだつたろう！　ゆくりない窓明りに
あんなにも羞らいのようにうつむいたのは？

2

アパートのそばに老いた樫の木がある
夜ふけて見るアパートはあたかも
それに繋がれた船のように重たい

ふいに灯のつく窓があり
あれはきつと「あすの忘れ物」を気にする老いた主婦が起きあがつて簞笥のうえに小さな品物を探したのだろう

ふいに灯の消える窓があり
あれは情婦のできた男が妻をいつわるために愛撫をはじめようとするスイツチであろう

そしてたまに赤ん坊の泣声がする
かわいそうに！　どこの子ども達も夢のなかでしか怯えることができない

老いた樫の木は夜つぴて風に身を揉んでいる
それはあの「見えざるもの」への限りない羞恥のようなそよぎだ
いつか夜明けを待たずしてそばのアパートが

沈没船のように消えていないとは限らないからだ。

（『九州詩人』20号）

この作品の1章終りの方「ゆくりない窓明りに　あんなにも羞らいのようにうつむいたのは？」とか「船のように重たい」、「沈没船のように……」といった手法が比喩なのです。しかも、比喩には直喩《シミリイ》と暗喩《メタファー》があると前回でお伝えしましたが、これはその直喩です、つまり、「夜ふけて見るアパートはあたかも　それに繋がれた船のように重たい」という風に、「ように」という類似を示す言葉が結びつけられるのが普通です。そして「夜ふけて見るアパート」が「ように」によってつづく「それに繋がれた船のように重たい」という風に説明されるのを例としております。「夜ふけのアパート」と「船」という二つの異なった物の類似相《アナロジー》が「ように」によって結びつけられるわけで、これは別に無理なくおわかりになって戴けると思います。この外、この「ように」といった手法は、ありとあらゆる詩人が使っています。有名なポール・ヴェルレーヌの「巷に雨の降る如く　我が心にも涙ふる」もそうでしょう。またこんな作品もあります。

真夜中　あなたはあなたの呻き声で目醒める
部屋は船底のように揺れながら流れている
其処であなたはぎつしりと皮表紙の本に囲まれた古代の書庫にのがれて
ジンのように重く熱い不眠の朝を迎えるのだ

（清水深生子『蝕まれる人』から）

この場合、「船底のように揺れながら流れている」という表現で、不眠の夜の不安な状態を表したもので、これは理屈なくわかって戴けると思います。また、不眠の朝の不愉快とも何ともいえぬ気持を「ジンのように重く熱い」という風にいったわけですが、この場合「ジンのように重く熱い」という比喩の一言によって、何ともいわれぬ不眠の朝の様相を明確に浮び上らせています。もしこれを散文で書くとしたらどうでしょう。「ジンのように重く熱い」という気持は、何十行に亙って書かれねばならないでしょう。つまり、ここに散文と詩の差があるのですし、詩に於ける比喩の意味がどのように大切であるかがおわかりになると思います。

もう一つわかりやすい例を引用しておきましょう。

土

三好達治

蟻が
蝶の翅を引いて行く
ああ
ヨットのやうだ

作者三好達治はあまりに有名な詩人で紹介する必要もない位です。これは初期の作品で、蟻がひいてゆく蝶の翅をヨットに見たてただけのことではないかとの質問もありそうですが、この感覚の瑞々しさと、作者の見事な眼、つまり作者の知性と感性の見事な結合を学ぶべきでしょう。つまりA＝Bでなし、A×Bというのが比喩の公式と考えていいでしょう。

次に暗喩《メタファー》とはどんなものでしょう。次の谷川雁の作品を読んで下さい。

商人

谷川　雁

おれは大地の商人になろう
きのこを売ろう　あくまでにがい茶を
色のひとつ足らぬ虹を

夕暮れにむずがゆくなる草を
わびしいたてがみを　ひずめの青を
蜘蛛の巣を　そいつらみんなで

狂つた麦を買おう
古びておゝきな共和国をひとつ
それがおれの不幸の全部なら

つめたい時間を荷作りしろ
ひかりは桝に入れるのだ

さて　おれの帳面は森にある
岩蔭にらんぼうな数字が死んでいて

なんとまあ下界いちめんの贋金は
この真昼にも錆びやすいことだ

この谷川雁の作品は、暗喩で書かれた詩の見本といっていい位、すべてが暗喩的表現をとっており、それがまた魅力となっています。難解なようですが、これは暗喩の技術的方法が難しいのであって、その解釈の鍵をのみこむと、極めて面白いものです。いろいろと解釈の方法があると思いますが、私は、宮崎在住の服部伸六氏のいうように

この詩人であり商人である彼は、多分商人としては愚かで儲からなかつたであろうし、それを弁解するために椎茸のことを「きのこ」と呼び、子供用のあの色紙を「虹」と呼ばねばならなかつたのです。「わびしいたてがみ」は洗濯たわしであり、「あくまでにがい茶」は安物の茶で、「夕暮れにむずがゆくなる草」はひょっとすると肥後名産のヒゴズイキであったかもしれない。とにかくそのような下らない商品を売って生計を立てながら、買うものといえば大したものだ。「古びておゝきな共和国」は詩人の不幸の原因なのだから、詩人が小商人で生きながら、これを買うことが出来るならすばらしいことだ、として最後の二節に谷川雁の世界観が力強く打ち出されていると思う。下界一面の贋金というイメージの扱い方は実にすばらしい。

と思います。「狂つた麦」とは要するに、物質万能に走り、人類の理想や幸福を忘れた所謂今日の世相の狂

態でしょうし、彼はそうした不幸を傍観し得ないのです。だからこそ「下界いちめんの贋金」というイメージになるわけです。とにかく、それが理屈ぬきに私たちに伝ってくる点、非常にすぐれた詩といえましょう。

しかし一行一行、一字一字、見事に計算されて書かれていますから、慎重に解読する必要があります。ところで、だからといって、こうした解釈にこだわることは、あまり感心出来ない鑑賞方法です。何故なら、比喩には、比喩によってしか把握出来ない、微妙な感覚や、また例えば「禅」にみられるような啓示的なものがあって、単なる説明ではいいつくせないものだからです。例えば芭蕉の句に「荒海や佐渡によこたふ天河」というのがありますが、これを単に字の通りに解釈して、眼前の風景としてのみ受けとって、句の味いが出るものかどうか。現代詩もこれと同じで、とにかく、現代詩に於ては、外面の描写より、心の内部の世界の方が大切なのですから、それを引き出すため、比喩はずいぶんと大切な手法だということがおわかりでしょう。ではここで、作品全体が暗喩によって構成されている例をあげましょう。

城

中村　稔

城壁と城壁との間の道を昇り又降り
その一角から内部に逼いりこみ
投げだされるように逼い出て一日を終える
冬になれば路上には風の塊りがなだれ落ちる

そのなかで人はよく微笑をたもち

もはや温和にしか言葉を話さない
偶々傍らの花瓶に花が挿してなかったとしても
所詮言葉と言葉との間には無数の迷路がある

城壁は泥の上に連って聳え
眺瞰する陰湿な低地の隅々に
迷路にみちびかれた夥しい人の住家がある

夜　平原に灯が乱舞するころ
人はおのがじじ城壁をつむ　陰湿な低地の隅に
すでに風の塊りを防ぐほどに城壁は強固であろうか?

（『詩学年鑑』一九五九年度代表作選集より）

作者は、いま詩壇で一番注目されている『鰐』というグループの同人で、昭和二年生れの詩人ですが、人間のエゴイズムを、「城」なる暗喩によって表現している点に注目して下さい。つまり人間の本質である「エゴイズム」を「城」というものに結びつけて、エゴイズムの本質に迫ろうとしているのです。ところで、ここで一つの質問が投げかけられるでしょう。「直喩といい、暗喩といい、結局、言葉の綾であって、第二義的な技巧の問題にすぎない。詩に必要なのは内容だ、思想だ」そして「そうした手法を並べたてるから、現代詩は難解なのだ」という非難も出ることでしょう。しかし、詩とは何でしょうか。また詩の魅力とは何でしょうか。詩が単に内容だけのもので、思想だけのものならば、論文であってもいいわけでしょう。その時、詩は「単なる伝達機関」になってしまいます。しかし、詩に於ける伝達性は、一種の結果であって、断じて詩そのものではありません。詩は言葉による人間存在の認識です。ここで、比喩が単なる手法を超えて詩人の内面の世界の問題であり、いい比喩、つまり真の創造的な比喩を作り出す詩人こそ、いい詩人だということができましょう。例えば「火事の炎が悪魔の舌のように紅い」とやるのは、全く陳腐な比喩であって「火事は孔雀が拡げた翼の上の一輪の薔薇である」というのは極めて創意に富む比喩といえましょう。

長々と比喩の問題を説明してきましたが、現代詩を語る上ではこの比喩をぬきにしては解明出来ないからでした。特に、最近は比喩のうち、暗喩が好んで用いられる傾向にあり、鑑賞する上にも十分理解しておいて戴きたいからです。堀口大学の作品に次のようなものがあります。

縫いつける　　堀口大学

星と海盤車を縫ひつける、
海と母とを縫ひつける、
風と鷗を縫ひつける、
敵と祖先を縫ひつける、
花と少女を縫ひつける、
目と鋼を縫ひつける、

空と煙を縫ひつける、
羊歯と垂氷《たるひ》を縫ひつける、
雲と眼を縫ひつける、
下手な私の針仕事、
へまな詩人の針仕事。

これは詩とはいえない一種のパロディ（戯れ歌）でしょうが、詩人と比喩の関係をうまく表現しています。比喩の問題は、いささか難解な問題で、実をいうと、これだけで数百頁の論述がある程です。ここで再び「だから現代詩が難解で、一人よがりの一部の者の遊びだ」との非難が出てくるわけでもありましょう。だが待って下さい、詩は娯楽でも趣味でもありません。詩はあくまで芸術です。よく趣味として鑑賞するものだけであっても、一種の創作活動です。「詩の読者は、詩人の創造的困難を読者自身の批評的困難として受け入れる心掛けが、絶対的に必要である」という人もある位で、ある程度の忍耐と努力を以て鑑賞すべきでしょう。その時難解な抽象派絵画や、電子音楽にくらべて現代詩はむしろわかりやすいということに気づかれるでしょう。

では難解だとの批評や非難を敢えて甘受してまで、現代の詩人は何故比喩なる方法を駆使しなければならないのでしょう。

さて、これで四回にわたった私の現代詩の話は終るのですが、比喩といいイメージといい、何故にそうしたややこしい手法を使って構成されねばならないかということです。勿論、詩は感動から発しますし、「詩は思想をバラの花の如く感覚させるものである」といわれておりますように、情緒であります。しかし、この情緒は私たちが日頃営んでいる現実的な生活の行為からは絶対に感覚し得ないものです。普通私たちの人生は硬化した知覚の幕によっておおわれています。その幕をはね上げるのが詩であり、詩とはこれを言葉によって行うものです。西脇順三郎氏も「人生の通常の経験の関係の世界では、あまりにいろいろのものが繁茂していて、永遠をみることが出来ない。それで幾分その樹を切りとるとか、また生垣に穴をあけなければ永遠の世界を眺めることが出来ない。要するに通常の人生の関係を、少しでも動かし移動しなければそのままの関係では永遠をみることが出来ない」といっています。

つまり、詩人とは言葉を、日常の伝達通信用の言葉とはちがった意味の、例えば砕岩機の先のダイヤモンドのように使用しているわけです。だから現代というこの複雑な世界に対応して、詩人の内部の世界も複雑になり、思想も重厚になり、考え方や情緒の姿が微妙になればなる程、これを表現しようとする言葉が特殊化され、イメージとか比喩の手法を駆使せねばならないのは当然でありましょう。またそうなくては現代の詩人としては不適当なのです。その上現代という時代は、自分だけの幸福、自分だけですむといった時代ではありません。私たちが好むと好まざるとにかかわらず、社会と対決し、社会そのものが私たち自身に何らかの態度を求めている、といった時代ですから、ただ単に自分の感情を歌い上げるといった詩では贅沢だということも出来るわけです。

確かに現代詩は難解です。しかし現代詩が難解なのは、何度も申しますように現代が複雑だからです。どうか難解なのを恐れず、現代詩を鑑賞し、かつ創作して戴きたいと思います。詩人は千人の読者にただ一回読まれるより、ただ一人の読者によって千回読まれたい、というポール・ヴァレリーの言葉を味って欲しいと思います。

私立翠糸学校

何と読むのかわからなかったが、漢詩らしい崩し字が彫込まれている石柱の大門を入ると、右側に派出所、消防ポンプの格納庫と並び、それからすぐに低い御影石の塀となり、松の植込みの庭が見えた。奥の方に古風な二階建の洋館が聳えていた。それが翠糸学校だったが、菊一楼といったわたしの生家のすぐ近くだったので、その辺りはいい遊び場でもあった。塀にまたがったり、松の小枝を折ったり、時には建物の中に上り込んで、暗い大広間で踊っている女たちの姿をぼんやり眺めることもあった。そして雨曝しの古い看板に悪戯をしては、学校と棟続きの遊廓事務所の小使から大声で叱られたものである。

小使は足が悪かった。だから夕方になって大きな鈴を鳴らして廓内を一巡する格好は、ずいぶんと哀れなものであった。だがその鈴の音で遊廓の一日が始まることや、翠糸学校が所謂、町の女学校とちがって、廓内の女だけを生徒とする特殊な女学校だと知るようになった年頃には、わたしはもう柳町を見棄てていた。蘆花の『思出の記』や厨川白村の「恋愛論」に心酔していた少年の神経が、無理にでも自己を遊廓育ちという境遇から引き離したかったのである。そうしてそれから二十数年、わたしは柳町に近寄らないで過した。その間に翠糸学校なるものの記憶は綺麗さっぱりわたしの脳裏から消えてしまっていた。

だが翠糸学校の思い出は、全く意外なところから蘇った。それは一昨年の冬、図書館の片隅で偶然開いた部厚い書物の中に、次のような一節を見たからだった。「ただ特に初等程度の私立教育機関として福岡に設けられた私立翠糸学校は特色のあるものであった。同校は明治十三年、西村源次等の尽力で、当時福岡の代表的花街であった大浜に設けられ、その廓内の、学齢に達しておりながら不幸な境遇のため、未就学の少女たちを収容し簡単なる読み書き、裁縫などの技芸を教授した施設である」(『福岡県教育史』第四章第四節・明治前期の教育)

この日からその西村源次なる人を早速調べ始めたが、何分にも八十年も昔のことである。ついこの間七十四でなくなった母にも記憶がなかったし、売春禁止法で遊廓がなくなった現在では、事務所の古い書類を漁る手段もない。わずかに明治二十一年九月の「福陵新報」の記事によって、この日、経費難から一時閉鎖されていた翠糸学校が再興されたことと、その祝賀会の席上、まだ浮世亭○○といっていた川上音次郎が「創立委員の招聘に応じて、各生徒に向ひ、学問上の効用より説き起し、芸娼妓の将来に向ひて心掛べき必要を、例の滑稽等にて一時間計り、演説を続けた」ことがわかっただけである。

もっとも、これだけでも闇夜に曙光を得たようなもので、様々なドラマ的空想が湧く。西村源次の出生は、その教養は、また川上音次郎の何らかの交渉があったのではないか、などと、一々メモするだけでも楽しいことである。だが縺れた糸を解きほぐすように、まだまだ調べなければならない事柄は山ほどある。例えば、初め大浜に建った頃の翠糸学校の位置はどこであったか。またその創立が、『福岡県教育史』では明治十三年になっているが、明治十八年八月の「福岡日日新聞」の記事では十五年となっている、その差異はどうしたものか。

つまり、今年のわたしの課題は、この西村源次なる楼主の生涯を辿ると共に、博多柳町の一角に作られた私立翠糸学校を、明治初期の一つの精神史的記念碑として浮び上らせ、それがそのまま自己の歴史意識を物語るように記述することである。更にこれによって、詩は歴史を越えたところに在るものとしても、一人の詩人が如何にして歴史を越えるかとの問いに答えたいのである。

とにかく、わたしは博多柳町の遊廓に育ちそれに反逆して生きた。それだけに私立翠糸学校の復元図を作るのは、わたし以外にないような気がしてならないのである。

歎異鈔のリズム　矢山哲治の手紙をめぐって

一

八月のはげしい一日
歌つくりの少女にいざなはれ
海岸のサナトリウムへ十八の
少年を自動車でおとなうた

濶《かつ》葉樹の山肌から甘く
アマクサの香はこぼれ来
合歓の木かげに白亜館の
人らの寝息はすこやか

幾十冊の書物にあけくれて

回復の日数を耐えぬ
おとなびた少年の毛ずねは
黒い頬ひげはかたい

秩序あるこの建築のなかでは
ぼくらの健康こそあやしいものだ
この錯覚がたのしく酔はせ
歎異鈔のリズム*を説きたてたが

ほほゑみ耳かたむけた少女と
少年の契約の美しさはかぎりなく
五彩にめくるめく沖へ遠い都会の
空へ駱駝の雲へ瞳をぼくは返す

（「雅歌」矢山哲治）〔＊編注：「解説」617ページ参照〕

この日、正確には昭和十三年八月十四日の青く灼けた空と、群青の博多湾を忘れることはできない。むろん、駱駝の雲も五彩にめくるめく沖に博多の町の建物が白く光っていた。

〝歌つくりの少女〟南由莉を通じて知りあっていた矢山哲治がこの日初めて見舞に来てくれたのだが、そもそも矢山哲治はわたしにとって何者だったのか。南由莉とわたしは小学校の同窓生、教室も隣り同士の幼馴染、たしかに〝美しい契約〟を結んでいたが、何といっても昭和十年代の少年少女である。むかし男のみやびを気取り、和泉式部の花心を装うても、詩のことに限らず、何かと訴えたい肉親を必要としていた、その肉親が矢山だったのだ。つまり矢山はわたしたちの共通の偶像だった訳だ。もっともわたしは〝幾十冊の書物のあけくれ〟のなかでまず『アミエルの日記』に心酔していたから、すこしばかり傲慢で自虐趣味があった。大正六年生れでわたしよりすこし年上だった矢山には、それが不憫だったのだろう。寝ながら何通となく書いたわたしの手紙に筆まめに返事をくれた。黒インキ、Gペンのおおらかな書体で――。さすがにすこしばかり黄ばんでいるが、三十年の歳月に耐えてここにいまその初めての一通がある〔編注：以下、矢山の手紙は初出表記のままとした〕。

昭和13・6・19

章さんに。

お手紙ありがとう。すぐにもお返事しようとおもひながら、今日まではだせませんでした。あなたのこと、南さんから幾度もきいてゐるし、こっちからもゆっくり手紙を書きたいとも、そのうち（夏休みにでも）、南さんに案内を頼んでお訪ねしようと考へてゐたのです。療養所の生活こそないが、ぼくも学校を休んでるし、あなたが、今、勉強したがる気持はよく分りますが、ぼくはあまりすすめません。

〝若いのだと思ふものの、とにかくいやな毎日の心境です。〟これから早く脱れて下さい。あの頃のぼくの気持だった、そっくりのこの言葉をきくと、平常もうとほい、わすられた世界とやうやくなし得たあの一昨年前の病床生活が、まざまざとよみがえる。あなたが、いくらか勉強にあせり、かう感じるのは、病気であるのを、卑屈なもの、恥しいものと、無意識のうちでおもってゐる、決めているのぢゃないか、とぼくはおそれます。人間だからこそ病気もする、といふことを忘れてはいけない。病気であることはある意味からは特権ですよ。ぼくはあの頃、もっとのんびりしてゐればよかったと後悔はしても、あの時期は浪費であった、勉強もできなかったとは考へません。

あなたはあまりに小さな野心に、大きな精神を踏みにぢられてゐないかしら。（言葉がすぎたらかんべんして下さい。）あの頃のぼくも書いてみたかった。しかし、自分を苦しめ、他人に迷惑をかけ、病気をこじらせながら、この生な、若い自分にどれほどのことが書けようと思ふと馬鹿々々しくなり、自分は若い、そうだ、健康を充分とりかへしさへすれば、どんな勉強もできよう。それまでだ、辛抱だと、知ると、それから気も楽になり、本を読むのをゆるされても、のんびりと味うことができるようになったから、心が落ちついた。回復にも、何にかと都合がよかった。…（中略）

あの頃、それまではドイツ、ロマンテイツクなど好きだったのが、知的なもの、唯物論的なものに興味をもつようになったが、それを今からみると一時的なものでした。とまれ、本をよむなら気まぐれに、そして、一冊をゆっくりたのしんでよむ。健康が第一の生活だから、苦しい読書や頭を乱す読書は甲斐ありませんし、勉強にもなりません。〝白紙にかへってやり直す〟のではなくて、芸術もない、文学もない、創作がよいとも思はぬ、白紙のままの状態ですべての本をよむ。その時 humanity はかすかに、そして力強くもえはじめ、今後のあなたの活動の基礎に、土台になるでしょう。…（中略）

とほい天をみる。雲をみる。あの頃、ぼくは朝、めをさますと、（それは秋―冬―春の頃ですが）すべての窓をあけて朝やけの東の天、色さまざまな雲、それをぼんやり30分も数時間もながめるのが、いちばんのたのしみでした。それらの世界と自分の小さな自我との見境いもなくなるほど、うっとりとしてゐました。この頃では雲の形や色、艶などに、あの時ほどの感動や印象や image をうけとれなくなって残念です。…（中略）

ぼくもそうだったが、手紙を書くことは、つかれるからあまり書かぬこと。友人に書けぬことは苦しい。しかし、何より一日も早く回復することですよ。後で十二分に償うことができるのですから。誰ひとりそれを喜ばぬ友人がありましょうか。

この手紙は、あなたにはお手紙の返信にはならぬかもしれないが、ぼくとしては最大の返信ですと、受けとって下さい。目前の試験がすんだら、詩のことも色々かきましょうし、南さんとお訪ねしませう。いいすぎ書きすぎは許して下さるでせう。

それではお元気に。では又。

喜　壮

その頃、矢山は恒屋喜壮のペンネームで『第二次九州文学』、『蠟人形』、『日本詩壇』などに盛んに書き、浦瀬白雨の序文で『くんしやう』という薄いが清潔な詩集をだしたばかりだった。その矢山から部厚い返事を貰ったのである。しかも横書きでびっしりと書いてあるではないか。遙かな遠いところにいるような詩人がまぎれもなく、自分をわが懐に引き寄せてくれた、そんな感動に、遂にわたしは嗚咽してしまった。病少年の感傷といえばそれまでである。だがわたしは矢山のような肉声に飢えていた。それに彼は試験前の貴重な時間を削いてまで精一杯に書いてくれたのである。微熱のけだるさも忘れたように一気に返事を書いたことはいうまでもない。いまこの手紙を読み直しても、数え年二十二とはとても思えぬ風格を備えた矢山の見事な筆致と、不思議な魅力に充ちた格調高いリズムに胸がまた熱く騒ぐのを覚える。彼は昭和十八年一月、不幸にも自ら死を急いだが、三十年たった今になお瑞々しく響くこのリズムこそ矢山の人柄であり、彼が説いてやまなかった〝歎異鈔〟のリズムにも通じるものなのだ。

矢山は少女に導かれ、午後の安静時間がすんだ頃やってきた。白線の入った制帽、霜降り詰襟の制服、腰手拭といった格好で「やあ」と白い歯を見せながら椅子に座った。海からの青い照り返しが水族館の静謐を思わせるような午後だった。そして幾億光年の虚空からとどく神秘な光ほどの蝉の声、潮の匂いといりまじるクレゾールと痰コップの薄荷油の不思議な万物照応の小宇宙……。それから三人は何を喋り、何を確認しあったか、詩について、青春について、愛の意味について、生と死について殆んど矢山ひとりで喋ったようだったが、その日のわたしのメモの一部。

○アミエルを喋る僕を、小島直記と同ようなことをいうと笑うY、早熟なんだそうだ、アンファンテリブルか（自惚れるな……）

○雪国—駒子なんて実存しない。

○若い人。麦死なず。哲学以前、三太郎の日記。第一学生生活。石川達三（深海魚の方いい）青麦。詩の原理、中原中也、立原道造、堀辰雄、三好達治

○女の学校、コクトウ（わが青春の記）カロッサ、ヘッセ、リルケ

○ボードレール（いざさらば束の間の暑き夏の光よ、村上菊一郎訳が見事。）

○歎異鈔—無条件の救済、見事な散文詩だと思う。

○念仏はまことに浄土に生まるるためにやはんべるらん、また地獄におつべき業にやはんべるらん、総じてもて存知せざるなり（中略）いずれの行もをよびがたき身なれば、とても地獄は一定《いちじやう》すみかぞかし。

ここにドイツ、ロマンティックといわゆる教養主義派の、つまり昭和十年代の典型的な文学少年がいる。歎異鈔のリズムなど、どれほど理解したかどうか怪しいものだ。ポーズとして理解したふりをしていただけにちがいない。このポーズこそ亀井勝一郎が『親鸞』で指摘する〝本願ぼこり〟の思い上りではなかろうか。

更に気になることはこのポーズが今になお続いていることだ。もしかするとわたしは矢山を素材にして尊大にも自分の青春を語り不動不壊、絶対の光明世界のあることを信じるに到る過程を記録しようとしているのではないのか、それによってつまりマスコミの世界で生きてきた十五年、つまり精神的サナトリウム、真理と隔絶された世界からの脱出を計ろうとしているのではないのか、親鸞はこうした焦りを自作自善といい造悪のもととして深く戒めているのである。矢山にしても、このことをいっているにすぎないのだ。そしてこれは翌る年の二月、次の長い手紙でいよいよはっきりしてくる。

二

章君、手紙を書くよと、約束して、今日までのばしてしまったのを、ごめん。その後、どんなぐあいかね。

たずねてみやうとは思い立つのだが、何分寒いし、ぼくもこの二週間、寝こんでしまったのだ。明日からやっと学校、卒業試験は目前、流石のぼくも、すこし泣き面だ。

こんな書きだしで、久々のおたよりをしめっぽくしてしまい、すまない。…(中略)

ぼく、こんどの病気、風邪はたいしたことなかったが、疲労がたいへんで、平常無理しているから、ぼくも再発がいちばん恐しい。こんどは、色々な人達からしんけんに叱られた。

「まるで、お前は、いのちをけづって、本を読んでゐるんだねと。」

いつも、ぼくは自分のエネルギーの限界を心得てゐるつもりでゐるのだけど、肉体は機械ではない。休息がゐるんですね、あたり前の話だけど。ぼくは、君に、あせるな、気ながく、遠大に。と云ひながら、自分はどうかすると、功を急いで、知らず知らずのうちに働き、根をつめるのです。皆に心配かけるだけでなしに、自分でも恥しいことだと思ふ。

ぼく、つくづく反省する。

人間は、何にもしなくても、結構なのです。生きているだけで、充分のねうちがあるのですよ。

知識をもったものの不幸は、理性と合理を何よりの武器としてゐる者の不幸は、どうかすると、自分が無為、無能であることを大変いらだたしいことと思ふ。これは、人間が、社会、事業、学問、名誉などから切放せないものである限り、まちがった考へではないでせう。しかし、です。人間といふひとつの存在が抽象的に考へられ、また、実在するのかしら。そうではない。人間といふ言葉の代りに「ぼく」がをり、「君」がゐるだけ。そして、ぼくも君も病気になって、働きたくても働けない。しかし病気のぼくらは、人間でないと誰が言ひきれるだらう。ここから、人間のねうち、存在の理由をも一度、反省することが必要となりはしないか知ら。……（中略）

この頃、問いつめると、ぼく自身、思想もない、知識もない、それらばかりでない野心も希望もない、など、今の世からはだいそれた心だと、やりこめられるかもしれぬが、自らかう認識せざるを得なくなる。なぜ、あんなに自分の健康を、そしてまた生命までも危くしながら、本を読み、物を書き、歌をつくろうとまでしたの。一切、空しいことではないか、とまで、主張することもできそうだ。

かういう風に、世間であり、知識であり、はた芸術であり、ぼくらが自分の手でつくりあげたものを、再び破壊し、棄却して行った時、やっと初めて、ああ、有難いな、と、「ぼく」といふものの、確かな「存在」がぼくの眼に見えてきたのだ。ぼくはここから、再び出発しやうと思ふ。

先づ第一に、この自分自身の「存在」を把握することなのだ。本を多く読んだからとて可能ともなりはしない。むしろ、すくなく読む方が、つまり、上手によく読書すべきでないか。いや、何も眼にさらさず、参禅する気持。ダルマは面壁九年と言はれる。一切、俗的なるものをかなぐり捨てるのだ。

第二、この「存在」が、ぼくらから離れないかぎり、すべてが大丈夫なのだ。すぐと、つまらぬものに心を許し、むざんな侵入者を無意識のうちで容赦したりすることがないだらうか。この「存在」と共にあるとき、ひとりでに歌もまた生れると信ずる。むしろ、歌は人に指すものでなければ、つくらぬにこしたことはない。これらの言葉は、君に贈るだけでなくて、ぼくの自戒としたいのだ。

こういふ精神が健康なものであると信ずることができる。それでは、馬鹿な奴ら以上に、肉体も健康であってもよいだらう。例へ、病気が誰にむかっても恥辱ではないにしても。

しづかに、落着いて、ぼくは、そして君と共に、ぼくらの健康を考へやうとおもふ。いつか遠い陽をみてごらん、空の雲をごらん、とぼくは言った。

ぼくらは自分の「存在」をなにによって汚されることなく、生きてゆくことができる。そして、この決して逃すことのない、確固たるこの「存在」の上に立って、いつか、きっとやってくる日、ぼくらは思ふままに満足できる仕事をもはたすことが約束されてゐるのだ。

この頃、しきりと他人からいのちを粗末にすると言はれる。つまらない「勉強」(つまり、あせってゐること)に夢中になってゐた。愚しいぼくだったと、はづかしい。保養してゐる君は、もっと自分を大切にしてゐるはずだと、ぼくは安心だけど、もし、いくぶんでもあせったりしてゐたら、(ぼくの休学中の経験もあることだし)と、これは老婆心から。

忠告めいた、お説教くさいものになってしまったのをかんにんして頂戴。君は、ぼくより、ずっと若いといふこと、それを忘れないでほしい。

二月五日
　　　　　　　　　　　　　　　　　　　　矢山哲治

一丸章君

その冬、昭和十四年の二月は雪が多かった。博多湾が群青に輝き、空に駱駝の雲が輝いていたあの雅歌の夏には、快適な巨船のように思われていたサナトリウムも、灰色の北風の海辺に横たわる柩でしかなかった。そして柩というイメージが無理なく思い浮かべられるほどに次々と屍室に送られていく死者たち……。異様な寒さがシューブを起し、不幸な退院をするのだと看護婦は説明してくれたが、死が日常の一部に繰り入れられたような生活は、十九になったばかりの少年には重荷にすぎた。その上春までには復学せねばという焦燥、読まねばならぬ雑多な本、ノートの整理などと苛々と毎日を発熱することが多かった。

　こんなある日の午前、雪にすこし濡れて矢山の長い手紙が舞いこんだのである。上質の和紙の便箋に、円味《〔ママ〕》のある書体でゆっくりと喋りかけるように書かれた久しぶりの手紙。内容はひと言にしていえば、療養即芸術という風なエッセイとも受けとられたが〈この頃、問いつめると、ぼく自身、思想もない、知識もない……ああ、有難いな、と、「ぼく」といふものの、確かな「存在」がぼくの眼に見えてきたのだ。ぼくはここから、再び出発しやうと思ふ。〉というところなどにひどく感動した。むろん、この数行が文学と信仰との関り合いの上で、重大な意味を持つ事柄だと気づいたのは、ずっと後になってである。ここには「空なる観念」の情的な把握がある。そして否定の上の肯定の世界の予見、この世界は当時のわたしにとっては全く新しい展望だった。つまり彼の説く歎異鈔のリズムによって、宗教の基本構造といったものを感知した少年は、更に深く自己の裡に降り、改めて自己なるものの「存在」を考えはじめたのである。

ここでカントやハイデッガー、さてはヤスパースなど持ちだして存在論を展開することは、無意味とはいわないまでも、凡そ彼の存在とは縁遠いことだ。ただ、おそらくこの頃のすこし前に書かれたにちがいない彼の唯一つのエッセイ「部屋」（詩集『柩』）から、次の部分だけは引用してみる必要はあるようだ。

——やっぱり自分は詩人だった！　ぼくはぼくに過ぎなかった、お前がお前であるやうに。かつてくりかへした小さい自分のなかで激しくたてられた大きな決意、ぼくは詩人であらう、誰よりも前に、と再び告げねばならないのだ。自分に与へられたこの存在を前にしてをののくのだ。それはそれ自らが一つの道であることしか許さない。量り知れない深淵をふちどり通じても、一切の祈念をかけてといつかの日の言葉をくりかえすほかはない。今は、つひにぼくは叫ばねばならない、もうぼくは生きるのぢやない、ぼくは生かされるのだ。いかに？　どこへ？　この対話は問はれないでほしい、言葉にするすべを知らないゆゑ。『「詩とは僕にとつてすべての「なぜ？」と「どこから？」との問ひに僕らの「いかに？」と「どこへ？」との問ひを問ふ場所であるゆえ。僕らの言葉がその深い根底で「対話」となる唯一の場所であるゆゑ。」立原道造』

この時、もしわたしがもすこしの文学的成熟をとげた少年であったならば、矢山はくどくどと手紙など書かず、この一篇のエッセイを彼の立原道造頌と共に示せばよかったはずだ。しかし、矢山は私信の形で噛んで含めるように語ってくれた。もともと〈言葉にするすべ知らぬ〉ことを無理して語ってくれたのである。これは何を意味するのか、彼はただこうわたしに告げたかったのだ。〈もうぼくは生きるのぢゃない、ぼくは生かされるのだ〉と……。しかし肝心なことは、彼自身、年少のわたしに説教しようとか教示しようとかいう態度ではなく、自戒として語っていることだ。

ここに矢山の手紙が持つ魅力や、多くの友人後輩を引きつけた人柄の秘密がある。彼は安っぽい同情から、わたしに手紙を書いているのではない。〈存在を　ぼくのまへにしてのみ／蛍のやうにみを灼きつくしながら〉（詩集『柩』）生きている身にとって他人に同情している暇などあるはずがないのだ。彼は年少のわたしに対してさえ、偽りのない自分の心をさらけだしただけなのである。歎異鈔のなかの親鸞がそうである。親鸞は一つの教団の教義を喋っているのではない。一人の煩悩具足の凡夫としての自己告白を綿々と喋っているにすぎない。（この親鸞にくらべ、現代の真宗の僧侶の何という堕落ぶり。詩人にしてもあまりに教師や主宰者やオルガナイザーで満足している者が多すぎる。）

矢山はいっている。〈人間といふひとつの存在が抽象的に考へられ、また実在するのかしら。そうではない。人間といふ言葉の代りに「ぼく」がをり、「君」がゐるだけ〉と。そこには生身の矢山がいる。イデオロギーとか思想とか社会科学的発想とかに毒されない剝身の人間がいる。詩人とは今時、如何なる時も剝身になれる人間のことだ。矢山にしても、その頃は大学は文科に進もうか、農科に進もうかと迷っていたはずである。またもとが恒屋姓なのに、彼一人が母の実家の姓を名乗らねばならなかったような家庭の事情にも悩んでいたはずである。だからわたしに対しても高々と教理めくものを説きはしなかったのだ。彼はただ人間とか人類とか人類一般とかのための真理は、まず自分において証明し、顕現されねばならぬ、との信念を語っているにすぎない。憎悪の元である一人の人間、まずその自分を救わずして何の真理か。そのために悩みに悩みぬいた弥陀の本願（これをイエス・キリストに置きかえてもいい）にすがるのだ。いや、逆に弥陀の方から捉えられたといってよい。

これを奇矯な言論ととがめたてる人がいることを知っている。しかし、信仰とはもともとそうしたものなのだ。理屈ではない、汝とわれの関係だけだ。わたしは吶吶《とつとつ》とした矢山の手紙の語り口から、次のような『歎異鈔』の一節が思われて仕方がない。「聖人のつねのおほせには、弥陀の五劫思惟《ごごうしゆい》の願をよくよく案ずれば、ひとへに親鸞一人がためなりけり、さればそくばくの業をもちける身にてありけるを、たすけんとおぼしめしたちける本願のかたじけなさよ」

弥陀は唯一人の親鸞のために立願した、とは、考え方によっては傍若無人、不敬不遜、凄絶といっていいほどの言葉である。しかし、この自覚あってこそ人は祈り得るのではあるまいか。つまり、宗教という概念、さては壮大な体系をもつ神学、乃至は整然とした法則に支えられた教義など不要なのだ。必要なのは弥陀に対する全身全霊をあげての人格的応答のみ。これを感得する時、矢山ならずとも、この世間や知識や芸術など、人間が自らの手でつくりあげたものの一切がむなしいもののように思えてくるから不思議だ。そしてそれらを次々と〈破壊し、棄却して行った時、やっと初めて、ああ、有難いな、と、「ぼく」といふものの、確かな「存在」が〉見えてくるのである。

ここまで書き進めてきてわたしは不覚にも涙ぐむ。嗚咽すらでるのを必死として耐えている。矢山を追憶する感傷の涙か、過ぎた青春への愛惜の涙か。そうではない。矢山は〈ここから再び出発しやうと思ふ〉といったが、その回心の心情、人間再生の願いがわが身の痛みとして、いまありありと感じられるからだ。この痛み故に一個の人格的な存在と結びついている自分を感じる。この時「いかに?」と「どこへ?」という問いもいらぬ。〈一切、空しいことではないか〉という時の何という充実感……。目隠しをされた競馬馬のように生きねばならぬ放送作者の世界に於て、これらの内省は落伍を意味する。その限りでは矢山を通じて歎異鈔を与えられたことはわたしの不幸の第一歩かもしれない。しかし、歎異鈔を知ったための幸、不幸はわが臨終の時にしかわからぬことである。歎異鈔のリズムが詩の根源の響きであるかどうか、ともかくわたしもまた「たとえ法然聖人にすかされまひらせて、念仏して地獄におちたりともさらに後悔すべからずそふらふ。」と矢山と共に生き、「善知識にすかされたときついて、悪道へゆかば一人ゆくべからず、師とともに堕つべし」（執持抄）と、三木清が遺稿「親鸞」でいう実存的真理の道を昂然と歩もうと思う。よし、それが矢山の死に象徴されるような挫折の予感に満ちた危険な道であるとしてもだ……。

三

昭和十四年の春、矢山は九州帝国大学に入学した。農学部農学科である。三月三日附の次のような葉書でこのことは知っていたので、別に驚きはしなかった。とはいえ矢山と農学部の結びつきがちょっと奇異に感じられたのも事実である。


元気かね。

ぼく、どうやら、学校はおしまい。こんどは農学（九大）をやります。

もすこし暖かになつたら行けるでしよう。ぼくもたのしみにしているのです。都合のいゝ時、由莉さんに知らせて下さい。

ぼく、やせたが元気。自分を愛しやうね。


旧制福高では理科甲類に在学していたのであるから、農学部に進学しても別に不思議はないはずだが、わたしたちには詩人矢山哲治ばかりを考えていたので、農学部と彼が急に結びつかなかった訳だ。それで四月になったある日のこと、久しぶりに例によって歌作りの少女・南由莉と見舞に来てくれた彼に思いきりその疑問を叩きつけたものである。おかしな話だが文学少年と少女は、明治調ロマンチシズムの名残りか、詩人とは文学だけに進むべきであり、文学部に入らねばならぬという妙な固定観念を持っていたのだ。

〝おかしい〟、〝卑怯じゃないかしら〟苦労しらずの坊ちゃんたちから問いつめられ、矢山は長身の軀をすこし折りまげるようにして苦笑しているようだったが、遂に一言も答えてくれなかった。わずかな羞恥の表情さえ見られた。後年、死の直前に、〝やはり思いきって文科に行くべきだった〟と口走っていたことを思えば、この時の矢山の気持はずいぶんと複雑なものがあったにちがいない。何かの事情があるらしい家庭の様相、健康そうに見えたが、何時も風邪をひきがちだった体質、生活のことなどがからんで農学部を選んだのであろうが、若いわたしたちにはそこまでの思いやりもなかった。むしろこの時は意地悪い眼つきをしていたようだ。

それから四、五日たった日のことである。このわたしの問いに答えるように、また一枚の葉書が舞いこんだ。

詩一篇

ハンス・カロッサ

そしていく夜さも
わたしは眼ざめてゐる、
なんと晴れやかに月はベッドや戸棚の上にあること！
谷間へ覗きこみ――

淡い夢であなたの家は立ちつくし――
まどろみつ　わたしは再び眠りこむ。

ハンス・カロッサ――いうまでもなく『ルーマニア日記』や『成年の秘密』などの散文で知られたドイツの詩人である。医者としてミュンヘンに住みつき、生涯を賭けた「光の可能性」を追求、そのため か人生と人間存在への素朴な信仰を深めるような独自の作風が見られる。そしてシュティフターの童話的な小説やシューベルトの音楽と相通じる一種の甘美さ、宇宙的でありながら極めて風土的な近親感をそそる瓢瓢としたゲミュート（心情）、いうならばドイツ浪漫主義の根本思想を横溢させていた詩人で、そのゲミュートの豊かさやさしさが、当時すでに十五年戦争の暗い谷間に入っていた時代の重圧に喘ぐ若い詩人たちを捉えたといってよい。

ところで矢山は、昭和十四年の春、おそらく迷いに迷いぬいて九州帝国大学の農学部を選んだ直後の時点に於て、如何なる理由でカロッサのこの短い詩を書いて寄こしたのか。カロッサのいわば一つの発光体のようなリズムと嫋々《じょうじょう》とした歎異鈔のリズムはどのようにして結びつくのか。当時、わたしはそれまで満一年間を過ごしていた日赤今津療養所からつい近くの生の松原、九大分院に移っていたが、転院のごたごたと気胸の失敗から一日中の殆どをベッドに釘づけという病状にあった。熱もかなりあって、いまこのように筋道をたてて語っている様に明白な考えも持っていた訳ではない。しかし、熱のある軀で何とかして親鸞、カロッサといった東西のすぐれた思想家と詩人のリズムを矢山の一点で結びつけようと苦心したのは事実である。爾来、三十年、それはひとつの謎としてわたしを苦しめていた。しかし、詩そのものより、詩を生む人間心情と信仰のかかわり合いを考えはじめた近頃、ようやくにしてその疑問を解くにたる一つの仮説を得た。あっさりいえばドイツ浪漫主義の影響をうけた当時の若い詩人の心情と、親鸞の思考の根底にある浄土教的感情様式とは相通じるものがあるからだ。

　ここでわたしは時代のフィルムを思いきり廻して昭和二年春にひき戻す。当時、わたしは福岡市住吉尋常小学校の一年生。すこし離れた女子組の教室にはお河童姿の童女・南由莉もいたはずである。また那珂川をひとつ隔てた春吉小学校には矢山哲治がいたはずである。

　その頃のある日、曇り日の四月にしては割と寒い日のことであった。「菊一楼」と呼ばれていた豪壮な娼家の奥の一間で、大金庫を前にした養父母が何やら口論していたのを憶えているが、帳場さんとか田島さんとかいっていた中年男が大声をあげながら駆け込んできたとたん、養父母の顔色がさっと変った。前後の繋がりなしにこのことだけを覚えているのも不思議だが、それが十五銀行の取り付け騒ぎだと知ったのもなお不思議なことである。気も動転した両親が、幼いわたしにまでその傷手を物語ったからであろうが、それほど十五銀行の休業は当時としての大事件だった。養父は「モラトリアムだ、怪しからん」といっていたが、その日昭和二年四月二十一日の新聞記事を引用してみる。見出しは「十五銀行遂に休業」。

「十五銀行は今回の金融不安に際して近江銀行休業の余波を受け大阪方面、京都方面に取付を受けた一方、各銀行から交換尻の取付を受け日々窮状を訴え、遂に二十日に至り、手形交換尻二百万を定刻迄に決済できず、午後二時三十分に至ってともかく金繰りを付けたが二十一日の支払準備できず、遂に二十一日より向う三週間休業の止むなきに至り、今暁二時半重役会にて決定、之を発表した。

　破綻の遠因近因、同行は明治十年五月国立銀行条例に依り、浅野、徳川の諸侯に依って創立せられたものであるから、華族銀行として世間の信仰却々《なかなか》厚いものがあった。然し大阪の浪速銀行と合併して以来は内容が不良に陥り、とかくの評が絶えなかったのである。（中略）本店を京橋区木挽町七丁目に置き、支店を東京、大阪、神戸、鹿児島其の他の地方に三十八箇所、外に出張所四十七箇所を有している我が国五大銀行の一と称せられていた銀行だけに、其の休業の影響は軽視されない。」

明けて四月二十二日には各地の銀行、手形交換所が次々と臨時休業をすることとなり、時代は刻一刻と十五年戦争の始まりである満州事変の勃発へと近づいていく。

四

十五銀行の倒産――、無味乾燥な新聞記事と咎めないでほしい。四十年たった今になおこうした記事を引用せねばならぬほど、家中は異様な雰囲気に包まれていたのだ。矢山の家ではこの日の模様がどうであったか詳かではない。或いは十五銀行の倒産など縁もない状態だったかもしれぬ。しかし、昭和十年代に詩人として出発した者の心情や精神の形成を探るには、まず昭和初頭の金融恐慌とその騒ぎが如何に感じ易い幼年の魂に暗い影を与えたかを考える必要があると思えるのだ。

白秋の「思い出」を見るまでもない、幼年の心理には大人の窺いしれない不安と神秘な部分がある。訳のわからぬ恐怖と謎めく日常、しかもわたしは貸座敷という紅の長襦袢、緋の湯文字、娼妓さんと呼んでいた女たちの生きた塑像のような裸形、乳首の燠、濡れた恥部の茂み、といったいわば隔絶された原色の世界のなかで過していたから、そうした物語めいた日々の情趣を破るような異変に全く仰天してしまったのだ。その日以来、深夜を夢遊病者のように歩き廻るようになっていた。眠りについて一時間ほどたつと急に泣きじゃくりながら飛びおきると長廊下から渡廊下、そして数多い部屋部屋を歩いたということだ。もともとが生みの親と生別、肉親というより遣手婆そっくりの伯母を母と呼んでいたのであるから、明朗闊達な子供ではなかった。その上、淫猥な会話や「枯れ芒」、「籠の鳥」を口ずさんで育ち、大正天皇の葬儀の活動写真をあたかも店の女と客の抱擁を覗き見するように満員の小屋で息をひそめながら見ていた子供である。どう転んでも早熟でひよわな少年以外には成長していないであろうが、この日、昭和二年四月二十一日の衝撃はあまりにひどすぎた。それはその頃何度か見た、遊廓にあり勝ちな殺傷事件の煮凝たような血の色を見た時以上に生々しいものであった。

ところで当時の新聞や綜合雑誌を開いてみると、目次にやたらと「失業」、「生活難」、「就職難」など、世相のあらゆる面での不安絶望と「モダン論」が目につく。「福岡日日新聞」を開いてみても、福岡市大濠公園の池に高小出の少女（現在の新中卒）が就職難のため投身自殺をしたという記事が目につく程で、とにかく妙にしめっぽく暗い時代であった。続いて山東出兵（熊本の第六師団が真先に出征した）、翌年三月のいわゆる三・一六事件の思想弾圧などいささかの明るいムードもない。またこの頃からすこしたって流行しはじめた〈昔恋しい　銀座の柳／仇な年増を　誰れが知ろ／ジャズで踊って　リキュルで更けて／明けりゃダンサーの　涙雨〉に始まる西条八十作詞「東京行進曲」もわたしは覚えている。大きなラッパ、手巻きハンドルの蓄音器。大部屋といった店の女たちの共同部屋で昼から聞えていた合唱、時には鬢附くさい布団のなかに引きずり込まれ無理に教えられた歌である。ここで流行歌談義や娼婦の布団のなかにひきずり込まれた子供の官能がどうであったかなどを語ろうとは思わぬ。だが「東京行進曲」に関しての山本嘉次郎（映画監督）の銀座のカフェー回想の文章は是非とも引用しておかねばなるまい。

「昭和の初期は、日本の苦しい時代であった。失業者地に溢れ、争議は各所に頻発し、顎紐かけた警官隊は、サーベル振り上げてプロレタリアを弾圧し、そして…（中略）尾張町から京橋寄りの西裏通りにアヤカフが林立した。アヤカフとは『怪しげなカフェー』のことである。女給は『便宜上』和服だった。なかには、背筋の一箇所に糸のないものもある。地獄のように陰鬱な赤色球の照明、レザー張りのボックスの脊〔ママ〕はいやに高く、席につくやいなやとびついていらっしゃいと言うのである。（中略）だがこうした女性のほとんどが東北のナマリだった。飢餓と米価低価で吉原なり玉の井に行くべき人が銀座に買われたのである。」

　これは東京、銀座のカフェーのことだが、博多にもこの種のカフェーがあったことはいうまでもない。今この文章に重って浮んでくるのは「菊一楼」の左隣りにあったカフェー「グロリア」である。孤独の故か、わたしはよくその小さなアヤカフに遊びにいったものだ。そして昼間から、カレーライスとかチキンライスとかオムレツとか家では殆んど食べることもない、いわゆる洋食をたっぷり食べさせて貰ったものである。また夜は夜でカウンターの奥から客と女給の怪しげなダンスなど眺めていたものだ。午前二時、見番と称した遊廓事務所のぴっこの小使いが鐘を鳴らしてすぎるまで、歌どおりの〈ジャズで踊って　リキュルで更ける〉乱痴気騒ぎが続く。「菊一楼」はこれもまた鳴物入りの大騒ぎ、広間で散財が行われている。畳一枚くらいの大テーブルには酒肴を山と積み上げて……。

　いわずもがなのことだが、どうしたことかその大テーブルは、昭和十七年、家を一軒持って以来ずっとわたしの部屋の家具になっている。今はなつかしい在京の誰れかれと酒杯を交わしたのもこの大テーブルである。ある夏は子供の寝台となり、今ではこの原稿を書く机になっている。岡本かの子のいう家霊というものがあるとすれば、まさしくこの大テーブルに宿っているにちがいない。

　当時の貸座敷は現在のキャバレーの役目を果していたといってよい。御指名のダンサーならぬ菊丸、菊染、菊千代といった源氏名の敵娼を決めて登楼社用族、成金の輩ならば飲めや歌えの大騒ぎ。一人客の登楼ならば、長火鉢、茶ダンス、鏡部屋に閉じこもっての浅酌。後は一夜妻と巫山《ふざん》の夢を結ぶ訳だ。もっともその頃からして、娼妓のように性的サーヴィスを職業とされては近代人のセンスに合わないと考えた人種によってカフェーは栄えていたといえる。

長々と風俗考証をやっているのではない、この程度の説明は加えておかないと当時の貸座敷の位置、ひいてはわたしの生い立ち、精神の形成史といったものが語り得ないのである。娼妓と女給、決して教養の高い女性ではなかったが、彼女らは共によき姉であり、いい遊び友達だった。特に店の女たちは、わたしを格好のペットとして愛しんだ。白粧《おしろい》を厚くぬられ、女の下着に着物、額に鉢巻を巻き簪《かんざし》をさして踊らされたこともある。この倒錯した性。しかもカフェーと同様、世が不景気であればある程賑わうという商売であった。彼女たちのペットの代償として一日中読みふけっても読み終えない程の絵本や幼年読み物と画報の類、また現金こそ持たされなかったが、欲しいものは何でも与えられた。その外、小旅行に、食事にと連れ出されたものである。しかし絣のつつっぽが小学校の制服代りの時代にわたし一人が学習院スタイルの紺サージ服を着ていたのは何を意味したのか。つまり、わたしの出生と生い立ちは、時代の暗さのなかの繁栄の上に成ったものだ。貸座敷「菊一楼」と言えば聞えはいいが、忘八《ぼうはち》と呼ばれる売春業にすぎぬ。売春業、何ともはや如何なる美化もきかぬこの賤業……。もっともこの痛切な自覚と自己嫌悪がきざしたのはかぞえ年十三、声変りのした直後、旧制中学に上った春に蘆花の『思出の記』を読んでからである。

時代はその間十年たらずのうちにさまざまの事件をくりかえし、「軍部」、「ファシズム」と「戦争」の色を濃くしていく。これらの現象に対応する少年の心理を詳述している暇はない、以下メモ風に記す。
○今上天皇即位（京都紫宸殿。校庭での遙拝式）
○総理大臣　浜口雄幸（金解禁、少年倶楽部のグラビア、ライオン首相）
○ツェッペリン伯号訪日
○ロンドン軍縮会議（全権元首相若槻礼次郎、五・五・三〇）

○浜口首相ピストルで撃たる（東京駅重態）
○第二次若槻内閣成立（民政党と政友会）
○中村大尉、蒙古で惨殺さる。
○満州事変起る（リットン報告、馬占山宣統帝）
○在郷軍人分会長として満州に慰問にいった養父（門司まで見送った時に見た水雷艇の不気味な灰色、よごれた水線）
○満州土産の写真（万宝山事件で惨殺された在満朝鮮人の屍体、押し切りで輪切りにされた胸）
○愛国第一号機（ドイツ製の双発爆撃機ある日ゆっくりと校庭の上を飛ぶ、美しいカムフラージュ）
○上海事件（爆弾三勇士、廟行鎮の敵の陣）
○慰問袋と慰問文の作成（血書を強いた馬鹿校長、指に赤インキをつけて書く）
○トーキー普及（弁士たちのスト、実父上野久行は渡り者の活弁であった）
○ロサンゼルスのオリンピック（水泳、南部忠平の走幅跳）
○天国に結ぶ恋（映画、天国に結ぶ恋、川崎弘子）
○五・一五事件（犬養首相、話せばわかる）
○松岡洋右（国際連盟脱退、四十二対一、養父の苦い顔、いいことじゃない）
○ゴーストップ事件（大阪、軍人と警官の争い）
○東郷平八郎死去（元帥海軍大将正二位大勲位功一級伯爵）
○戦艦「陸奥」に乗る（博多湾から佐世保まで、樺島勝一画く「陸奥」）
○イギリス巡洋艦「ヒーストン号」を見学（母に同行、油で磨き上げられた砲身、若い士官と話していた

艦長の妻らしい婦人）
○一等巡洋艦「妙高」見学（艦底の水雷発射のところまで降りる艦首の紋章）
昭和十年頃までのメモである。そして二・二六事件となり十二年七月の支那事変となる。すでにわたしは詩に似たものを書きはじめていたが、この頃こそ朔太郎が「詩の全く失われた時代。社会そのものが目的性を紛失し、すべての人が懐疑と不安の暗黒世相に生活しているところの、まさしく昭和十年代の現代日本」と書いた時代だったのだ。

五

昭和初頭の金融大恐慌に始まる十年頃までの世相は、ロシア革命（大正六年・一九一七年）、米騒動（大正七年・一九一八年）、関東大震災（大正十二年・一九二三年）に続く日本資本主義の危機であり、頽廃であった。この危機相と頽廃相に照応して、大正時代の文化と精神が大きく展開したのが、コミュニズムとモダニズムだったことは周知の事実である。だが二十に満たぬ少年にこうした歴史的な過程が理解できるはずもなく、これまで縷縷として述べきたったことを、一種の心象風景として矢山に書き送ったものである。昭和十四年の梅雨に入るすこし前のことだった。衰弱がひどく横臥のままだったので、殆んど毎日のように通ってきてくれていた南由莉に口述筆記をさせてよかったものだが、丹念に一枚一枚を寝たまま鉛筆で書いたものである。南由莉に知られたくない部分があったからであろう。

さて、わたしの生い立ちの記にあった手紙に答えて、矢山は次のような返事をくれた。十四年六月十六日の消印になっている。

手紙ありがたう。ゆつくり時間をかけてよく読みました。今までで一番よくきみが判りました。ほんとに、たいへんな環境に育つたんだね。ただ、何時ものやうな老婆心だけど力を入れたものを書こうとしたりすることは今しばらく慎しんで下さい。きみが身体の回癒とともに、新しい精神の出発をすることを信じて疑いません。さうして、しづかな眼で期待してみるつもりです。聖書でも読んで暮らせないものかしらん。

きみの嘗ての生活や家庭、それから南さんのこと、など、以前から知りたいことでした。しかし、僕からあまり根ほりきけないことでした。きみはずつと病人だったし、南さんは本名すらあかしてくれないくらゐだつたので。

南さんが、僕を批判できるほどになつてゐることを、僕は感じるし（先日、何でもない手紙を貰つて）それも嬉しい。彼女が以前のやうに、きみや僕の弱いことを笑つてくれるほどになつてくれるとなほ嬉しいし、いい友達として逢へませう。南さんと一緒に、きみを最初に訪ねた頃から云ふともう一年近くにもなるんですね。僕ら、ずいぶん変つたらしい。わづかな時間のやうだけど。

今夜、音楽会、なかなか立派なオーケストラの演奏や、それから混声合唱があつた。ぼんやり聴いてゐたら、さびしくなつたのです。何となく、自分の青春というものが失はれてしまつたやうな気持になつて。

今津を訪ねた時、僕はやつぱり若かったのです。どのやうに老けてみえても、きみがほんとうに若いのであるやうに。それに、僕のやうに激しい性格の者は、意識しないで性悪な過失をします。そして、あとで苦しまねばならない。

きみが今までたよつて来たほど、僕はたよれるものでなく。さうして、南さんにも、ずいぶん、僕としても心のしこりがあるやうです。しかし、きみにしても、南さんにしても、先ながく償へたらとおもふのです。僕としては私を殺して、生きてゆかねばならない。それで、青春を終らせやうとおもふ。しかし、何かが見えて来て、孤独が一層明るく充実すると考えることもできさうです、確かに。

十五日おそく　床中にて

青刷り、小型の九州帝国大学新聞用紙、何時もながらの黒インキで円味のある書体がなつかしかった。しかし、肝心のわたしの歎きや訴え――売春業からくる劣等感や自己嫌悪は無視されていた。というよりさすがの矢山も、こうしたエキサイトした少年の感情を持て余したのだろう。〈聖書でも読んで暮せないものかしらん〉と逃げているようだった。そして際だって感じられたことは、南由莉へのこれまでとはやや変った矢山の姿勢だった。文面から察して二人の間に何かがあったとは感じられたが、それ以上に考えを廻らすにはあまりに衰弱していた。〈僕のやうに激しい性格の者は、意識しないで性悪な過失をします。そして、あとで苦しまねばならない。〉これなどずいぶん気になる一句だったが、その追求よりも、わたしは毎日毎日、必死に病気と戦うので精一杯だった。矢山らは、自分を殺して生き、己れの青春を終わらせようとしていたらしいが、わたしには青春の代わりに死との対決があった。歎異鈔のリズムが、信仰という美的エートスの甘さでわずかにわたしを救い、南由莉の存在が唯一の支えになっていたものの、ベッドに釘付けの生活はつらいことだった。

　ここで当時のわたしの病状をすこし記す。幸いに南由莉の手になる容態書が残っている。一進一退を繰返すのに腹をたて、正木《まさき》不《ふ》如丘《じょきゅう》の経営する信州の高原療養所に入院しようとした時の控えである。

○発病より現在に到る容態

十二年五月発病　初め胃腸障害あり。軍事訓練に欠課することをおそれ無理をするうち、咳痰にくるしむ。福岡市住吉汐見病院に入院。一週間後に隣室の患者の死にショック、中程度の喀血。以後三ケ月安静。

九月二日　サナトリウム（福岡県糸島郡今津療養所）に入院。気胸を受け順調に快復。自覚症消滅。血沈二時間八になる。体力快復。

十三年一月　父を失い葬儀参加のため外泊。風邪を引き込みSchub。咳痰に苦しむ。以後六月まで微熱倦怠感を一進一退、血沈　七月上旬　二時間　三〇位。

八月　平熱となる。但し神経衰弱気味不眠に悩む。胃腸すこし弱る。下痢多し。

十四年三月　事情により退院、現在の病院（九大の生の松原病院）に移る。但し診療所程度の設備、気胸を許さざるにより、院長と衝突、往復、五六里を自動車にて今津にゆく。気胸はこの月で三十六回。

四月上旬　上記の如く気胸をうけて三月目、急性に湿性肋膜炎を併発。加えて悪性の下痢症に悩みはじむ。急激に衰弱。腸結核と診断さる。盗汗《ねあせ》あり。微熱続く。以後現在に到る。

なお現在、腎臓結核の疑いもあり。

これを高原療養所に送り、入院の可否を求めた訳である。返事は、遠距離にすぎること、病状が複雑で引き受けかねるとの理由で断ってきた。わたしの失望も大きかったが、南由莉の落胆はひどかった。高原療養所行きが実現すれば、附添婦としてそのまま家を出る考えだったのだ。わたしもそれを拒もうとはしなかった。いささか突飛な思いつきのようだが、南由莉としては義理の母、数人の異母妹、更にその間にたって悩む父親の姿を見るに見かねての、ぎりぎりの計画だったのだ。わたしにしても窓の向うの中庭に屍室の見える病院暮しが嫌になっていた。加えて避病院然とした木造の建物の陰湿ぶりや白蟻の飛ぶ季節の憂鬱さがあった。堀辰雄の『風立ちぬ』の高原に遁れることが快復への唯一の道と思われてならなかったのだ。しかもこれは家なるものからの二人の脱出を意味した。

この脱出計画を南由莉から聞いた矢山が、或いは彼女を叱責、こころならずも傷つけ、そのため矢山は苦しんでいったのではないかと推測するのだが、今はそれを確かめるすべはない。ここでは次のような事実――即ち、膠着したままの支那事変、ノモンハン事件、近衛内閣総辞職に続く平沼騏一郎内閣成立、ドイツからの三国同盟正式提議といった内外の状勢への認識もなく、ひたすら自己の内部世界の充実と現実の彼岸に、ひとつの小宇宙を形づくろうとしていた昭和十年代の文学少年少女の浪漫主義への志向を再現すれば足る。信州の高原で繰りひろげられる〈死〉を主題とした堀辰雄の『風立ちぬ』は、そのまま二人の〈生〉の意味を展開させるリズム、歎異鈔のリズムの変奏曲であったのだ。

これを政治には無関心、というより現実を侮蔑していた大正期教養思想に育った少年少女の悪しき特徴といえばいえそうである。矢山の場合歎異鈔のリズムを説き、聖書を読めとはいっていたが、その実存思想が当時すでに一部では、批難され、はげしく攻撃されていた浪漫派の風潮であるとは、百も承知だったのだ。亀井勝一郎が『日本浪漫派』昭和十年三月号で「浪漫的自我の問題」を説き、一切の政治主義的な考え方を拒否しているように、矢山のなかにも確固とした信念があり、〈何かが見えて来て、孤独が一層明るく充実すると考えることもでき〉るといいきるだけのものがあったにちがいない。矢山には政治の季節の諸々の現象に対して、その時々の身軽な姿勢をとることを耐えがたいとする思念があったのである。青春の営為を救うものは現実現象の分析や綜合ではなく〈僕のやうに激しい性格の者は、意識しないで性悪な過失をします。そして、あとで苦しまねばならない〉といった反省やある後ろ暗ささえ赦す何かであったのだ。

この絶対の不動不壊《ふえ》の光を親鸞は弥陀と呼ぶ。この一大光明を信じる限り生きた人間たる自己を疎外した真理は考えられないのではなかろうか。矢山は私を殺して生き、「それで、青春を終らせやうとおもふ」と説く。この私は「みずからのはからひ」、「わがはからひ」を考える私である。とすると、長々とわが生いたちの記を綴り、苦しみもがく己れを語ったということは、そして更にこれをいま記述していることは、まだまだ「わがはからい」を棄てきれない妄執というのであろうか。当時のわたしは迫り来る死を前に、どうしようもない危機感と焦燥に駆られて書いたものだったが、それさえむなしいというのであろうか。いま、わたしははじめて矢山が少年の悩みについて何一つ答えてくれなかった真意に気づく。聖書でも読んでごらん、という突き放したようないい方も、教示とか説明のできない彼としては精一杯の思いやりであったろう。それほど矢山はわたしの絶望や歎きを、わがこととして受けとめてくれていたのだ。

（未完）

伊勢物語私記

むかし、をとこありけり。そのをとこ、身をえうなき物に思ひなして、京にはあらじ、あづまの方に住むべき国求めにとて行きけり。（第九段）

『伊勢物語』の主人公として知られた在原業平《ありわらのなりひら》は、天長二年（八二五年）に生れ、天慶四年（八八〇年）五十六歳でなくなっている。父は、都を奈良から京都に移した桓武天皇の後をついだ平城《へいぜい》天皇の第三皇子、阿保《あぼ》親王。今でいう皇族の臣籍降下で、四人の兄弟はすべて在原姓を名乗った。母は桓武天皇の皇女、伊登内親王であるから、第一級の貴族ということが出来よう。

『伊勢物語』は別名「在五の物語」、「在五中将日記」ともいわれているが、これは在原氏の五男で中将であった在原業平の物語という意味である。作者も『伊勢物語』という名の由来もまったくわからない。古い時代にあった業平の歌集を中心に、『古今集』が編集された前後に成立したものと考えられている。全部で百二十五の歌物語が納められているが、短いのは二、三行、最も長い篇でも、せいぜい三十行くらいしかない。第九十一段を見よう。

むかし、月日の行くをさへ、歎くをとこ、三月《やよひ》のつごもりがたに

をしめども春のかぎりの今日の日の夕暮にさへなりにけるかな

（むかし、思う人に逢えぬために、月日が夢のようにたってゆくのをさえ嘆く男が、春の終わりの三月の末の日、次のような歌を詠んだ。

いくら惜しんでも返らぬ春の日の終りのきょう。それさえもう夕暮れになってしまった）

ここには極度に単純化された文学の表現がある。一篇の短篇小説に等しい密度を持った抒情詩。というより、抒情そのものがある。読者はこの抒情の調べに誘いこまれ、いつの間にか作者の虜になっているのに驚く。そして月日のゆくをさえ歎くむかし男が、在原業平という歴史的な一個の人物ではなく、何時いかなる時代にも生きている詩人の魂を持った男であることに気づく。『伊勢物語』に魅せられた瞬間、わたしたちはすべて「むかし男」になっているといっていいだろう。

『伊勢物語』は、源氏物語の源流をなす古典ではあるが、以上のような意味で現代にも充分通じ得る新しさを持っている。ということは、人生を功利的に考えない人、特定のイデオロギーで生きない人、つまり人間心情の奥の秘密を探る人にふさわしい物語だということだ。

ところで伊勢と業平を考えるのにふさわしいのは、冒頭にかかげた第九段の、いわゆる東下りといわれる部分である。

「むかし、をとこありけり。そのをとこ、身をえうなき物に思ひなして、京にはあらじ、あづまの方に住むべき国求めにとて行きけり。」

そして男は、三河の国八橋というところで、かきつばたが美しく咲いているのを見て、かきつばたという字を句の上において

から衣きつつなれにしつましあればはるばるきぬる旅をしぞ思ふ

（唐の衣など美しい着物を着ていた都の生活。そこには添い馴れたいとしい妻をおいて来たので、こんなにもはるばる下って来たこの旅路がいっそうわびしい）と歌う。

それから駿河の国をすぎ、やがて武蔵と下総の国境を流れる隅田川のほとりに来る。白い水鳥の名を船頭に問うと、都鳥と答えたので、それを聞いた男は、

名にし負はばいざこと問はむ都鳥わが思ふ人はありやなしやと

（都という名前を持っているのならお前はよく知っていることだろう、都鳥よ。お前に聞いてみたい、わたしが残して来たあの人は元気でいるだろうかどうであろうか）と歌い、涙にむせぶ。

この東下りの段はむかしから有名で、謡曲などにも表われており、『伊勢物語』を代表する話である。平安朝歌人のみやびやかな歌物語ではあるが、問題は「身をえうなき物に思ひなして」の一句にある。通訳すれば「わが身を都には無用の者と思いきめて、都にはもう居たくもない。淋しい東の国に自分の住む土地を見出そうと思って旅にでた」ということになるが、何のためにこの男は、つまり業平はわが身を無用の者と思いきめなければならなかったか。もっとくわしいことをいうと、『伊勢物語』の作者は、『古今集』巻九にある「から衣きつつなれにし」の有名な歌やその長い詞書を利用した上でなお、「身をえうなき物に思ひなして」の一句をつけ加えなければならなかったかということだ。現実の業平は、高貴な家柄に似ず、官位は遅々として進まず、従四位上右近衛権中将で生涯を終った歌人にすぎない。『三代実録』という史書には「業平は顔形美しく、放縦だ。学問はないが歌はいい」という風に書かれてあり、他の物語類では、「おそろ

しきすきもの」好色の徒としてしか描かれていない。つまり『伊勢物語』にみられるように理想化されていないのである。また『三代実録』では業平が美男で放縦であったことは記述していても、どうして業平がそうなったのか説明もしていない。史書と文学書の差であろうが、わたしたちはこの差をよく見極め、『伊勢物語』に於て現実の業平が、どうして理想の男として創り上げられたかを考えなければならない。

業平は『伊勢物語』の一巻によって、後世、世にもまれなる美男でまめ男としてもてはやされている。つまり高貴な美男の上、誠実で、色恋沙汰にすら功利の念を離れて精一杯に生きた、男性の理想像としていい伝えられているのだが、このような理想像を必要とした時代はいかなる様相を呈していたか。現実の業平が生きた時代――それは皇孫である業平でさえ従四位上で終ったような、藤原氏専制の時代であった。それに渤海、新羅、唐といった当時の先進国の文化がどしどし取り入れられ、すべてが新しい装いに変りつつあった。

この新しい空気に反撥して都を古の奈良に戻そうとしたのが、藤原薬子《くすこ》の乱である。薬子は平城天皇の寵姫であったが、一旦退位していた平城上皇にすすめて乱を起す。だが失敗して自殺。上皇は落飾され、皇太子であった第一皇子高岳《たかおか》親王は廃せられる。高岳親王の弟で、業平の父であった阿保親王は太宰府に遠ざけられてしまう。高岳親王は後、その名を真如と改め、老齢の身を唐に渡り、更に天竺にまで旅にでて、途中で病没するという悲運に見舞われる。皇族には珍しい活発自由の精神が藤原氏の嫌うところでもあったろうし、薬子の乱は高岳親王の血脈を宮廷から遠ざけるのにいい口実だった訳だ。業平はかかる時代にこのような肉親を持っていた。祖父平城天皇といい、伯父高岳親王といい、新しい文化の軽薄さに耐えられず、高邁の志をもって世を正そうとしたのである。しかし、その志は世に容れられず、鬱勃《うつぼつ》として唐に渡り、なお天竺に入らんとした高岳親王の痛憤の情は察するに余りあるというものだ。

業平もまたそうである。藤原氏に押えられて官位は進まず、兄の行平は文徳天皇の第一皇子惟喬《これたか》親王の立太子運動の失敗にからんで、藤原良房のため須磨に流されてしまう。惟喬親王の母は紀名虎《きのなとら》の娘で、その兄の有宮の娘が業平の妻である。とすれば、業平の政治的生命はここで絶たれたといってよい。業平の志は歌に、ただ歌にとひたすらに燃え、身を用なき者に思いなして都を出なければならなかったのである。

藤原権勢の都は偽りの都であり、異国からの文化を無批判に受け入れる時代はただおぞましいばかりで、贋の平安朝でしかなかった。専制の上に築かれた国ぶりの上に何の平安があるのか。藤原一門で固められた宮廷の奢侈逸楽を外に諸国の人民の疲弊窮迫は日にましてひどくなっている。権勢のなすわざは何時の世も同じ。結局「京にありわびて」（第七段）、「京や住み憂かりけむ」（第八段）と悲憤嫌気のあまり「身をえうなき物に思ひなして」東国へ下っていく。これは現実の都、偽りの都を棄てて真実の都、永遠の都を恋い求めての旅だったことを意味する。詩人の決意である。詩人にとって永遠の女性はただ一人であるように、この世も一つであるべきだった。専制などのない、ヒューマニズムの通用する社会であるべきだった。

だいぶ廻りくどい言い方で書き進めて来たが、業平の場合、身を用なき者と思いなして東国に下る時、自分をこの世の無用者として自省したのであり、ここに新しい観念の世界を展開させたのである。永遠の都は彼の精神に誕生しつつあった、といっていいだろう。だから旅に出て都を離れれば離れるほど、こころは京の空に飛ぶ。「から衣きつつなれにし」と歌うた時、業平の胸の中では永遠の都と永遠の女性とはひとつに結びついたにちがいない。詩人とはすべてそうである。現実の生活に絶望し悶えに悶えぬいた果てに、無用者の決意をもって新しい観念の世界を創りだす。この詩人の魂が美しく流れているために、『伊勢物語』は後世に語りつがれ、その高らかな抒情の調べが一個の理想の男性像にまで業平を高めたのではなかろうか。

『伊勢物語』は、単に色好みの平安朝歌人の生涯を面白おかしく綴った歌物語ではない。消費文化、物質文化の時代で、根なし草のような太平ムードを続けている現在の日本を思う時、『伊勢物語』は人間精神の本当の在り所を示すものとして高い価値を持っているように思われる。わたしの言いたいのは、このことだけである。『伊勢物語』は詩人の誕生を示す、つまり人間再生の可能性を語る人生の書である。

安西均覚書

妻よおまへを伴い帰つてみれば
ふる里もまた異土に住む心地
冬の海辺で裾を濡らしたまま眠つてゐるこの町に
大根おろしのごとく薄辛きもの
しとしと天ゆ降るなりみぞれなり
妻よおまへの髪に降りかかる冷いものを拭へ
額のみぞれを拭つて歩け
たとへば俺がふと振りかへりつつ道をうながさうとする時に
おまへはいつしか白髪の下で意味ない笑顔を見せたりしないでくれよ——

おまへは一粒の金剛石をとりいだし
かねに代へよとしきりにすすむるかな
ふる里のみぞれの町を探せども
一粒の金剛石を買ふ人ありやなしや

しかすがに俺たちこれよりほかには
かねになる手頃の物一さい持たず
かうして俺の口に含んで行けば
みぞれにもましてしつとりと冷たく澄んだものが
乾いた俺の背骨をば流れくだるなり
ああどうしても溶けようのない
一粒のけだかきばかりの悲しみが
俺の舌さきに触るるなり
けふふる里の町軒端々々の下影が
茶碗の欠けらのやうに尖つた目交ぜをしたり
何やら囁きかわして立ちよろふ
そいつらそこに居る暗いいやな奴らをおそれるなと
俺は長い旅路のはて五体に濁つた紫いろの毒も消ゆる思ひで
みぞれ降る日に一粒の金剛石を噛んでゐる
妻よ　海をごらん
海の遠くにただひとところ日が射して
よくみればそこの波頭が動いてをる

昭和十九年四月十二日、花冷えのする暗い午後のこと、ふと玄関を見ると誰かが投げ込んだと思われる小冊子があった。誌名はと見ると『山河』。堀口太平、伊藤桂一、前田純敬、堀田善衛などの名も見られたが、安西均の「囁き」と題された作品を読むに及んで、慄然とする喜び、としかいいようのない感動を覚えた。安西均の名は、すでに第二次『九州文学』に発表されていた瑞々しい抒情詩をひそかに愛好することで覚え、また一、二度は下宿がわりにいた病院の一室を訪ねてくれたこともあり、旧知の仲といってよかった。だがその頃、若き日の彼は痩せぎす、絹のマフラーにベレー帽といった装いの、いわば青春無頼の徒。ひっそりとした生活を続けていたわたしはついて行けないものを感じ、旅に出たと聞いたまま、忘れることなく忘れていた。その安西均ががらりと変ったやさしさときびしさで「囁き」かけてきたのだ。その時から、わたしの真の人生が始ったと言ってよい。つまり、この日、わたしは初めて安西均に出会ったのだ。

当時は太平洋戦争の末期。すでに敗戦の色濃く、建物の強制疎開、新聞も夕刊は廃止になっていたほどの暗く不安な世相だった。その上わたしは病弱、兵隊にも行けず、ひとりの女とも別れ、母の情けの送金で細々と博多の一隅で生きるという、まことに暗澹たる毎日だった。わずかに室町時代の歌僧「正徹」の評伝づくりのメモを取って気を紛らせていた。ひと口に言うと、絶望しきっていて自殺するのも億劫な日日だった。兄事していた矢山哲治（田村俊子賞の松原一枝著『お前よ美しくあれと声がする』にこの夭折の詩人の生涯はくわしい）にも不慮の死を遂げられ、詩友の殆んどは戦線に散らばっていた。

そうした時「囁き」はまさに一つの啓示といってよかった。愚劣な日常性を超越する「金剛石のどうしても溶けようのない一粒のけだかきばかりの悲しみ」に生きる人がここにいる。発行所はと見ると、すぐ近くの薬院のアパート。彼が投げ込んでくれたのだ。早速に訪ねたことはいうまでもない。

「昭和荘」――、古ぼけたアパートの二階の片隅の四畳半に、彼は東京から伴った奥さんといて気軽に迎えてくれた。食料不足の頃だったのに、夕食までも充分にもてなしてくれた。それからわたしの安西宅通いが始った。その度にわたしは、生々と元気を快復し、生きる力を得てきた。また詩作も始めた。〈ああ、おれが夢みた愛そのものがここにある！　何という美しい二人、聖家族とでも言おうか！〉わたしには安西夫婦のまどかな団欒が、この世ならぬもののように思えた。

安西夫婦はせまい博多の町を、よくあちこちと移転した。薬院から東部の箱崎の電車通り、場末の吉塚駅の裏に近い露地の奥、住宅地の教会のなか、また昭和荘に近い一丁目交叉点の歯医者の一室。その度にわたしはついて回った。そうして話に夢中になっては終電車に乗り遅れることもしばしばだった。だが灯火管制の暗い夜道の数キロを、世にも幸せな若者のように豊かに胸をふくらませながら帰って行ったものだ。この頃ほど星空を美しいと思って見上げたことはない。

この外、書きたいことは山ほどある。例えば移転のたびに彼がリヤカーを引き、奥さんが後を押して行く姿、それを限りなく美しいもののように見ていたこと。あるいは夏の宵、庭に降りたった奥さんの指に小さな蛇が歯をたてたと見るや血相を変えて飛びおり、その指を吸った彼、その時の信頼に充ちた奥さんの眼つき。またゲートルに国民服、戦闘帽というでたちで、朝日新聞福岡総局の記者として忙しく動き回っていた彼の姿など、いまも目の前にちらつく。書けば限りがない。だが敢えて省略する。ただ、当時のわたしの日記の次の一節だけは再録しておきたい。〈美しい夫婦、聖家族！　幸ひにおれは一人だ。彼らにもしものことがあれば、おれは死んでもいい、二人を守りたい！〉すでに昭和十九年も年末。マリアナ諸島を基地とするB29の東京空襲も始っている頃だった。

与えられた主題は〈『母音』、『午前』を通しての安西均〉というのだが、「囁き」によって再生、安西夫妻を「わが聖なるもの」として生きのび得たおのれを語る以外に、何を語ることありや、と言いたい。戦争が終った翌年の春『母音』に誘われ、編集発行・リーダー格の丸山豊をはじめ安西均、野田宇太郎、伊藤桂一、岡部隆介、佐藤隆といった当時のわたしの詩的偶像とでもいうべき面々の末輩に連なり、久留米の丸山医院の奥座敷での会合に何度か加わった記憶はある。その頃のある日の詩話会の模様を「そのとき一番大きな存在としてぼくの目の前にあったのは丸山豊であるけれどそのすぐそばにいたのが一丸章だったわけ。……そして安西均さんがその会の終りのほうにあらわれてきたから、いわば先生の丸山豊と、その両側に安西均、一丸章というものが存在して……」(「九州の詩と風土」)という風に松永伍一君は語っているが、実のところその日のしかとした記憶もないほど、安西均の側にいてわたしは何時もコチコチになっていたといってよい。ただ何とかして安西を始めとする先輩に落伍せずついて行きたい、そんな気持ばかりが強かった。勿論、彼の作品への傾倒は日日深くなっていった。正徹の言葉を借りれば「於歌道は定家を難せん輩は、冥加もあるべからず、罰をかうぶるべきことなり」というほどであった。事実、「ねざめなどに、定家卿の歌を思ひ出しぬればものぐるひになる心地し侍る也」と彼の詩法、息づかいを盗み、わたしの詩嚢は次第にふくれていったのだ。

それだけに彼は恐い存在であった。終戦後の窓ガラスも何もない殺人的な満員電車にぶら下がるようにして久留米に行き、丸山医院に急ぐ。すでに一足先に来て岡部隆介と談笑していた彼がじろりと見る。その度に身が竦む思いがした。「甘いぞ、今度の作品は。ごまかすな」。彼の一言で多くを聞かずしてその日のわが作品の可否を悟ったものだ。丸山はそういう時も「ちょっと弱いなあ」というぐらいの声はかけてくれる。岡部はにやにや笑っている。だが彼は決してきびしい表情を崩さない。その無言の鞭がどれだけその頃のわたしを育ててくれたことか。ここで当然、丸山、岡部といった、安西均とはまた違った意味での先輩のことに触れるべきであろう。特に丸山との出会いも『母音』とともに忘れ難い。だがそれはいずれ稿を改めるとして、ともかくもわたしにとって『母音』は、矢山哲治、真鍋呉夫、島尾敏雄たちに加わっての『こをろ』

が第一の青春とすれば、戦中の鬱積していた詩情を一気に爆発させた第二の青春だったということだけを記しておきたい。

安西、岡部の酒豪に交って泥酔もよくした。酒とてあまりない時代である。遂に丸山医院の薬局からアルコールを持ち出し、純粋酒と称して気焔を上げたこともなつかしい思い出だ。その時の彼の飲みっぷりをさえ、わたしは惚れ惚れと眺めたものだ。そんなある時、たとえてみれば黒田武士とでもいいたげな豪快さで「『母音』の二号はつまらぬ、わずかに一丸君の進境ぶりだけが取柄じゃねえか」と丸山にからむ彼のすごさにぎょっとしたこともある。その時の「ふんふん」と微笑しながらうなずいていた丸山の表情、なおからむ彼。わたしの名が出ただけによく覚えている。

このすごさの記憶はまだある。岡部隆介を交えてわたしの家で飲んでいた時、話がキリストのことに及んだ。その折、よせばいいのに生かじりな考えで、安西、岡部の真剣な議論のなかに「だってさ、キリストがいたかどうか事実はわからんのだろう。親鸞だって……」と言いかけたとたん、顔色を変えて彼はすっくと立ち上り、「そんなこと言ったって仕方ないじゃないか、失礼する」とさっさと帰った時の物すごい権幕。彼を傷つけたと、いまになお心疼く。つまり、わたしはそうした軽口を叩くほどに甘い青年だったのだ。また、その外、何かと安うけあいをして実行することの出来ないわたしをひどくたしなめたこともある。怒鳴られながら、そのいちずさが有難かった。また若さからの激情で結婚に踏み切ろうとしていた年上のある女性の病的な点を指摘、その病的なものに夢中になるのはやはり不健康だとガンとやられたこともある。年齢はそう違わないのに、十も年上の兄貴だなと、あらゆる意味で彼には頭の上らぬ思いがあった。『母音』、『午前』時代。——つまり在福時代の彼は、わたしの文学的先輩であるとともに、人生での得がたい師匠でもあった。この外、何かにつけ、よく忠告を受け、訓戒を受けた。彼にしてみれば、世間知らずで八方破れのわたしの生き様が、危っかしくて仕方がなかったのであろう。
『こをろ』の戦後版といえる『午前』にも安西均はよく書いた。「平家物語」、「対馬」、「天衣」などの傑作が次々と『午前』誌上を飾った。また思いもかけず一連の短歌を発表してくれたりして、わたしを喜ばせた。その頃、東京から草野心平、高見順、豊島与志雄など諸氏の「火の会」のメンバーが来福、丸山も講師陣に加わってのパネルディスカッションめいた催しがあった。安西、岡部、わたしも集ったが、散会後、例によって三人の痛飲となり、何がきっかけだったか彼が、「よし、丸山をおれたち三人で、日本の丸山にしようじゃないか！」と叫ぶように言ったことも覚えている。思うに『母音』（第一次）は丸山を中心に、こうした安西を推進力にして、一号毎に充実して行ったのだ。谷川雁をこのグループに引っぱり込んだのも彼である。

あれこれと書き出せばきりがない。昭和二十五年に彼は上京したから、親しく往来したのは六年足らず。しかも最後の一年は小倉西部本社詰で殆んど会っていないので、正味五年だ。しかし、この五年がわたしの生涯を決定したといえる。「囁き」による彼との出会いがなかったら、多分わたしは詩を書きつづけなかったに違いない。会えなくなってからも、わたしの日記を見ると、彼や奥さんへの手紙の形で、何かと書き綴っている。彼のあのきびしい目つきを意識しては、下手な詩は書けぬと自戒、実生活でヘマをやらかしては、もしこれを安西が知ったら何としようと、おろおろすることも多かった。

〈安西均覚書〉と題したが、おそらくは彼も苦笑する体の私記にすぎない。しかし、彼ら夫妻へのこうした気持は、そのままわが信仰に連なり、それからの病弱貧苦の日日もどうやら耐えて生きのびることが出来たのだと思っている。その頃に発表した「天衣」という作品に、深夜夫婦して青梅を茶うけに語りながら「げに神はいと小さき木の実にすらその御影を宿さんためかくも全き形を具へしめ……」と歌った一節があるが、同じようにまこと神なるものは、わたしをして彼ら夫妻を「この世ならぬ美しきもの、聖なるもの」と観ぜしめることにより、その全き姿をやがて迎えた生き死にの大患の床に見せ給うたのだと確信している。軽々しく信仰告白などしてはならぬものと知りつつも、所詮はこのような形にしかわたしは書けぬ。また書かでものことを、という彼の渋面も浮ぶ。しかし……と、なお走ろうとする筆を、いまは圧えるのに精一杯というところだ。

神とか信仰とかいえば、多分にためらい勝ちな、また照れくさそうなうす笑いを浮べるのが近代知性人だ。この知性とやらにさっぱり縁を切って、かく素直に何の疑いもなしにおのれの〈聖家族〉としての安西夫妻を信じ得る幸福さをどのように表現したらよいであろうか。そうして「囁き」と同じ頃、やはり『山河』に発表された「沼にきて」をひそかに誦する。時も同じ冬、わたしはどうやら三十年かかって彼の無言の導きのまま、やっとこの〈至福の沼〉のほとりに辿りついたようである。

沼にはいちめん薄い氷がはつてゐた
いつもならそこに倒さに映る教会の尖塔が
ことさらに遠く見える
その空のなか鳶がなんども輪をかいてゐる
主よ　わたくしらもまた冬の鳶さながら
素朴な幸福　悔いもなき邂逅の繰返しまたくりかへしに
身はいつしか沼の精神《こころ》にもまして哀しい
沼はもうじぶんで眩いてゐる声すらきこえぬらしい

孤独よりもきびしいざらざらの風が
またいちまいの皮膚をかぶせて過ぎたんだ
沼はしきりにじぶんの顔が知りたいと思ふてゐるやうだが
何だか眼を開くとたんに顔を鋳わつてでもしまひさうな
まだまだそんな不安に躊躇《ためら》ひながら
意味もなく声もなく歌つてゐる
それはもう美しいばかり無智な
半ば唖になりかけたままの顔で歌つてゐる
途方もなく大きな廃れたランプのやうに
寒い世界の片隅に凍てついた幸福の輪のやうに
薄い氷がいちめんはつた沼
主よわたくしらもまた言葉なく
沼をひねもすめぐつてゐます

正徹の歌一首

夕暮れを待つに生命をしらとりの
　とはにうき世を誘う山風

夕暮れに近い頃　峰おろしの風が
物憂い宿世の倦怠《アンニユイ》を永遠に誘う
うす暗い虚無の池は死よりもほのかに匂い　涅槃の時刻《とき》も知らぬげに
白鳥は幻そのもののように浮いている
——そのような人間の「存在」

正徹の歌集「草根集」一万五千首のなかから一首を選ぶことは、百花繚乱の花園のなかに一輪の花を求めるのに等しく、まさに至難の業である。だが彼の目ざす幽玄体の歌風をよく現わすものとして、まずは「鳥」と題詠されたこの一首をあげるべきであろう。

さてこの一首、具象化された風景としては、夕闇の迫る池の上に白鳥がたゆたいながら浮いており、そこに峰おろしの風がざわざわと吹いてくる、ただそれだけのことである。季節は晩秋から初冬にかけての冷え冷えとした、そのくせ昼間の陽の名残りほどの官能の疼きが、白鳥の幻と共にかすかにほのめく神秘的な頃であろうか。だが単なる叙景歌ではないことはいうまでもない。この風景は彼が「此道にて定家をなみせん輩は冥加もあるべからず。罰を蒙るべき事也」といい、「叶ぬまでも、定家の風骨をうらやみ学ぶべくと存侍る也」とまでに傾倒した定家の様式美を更に押し進めた果に創り出した幽玄の世界、即ち過剰華麗なイメージが織りなす虚構の世界なのである。そのために彼は、当時の歌壇の主流をなしていた二条派の枯淡平明な歌風に対し「定家の家の集を御覧候へ、ただまひらなる歌はさらに無き也」と必然的に屈折した表現をとるようになる。次のような二条派の首領・頓阿の一首とくらぶれば、冷泉派の闘将ともいうべき正徹が、いかに「まひらなる」歌風を拒否したかがよくわかる。

さびしさにたへてすむ身の山里は
　年ふるままに訪ふ人もなし

これは、彼が日常性の現実とは全く別なレアリティを創造することに精根を傾けたことを意味する。彼をして言わしめれば、いわゆる現実の生活など愚劣なものにすぎない。従って眼前の単なる状況やおのれの感情の忠実な再現は無意味なこととして否定されることとなる。もっとも、或いは彼は実際に夕暮れに近い頃、池に佇み、ほのめく白鳥を見たかもしれぬ。しかし、そうであっても彼の眼は対象の表面を見ない。むしろその裏面を類推し、本質的な面を捉えようとする。白鳥を眺めた感動を再現するかわりに、白鳥の意味する形而上の世界を言葉と言葉の組合せ、イメージの自由な展開によって再構成する。この主知的求心的な傾向は定家を始めとする一群の中世歌人の一つの特徴といえるが、正徹はこの傾向を更に深化させ、宇宙論的な方向へと進めていく。彼が次のような「耕雲口伝」の一節を読んだかどうか、今のところ詳らかではないが、ともかくもこの「鳥」の一首は、彼の本領を遺憾なく発揮したものといえる。「万物の性は不生不滅なり。生涯にあづからざる性万理を具備せり。此の一性は、天地に先だつてあらずといふ時もなく所もなし。天地に後れても亦然なり。是万物の根源なり。和歌のことわりまた則ち是にあり」

耕雲の論旨はいささか難解ではあるが、わたし流に嚙み砕いてしまうと、〈天地宇宙を貫く永遠の生命とでもいうべきものがある。文芸の道もまたこれに応えるものである〉ということになるであろうか。この永遠の生命、これはまたこの大宇宙、人間精神の小宇宙に対する絶対宇宙の真理の世界であって、わたしたちの生きるこの現実社会、いうところの第三次の世界とは相対峙し隔絶している第四次元の世界といえる。眼にも見えず手にもふれることのできない香も音もない、まさに死よりも深い幽暗の世界である。この世界とわたしたちの世界の間には不可知論と称する一線があって、容易に交流することはできない。つまり、認識はできても実感できないもどかしさがある。正徹はその真理の絶対宇宙の世界を、言語空間を構築することによって執拗に捉らえようとしただけのことである。従って幽玄体の歌風の樹立は、単なる表現の問題ではなく、おのれの存在の問題だったのである。

夕暮れではなく、夕暮れに近い寂光の静けさのみが広がっている池畔、夕暮れとは終末の夜闇を前にした涅槃であり死である。しかし、第四次元の世界のほとりを徘徊する彼の前には死生すらない。確かに現実は憂き世であり、それでもなお生きねばならぬ人間宿命の倦怠のけだるさはある。だが、彼はそのなかで白い炎のようにゆらぎたつ白鳥のイメージを通じて絶対宇宙の生命、宇宙の真理といったものを一瞬、垣間見るのである。更にうがって言えばこの白鳥は、彼がかき抱く恋人のあらわな肉体の幻影であるかもしれない。即ち、秋冷の夕の腥めきった悟性となおとよめきたつ中年すぎの官能。しかも矛盾するこの二つの情念を弁証法的に止揚し、白鳥の幻をおのれの現実《うつつ》と観じ、そこに影をおとす絶対世界の幽暗さを初めて見る。つまり、白鳥の一瞬のゆらめきのなかでのみ、正徹は不可知論の一線を越えて、絶対世界、第四次元の世界と交感するのである。ボードレールのいう万物照応と等しい神秘体験の世界、信仰と同質の構造を持つ一つの精神状態《エタ・デスプリ》がわが国の、しかも室町時代に花咲いていたとは、全く驚異というより外に言いようがない。

「乱世の声、慢心のけしき有りけり」と正徹は批難を受ける。だが彼は信仰に等しい幽玄体の様式美、おのれの構築した言語空間の美学ゆえに、どのように譏《そし》られようと平気である。営営黙黙として実作し、その結果として人生実相を遮る迷妄の靄《もや》を吹き払い、真理そのものを視ることができたのである。それを白鳥に具象化して捉えた時、彼は生き難いこの迷妄の人生を、真に生き得たのである。わたしはこの一首を鑑賞しながら、正徹のひそかな歓喜と人生の勝利者としての彼の栄光を思わずにはいられない。彼にとって作品における言葉とは、おのれの感情や生活を歌い上げるための機能主義的な道具ではなかった。また完結した一つの思想を表現し伝達する体《てい》のものでもなかった。言語空間を構築する営みを通じての絶対宇宙の世界の発見であり、そこに人間存在の秘密を探ろうとしたのである。この一首における「白鳥」は単に対象としてある白鳥ではなく、彼の発見した「存在」としての白鳥なのである。この意味で「詩人とは言葉を利用することを拒絶する」というサルトルの言葉も無理なく納得できる。読者は正徹の歌を難解だとけなす前に、何故に彼がそうした屈折晦渋《かいじゅう》な様式をとらねばならないかを考えるべきである。

槿花通信

(一) ただ人は……

ただ人は情あれ、槿《あさがお》の花の上なる露の世に　(『閑吟集』)

わたしの好きな古い歌謡の一つだ。人間、何を目当てに生きるのか、財産か権力か、それとも名声か。いやいや、そんなものじゃない。人はただ情をもって生きるのみ。まあ考えてもごらん、人生っていうものは、朝咲いて昼はもうしぼむ朝顔の花の上の露のように無常迅速、はかないものではないか。人間はただ愛し合い、お互に許しあって生きるのが大切なのではなかろうか。

口訳すればこういうものになるだろうか。この場合「情」なる言葉は、単なる人情と解すべきではなく、広い意味での愛の心と考えるべきであろう。ともあれ、勝手な節をつけて折にふれ歌うことにしている。それにしても現代の何と情薄く、愛の心もへちまもないぎすぎすした社会であることか。まずマスコミと称する傲慢で軽薄な存在、管理社会のみが唯一のものと信じて恥じない役人共、儲けるのが何で悪いと狂奔する商人たち、日本の進路より一党一派の利益のみを追っている政治屋ども、真の教育を忘れイデオロギー闘争のみに明けくれている教師たち。すべての「情」を知らぬ我利我利亡者ばかりだからだ。詩人からしてが、この「情」なるものに通じる詩の本質を忘れ、自己顕示欲にのみ生きる者が多いのに驚く。新聞紙上に世相を見ても、いやもうおそろしいことばかり。かの爆発魔の青年はいうまでもないが、親子喧嘩のあげく、父親の首を切り落すなどという若者も現われている。

この末法の時代、日本人はよろしくこの槿の歌を誦じ、一回しかない有限の人生の空しさに耐え、退廃の現実を「ただ情あれ」と生きたいものである。その意味でこの歌は、すぐれた偈《げ》にも負けない程の、深い味わいのあるものだと思っている。

(二) 狂う

「ただ人は情あれ……」とわたしが言いたくなるのは、現代世相の特徴と思える一切の合理主義的なもの、知的分析的態度、教養主義的なもの、機能主義的なものと対決、効率主義と称するおぞましい価値感を打破したいからだ。また集団主義思考の弊を正すにある。端的に言って情念の論理に生きることが詩人の志と考えるからだ。ここには一切の功利の念はなく、「詩」という人生認識の方法を通じての他者との出会いのみがある。

そこでこの「情」は、必然的に「一期一会」なる峻烈な生きざまに通じる。空しい、ただ一回だけの有限なるこの人生、しかもその空しさに耐え、かつなお生きぬこうとあがく妄執といってもいい情熱に生きる時、人は必ずや志を同じうする他者に出会うはずだ。即ち「一会」である。「逢い難くして逢うを得たり」の感懐にもなるわけだ。この土曜会のグループにしても、こうした素朴な心情で数年を閲《けみ》し、また新しい会員を迎えたと考えている。

ところが近代知性に毒された現代人は、一期なる有限の命、一会なる一回性のこの人生の貴重さに気付こうとしない。それで詩作にしても、それがいたずらに自己顕示の手段となったら、マスコミ向けの単なる事業であったり、大人の遊びであったりする。またそれほどの傲慢さ愚かさに陥らずとも、とにかく活字になればいいとの、つまらぬ活字信仰に堕してしまう。こうした人たちに「ただ情あれ……」と歌いかけても、おそらくは馬耳東風、現代詩を勉強しているのに何でまた古くさい古典などをと、怪訝な顔をするだけであろう。まして惨めで不安定な人生だからこそ「ただ人は情あれ……」と歌い、「一期は夢よ、ただ狂へ」と、同じ『閑吟集』の詞句を引いて「狂う」ことの大切さを言いたてたとて、ますます不思議がられるだけのことであろう。だが、狂えない人間に何がわかるかと言いたい。狂うとは、この一回性の空しい人生に耐え、情念の論理によって執拗に生きぬこうとする者の不羈不抜の精神を言うのである。

即ち、「ただ情あれ……」と歌い得る者のみが、「一期は夢よ」と、ひたすらに狂うことが出来、この虚妄の暗い人生を乗り越えることが出来るのである。天分《ジーニアス》とはこの強靭な精神力と意志をさすのみ——。従って、わたしはかかる内的衝動を感じさせない作品を、いい作品と言わないことにしている。

(三) 木の下闇

真昼、わが家に近い丘の茂みを行くと、青葉若葉が萌え上るように匂いたち、軽い興奮さえ覚える。そのせいか季節はやや外れるが『和泉式部日記』の冒頭の一節を思い出す。

夢よりもはかなき世の中を嘆きわびつつ明かし暮すほどに、四月十余日にもなりぬれば、木のした暗がりもてゆく。

さりげなく淡淡と書かれているようだが、これほど切実に初夏の情感をとらえたものはないように思われる。特に「木のした暗がりもてゆく」の一句がいい。亡き恋人を偲ぶ寄る辺ない孤独の情と、耐え難い青葉どきの官能の疼きが、痛いほどわたしにも伝わってくる。しかも、更に「築地のうへの草あをやかなるも、人はことに目もとゞめぬを、あはれとながむるほどに」と口誦《くちずさ》んでゆくと、なき恋人を思い出し悲しむというより、人間存在そのものについて思い悩んでいる心情がよく出ているように感じられる。

ところで、この『和泉式部日記』は「和泉式部物語」ともいわれ、日記とも物語とも考えられて来た古典である。作者も式部自身でなく、後人の創作ともいわれていた時期があったほどだ。だがわたしはそうした詮索はどうでもいいのであって、「木のした暗がりもてゆく」の短いが哀れな声調と、小暗い緑の沈鬱な色調とが照応し合うところに生じる〝宇宙的寂寥〟とでもいうべきパトスを楽しんでいるにすぎない。そして式部と共に築地の上の青い草を、頼り無げな卑少な人間存在の象徴として「あはれ」と眺めているだけのことである。式部にしても、このようにおのれの孤独の意味や人間存在の卑少さを痛感すればこそ、他人の創作と考えられるほどの客観性をもって「夢よりもはかなき世の中を嘆きわびつつ明かし暮すほどに」と、さらりと書き出し得たのではなかろうか。この客観的な目を、わたしは表現力と呼ぶ。

ここでわたしは唐突ではあるが、次のような意味のトーマス・マンの言葉を想起する。「もし、表現という悦楽が、われわれに活力を与えてくれなければ、魂の認識だけでは、われわれはきっとまちがいなく陰鬱な存在になることだろう」（『トニオ・クレーゲル』）

即ち、いわゆる花心をもって数奇の生涯を送り、「ありはてぬいのちまつまの程ばかり憂きことしげくおもはずもがな」と救われ難いわが身を嘆きつつ死んで行ったにちがいない多情多感、煩悩熾烈の女人・和泉式部だったが、幸いにしてこの表現力という活力を持っていたために、辛じて救われたのではないかと思うものである。わたしは青葉若葉の匂いたつ茂みのなかで、閨中の汗ばむ彼女の体臭さえありありと感じながら、再び「木のした暗がりもてゆく」と低く口誦み、なお暗暗と続く木の下闇、人生の迷妄の小道を歩み出すのである。

（四）橘曙覧の歌から

たのしみはあき米櫃に米いでき今一月《ひとつき》はよしといふとき
たのしみは門《かど》売りありく魚買ひて烹《に》る鐺《なべ》の香を鼻に嗅ぐ時
たのしみはまれに魚烹て児等《こら》皆がうましうましといひて食《く》ふ時
たのしみは銭《ぜに》なくなりてわびをるに人の来たりて銭くれし時

独楽吟と題するこの庶民的な和歌の作者は橘曙覧《たちばなのあけみ》、幕末の国学者・歌人で、生涯を故郷福井で清貧のまま送ったという。現代詩で、こうした日常の生活を歌い上げると、妙にわざとらしく鼻につくものだが、封建社会の世情と考えながら読むと、暖かい人間味のある家庭がまざまざと想像され、つい微笑したくなってくる。収入も不安定、それで魚も時にしか喰べられないほどの貧乏な生活ながら、まさにマイ・ホーム、数人の子供たちに囲まれ、相好を崩している曙覧の姿が浮ぶ。ここでは「国汚す奴《やつこ》あらばと太刀抜きて仇にもあらぬ壁に物いふ」といった反骨の学者として知られた彼はいない。全くの平凡な一人の父親しかいない。家集『志濃夫廼家歌集《しのぶや》』を見ると、次のような歌さえある。

或日知人の人をおこせておのが庵の壁をつくろはしけるに
あるじをもここにかしこに追ひたてて壁ぬるをのこ屋中《やぬち》塗りめぐる

庵というから、決して豪壮な屋敷ではない。おそらくわらぶき程度の粗末な建物のように思われる。十年一日のごとく手入れもしないので荒れ果てている。それを見かねて、知人の誰かが左官をやって壁を塗り直させたらしい。その時の歌で、さして広くもない家中を、文机と本を抱えうろうろとしている曙覧のユーモラスな姿が目に見えるようだ。曙覧という人は、それをまた飾り気なく歌うおおらかな人柄だったと思われる。良寛、平賀元義、大隈言道と等しく、和歌としての生命力を失い、古今調の陳腐な歌風に堕していた当時にあっては清新溌剌、独自の歌境を開いた歌人の飄逸洒脱な性格もうかがわれて面白い。

国学者で時流に乗らず生涯を清貧に甘んじた反骨の歌人といえば、とかく轗軻《かんか》孤独、肩を怒らせた壮士を連想しがちだが、曙覧はそうした印象とは凡そ縁遠い円満な人物だったようだ。

それにしても、こうした生活詩というべき和歌を見るにつけ、「詩人に家郷あるなし」というのは逆説で、詩人こそ家郷を必要とする人間ではないかと思うものである。

（五）　わが内なる銀河系

「正しく強く生きるとは銀河系を自らの中に意識してこれに応じて行くことである」

宮沢賢治のこの言葉を、彼のアニミズムや汎神論の証しに外ならぬと言うのは易しい。だが、意味するところは実に深い。わたしはこれまで絶えず「いい生活をしなければ駄目だよ」と言い続けて来たけれども、その「いい生活」とは、即ち、この言葉に言い尽されている。おのれという小宇宙と、壮大無限の大宇宙を照応させ、これまた賢治の言葉を借りて言えば「宇宙意志といふやうなもの」としか言い現わし得ない天地を貫く大生命力におのれの卑小な自我を合一せしめること。この自得作用が営まれる時、人間は単なる日常生活ではなく、はじめて真の生活者たり得る。詩を書くということは、永遠の相の下に生き、自らの意志で実存者としての運命を選び取る孤独な営みであるはずだ。とすれば形而下的な日常茶飯事のみに明け暮れるこの現実の世界＝三次元の世界を一刻も早く離脱、大宇宙の四次元の世界を常住の家郷として、わが内に構築しなければなるまい。

賢治はこの四次元の世界を法華経の啓示により、わが現実として形成した。わたしもわたしなりに神秘にして霊妙なこの「一如」の世界を、ボードレールと定家を観照、わが内面の記録として融合させつつ、更に親鸞、鑑三などの強烈な個我の人人の教示に支えられながら彫心《ちょうしん》鏤骨《るこつ》、作品を一篇一篇と書くことによって自得して行っただけだ。

賢治とボードレール・定家を並べるのはやや奇狂に見えるが、普通、深淵に花開いた「虚無の美学」とされる後者二人の華麗妖艶な唯美な世界とて、賢治と同じく一匹の修羅となって変転きわまりない醜悪無惨な現実の中に彼らが構築した言語空間、大宇宙に照応する𠍱𠍱《がいがい》たる四次元の世界に外ならぬ。ボードレール・定家もまた銀河系を、わが内に蔵した真の生活者といえる。

(六) 人間の是非

首《こうべ》を回《めぐ》らせば　五十有余年
人間《じんかん》の是非は　一夢の中《うち》
山房五月　黄梅の雨
半夜蕭々として　虚窗《きよそう》に灑《そそ》ぐ

このところ良寛の詩ばかり読んでいる。特にこの一首などに共感、神経痛、高血圧、右眼視力減退、しかも俗用多事多端で、何かと苛立しい日日のわずかな慰めとしている。この詩に見られる孤愁と閑寂の心境――、これは単なる世捨て人の感傷ではなく、ゲーテ的諦念にも通じる深い人生凝視の知恵を示している。同じ「夢」であっても、彼にはもはや「何せうぞ、くすんで、一期は夢よ、ただ狂へ」の中世的夢幻に支えられた無常の美学はない。現代俳句の才女・文挾《ふばさみ》夫佐恵《ふさえ》女史の句を借用すれば〈花蓮咲くもとずるも夢寐《むび》のうち〉というべき醒めきった悟性の眼で見る夢である。同じ詩境の作品がなお続く。

世上の栄枯は　雲の変態
五十余年は　一夢の中

疎雨　蕭々たり　草庵の夜
閑《しず》かに衲衣《のうえ》を擁し　虚窓に倚《よ》る　（夜雨）

そして「首を回らして　往事を憶えば／すべてこれ　夢　一場」と俗世に超然、示寂前には「首を回らせば　七十有余年／人間の是非　飽くまで看破す」とまで言い放つようになる。〈人間の是非は見過ぎるほど見てきた、もうそんな生臭い世界には飽いたよ〉というわけだ。壇の浦に追いつめられた知盛が「見るべき程の事は見つ」と言い、潔く入水した心境にも似ている。それでも良寛は「十字街頭　乞食《こつじき》しおわり」という風に、物乞いをしながら生きぬく。生命のある限りは「衆生を慈念すること、なお赤子の如し」（法華経）という思いで、道元の言ういわゆる「愛語」をもって生きようとする。このような闊達な精神は、どのようにして醸成されたのであろうか。

生涯　身を立つるに懶《ものう》く
騰々　天真に任す
嚢中　三升の米
炉辺　一束の薪
誰か問はん　迷悟の跡
何ぞ知らん　名利の塵
夜雨　草庵の裡
双脚　等間に伸ばす

即ち、「生涯　身を立つるに懶く」の一句が良寛の詩人としての生成の秘密を解く鍵である。若年の彼は「性、魯直沈黙、恬澹《てんたん》寡欲《かよく》、人事を懶しとして、唯読書に耽ける。衣襟を正して人に対するに能はず、人称して名主の昼行灯息子といふ」と嘲けられたほどで、結局、名主役見習いとして代官と漁民の対立葛藤の調停に失敗、寺に走り遂に出家してしまう。一説には契った女がいたが、無常を感じて遁世したとも言う。つまりは「人間の是非」にさんざん苦しみ、おのれの中なる是非の対立にも苦しみ、人生の出発において挫折、是非の対立のない一如の絶対世界を求めたといえる。良寛にとっては、その融通無礙の境地こそ「空《くう》」と呼ぶべき永遠不変の真理だったのだ。

さて、わたしもまたこれまで「人間の是非」を頑愚なまでに説き続けて来た。だが良寛の詩を知り、その愚かさに気付いた。今後は彼に倣い、「是非」と共に「空」をも悟得せねばと思っている。いや、その努力さへ「誰か問はん　迷悟の跡」で、良寛から見ればまさに「是あれば　また非あり／知愚　これ依り因る迷悟　互いに相なす」べき愚かな計らいかもしれない。それとも若き日の放浪の旅では「夢の世にまた夢結ぶ草枕寝ざめ淋しく物思ふかな」と歌っている彼であってみれば、迷妄のこの五十男を、或いは憐れんで許してくれるかも知れぬと思っている。

（七）日　録

二月某日

きのうまでの雪にうって変ってのいい日和。午前中の講義を終り、充分に暖房のきいた部屋でゆっくりと昼食をとる。咸宜園と松下村塾を対比させながら喋ったが、まああの出来でほっとした気持で帰りかかる。すぐにバスに乗ればいいものを、あまりに気持がいいのでバス停のベンチで日向ぼっこをきめ込むうちに思わずくしゃみ。それから鼻の調子が悪く、結局、帰宅早々、風邪薬を飲んで夜半まで眠る。だが目が覚めても頭が痛く、予定していた仕事を放擲。もう一服、風邪薬を飲んでだらしなくまた布団に潜り込む。

わたしは松下村塾における吉田松陰の指導ぶりに頭を下げる者だが、さて、その松陰はこんな風邪気味の時も早寝などせず、机の前に向ったであろうなと思うものだ。そして彼が江戸に遊学して二、三の高名な学者を訪ねた後の痛烈な言葉を思い出し、忸泥たるものがある。「彼らは耕して講ぜず」——風邪ぐらいでぼやぼやしてはおられないのだ。

二月某日

きょうは次男坊主の私立高校受験日。後に難関の公立高校が控えているし、長男の大学入試もこれからである。ヘッセは「芸術家の最後の躓《つまず》きは息子である」と言っているが、まさにこの通りの近ごろのわたしだ。非日常性を日常性として、家庭とか家族とか蹴飛ばして生きていたはずの男が、息子たちのこととなると完全に甘い父親になってしまっている。いささか憮然たる思いがしないでもない。

ヘッセにしてもこの苦渋を味わったにちがいないのだが、このヘッセはアンゲンジン（我意、わがまま、頑固、強情）の人で、「これは自分の声に従うところの徳で、この徳を非常に愛する」とまで言っている。その彼にして息子故の歎きがある。詩人にとって息子とはいったい何者なのか？　あれこれと思いは尽きない。本日、血圧百七十—百。降下剤一錠、安定剤二錠服用。夜、氷雨ひとしきり降る。

（八）戦闘的精神

生は永久の闘いである。
自然との闘い。社会との闘い。他の生との戦い。
永久に解決のない闘いである。

闘え。
闘いは生の花である。
みのり多き生の花である。

自然力に屈服した生のあきらめ、
社会力に屈服した生のあきらめ、
かくして生の闘いを回避した
みのりなき生の花は咲いた。
宗教がそれだ。
芸術がそれだ。
むだ花の蜜をのみあさる虫けらの徒よ。

大杉栄「むだ花」（一九一四年）

美と調和の世界の創造を目ざし、宗教と文学の接点を絶えず考えているわたしを、こうした小品を書いた大杉は泉下で嗤っているにちがいない。しかし、わたしは「生は永久の闘いである」と傲然と言い放つ彼が好きだ。もしかすると、このひと言に要約される彼の生活信条が、病弱なわたしの半生を支えて来たのかも知れぬと思うのである。まず幼年時代、実父母と別れ、伯母夫婦の家で育てられていた頃の孤愁。一匹の仔犬が唯一の相手で、いま思い出してもぞっとするほどの日々だった。それでも絶えず「何くそ」と歯を食い縛って生きたものだ。

二十歳前からは病気との戦いだ。やっと快復して社会に出たものの、戦中のきびしい生活が待っていた。戦後は更に貧乏との戦いだ。病気はなお付いて回る。再三の入院。特に十年前、膿胸で大小五回の手術を受けた時はひどかった。開放療法といって左肩下から脇腹にかけて切り開き、毎日、薬とガーゼを詰めかえるのである。これがざっと七カ月続いた。二十歳ごろ口にしていた「療養即芸術」などといった考えも、もう通用しない。文字通り、毎日毎日が闘いであった。それから九年たったいまは生活との闘い。今度寝込んだらわが身の破滅どころか、一家離散は確実なのだ。自由業の、肉体が資本の生活には「生は永久の闘いである」との大杉の言葉が、一番ぴたりとくる。わたしは彼に言わすれば「みのりなき生の花」にすぎない、「宗教」や「芸術」の「むだ花の蜜をのみあさる虫けらの徒」かも知れぬ。だがわたしは有限のこの肉体において、永遠なる生命の顕現を計ろうと、一日一日、刻一刻を大切に、とにかく生きている。

わたしの「何くそ！」には「闘え。／闘いは生の花である。／みのり多き生の花である。」と同意義の、まさに戦闘的精神以外の何物でもない情念が含まっている。大杉はまた言う。「生の闘争は理論ではない。事実である。ただその事実がいかなる形式の下に現れるかは、生の内的状態すなわち境遇と気質と思想に係わる」

「詩」もまた同じだ。「詩」は理論ではない。スタティックな、いわゆる思想でもない。花鳥諷詠に類する感情吐露でもない。況や単なる自己顕示の手段でもない。この世における事業でもない。ただに《永久の闘い》である《生の事実》を、能動的な言語空間として表現する闘いでしかない。

大杉栄は五十五年前、伊藤野枝と共に当時の国家権力によって虐殺されたアナーキストだ。「むだ花」と題されたこの小品も勿論、彼一流の独自なる逆説と言ってよかろう。が、何者かによって緩慢ではあるが、わたしたちが虐殺されつつある現在、大杉のこのはげしい闘争精神は学ぶべきではなかろうか。それには自己の外部なるいかなる価値も信ぜず……、そうだ、「神」ですら信ぜず、「自己の力」のみに依存し、自己の裡なる永遠の生命力を認識、その発動のままに生くべきであろう。されば、敢えて問いたい。《わたしたちにとって「詩」とは、いったい何なのか。「生」とは何の意味を持つのか》

（九）伊藤野枝のことなど

すさまじい日照りがすぎ、清涼の秋も終ろうとしているのに、宿痾の胃病、高血圧、神経痛と相変らずで、心身ともに物憂い。大伴旅人ならずとも、「わが盛りいたくくだちぬ雲に飛ぶ薬はむともまたをちめやも」と歎きたくなる。

こんな時、次のような伊藤野枝のことばに思い至ると、一瞬にして身内がひき締ってくるから妙だ。

〈私共は自分たちの生活の目標を世間の人達のように、ただ無事に大した予定もなくその日その日が送れて、円満な家庭をつくって、子供達の成長を楽しみにするというような処には置いていません。それどころか、私共は反対に、平穏無事な楽しい私共の家庭のいわゆる幸福がいつ逃げ出しても恐れない決心をいつもいつも忘れずに持っていなければならないのです〉〈自己を生かす事の幸福、一九二三年四月〉

野枝は言うまでもなく夫であり同志だった大杉栄とともに、大正十二年九月十六日、当時の軍部から虐殺されたアナーキスト。それだけに〈私共の仕事は、とうてい、目前の安逸では誤魔化しきれないのです。その仕事に対する熱情は何ものをも顧みるいとまを与えません。その仕事が失敗して、どれほどの罪科に問われようとも、結局は無為で安逸を貪るよりは遙かに、その心を慰めるのです。ですから、私達にしても、その不幸に実際につきあたってしまえば、もうそこには覚悟がすわっています。私共はその恐れた不幸をも、当然として受けることが出来ます〉と何時、どのようなことが起ろうともびくともせぬ、一大決心をもって生きねばならなかったのにちがいない。

彼女は、それから真の幸福とはと、かく述べる。〈私共は、安逸なその日その日を無事に送れる幸福を願うのが、本当の幸福だと信じる事が出来ないのです。平凡な生活に浸り、それに執着するのは恥しいことです。また、私共のお互いの生き方からいっても、もし安逸に媚びてばかりいましたら、私共の幸福は永久に逃げ去るでしょう〉

ここでわたしは野枝や大杉の思想を云々する暇はない。また、イエスこそ最大のアナーキストではないのかとの、日ごろからのわたしのアナーキズムへの感懐を述べようとは思わぬ。ただ、野枝のおのれの思想に殉ぜんとする心情こそ、このまま文芸の徒の信条に通じるものではないかと言いたいだけである。

思うに、野枝は「世間の大方の婦人達のように、本当の良妻賢母がけっしてその生活の目的ではない」、いわゆる「自我」の人、当世風に言えば「アイデンティティ」を確立した女性であった。しかも、その壮絶な死にざま――。いわゆる詩人ではないが、その生涯は純粋無垢の詩人以外の何ものでもない。

もっとも、こう言いたてても現在は「モラトリアム人間」の時代。「どんな社会的局面でも、当事者意識がなかったり、当事者になることを嫌い、それぞれの場所で、できるだけお客さま的存在でいることを望む心理的傾向」（小此木啓吾）が罷り通っている現状であってみれば、戦中派の男の単なるロマンティシズムと白眼視されるのがおちであろう。まして、詩もまた風俗化し、一種の遊びに堕落してしまっている点を指摘しても馬耳東風、むしろそういきりたつ者は野暮と嘲笑されるやもしれぬ。だが、時代がそうあればあるほど、わたしは野枝の生きざまの見事さ、二十七歳という短い生涯ながら、普通の人の五倍分ぐらいを生きた完全燃焼ぶりを、性急な筆致ながら伝えたいのだ。

さて、野枝に托したこのようなわたしの心情を理解し得る人であれば、『ふぉるむ』が足かけ八年、十四号の歴史を閉じて、また新しい出発をなさねばならぬかということを、無理なく同感して戴けるかと思う。西日本婦人文化サークル「現代詩教室」を母胎に生れたグループであったが、何時までもサークルの延長の意識では困るのである。つまり、前述の「お客さま的存在」でこの人生を生きてはならぬのである。野枝が一番きらったものに「習慣的」という言葉があるが、わたしたちもまた習慣的な、一切の瑣末な日常的世界を拒否、「詩」そのものだけに生きようと務めなければならぬ。この言い方にいささかの疑念をはさむ者があれば、ついにその人は詩とは無縁の人だ。いさぎよく筆を折り、趣味人として生きるがよろしい。

いささか激した言い方になったが、文学とは常住不断、生き死にの緊張の上にしか成りたたないはずだと、わたしはわたしなりに終刊の辞を書いているのだと思って貰いたい。一期一会、「昨日見し人、今日はなし／今日見る人も明日はあらじ／明日も知らぬ　われなれど／今日は人こそ　愛しけれ」の中世今様の気持そのままに相親しんで来た人と袂を別つことは、決して愉快なことではない。だが人生においては、別れるべき時には別れなければならぬ別離の論理も厳として存するのである。よろしくこのわたしの真情を想察、やがて、春――。全く新しい、より高い詩的世界をもって刊行される新『ふぉるむ』を期待して待っていて欲しいとお願いする次第だ。

いまも「白鳥」は飛んでいる

丸山豊の美学に関しての私小説風なノート

1

この内部の崖の上
ふりそそぐ日光の結び目に
ひそかに作つた臨海実験所
青い世界へ手をさしのばし
とりとめもないもの人知れず貴重なもの
またはヴヰナスのハンカチーフなど
苦心しながら拾ひあげ
フラスコへ入れたり薬でそめたり
選りわけたり調べたり
やがて周囲はひえてゆき
眠れぬ海は夜もすがら

千の母音が狂ひます

――「海の研究・天草」

昭和十七年、太平洋戦争もまだ緒戦の勝ち戦さの勢いの失せやらぬ、長閑かな世相を見せていたころのこと、病床にあった私の枕もとには、詩集や各地の同人雑誌が山と積まれていた。ひとりの女友達が花束がわりに、毎日のようにせっせと運んできてくれたものだった。そのなかの瀟洒な詩誌『青い髯』の一篇に目も眩むほどの衝撃を受けた。それが「海の研究」である。

第一に題名がしゃれていた。それに無駄のない緊密な構造を見せるフォルムと瑕瑾のない措辞、いま読めばわずか十二行の小品的作品にすぎない。だが、藤村、啄木はとっくに卒業、白秋にも飽き、朔太郎のボードレール的アンニュイとやらも少少鼻につきはじめ、昭和以降のポエジイと称する新しい詩の世界を尋ねあぐんでいた十九歳の病少年には、全く新しい詩的宇宙を見る思いにただただ息を飲むばかりだった。そして、一見、静的《スタテイツク》と思えるまでに美しく整ったフォルムのこの作品に、次のようなアランの言葉を重ねていた。

「美は真を判断するものである。」

思うに、当時アランや、ヴァレリー、マラルメなどフランスの詩人・哲学者の文章に独学で取り組み、特にその象徴詩の世界とわが国の新古今、能楽などを混合した象徴の美学の樹立を夢みていたわたしは、まさにこれあるかなと、この一篇と相対峙したといえる。アランはまた、「美は真に至る道標であり、形なき思想は殆んど無意味である。われわれが考えることを学ぶのは、芸術の形がわれわれに課するあの力強い決定を通してでしかない。」と言うが、その形象理論というべきものの見事な具現を、この「海の研究」に見たのである。しかも、卓越したその技法。特に冒頭の一行、〈この内部の崖の上〉なる表現にはそれまでの詩に見られぬ斬新なものを感じ、ようやくにしてわたしは「歌いあげる詩」ではなく、いわゆる昭和詩の根核をなす「考える詩」——近代芸術の一環をなす「認識としての詩」に出会ったのである。ここに詩人・丸山豊と私の邂逅があった。

丸山豊が天草に旅したのは昭和七年、十七歳、学生のころである。年譜を見ると、「八月、友人と二人で天草紀行」とある。その折の見聞がこの詩の素材になったことは確かだが、単なる天草紀行の詩ではない。また南蛮趣味の源流となった、例の白秋、杢太郎、勇らの浪漫的な感傷旅行でもない。若き日の丸山が尋ねたのは、おのれが〈ひそかに作つた臨海実験所〉——、つまり、〈千の母音が狂ひます〉と、破調をもって結ばねばならぬほど緊急を要した「言語」の実験所であった。海はいうまでもなくこの世の一切のものを含み、満満と輝いている「実在」の大洋、即ち、善悪不二、すべてを飲み込んでいる生命の海である。その自然そのもののなかで、若い詩人は何を焦り何を目ざして屹立する〈内部の崖の上〉で模索し、やがて、〈眠れぬ海〉というイメージを措定せねばならぬほど、苦しまなければならなかったのか。戦争の予感、そこから生じる終末への不安、加うるに青年特有のもろもろの人事の錯綜——、などがあったにはちがいない。だが、この考えは通俗的にすぎる。これこそ詩人の一番忌み嫌う日常性に就きすぎている。それでは、〈この内部の崖の上〉の一行に如何なる意味を汲みとるべきか。

長い間、私はこの一行に拘りつづけてきた。いまもなお拘って、記述は堂々めぐりするばかりである。しかし……と、私は思う。若い丸山が天草の臨海実験所に近い岬の崖の上にたった時考えたのは、次のようなことではなかったろうか。〈いま、おれの眼下に広々と青く輝いている海、頼山陽が漢詩に歌った天草灘、空もまた青く灼けて、はげしいエロスの躍動さえ覚えるほどだ。おお、巨らかにして美しい自然……。しかし、おれは美を志向する芸術の徒である。しかも言葉をもって美を構築せんとするものである。然らば、おれはおのれの作品を単なる自然模倣《ミメシス》ではなく、近代芸術の本質である構想力によるイメージの世界の展開として形象化せねばならぬ。いま、おれは海、そしてその風光からくる感動を歌うわけにはゆかぬ。おれにできることは、その感動を素材に一つの美の世界を作りあげることにある。自然模倣の美の規律を離れ、無限のイマジネーションと言語による小宇宙の創造の自由を謳歌せよ。〉

青臭い理論だが、恥を忍んで言えば、当時、十九歳〔ママ〕の私のメモの断片を独白風に綴ったものであり、いまになお一貫してこのようなわたしの思惟は変っていない。つまり、〈この内部の崖の上〉とは、自然と断絶、それを超越せんとする詩人としての決意表明の比喩である。自然の〈海〉を眼下に昂然と胸を張っている若い詩人――わたしの空想はここでいきなり飛躍、若き藤原定家像と結びつく。十九歳の定家は「世上の乱逆追討耳に満つと雖も之を注さず。紅旗征戒は吾が事に非ず」と、治承四年九月の日記に記すが、この倣慢なまでの現実無現の態度――。もっとも近年では、これは若年のころの文章でなく、はるか後年に書き加えられたものとか、単なる現実逃避の感傷的な姿にすぎないとか言われているが、当時のわたしは文字通りにこの一句を理解、共感し、非国民といわれながらせっせとフランス語の学習に身を入れていたし、隣組の集会などすっぽぬかし謡曲や仕舞いの稽古に通っていたものである。「海の研究」に美の使徒としての丸山を想定し、歓喜したのも当然といいえよう。

2

それから丸山豊とわたしとの対話が始まる。八方手を尽し、まず「海の研究」が収録されている第三詩集

『白鳥』を手に入れた。東京の古本屋を通じてであったが、何とこれが「丸山薫」への献辞のある署名本で、当時、四季派の詩人としてすでに有名だった丸山薫との取り合わせが面白く、内心快哉を叫んだものである。次に第一詩集『玻璃の乳房』、第二詩集『よびな』はどうしても手に入らぬので、誰からであったかいまは忘れてしまったが、借りて来てノートに写した。更に古本屋で思いもかけず第四詩集『未来』を手に入れることができた。そのうちに戦局はいささか切迫、病後とはいえ無為徒食の身上に多少忸怩たる思いがないでもなかったが、丸山豊との対話に毎日をすごしていた。勿論、ボードレールをはじめとする西欧の詩人との邂逅、そして定家をはじめとする新古今の歌人たち、叙事詩人としての世阿弥その他の謡曲作家たち、中世の象徴詩人ともいえる歌僧・正徹、俳人の芭蕉、言水、近代に入っては蒲原有明や大手拓次らとの対話もあり、特に正徹との邂逅にも意味があった。だが丸山は身近い久留米出身であり、現実には中国の奥地か南方のどこかで戦っているはずの誰よりも親しい詩人だったのである。

やがて日記の殆んどは、詩人・丸山豊へのオーマジュと作品の評釈で埋っていった。この態度はわたしの病弊かもしれぬのだが、詩人であれ女人であれ、これと思うと、とことん打ち込む——、これを笑う人もいる。しかし、オーマジュなくして何の批評があろうか。当時、太平洋戦争下のわたしにとっては、丸山の四冊の詩集がバイブルでもあったのだ。それほど『玻璃の乳房』、『よびな』、『白鳥』、『未来』は写しながら読めば読むほど、丸山美学といってもよい独得の世界とその内在律が貴重なもののように思われ、戦時下の食糧不足からくる栄養失調に苦しみながらも、心はきわめて豊かでのんびりと暮していた。そのころ、偶然にも安西均が近くに越してきて、家庭的な雰囲気に飢えていたわたしは毎晩のように遊びに行っては、これまたまことに豊饒な気分に酔っていたものである。

ここで安西均との邂逅、そして戦後の第一次『母音』への参加など、丸山との関連もあり、くわしく述べなくてはならないところであるが、話がやや逸れるので今回は安西均のことは筆をおく。ただ言えることは、もし丸山豊との、また安西均との邂逅なくば、わたしは文学的にも実生活的にもどうなっていたかわからないということである。それほどに、まずは丸山豊の作品との邂逅は決定的だった。〈戯れて玻璃の乳房／いくたびの季節のをわり　犬死の心安さは／暈淡くかたむく月　噴水の高い頂き／厭な白鳥の歌盗み　青暗へ薔薇を流して／無口は海の日の癖よ〉の序詩にはじまる『玻璃の乳房』にしても、その軽妙な短詩形、近代フランス的エスプリの背後に隠された美の世界は、狂おしいまでにわたしを誘惑した。「目まひ」と題された次の短詩など、いま読んでも静的《スタテイック》で塑像的なその様式美を越えて、生身の丸山豊に接するような暖か味が感じられるなつかしい作品である。

汗ばんだ昇降機で屋上庭園へゆくひとびとはネクタイもなほさずに
水とぼしい撒水電車が思はず右左へよろめくとき
不意に花売車はこはれます　緋薔薇　鉄砲百合
花言葉　空高々と舞ひあがり　ときならぬ日蝕です　千のきらめく音響です

街頭で覚えた軽い〈目まひ〉の時のイメージ、丸山豊十八歳のころの作品である。西欧風俳諧のエスプリに富んだ軽妙巧緻な小品――、と、いまでこそ評釈できるが、二十歳そこそこの当時のわたしは、このような作品に接すると、ただもうおのれの才能の乏しさを嘆くのみで詩作をやめたいくらいだった。次の「寐顔」にいたっては、完全に参ってしまい、筆写しながら愛誦、何とかしてこの美学の秘密を盗みたいと焦ったほどである。

玻璃づくりのあなたの皮膚のなかで　砕氷船の灯《ひ》が点る
乏しい花言葉　もはや霧と流れ

玻璃の香と髪の毛のやはらかさで焦げゆく牀《とこ》に
しづかに　みどり色に　砕氷船の灯が点る

薔薇《ほこり》が　蛇が　そして檸檬のやうな不安が……
さはれ　乳首の燠　濡れた寐顔の花

玻璃　玻璃　玻璃づくり　半ば展《ひら》いた海を
高く濃みどりの灯が点る

恋人の寝顔をこれほど即物的に官能的にしかも高雅に表現した作品がほかにあるだろうか。しかも、ここに見られる形象性と存在性の見事な融合。詩語もまた適切――。定家は「心をさきにせよと教ふれば、詞を次にせよと申すににたり。こと葉こそ詮とすべけれといはば、又、心はなくともといふにて待り。所詮、心と詞とかねらんを、よき歌と申べし。心詞の二は、鳥の左右の翅のごとく……」といっているが、この通りの作品であって、この一篇を見ても丸山豊の美学が如何なるものか、よくわかろうというものである。まずわたしたちは言葉という素材の記号性を撥ねのけねばならぬ。次に言葉の配列のなかで、つまり構造的に一篇の詩を作り上げることによっておのれの心を表明することが肝要――。言うならば「言葉と言葉との交響、その交響のなかに反映するイマージュとイマージュとの対応、要するに言葉の排列のなかに見いだされる新たな秩序」（加藤周一）を展開すること。丸山豊はこの「寐顔」の一篇において、こうわたしに教えてくれたといってよい。いわばボードレールの万物照応の理論で、戦後詩の現在では常識であろう。しかし、戦時中に象徴の美学をこのように見事に顕現し、作品化した詩人がいたかどうか。白秋の詩脈を引きながら、西日本ではじめて花咲いたエスプリ・ヌーボーの華やかな色調であった。更に次の「蛍」の何という鮮烈なイメージの点滅。

牢《ひとや》の窓の濃《こ》みどり
齲歯のいたみに犬儒派の
混血児《あいのこ》は身をおこします

同じ「蛍」でも、白秋の『思ひ出』序詩の「蛍」との違いは歴然としている。勿論、丸山の蛍は濃みどり、白秋のは赤い蛍と、まず色彩感の違いはある。だが、白秋の「蛍」はただ「思ひ出」にまつわる情緒を言わんがための感覚的叙情的比喩で、丸山の「蛍」のごとく〈齲歯の痛みに耐えかねて身をおこす犬儒派の混血児〉といった思想性はない。混血児とは、西欧的教養を身につけ、その近代的自我に生きる、いわゆる戦中派、大正期教養派の典型的な知識人像である。だが戦争ひと色の〈牢〉のごとき天皇絶対主義のファシズムの時代、その中に囚われて若い詩人は、犬儒派の哲学者のように、シニックに世をすが目で眺め無為を装って生きねばならぬ。それでも〈齲歯のいたみ〉にも似た良心、反ファシズムの良識が〈牢の窓の濃みどり〉

＝〈蛍〉に換喩され、やがて真に生きるための行動を起そうとする――。大江健三郎風に言えばこの〈蛍〉は、「人間存在の〝破壊されえぬこと〟の〝顕現〟」（「優しさ」の定義）ということができよう。つまり、丸山は〈蛍〉の冷徹な光に人間の理性を見、それを一つの隠喩として認識しようとしたのである。この詩法こそ丸山美学の真髄というべく、少年のわたしはここで、「美とは発見である」との定理を自ずと学んだといってよい。

なお、この〈齲歯〉は、後年、戦争体験を語った『月白の道』の序章に〈虫歯〉として出てくる。〈私たちはおたがいに心の虫歯をもっていた方がよい。ズキズキと虫歯がいたむたびに、心の一番大切なところが目ざめてくる。でないと、忘却というあの便利な力をかりて、微温的なその日ぐらしのなかに、ともすれば安心してしまうのだ。さえざえとした一生を生きぬくには、ときどき猛烈な痛みを呼びこむ必要がある。〉『月白の道』はすぐれたエッセイで世評も高いが、その〈虫歯〉の原型はこの三行詩に見られるのである。その意味で〈蛍〉は、短詩ながら丸山美学、そしてその思想を解明する重要な作品である。

3

『月白の道』で丸山豊は虫歯に借りて人が〈さえざえとした一生を生きぬくには、ときどき猛烈な痛みを呼びこむ必要がある。〉と言う。とするとわたしにとっての〈虫歯〉は、丸山の作品以外にないようである。彼は〈さえざえとした一生を生きぬくには〉などと、実に厚い内容をさらりと言ってのけるが、丸山との対話を重ねるうちに第三詩集『白鳥』の「白鳥」の一篇にふれ、まさに〈さえざえ〉というにふさわしい美的世界に接することができた。

白鳥よおまへに
また秋のなべての生きものに
あたかも苦しみの奥義を
ものがたりでもするかのやうに
まひるの水のなかより
おまへをぢつと見つめてゐるまなざし
絹色のさざなみが立てば
こはれてすぐに蘇るまなざし
それは水にうつるおまへのかげよ
そぞろにすべるおまへを
始終つきまとふひややかなまなざしよ
おまへは例の白無垢の
祭の着物をつけたまま
憤りの色をひそめ
嘴を入れて水中のまなざしを啄む
そしておまへはかげを喪ふ
かの死のまなざしは咽喉にとどまり
ちらちらと降る光の領域

水の面に世にもしづかな輪をゑがく

今更に評釈じみた感想を書くのも億劫なほど、完璧な作品である。この「白鳥」は丸山豊以外の何ものでもないと一読してすぐに判りながら、それでいて美そのものの象徴としての「白鳥」の魅力が、訳のわからぬ感動をもって伝わるのは何としたことであろう。この一篇を、当時のわたしは正徹の次の一首、――〈夕暮れを待つに生命をしらとりの　とはにうき世を誘ふ山風〉とか、〈幽玄とはこれ花を含める白鳥の姿か〉といった世阿弥の言葉にだぶらせて味読したのであるが、このような「白鳥」を眺めては一切の論議無用と、溜息ばかりついていた。作者、二十二歳のころの作品と考えられるが、何という才能、何という早熟、何という「恐るべき子供たち《アンファン・テリブル》」のひとりとしての恐るべき器量。

　それにしてもこの一篇、具象化された風景としては、晩秋、夕闇らしい幽暗な池か湖に一羽の白鳥がたゆたいながら浮いている。ただそれだけの何の変哲もない風景である。時折、木洩れ陽らしい光が水面にちらつく。かすかに風が吹く、〈絹色のさざなみが立つ〉。水面には白鳥の影がうつっている。この影はナルシスを連想せしめるが、わたしはそのような甘い心象風景ではなく、この白鳥こそカーキ色の軍服とファシズムの狂燥と錯乱の時代にあって、なお永遠のみを見詰めようとする丸山の純粋自我の形象化だと直観した。もっともこうした読みとり方に、当時わたしが心酔していたヴァレリーの影響なしと言えぬことはない。だがこの「白鳥」には、ヴァレリーのように思惟の透徹さのみにおのれの自我を托そうとする驕慢さはない。むしろ純粋自我に生きる者についてまわる一種の悲哀、憤り、そして諦念からくる「純粋な倦怠」といったものが感じられる。ともあれ、幽暗なこの世の水の上にほのかに浮ぶ白鳥――、それはまた孤独な実存者としての詩人の姿そのものに外ならぬのである。

昭和十二年、鎌倉材木座のとある病院の若い医師だった丸山豊は〈日曜日のわずかな時間をひろって、海岸をあるいたり詩を書いたり〉していたのである。だから、〈いつ、どこで、どんな動機で書いたのか、もはや思いだす術もない〉にしても、ともかくもこの一篇を書いたに違いない。（昭和四十三年に復刻された『白鳥』に寄せた言葉・「白鳥は雛」）。もしかするととある池のほとりに進み、白い空のような神秘な白鳥を見たのかもしれない。またそんな事実はなく、全く仮構の白鳥――、作者のイメージの所産なのかもしれない。しかし、その究明はどうでもいいことであって、作者の眼は対象たる白鳥を透かして、この世における本質的なもの、「根元の魂」といったものを捉えようとしたにすぎないのである。しかも、大切なことは、このような概念、理論から白鳥のイメージが創出されたのではなく、「白鳥」なる言葉そのものから、宗教的で神秘的ともいえる美の世界を展開したということである。蛇足とは思うが、その作品制作の秘密を「白鳥は雛」から引く。〈散文では、言葉の執拗なつみかさねによってはじめて世界へ接近するが、詩ではたったひとつの言葉ですらみごとに世界をとらえる可能性をもつ。そしてまた、こんなことを考えていた。言葉をえらぶ操作よりも、言葉を捨てる苦痛の方が大切だと。言葉のゆたかさより貧しさをほこれと。表現とは沈黙へいたる道だと。しかもなお、詩は言葉の技術であると。〉

これは「白鳥」の一篇が制作されてから三十数年目にして記された言葉である。だがこの自覚、この詩法が確立していたからこそ、二十二歳の丸山は「白鳥」なる言葉から無限にイメージをふくらませ、そのイメージとイメージを連鎖させ、更にその複合されたイメージと抑制のきいた低く緩やかなリズムの自由な展開によって「白鳥」という作品、ひとつの小宇宙ともいえる言語空間を構築し得たのである。そこに見られる「美の形而上学」ともいうべき神秘的な絶対世界の顕現――。〈神はその存在をあらわには示さない。しかし、美というひとつの形を通じて、その存在を人間に示す。〉とは誰の言葉であったろう。

　こうした主知的求心的傾向は東西の象徴派の詩人に見られる特徴で、その意味で丸山美学も象徴の美学に見られる宇宙感覚に支えられているといってよかろう。〈かの死のまなざしは咽喉にとどまり／ちらちらと降る光の領域／水の面に世にもしづかな輪をゑがく〉という終連の部分を見るがいい。白鳥はやがておのれを聖なる中心軸として水の上・光の領域を舞台として惑星の輪にも似た緩やかな舞を舞いはじめるのである。ここでわたしは〈例の白無垢の／祭の着物〉が、憑依した聖なる鳥として「白鳥」を表わしていることに気付く。とりとめもない水の上の浮遊、それは信仰に等しい構造をもつひとつの精神状態である。それは寄辺なく頼り気なく見える。しかし、水面の紋波はそのまま無限の宇宙空間に広がってゆく。ゆっくりと羽搏く天上と地上を媒介する精霊としての白鳥……。そうしてわたしは「火の鳥」や「死の白鳥」のイメージを想起する、と言えばあまりに恣意にすぎるであろうか。だが若き日、〈築地小劇場に通ったり、バレー靴を買って舞踊を学んだり……〉（年譜・昭和七年）している丸山である。「白鳥」なる一篇は、舞踊によって培われた丸山の神秘体験――、宇宙感覚の表現であるといっても言いすぎではない。

　勿論、初めはここまで読みとったわけではない。まずその端麗な古典的なまでに美しい様式美にうたれ、そのまろやかなリズムに酔ったにすぎない。しかし、少年時のその時の感動で、わたしは「海の研究」において悟得した〈美と真は重なること〉を、改めて認識することができた。そして、その完璧性――、作品それ自体が一箇の世界として完結、ひとつの小宇宙を形成している美しさに魅せられることによって、この虚妄の人生を「永遠の相の下」において生きることへのゆるぎない信念を得ることができたのである。即ち、少年のわたしはわたしなりに「人間にとって美とは何であるか」との命題に思いをひそめ、「詩における美の構造」といった問題に沈思するようになったのである。

4

『白鳥』のこの「世にもさわやかな戦慄」にも似た形象美は、やがて第四詩集『未来』の「夜の貨車」や「天守閣」となって、より鮮明に美の映像を浮きたたせる。まずは「天守閣」を見てみよう。

はだらの雪の内部まで朝日がやどり
みなかみの琴をあつめた大河は城壁をめぐる
目に見えぬ射手の弓勢にさからひ
約束のやうによせてくる不穏な鬨にたへて
私はゆさぶる自分の首を
自分の白い天守をゆさぶる
きびしい秩序へたかめようとする混乱のあと
合図の鷲が気流をよぎつた
畳のくばりもひややかな広間で
つぎつぎに私の武士たちが生を絶つ
声もたてずに端麗な女たちが消えてゆく
一見とりすました傷口の紅から
抵抗の炎がながれ天守にみなぎる

この上気した首をつよくいだいて
城あとの消えがての雪をふみ
雪をのせた大きな岩をふみ
けだるい地球のやるせなさをふみ
現代とよぶいとなみをふみ
太陽や雲の胸毛や山巓をながめ
私はゆさぶる自分の首を
真紅の天守をゆさぶるゆさぶる

ここでもまた見られる形象性と存在性の見事な一致——様式美の極致ともいえる端麗さが、わたしをして心地よい酩酊に誘う。当時のメモ帳を繰ると、くどくどと感想めいた言辞をつらねているが、やはり、次のアランの言葉に要約できるように思われる。「芸術は決して情念そのものを表現するものではなく、克服された情念を表現するものである。そして美は二つの面を持つ。即ち、力強さと平和である。」

「天守閣」といえば古めかしい封建思想の比喩のように思える。だが丸山はまたここでも巧みなレトリックで、悪しき戦時下の世相のなかにひとりの人間として生きようとする詩人の決意を表明している。繁を厭わずまた「白鳥の雛」から引用すれば〈世のなかはぐんぐん戦争へかたむき、心の自由が目に見えてうばわれてゆく季節であった。怒りのように祈りのように、私は私の柔軟な若さを、「するどさ」と「冴え」の方向へ追いつめていった。時代の黙秘権行使の用意をした。〉とあるが、その〈時代の黙秘権行使〉の証がこの「天守閣」といえる。「白鳥」から「天守閣」への転調——、しかし、同じ「白ひと色」でありながら、

「白鳥」の優美さは失せ、「天守閣」に見る「白」はより鮮烈に立体的に感じられる。それはまた「白鳥」の形而性がやや薄らぎ、それだけ東洋的な倫理思想、意志性が濃くなっていることを意味する。戦時下、〈つぎつぎに私の武士たちが生を絶つ〉そして〈声もたてずに端麗な女たちが消えてゆく〉ように、生命の尊厳を守り、人間性を確立してゆこうとする思想は次々と潰されてゆく。しかし、詩人は抵抗し、その決意を表明する。軽やかだが地についたリズムと、これまた巧妙な擬人化の技法をもって——。「快癒」の結びの部分を見れば、その決意は実にはっきりしてくる。

みづうみが光つてゐた
私の腰に這上つた水色の蟻がしだいに胸へ近づいてきた
私は紅さした空をながめながらこの切迫を待ちうけた
世にもさわやかな戦慄を

『未来』の一巻は、『白鳥』と同様、表紙がぼろぼろになるほど愛読したが、『白鳥』の唯美的な世界にない倫理性と生活者としての丸山の姿が鮮明に感じられる。しかし、「天守閣」ばかりでなくその他の作品、たとえば、「湖水めぐり」のように、人間愛を直截に歌いあげたものにしても、まずはその整った様式美の見事さが、この詩集の特徴となっている。『白鳥』といささかの変りもないその熟達した技法、一行一句、一字一劃をゆるがせにしないその緊密性は、まさに比類のない言葉の詩人としての丸山豊を見せている。だがその卓絶した技法は、単なる詩法ではない。職人的とさえ見えるその巧緻繊細な技法で構築されたその美的世界も、この世の事象を徹底的に思惟し、潔癖なまでに倫理的であろうとする克己主義からのみ生れたものである。篤実で頑なまでに人間の「未来」を信じるモラリストの強靭な精神——、わたしは丸山美学の根底に、このように詩と信仰と哲学が渾然一体となった「美の形而上学」とでもいうべきものを見たのであった。

この克己主義を信じ、また言語をもって形象化される美の世界以外におのれの思想は伝えられないとする不退転の決意——。奇蹟的にミイトキイナ攻防戦から生還した丸山は、以来、実世界では医師として、また「魂の医師」としての詩人の道を営々と歩み、現在に至っている。その間戦争体験の美的表現ともいえる『孔雀の寺』をはじめ『地下水』、『草刈』、『愛についてのデッサン』、『水上歩』……と、次々と多くの詩集を刊行、その「するどさ」と「冴え」は真摯な人生体験の裏付けにより燻し銀のような形象美の世界を見せ、モラリストを更に深化させたような現代の隠者としての風格を見せている。そこにはかつての「恐るべき子供たち」の『驕児』（戦前、少年時代の同人詩誌）の姿はすでにない。そして定本詩集後の詩集『球根』（昭和五十八年刊）の「あとがき」にあるように、〈いまは詩をたどるには、むかしとは逆に、「ああ」を出発として、きびしい「いざ」に到達すべきではないかと考えている。〉と、「志」へと向い、白秋の水墨集に見られる東洋的な閑寂美を更に深めた「無」の世界を秘めた新しい境地を展開しつつある。しかも、その幽暗にして隠微な色調は、「白鳥」において見せた聖霊のような冷徹清澄な存在を示し、他の年輩詩人のように過去を嘆かず、感慨に陥らず、感傷を制して瑞々しくてかつ枯淡といった不思議な魅力に満ちた作品を見せている。

以上、縷縷として述べてきたが、その存在そのものが詩ともいえる詩人・丸山豊と、「海の研究」や「白鳥」において邂逅できたのは、まさに天啓というより外に言いようがない。丸山豊の美学、美学と言ってきたが、いわゆる美学専攻の徒でないわたしは、〈相逢わずして逢うを得たり、習わずして習うを得たり〉という古人の述懐も無理なく信じられるのである。少年時のあのころから、もう四十余年たつ。わたしもすでに六十四歳、日暮れて道遠しの焦りばかりに生きているが、いまも生と死の危うい均衡を見せる〈この内部の崖の上〉に、あの「白鳥」は飛んでいるのである。宇宙霊としての透明にして鋼のごとき翼を羽搏せ、わたしに時間・空間を超えた絶対世界――、永遠世界の実相を垣間見せてくれたあの「白鳥」は、いまも飛んでいるのである。

初出一覧

龍 秀美 編

①詩集収録作品を除き、原則として最終発表形をテキストとした。ただし、自筆推敲が残されているものはそれを生かした。
②掲載詩誌などについては、確認できた限りで該当誌に記された通巻表示とし、「号」もしくは「冊」とした。
③適宜、注解を付した。

詩集『天鼓』

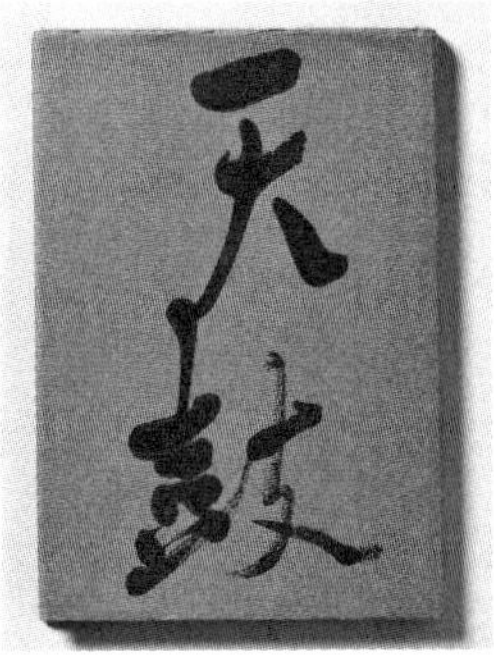

昭和四十七（一九七二）年六月一日発行／発行所・思潮社／発行人・小田久郎／題字・野中朱石／六八ページ／四六判／五号活字一段組／紙貼り上製本・カバー装

「天鼓」‥『ALMÉE』69号、一九六五年二月／再録＝『福岡県詩集 一九六六年版』思潮社、一九六六年七月／『詩学』276号〈「一丸章作品抄」〉、一九七三年三月／『ポリタイア』18号〈「天鼓」抄〉、一九七三年九月
＊数多く引用・転載されているが、加筆・訂正はない。以下、『天鼓』所収の作品はすべて同じ。

「幻住菴」‥『ALMÉE』71号、一九六五年五月／再録＝『ポリタイア』19号、一九七三年十二月
＊『ポリタイア』再録分では「幻住庵」とされている。

「血涙記」‥『ALMÉE』65号、一九六四年八月／再録＝『詩学』276号〈「一丸章作品抄」〉、一九七三年三月

「望洋閣」‥『ALMÉE』66号、一九六四年九月
＊明治から大正にかけて福岡にあった洋式旅館「抱洋閣」をモデルにしたといわれる。作者自身は長く

「望洋閣」と思い込んでいたというが、その思い込みがなければ生まれなかった作品かもしれない。

「戦艦「陸奥」」と共に、作者の歴史意識、時間というものへの思い入れが強く表れている。

「山姥」：『ALMÉE』72号、一九六五年六月／再録＝『ポリタイア』19号、一九七三年十二月

「戦艦「陸奥」」：『ALMÉE』75号、一九六五年十一月／再録＝『詩学』276号〈「一丸章作品抄」〉、一九七三年三月

「裸形弁才天」：『九州文学』247冊、一九六五年十月／再録＝『ALMÉE』77号、一九六六年二月

「筑紫野抄」：『ALMÉE』80号、一九六六年六月／再録＝『ポリタイア』18号〈「天鼓」抄〉、一九七三年九月

「長野徳衛門覚書」：『九州文学』201冊、一九六一年十二月／再録＝『ALMÉE』44号、一九六一年十二月／『九州詩集 一九六三年版』思潮社、一九六三年十月

＊『天鼓』所収の作品のうち、最も初期に成立した詩。「桜田屋」は、実際に幕末・明治期に博多にあった口入業者。

「私立翠糸学校」：『ALMÉE』64号、一九六四年六月／再録＝『ポリタイア』18号〈「天鼓」抄〉、一九七三年九月

「俊寛」：『ALMÉE』83号、一九六六年十一月／再録＝『九州文学』261冊、一九六六年十二月

詩集『呪いの木』

昭和五十四（一九七九）年四月三十日発行／発行所・葦書房／発行人・久本三多／装丁・龍秀美／九六ページ／B5判変型／9ポイント活字一段組／紙貼り上製本・カバー装

「切る」：『九州文学』273冊、一九六七年十二月／再録＝『ALMÉE』93号、一九六八年二月／『詩と批評』31号（69現代詩年鑑）一九六八年十二月／『詩学』276号〈「一丸章作品抄」〉、一九七三年三月／『無限』41号（自注付き）、一九七七年十二月／『福岡県詩集 一九九六年版』石風社、一九九六年七月

「呪いの木」（連作十連）：『ALMÉE』107・108・110・112号、一九六九年十一・十二月・一九七〇年三・六月／再録＝『九州文学』297冊（二連まで）、一九六九年十二月／『詩学』276号〈「一丸章作品抄」〉、一九七三年

三月
「深夜の電話」‥『ALMÉE』104号、一九六九年六月／再録＝『福岡県詩集 一九七〇年版』思潮社、一九七〇年六月
「七月譚」‥『ALMÉE』129号、一九七二年八月
「晩夏の流刑」‥『現代詩手帖』16巻5号、一九七三年六月
「闇の舞台」‥『ALMÉE』133号、一九七二年十二月
「冬の法廷」‥『詩と思想』2巻4号、一九七三年四月
「漏刻台伝説」‥『ふぉるむ』2号、一九七二年六月／再録＝『詩学』276号〈「一丸章作品抄」〉、一九七三年三月／『九州詩集 一九七三年版』葦書房、一九七三年六月
＊サマルカンドなどの西域の歴史と、古代大宰府の漏刻台や駅逓の鈴などの事物が渾然として、アラベスク模様のようなエキゾチックな世界を醸し出している。

「わが町・シャルルヴィゴールゴーラ」‥『ALMÉE』125号、一九七二年二月
＊「西域」シリーズの端緒をなす作品。チンギス・ハーンによって皆殺しにされたという西域の古跡がモチーフ。
「石人幻想〔1〕」‥『ALMÉE』142号、一九七四年二月
＊同年一月の「西日本新聞」夕刊に発表された同名の作品がある（本書282ページ「石人幻想〔2〕」）。なお、ここでは本書収録の順序でナンバーを付したので、発表順とは逆になる）。これから発展したイメージがこの長い叙事的な作品を生んだのだろう。この作品は、本人が足拍子などのパフォーマンスを入れて朗読したこともある。
「銀泥譚 1」‥『九州文学』358冊、一九七四年十二月／再録＝『ALMÉE』150号、一九七五年二月／『四次元』4号〈小詩集「呪いの木」〉、一九七六年十月
＊一九七三年から七六年にかけて同名の作品が五つ確認されたが、特に連作を意識していたようには見えない。そのため詩集収録の時も別々である。むしろ、その後に続く「譚」シリーズの始まりと思われる。『呪いの木』収録分は1・2とされているので、以

降［一］でナンバーを付した（発表順は「銀泥譚［3］」が最初）。

「銀泥譚 2」：『詩学』304号、一九七五年九月

「四月譚」：『ALMÉE』154号、一九七五年六月

「宿命」：『文藝春秋』56巻3号、一九七八年三月

未刊詩篇

生前刊行された二詩集に収録されなかった詩篇で、現在までに判明している作品の主なものをほぼ年代順に収めた。同人誌『こをろ』、『母音』（第一期）に参加していた頃の最も初期をⅠ、その後『母音』を実質的に離れ、さまざまな同人誌活動をしながら詩集『天鼓』が成立するまでの時期をⅡ、さらに詩集『呪いの木』に至るまでの時期をⅢ、それ以後をⅣとした。

Ⅰ ［一九四三―五一年］

病床から参加した『こをろ』に始まり、精神形成に深く関わる矢山哲治、丸山豊、安西均などとの出会いを通じて文学の世界へのめりこんでいく。この時期の人間関係が詩人としての自己形成に決定的な意味を持った。

「静歌」：『こをろ』13号、一九四三年六月▽自筆推敲あり

＊事故死した矢山哲治へのレクイエム。活字として現在見られる最初期の作品。

「木葉集」：『こをろ』14号（終刊号）、一九四四年四月

〈美しい午後抄〉鳩／美しい午後／驟雨／悌

〈夜に……〉夜光時計／譫言／体温／星月夜［1］

〈幻夜〉薔薇

〈玻瓈の貝殻〉

〈焼絵の夏抄〉焼絵の夏

〈筐底詩篇から〉有情歌／春の蝶

＊総タイトルの「木葉集」は正徹の和歌から採っており、既にこの頃から関心が深かったことが分かる。正徹が定家の和歌にみられる「構築」の意識を生涯追求したように、それに倣う覚悟を示したものと言えよう。同人のほとんどが召集され、中心の矢山を失い、絶望の中から渾身の力を振り絞って書かれた作品群だが、観念的言辞を避け、あくまで抒情の構築に徹する美学が見える。「一篇の甘い抒情詩を書くことが国家を論じることと同じ重みを持つ、とい

う意味のことを考えていた」（本人談）

「山巓抒情」：『白鳥』創刊号、一九四六年五月（一日）▽大量の自筆推敲が残っているが、未完のため初出どおりとした

＊『白鳥』は一丸の指導のもとに、戦後最も早期に発刊された詩誌の一つ。同人を「友達」と呼び、「清らかな友情」（創刊の言葉：永野希典）を掲げたのは『こをろ』の影響だろう。一丸は「特別寄稿」となっている。

「恢復期」：『白鳥』2号、一九四六年五月（二十日）

「蛍」：『午前』2号、一九四六年七月

「松」：『白鳥』3号、一九四六年七月▽著者所蔵の『白鳥』原本には加筆・訂正が多いが、判読不能箇所が多いため初出どおりとした

「祈禱」：『白鳥』4号、一九四六年八月

「春昼」：『九州詩人』（碌々山房）創刊号、一九四六年十月／再録＝『九州文学』（第三期）創刊号〈小詩集「落日」〉、一九五〇年十一月▽小詩集再録時に自筆推敲あり

＊母音叢書に詩集「春昼」の予告があるので、自信作であったと思われる。

「初秋」：『九州詩人』2号、一九四七年一月▽自筆推敲あり

「春宵」：『母音』（第一期）創刊号、一九四七年四月

「星月夜〔2〕」：「文化新報」一九四七年五月二十五日▽自筆推敲あり

「晩春〔1〕」：『母音』2冊、一九四七年六月

「五月」：『母音』3冊、一九四七年九月／再録＝『九州文学』（第三期）創刊号〈小詩集「落日」〉、一九五〇年十一月

「初夏」：『母音』4冊、一九四七年十一月

「菜種月夜」：『母音』5冊、一九四八年一月

「雪明り」：『母音』6冊、一九四八年四月

「万華鏡」：『九州文学』102冊、一九四八年五月

「銀の寝台」：『午前』17号、一九四八年五月

「晩夏〔1〕」：「西南新聞」一九四八年六月二十五日

「晩春〔2〕」：『暁鐘』（福岡県警察協議会）1号、一九四八年六月

「七月〔1〕」：「九州タイムズ」一九四八年七月十二日

「盛夏〔1〕」：『西鉄文化』（西鉄文化会）4号、一九四八年八月／再録＝『九州文学』（第三期）創刊号〈小詩集「落日」〉、一九五〇年十一月

「舞扇」：『母音』7冊、一九四八年九月／再録＝『九州文学』（第三期）創刊号〈小詩集「落日」〉、一九五〇年十一月／『詩学』276号〈「一丸章作品抄」〉、一九七三年三月／『表現』別冊〈一丸章詩抄〉、一九九六年三月▽何度か改訂されている

＊まれに見る多作であったこの年だが、「舞扇」は頂点を示した作品。後の詩集『天鼓』に現れる、謡曲などにも通じるリズミカルな語りのスタイルを確立している。なお『表現』別冊分とは、著者が生前、目を通した最終形で、二〇〇一年に二刷が出ている。

「暮春」：『九州文学』108冊、一九四八年十一月／再録＝『九州文学』（第三期）創刊号〈小詩集「落日」〉、一九五〇年十一月

「冬」：『心象』3冊、一九四八年十一月

「夜景」：『母音』8冊、一九四九年二月／再録＝『九州文学』（第三期）創刊号〈小詩集「落日」〉、一九五〇年十一月▽小詩集再録時に自筆推敲あり

「音楽」：『新地帯』3号、一九四九年五月／再録＝『九州文学』（第三期）創刊号〈小詩集「落日」〉、一九五〇年十一月

「残照」：『九州文学』115冊、一九四九年六月／再録＝『九州文学』（第三期）創刊号〈小詩集「落日」〉、一九五〇年十一月

「盛夏〔2〕」：『地下水』1号、一九四九年十一月／再録＝『九州文学』（第三期）創刊号〈小詩集「落日」〉、一九五〇年十一月

「晩夏〔2〕」：『新地帯』4号、一九五〇年二月▽自筆推敲あり

「落日」：『九州文学』（第三期）創刊号〈小詩集「落日」〉、一九五〇年十一月

＊小詩集「落日」のタイトル・ポエム。詩・創作・評論誌『レジスタンス』4号〈九州詩人集〉（一九五〇年二月）に発表した「賭博者」を改作・改題。この小詩集は一九四六年の「春昼」から、「落日」まで、この数年の代表作十篇を集めたもの。『母音』時代の総括という意識があったようだ。甘い抒情詩に美学の構築を求めた初期の詩篇から、「舞扇」で生涯の代表的スタイルに到達するまでの美意識の落差は大きく、それだけにこの時期の実生活の激変も思わせる。その変化をそのままぶつけるように詩作に反映していく率直・果敢な姿勢は、天性の詩人だけが持つものと言えよう。

「冬の蛾」：『母音』（第二期）5冊、一九五一年十一月

＊この作品を境に『母音』での実質的活動が終わり、その後は『九州文学』、『詩文学』、『ALMÉE』などに移っていった。これまでを準備期とすれば、向後を発展期と呼べるだろう。

Ⅱ　［一九五二―六五年］

Ｉ期で詩人としての最初の自己形成が終わり、本格的な発展期に入る。この期間は第一詩集『天鼓』が形成される時期でもある。実生活の上でもＮＨＫの脚本作家として多忙な生活に入り、転居、自宅新築、長男、次男誕生と続く。多くの詩誌の創刊、解消にも深く関わり、その活動はめまぐるしい。この激しい活動が後に生死に関わる病を引き寄せることにもなる。

「旅愁」：『文学街』3号、一九五二年三月▽自筆推敲があるが、未完のため初出どおりとした

＊〈朗読のために〉とサブ・タイトルが付いている叙情的小品。

「曇天」：『回帰』1号、一九五二年十一月

＊詩誌『回帰』は、一丸を中心に石村通泰、各務章らが創刊。後、福岡詩人クラブの結成で発展的に解消する。

「弟へ」：「西日本新聞」一九五三年一月二十三日

「不眠のうた」：『九州文学』127冊、一九五四年六月

「炎天」：『詩像』12号・『回帰』3号の合併号（詩像社）一九五五年七月

「微笑と鉄塔」：『芸術季刊』1号、一九五五年九月

「聖夜」：『詩苑』創刊号、一九五五年十月

「魚市場にて」：『九州詩人』（九州詩人クラブ）1号、一九五五年十一月

「テレビ塔から落ちて死んだのは……」：『詩文学』1号、一九五六年九月／再録＝『福岡詩集 一九五八年版』福岡詩集刊行会、一九五八年十一月

＊『詩文学』は一丸章発行、宮本一宏編集で創刊。

「声」：『詩文学』2号、一九五六年十一月／再録＝『福岡詩集 一九五八年版』福岡詩集刊行会、一九五八年十一月

「晩秋［1］」：『暁鐘』一九五七年十一月

「競艇場にて」：『詩文学』9号、一九五八年四月／再録＝『福岡詩集 一九六一年版』思潮社、一九六一年十二月

「六月」‥『暁鐘』一九五八年六月
「葡萄の季節」‥「西日本新聞」一九五八年八月十八日
「死の町」‥『詩文学』11号、一九五八年十二月
「岬歌」‥『ふくおか』(福岡文芸家協会編郷土作家作品集)一九五九年四月▽自筆推敲があるが、未完のため初出どおりとした
「雄牛とテレビ塔」‥『福岡詩集 一九六〇年版』福岡詩人協会、一九六〇年二月
＊テレビ塔を「縛り首の木」、「銀の絞首台」に喩え、後年の「呪いの木」シリーズの萌芽を思わせる。『天鼓』諸篇よりも以前に「呪いの木」のイメージがあったことを確認できる作品。
「老婆」‥『九州文学』188冊、一九六〇年十一月/再録=『福岡詩集 一九六一年版』思潮社、一九六一年十二月
「夜の鼓」‥『九州文学』213冊、一九六二年十二月
「沼の素描」‥『九州文学』225冊、一九六三年十二月/再録=『詩学』200号、一九六三年十二月
「秋日」‥『九州文学』237冊、一九六四年十二月
「早春」‥『福岡詩人』13号、一九六五年三月
＊一九六〇年の『暁鐘』に掲載されたものの改作。
「幽母亜艦隊始末記」‥『午前』42号、一九六五年十月
＊『天鼓』の主要作品が書かれた同年のもの。行分けではあるが、息づかいやスタイルも同じである。ややユーモラスで、一丸の違った一面を見せる貴重な作品。『天鼓』に収録されなかったのは、モチーフが違うからであろう。詩集に対する一丸の厳しい姿勢が窺われる。

Ⅲ 〔一九六七―七八年〕

四度にわたる大手術を受け、死も覚悟した大患を経て快復。多忙なマスコミの世界から離れ、大学講師としての再出発をする。新しいシリーズ「呪いの木」が成立する時期でもある。

『天鼓』が情念の表出の世界であるとすれば、『呪いの木』は象徴による認識の世界と言えよう。もっとも、この二つは常に、作者の中で綯われた縄のような分かち難い世界を形成しており、表裏一体であるとも言える。

「撫でる」‥『九州文学』285冊、一九六八年十二月/再録=『ALMÉE』101号、一九六九年二月
「夜の鋼索《ロープ》」‥『九州文学』310冊、一九七〇年十二月
「深夜の日時計」‥『ふぉるむ』創刊号、一九七〇年十二

月

「新春短唱」‥『ALMÉE』116号、一九七〇年十二月／『文化』（福岡文化連盟）12号、一九七一年一月

＊十一月二十五日の三島由紀夫の事件に衝撃を受け、事の良し悪しは別として「やられた！　自分もぼやぼやしてはおれない」（本人談）という思いで書いたという。

「奇蹟」‥『ALMÉE』120号、一九七一年六月

「銀泥譚〔3〕」‥『詩学』一九七一年六月／再録＝『ユリイカ』8巻2号、一九七六年二月

「秋の刃」‥『九州文学』322冊、一九七一年十二月／再録＝『ALMÉE』124号、一九七一年十二月／『詩学』276号〈「一丸章作品抄」〉、一九七三年三月

「景清」‥『九州文学』334冊、一九七二年十二月／再録＝『ALMÉE』135号、一九七三年三月▽自筆推敲あり

「七月〔2〕」‥『郵政』（郵政弘済会）一九七三年七月

「夜の声」‥『九州文学』346冊、一九七三年十二月／『四次元』4号〈小詩集「呪いの木」〉、一九七六年十月

「火炎形土器」‥『芸林』（第二次）10号、一九七四年一月▽自筆推敲あり

＊この時期、古代文明にモチーフをとった作品が多いが、とりわけこの作品には一丸の特色がよく出ている。愛執に狂う鬼女に己を重ね、人間の「現存在」に思いを馳せる。ギリシア悲劇を想起させる感じがある。

「石人幻想〔2〕」‥「西日本新聞」一九七四年一月四日

＊写真に添えて作られた作品だが、これをきっかけとして『呪いの木』所載の長大な作品が生まれた。

「銀泥譚〔4〕」‥『九州文学』370冊、一九七五年十二月／再録＝『ALMÉE』160号、一九七六年三月／『四次元』4号〈小詩集「呪いの木」〉、一九七六年十月

「銀泥譚〔5〕」‥『詩学』一九七六年六月

「冬の刃」‥『九州文学』382冊、一九七六年十二月／再録＝『ALMÉE』167号、一九七七年二月

「雪の夜」‥『児童文芸』（日本児童文芸家協会）11月号、一九七七年十一月、

「浴場譚」‥『九州文学』394冊、一九七七年十二月／再録＝『ALMÉE』176号、一九七八年三月／『福岡県詩集一九七八年版』葦書房、一九七八年六月

「菊花譚」‥『九州文学』406冊、一九七八年十二月／再録＝『ALMÉE』184号、一九七九年三月

Ⅳ　［一九七九―九三］

『呪いの木』以降、これまでのさまざまな心象、モチーフが自由自在に変化して登場する。特徴的なのは歴史意識が強く現れてきたことである。「歴史とは人間が営々と築いてきた栄光であると共に、同類を排斥・殺傷してきた惨憺たる愚行の集積である」（本人談）、また「この矛盾にみちた人間の歴史を考える時、身ぶるいする程の嫌らしさ、業といったものを感じない訳にはいかない。しかも、そうした宿業の深さを毒のように持っているのが詩人または作家といわれる人種ではないかと思うのだ」（『ALMÉE』68号）と語り、この疑問はとりもなおさず詩人自身にも向けられる。

　その思いは晩年の叙事詩「美濃道行魂胆話」や「恋法師一休」に強く現れ、諦念と怨念が錯綜し、最後まで予定調和的世界を許さない強さを見せる。この錯綜、混乱が人間の歴史そのものであり、一丸章が生涯をもって示した詩そのものであった。

「恋の浦奇譚」：『詩学』335号、一九七九年三月

「生の松原」：『ALMÉE』187号、一九七九年八月

「夜の歌」：『アンソロジー・詩集イエスの生涯』（安西均編）日本基督教団出版局、一九七九年九月

「晩秋〔2〕」：『九州文学』418冊、一九七九年十二月／再録＝『ALMÉE』191号、一九八〇年二月

「沼〔1〕」：『詩学』一九八〇年八月

「醒が井」：『ALMÉE』197号、一九八〇年十一月

「沼〔2〕」：『九州文学』430冊、一九八〇年十二月／再録＝『ALMÉE』202号、一九八一年六月／改作＝『月刊近文』（近文社）242号〈特集「九州の詩人たち」〉、一九八七年一月／『福岡県詩集 一九八七年版』梓書院、一九八七年十一月

＊改作された時点で詩句のみならず連の扱いも変わっている。

「男」：『九州文学』442冊、一九八一年十二月／再録＝『ALMÉE』208号、一九八二年三月

「海浜譚」：『写真集 砂の構図』清水一洲著、梓書院、一九八二年八月／再録＝『ALMÉE』210号、一九八二年六月／『九州文学』454冊、一九八二年十二月

＊本文末尾の注で著者が記しているように、元々、写真集に寄せた作品。刊行の都合で時期が入れ替わったと思われるが、写真集分を初出とした。

「祈禱歌」‥『ALMÉE』215号、一九八三年二月
「神話」‥『九州時代』創刊号、一九八三年五月
「イルカの唄」‥『ALMÉE』221号、一九八三年十一月
「七月〔3〕」‥『西域』創刊号、一九八四年七月／再録＝『ALMÉE』228号、一九八四年九月
「ひねくれ男の年賀」‥「フクニチ新聞」一九八六年一月一日
「朝」‥『西域』6号、一九八六年四月
「新春・わが宇宙論」‥「フクニチ新聞」一九八八年一月十日
「嗚呼 サソリ族」‥『ALMÉE』266号、一九八九年六月
「天津をとめ」‥『ALMÉE』278号、一九九〇年十二月
「新春お道化うた」‥「読売新聞」一九九一年一月五日
「夏の紋章」‥『表現』7号、一九九一年一月
「鵜の小崎」‥『詩芸術』6月号、一九九一年六月
「美濃道行魂胆話」壱・弐‥『表現』8・9号、一九九一年九月・九二年五月
「恋法師 一休」‥『表現』11号、一九九三年六月
「岬歌異聞」‥『ALMÉE』298号、一九九三年六月
「夢の手風琴」‥『詩と創造』7号、一九九三年八月
「外輪船異聞」‥『ALMÉE』304号、一九九四年三月
「砂漠の暴走族」‥（同前）
「初夢」‥（同前）
「夏信」‥『文化』123号、一九九七年十月／再録＝『ALMÉE』329号、一九九八年二月
＊最後の詩作品。

詩論・随筆

「近代詩入門」‥『暁鐘』一九四九年七・八月
＊まだ「戦後詩」という概念が成立していない時代の総括的な詩論。戦後間もない頃のプロレタリア文学台頭の風潮にやや疑問を呈している。
「カロッサ頌」‥『暁鐘』一九五一年七〜九月
「虚無の情熱」‥『九州文学』（第三期）4号、一九五二年一月
「室町の象徴詩人「正徹」」その一〜三‥『詩文学』4・5・7号、一九五七年四・六・十一月
「現代詩の話」第一〜終回‥『暁鐘』一九五九年十一月〜一九六〇年二月
＊前出「近代詩入門」から十年後、同じ機関誌に連載されたもの。「近代詩」から「現代詩」への呼称の

変化も時代を思わせるが、日本での「詩」が、特殊な文芸から一般のものとなっていく様子も窺われて興味深い。

「私立翠糸学校」：『九州文学』180冊、一九六〇年二月

＊詩「私立翠糸学校」（一九六四年）のモチーフを示すエッセーであるばかりでなく、翌年書かれ、『天鼓』所収の最初の作品となった「長野徳衛門覚書」の郷土色豊かな色合いにも通じる。『天鼓』が成立する動機の一つが窺われるもの。

「歎異鈔のリズム」：『ALMÉE』85～89号、一九六七年二～八月

＊矢山哲治との交流を書いたものだが、ほとんど半生の自伝となっている。詩集『天鼓』も自伝的と言われるが、『天鼓』収録諸篇の成立直後に書かれたこのエッセイは、その裏づけをする反歌とも言えよう。あと一回で完結のはずであったが、『ALMÉE』90号の「同人短信」には入院の報せが載り、体調不良を押してぎりぎりまで書かれたものであることが分かる。

「伊勢物語私記」：『電気と九州』33号（九州電気協会）一九七二年四月

「安西均覚書」：『詩学』285号〈安西均特集〉、一九七四年一月

「正徹の歌一首」：『ふぉるむ』5号、一九七五年二月

「槿花通信」（一）～（九）：『ふぉるむ』6～14号、一九七五年十二月～七八年十二月

＊日々雑感のようなものも含まれているが、それだけに一丸の生の声が反映されている

「いまも「白鳥」は飛んでいる」：『歩行』2号〈特集＝丸山豊の世界〉、一九八五年十月

［協力：坂口　博］

◆◆一丸章略年譜◆◆

年代	齢	一丸章関係	主要作品（＊は本書不掲載、Aは『ALMEE』）	関連・一般事項
1920 大正9	0	7月27日、上野久行・キミの長男として、福岡県筑紫郡住吉町（現福岡市博多区住吉）で出生。母（旧姓中島）は太宰府の老舗糸問屋「亀屋」の娘		
1921 大正10	1	実父久行出奔。両親離別により伯母すまの婚家の一丸家に引き取られる		
1923 大正12	3	三、四歳頃までは時折実母と会っていたが、実母の再婚により途絶える		4月、劉寒吉、岩下俊作ら『公孫樹』創刊 **9月、関東大震災** 矢野朗が『微光』創刊
1925 大正14	5			4月、加藤介春、山田牙城らによる「福岡詩人の集まり」発足
1926 大正15・ 昭和元	6			小倉詩人協会設立 ダダイズム詩誌『駄々』創刊
1927 昭和2	7	住吉尋常小学校入学。女子組に南由莉（本名藤扶美子）がいた		**4月、十五銀行取り付け騒ぎ** 10月、『燭台』（下関）創刊

1928 昭和3	8			3月、原田種夫、山田牙城ら『瘋癲病院』創刊 4月、渡辺修三『ヌスタの町』刊行
1929 昭和4	9			10月、プロレタリア詩誌『衆像』創刊
1930 昭和5	10	5月、左肩部複雑骨折（軍事教練の教官に反抗的態度として長靴で蹴られたもの）		6月、丸山豊、青木勇ら『街路樹』創刊
1931 昭和6	11			**9月、満州事変**
1932 昭和7	12	11月28日、一丸家当主佐助の妻の甥として入籍、一丸姓となる		5月、岩下俊作、劉寒吉ら『とらんしっと』創刊 **5・15事件**
1933 昭和8	13	短歌会で南由莉に会う 旧制福岡中学入学、一年後輩に那珂太郎 この頃、徳冨蘆花『思出の記』を読み文学に目覚める		
1935 昭和10	15	この頃、見学で戦艦「陸奥」に乗る		
1936 昭和11	16	この頃、福岡中学（現福岡高校）を中退して早稲田大学を目指し上京する		**2・26事件** **11月、日独防共協定** 第一期『九州文学』創刊

1937 昭和12	17	5月、肺結核発症し帰郷 6月、喀血 9月、日赤今津療養所（現福岡市西区）に入院 西条八十らの文芸誌『蠟人形』（8巻6・7・10・12号）に投稿		7月、**日中戦争始まる**
1938 昭和13	18	1月、義父佐助没。佐助の養子進が家督相続 8月14日、矢山哲治が南由莉と共に見舞う		9月、『九州文学』（第二期）創刊 12月、丸山豊『白鳥』刊行
1939 昭和14	19	3月、九州大学生《いき》の松原病院（現福岡市西区）へ転院 4月、腸結核と診断される 『こをろ』に病床から参加		5月、**ノモンハン事件** 9月、**第二次世界大戦始まる** 10月、『こをろ』創刊
1940 昭和15	20	9月28日、『こをろ』4号にエッセイ「通信」を発表		
1941 昭和16	21	この頃から昭和19年にかけて病床で読書メモをとる 自宅横の借家に移り、気ままな療養生活を送る		8月、高村光太郎『智恵子抄』刊行 11月、丸山豊出征 12月、矢山哲治『柩』（「雅歌」収録）刊行 12月、**太平洋戦争始まる**
1942 昭和17	22	丸山豊の「海の研究」（詩誌『青い髭』所収）を読みショックを受ける		矢山哲治入営

1943 昭和18	23	1月29日、矢山哲治事故死 7月、「こをろ東京通信 6」に「入浴をゆるされるほどに恢復、秋より軽い就職を考ふ」とある	静歌	
1944 昭和19	24	3～7月、久留米・善導寺で雲水修行を試みる 『こをろ』編集を引き継ぐ（真鍋呉夫発行）が、同人出征多数のため終刊 この頃、在福の安西均家に足繁く通う	木葉集	
1945 昭和20	25	6・19福岡大空襲で生家焼失 終戦の詔勅を柳町遊廓の大通りで聞く 西南学院図書館勤務		**6月19日、福岡大空襲** **8月、終戦** 11月、詩誌『鵬』（ＦＯＵ）創刊
1946 昭和21	26	石井好江と結婚 5月、高鍋文子、永野希典、高松謙吉（文樹）らと詩誌『白鳥』創刊 この頃、総合文化誌『叡智』の編集人に加わる 秋頃、西高辻信貞らと「宗教と文化の会」結成 この頃、『九州詩人』に参加 この頃、檀一雄らの「珊瑚座」に参加	山巓抒情／恢復期／蛍／松／祈禱／春昼	1月、『九州文学』復刊79冊 6月、真鍋呉夫、北川晃二ら『午前』創刊 10月、風木雲太郎、安西均、岡部隆介、小田雅彦ら『九州詩人』創刊（3号まで）
1947 昭和22	27	4月、詩誌『母音』創刊に参加、丸山豊の「魂のソ連邦を」に感激。毎日のように丸山を訪問、編集を手伝う 9月、第一子恭介生まれる（丸山豊の命名）	初秋／春宵／星月夜[2]／晩春[1]／五月／初夏	**5月、日本国憲法施行** 12月、丸山豊『地下水』刊行
1948 昭和23	28	石井好江と離婚 『母音』7、8号の編集・発行人となる	菜種月夜／雪明り／万華鏡／銀の寝台／晩夏	3月、『九州文学』100冊 詩誌『新地帯』創刊（吉浦澄

			〔1〕／晩春〔2〕／七月〔1〕／盛夏〔1〕／舞扇／暮春／冬	夫編集・発行）
1949 昭和24	29	10月、高鍋文子と結婚 11月、永野希典、石村通泰らと詩誌『地下水』創刊 西南学院退職 結核再発	夜景／音楽／残照／近代詩入門／盛夏〔2〕	2月、第一期『母音』（8冊）終わる 3月、『午前』25号で終刊
1950 昭和25	30	11月、第三期『九州文学』創刊号に「小詩集」としてこの数年の作品を掲載 中村靖（織坂幸治）、石村通泰らと詩誌『形象』を企画したが、実現しなかった	晩夏〔2〕／落日	3月、『母音』第二期発足 **6月、朝鮮戦争勃発**
1951 昭和26	31	4月、NHK福岡の脚本作家となる 11月、『母音』での実質的活動終わる	カロッサ頌／冬の蛾	
1952 昭和27	32	11月、一丸を中心に詩誌『回帰』創刊（石村通泰、各務章、荒津寛子ら） 福岡市中央区荒戸一丁目に転居	虚無の情熱／旅愁／曇天	**5月、メーデー事件**
1953 昭和28	33	4月、柿添元、北川晃二、中村光至、板橋謙吉らと『九州作家』創刊（『九州文学』〔第三期〕・『午前』〔第二次〕・『黄金部落』三誌合同） 9月、『回帰』2号発行（松永伍一、保野衛、福沢末充ら）、福岡詩人クラブの結成と共に発展的に解消	弟へ	**2月、テレビ放送開始／水俣病患者第1号発病**
1954 昭和29	34	4月、中村光至らと『地標』発行（2号まで）	不眠のうた	5月、『母音』18冊に谷川雁「原点が存在する」発表／板

				橋謙吉が『詩科』創刊／熊本で九州詩人懇話会発足
1955 昭和30	35	3月12日、福岡青年詩人会準備会が開かれ（『九州文学』、『回帰』、『九州作家』、『詩科』、『詩像』）、「福岡詩人クラブ」と名付ける（翌年「九州詩人クラブ」と名称を変える） 11月、福岡詩人クラブ機関誌『九州詩人』創刊（俣野衛編集）。同誌は3号で再分裂、高松文樹が引き継ぐ 福岡市早良区紅葉町（現高取一丁目）に自宅新築	炎天／微笑と鉄塔／聖夜／魚市場にて	9月、中村光至が『芸術季刊』創刊（崎村久邦、黒田達也、一丸が執筆）
1956 昭和31	36	7月、九州詩文学会発会式 9月、詩誌『詩文学』創刊（一丸発行、宮本一宏編集） 義母すまを引き取る	テレビ塔から落ちて死んだのは……／声	**5月、売春防止法公布** 8月、『ALMÉE』創刊（柿添元編集・発行、黒田達也発行所）
1957 昭和32	37	8月、『詩文学』6号〈新鋭九州詩人特集〉発行	室町の象徴詩人「正徹」／晩秋[1]	
1958 昭和33	38	夏、『詩文学』は10号から発行所を九州詩文学会から詩文学同人会へと移す（一丸編集・発行）	競艇場にて／六月／葡萄の季節／死の町	9月、谷川雁、森崎和江、上野英信ら『サークル村』創刊 この頃から九州各県に詩人会設立の動き起こる
1959 昭和34	39	4月、福岡詩人協会発足（板橋謙吉、一丸、各務章、黒田達也、高松文樹、野田宇太郎ら） 12月、『詩文学』12号で終刊 KBC九州朝日放送の創設期に関わる	岬歌／現代詩の話	**8月、三池争議始まる** **11月、安保国会デモ（翌年6月15日、樺美智子死亡）**

1960 昭和35	40	2月、福岡詩人協会、『福岡詩集 一九六〇年版』刊行（一丸方発行所） 3月、長男旅人誕生 福岡詩人協会、安保反対アピール	私立翠系学校（随筆）／雄牛とテレビ塔／老婆	1月、火野葦平没 12月、渡辺修三『谷間の人』刊行
1961 昭和36	41	11月、『ALMÉE』に参加	長野徳右衛門覚書	12月、伊藤桂一『竹の思想』刊行
1962 昭和37	42	2月、福岡詩人協会「詩と写真展」に詩出品 4月、病のため『ALMÉE』を退会 12月、福岡詩人協会機関誌『福岡詩人』創刊	夜の鼓	**10月、キューバ危機**
1963 昭和38	43	7月、次男真人誕生	沼の素描	**5月、狭山事件** 10月、『九州詩集 一九六三年版』刊行 **11月、ケネディ暗殺事件**
1964 昭和39	44	6月、『ALMÉE』に復帰	私立翠系学校／同人*復帰の弁（A64）／血涙記／望洋閣／*二つの詩集から―各務章・麻生久詩集書評（A67）／秋日／*『現代九州詩史』感想（A68）	**10月、東京オリンピック開催**
1965 昭和40	45	福岡詩人協会が「福岡県詩人賞」設定、選考に当たる 日本現代詩人会会員となる	天鼓／早春／幻住菴／山姥／*内田博詩集『三池の夏』書評（A74）／	2月、宮本一宏が『詩郷』創刊 崎村久邦『饑餓と毒』、第一回

			幽母亜艦隊始末記／裸形弁才天／戦艦「陸奥」／『*昼が夜に』書評（A76）	福岡県詩人賞受賞 7月、那珂太郎『音楽』刊行（室生犀星賞、読売文学賞受賞） 長崎県詩人会発足
1966 昭和41	46	7月、福岡県詩人会発足、事務局幹事になる 『福岡県詩集 一九六六年版』編集委員 福岡市民芸術祭『市民文芸』選者となる	筑紫野抄／*柿添元詩集『遺言』書評（『九州文学』257）／*一つの反省（A82）／俊寛／*黒木清次詩集『風景』書評（A84）	5月、中国文化大革命始まる 7月、福岡詩人協会「詩とシャンソンの夕べ」 鹿児島県詩人集団発足 熊本県詩人協会発足
1967 昭和42	47	4月、西日本婦人文化サークルにて詩の教室開講 11月8日、膿胸発症のため生の松原九大分院に入院、四度にわたる手術を受ける	歎異鈔のリズム／『*筑後路』書評（A87）／切る	
1968 昭和43	48	12月、詩「切る」が『詩と批評』31号（69現代詩年鑑）に収録	撫でる／*近況雑記（A100）	**6月、東大安田講堂占拠される**
1969 昭和44	49	3月10日、退院 太宰府天満宮文化研究所員として「近代日本文学に現われた太宰府」研究、6月、機関誌『とびうめ』に「飛梅伝説」執筆 8月、大学講師として再出発（香蘭女子短期大学非常勤、福岡市市内の公民館講座の講師など）	深夜の電話／呪いの木／*一人一言「呪いの木」（A105）	1月、石牟礼道子『苦海浄土』刊行 4月、上村肇『みずうみ』刊行 5月、犬塚堯『南極』、第19回H氏賞受賞 7月、丸山豊「月白の道」連載（「西日本新聞」夕刊）

1970 昭和45	50	一丸を中心に現代詩グループ「土曜会」発足、12月、詩誌『ふぉるむ』創刊（岩崎成子ら） 久留米大学医学部進学課程講師 福岡市婦人問題懇話会副会長 福岡市文学賞運営委員	「*叡智」編集の頃（『叡智』6）／夜の鋼索《ロープ》／深夜の日時計／新春短唱	3月、**日本万国博覧会開催／日航機ハイジャック事件** 6月、『福岡県詩集 一九七〇年版』刊行 11月、**三島由紀夫事件**
1971 昭和46	51	11月、「詩と絵のふぁんたじあ展」（福岡市少年文化会館）参加	*一人一言「三島由紀夫氏と北村透谷」（A117）／奇蹟／銀泥譚[3]／秋の刃	8月、第一回九州詩人祭（熊本） 8月、**ドル・ショック**
1972 昭和47	52	「春の詩人祭」で「伊勢物語の現代的意義」講演 6月、詩集『天鼓』（思潮社）刊行 9月、境忠一が「怨念は美となりうるか」（『天鼓』評、A130）執筆 10月、『天鼓』出版記念会開催（福岡市・三和）	わが町・シャルルヴィ ゴールゴーラ／*緒方惇詩集・黒木清次詩集書評（A126）／伊勢物語私記／*博多湾夕景「博多湾のうた展」（A127）／漏刻台伝説／七月譚／*一人一言「千円札と伊藤博文」（A130）／*山本哲也『連禱騒々』書評（A132）／景清／闇の舞台	2月、**連合赤軍浅間山荘事件** 3月、画文集『博多』刊行 8月、第二回九州詩人祭（宮崎）
1973 昭和48	53	3月、「西日本新聞」にエッセイ「怨念と美」執筆 『天鼓』が第23回H氏賞受賞、5月6日、授賞式（新宿紀伊國屋ホール）	*一人一言「詩と信仰」（A134）／冬の法廷／晩夏の流刑／七月[2]	6月、『九州詩集 一九七三年版』刊行 10月、**第一次オイル・ショック**

		『詩学』3月号でH氏賞特集（崎村久邦「一丸章の作品について」、黒田達也「一丸章素描」） 5月13日、KBC九州朝日放送ラジオで書き下ろし詩劇『天鼓』（石田一夫演出）放送 吉村まさとしが「一丸章論」（『詩と思想』六月号）執筆 6月、H氏賞受賞祝賀会（福岡市中央区・電気ビル） 『ALMÉE』137号で「特集・詩集『天鼓』批評」（伊藤桂一、石原八束、片岡文雄ら14名）掲載 7月、別府九州詩人祭で「古典と現代詩」講演 福岡県詩人会「先達詩人の顕彰」を制定	／*一人一言「盛夏漫筆」（A138）／夜の声	
1974 昭和49	54	7月27日、「読売新聞」夕刊に穴井太との対論「短詩型文学の大衆性」掲載 10月、西日本婦人文化サークル機関詩誌『表現』創刊（龍秀美ら編集） 福岡県詩人会代表幹事就任	火炎形土器／安西均覚書／石人幻想〔2〕〔1〕／*詩人と旅（『無限』32号／*「真珠と鉛筆」について（A143）／*第四回九州詩人祭参加の記（A147）／*一人一言「心中天の網島」（A149）／銀泥譚 1	10月、黒田達也『現代九州詩史』（増補版）刊行
1975 昭和50	55	6月、『ALMÉE』〈滝勝子追悼特集〉に追悼文執筆 カトリック福岡・サン・スルピス大神学院講師となる	正徹の歌一首／*滝勝子追悼（A153）／四月譚／*鷲谷峰雄『幼年ノート』（A155）／銀泥譚 2／槿花通信／銀泥譚〔4〕	4月、ベトナム戦争終結 7月、沖縄国際海洋博覧会開催

1976 昭和51	56	久留米大学講師となる	銀泥譚〔5〕／*実存の白鳥—定本丸山豊詩集発行によせて（「読売新聞」11月2日）／冬の刃	2月、ロッキード事件 4月、中国天安門事件
1977 昭和52	57	「フクニチ新聞」で「九州詩壇時評」担当	*『れくいえむ・迷宮紀行』書評（A171）／雪の夜／浴場譚	
1978 昭和53	58	4月、福岡市草ケ江公民館婦人歴史講座で「近代日本の歩み」講義（翌年10月まで） 12月、『ふぉるむ』14号で終刊	*一人一言「詩人の死」*東潤氏追悼（A175）／宿命／*安西均詩集『金閣』書評（A179）／菊花譚	
1979 昭和54	59	3月、福岡市室見公民館で「ハカタ色町史」講義 4月、第二詩集『呪いの木』（葦書房）刊行 7月、崎村久邦が『呪いの木』時評（『九州人』138号）執筆 8月、本多寿が「一丸章ノート・詩集『呪いの木』について」（『土地』24号）執筆 北九州大学文芸研究会で「現代詩をめぐって」講演	*筑紫の地霊となった境忠一君（『詩学』2月号）／恋の浦奇譚／*境忠一の作品について（九州詩人祭宮崎大会）／生の松原／夜の歌／晩秋〔2〕	1月、龍秀美、安河内律子ら『花粉期』創刊 4月、樋口伸子、福間明子ら『蟻塔』創刊
1980 昭和55	60	7月、大矢章朔が「『呪いの木』考」（俳誌『秋』）執筆	沼〔1〕／醒が井／沼〔2〕	
1981 昭和56	61		*特集・200号に寄せて（A200）／*魂のアトリ	

			エ（「フクニチ新聞」11月1日）／男	
1982 昭和57	62	8月、清水一洲写真集『砂の構図』に詩を寄せる	海浜譚／*新井豊詩集『河口まで』書評（A211）	
1983 昭和58	63	8月6日、第十三回九州詩人祭福岡大会で開催県代表として挨拶	祈禱歌／神話／*安西均『暗喩の夏』書評（A220）／イルカの唄	
1984 昭和59	64	11月、第九回福岡市文化賞受賞 11月、渋谷東横劇場にて立花車扇らの『天鼓』の舞踏化・上演	*一人一言「わが「詩の発見」」（A226）／七月〔3〕／*花の母（「毎日新聞」11月26日夕刊）	
1985 昭和60	65	2月27日、「読売新聞」夕刊に「邦舞・その現代性確立への試み」執筆	いまも「白鳥」は飛んでいる／*暗喩としての白鳥（「毎日新聞」10月17日）	8月、日航ジャンボ機、御巣鷹山中に墜落
1986 昭和61	66	春、膿胸再発、南福岡病院に入院 9月、退院	ひねくれ男の年賀／朝／*快復記雑感（A246）	
1987 昭和62	67	4月、西日本婦人文化サークル再開	*相逢わずして逢うを得たり―矢山哲治・わが信従（「毎日新聞」10月15日）	11月、黒田達也『西日本戦後詩史』刊行
1988 昭和63	68	10月、再入院、左胸部手術	新春・わが宇宙論	

1989 昭和64・ 平成元	69	3月、退院 3月、『福岡の詩人』（現代日本詩人全集）刊行（丸山豊、一丸、有田忠郎、柴田基孝）	嗚呼 サソリ族／美の*信徒「白鳥」昇天―丸山豊氏をしのんで（「毎日新聞」8月14日）／一*人一言「仰げども…」（A268）／*丸山さんの御魂に（「福岡県詩人会報」85）	4月、中国、天安門事件 8月、丸山豊没
1990 平成2	70	7月、福岡県詩人会代表幹事を退く 10月、福岡市の市民大学講座で「柳町の廃娼運動」講義 11月、平成二年度福岡県教育功労者表彰を受ける	ある*詩的ユートピアの終焉（「毎日新聞」7月19日）／本*多利通の死（A277）／天津をとめ	10月、東西ドイツ統一
1991 平成3	71	8月、丸山豊三回忌に臨んで「白鳥忌」と命名	新春お道化うた／「詩*」の意味するもの（「野田宇太郎文学資料館ブックレット 1」）／夏の紋章／鵜の小崎／美濃道行魂胆話（壱）	1月、湾岸戦争開始
1992 平成4	72	7月、胆石破砕手術 9月、福岡市の市民大学講座で「平家物語の世界」講義	美濃道行魂胆話（弐）	2月、安西均没
1993 平成5	73	2月、妻文子、福岡市文学賞受賞（俳句部門） 3月、ジェイエムシー音楽サロンで「詩と風狂」講演	「母*音」のころ（『母音』復刻版資料編）／恋法師 一休／岬歌異聞	秋、『こをろ』旧同人会開催（佐賀県唐津市）

			／夢の手風琴／*近況雑感（A300）	
1994 平成6	74		外輪船異聞／砂漠の暴走族／初夢	
1995 平成7	75	11月、地域文化功労者文部大臣表彰を受ける 福岡市の市民大学講座で「文学に見る福岡」講義		1月、阪神・淡路大震災 3月、地下鉄サリン事件
1996 平成8	76	3月、地域文化功労者文部大臣表彰祝賀会開催（ベルプラザ福岡）	*近況報告的雑記（A320）	
1997 平成9	77	3月、崎村久邦が「一丸章論」（『野田宇太郎資料館ブックレット5』）執筆	*久留米抒情派の系譜（『福岡県現代俳句協会会報』11）／夏信	2月、神戸連続児童殺傷事件 7月、香港、中国に返還
1998 平成10	78	7月、福岡県詩人会先達詩人顕彰を受ける この頃より膀胱に異状	*龍秀美詩集の栞―『TAIWAN』頌〔絶筆〕	
1999 平成11	79	6月、樋口伸子の日本詩人クラブ新人賞祝賀会に祝辞を寄せる		3月、樋口伸子『あかるい天気予報』、第9回日本詩人クラブ新人賞受賞
2000 平成12	80	11月、福岡市制実施百十周年文化功労者表彰		6月、龍秀美『TAIWAN』、第50回H氏賞受賞
2001 平成13	81	6月、日本現代詩人会先達詩人顕彰を受ける（東京・半蔵門ダイヤモンドホテル、長男旅人代理出席）		9月、米国同時多発テロ
2002 平成14	82	柴田基孝が「三人の先達詩人に見る詩の活動領域―一丸章氏の語りと文体の先駆的位置」（『ALMÉE』		9月、『蟻塔』50号で終刊

355・356号）執筆
6月12日、膀胱がんにて死去
追悼文＝柴田基孝（「読売新聞」6月21日夕刊）／龍秀美（「西日本新聞」6月22日）／黒田達也（「朝日新聞」6月22日夕刊）

2010 平成22		10月、『一丸章全詩集』（海鳥社）刊行

解説

龍秀美

Ⅰ　極彩色の闇

一人の詩人の一生を見渡すという行為は何を意味するか。ひるがえって一生詩人であり続けるとはどういうことなのか。この『一丸章全詩集』をまとめるにあたって、私は常にこの疑問を反芻し続けた。その結果、一丸章が示してくれたのは、詩人はその身をもって詩を書くということ、詩を書く行為によってのみ生き延びることができる、また、その詩によってその後の生き方が自ずから示唆されていくという事実であった。

この螺旋形の繰り返しによって、詩人の一生と作品は形成される。螺旋がひとところに留まらず、常に永遠の問いに向かって上昇していけば、詩人の魂は必ずある到達点に達する。たとえ次の瞬間、新たな不条理に打ちのめされるとしても、生命の限りそれは止むことのない運動である。

一丸章の詩人としての生涯はこの運動を外れることがなかった。しかも人間としての生き方と詩人としてのあり方が大きなうねりを創りながら、その起伏のピークと作品のピークが例外なく重なるという、まことに率直かつ凄愴とも喩えられる生涯であったと言えるだろう。

生い立ちの謎

第一詩集『天鼓』を読めば一丸章の半生が分かる、とよく言われる。

確かに生い立ちが文学作品に与えた影響は無視できない。『天鼓』の多くのモチーフが生い立ちの環境に採られており、また重要な作品のほとんどが実人生のエポックに生まれている。しかし当然ながら多くの文学的操作を経て成り立っているため、作品世界をそのままに受け取ることは作者の虚構の〝思うつぼ〟にはまってしまうことになるだろう。それを踏まえたうえで「極彩色の闇」とも言える一丸章の生い立ちへと入っていこう。

章は一九二〇（大正九）年七月二十七日、福岡県筑紫郡住吉町（現福岡市博多区住吉）に上野久行・キミの長男として生まれた。出生後一年ほどで両親の離別により伯母すまの婚家・一丸家に引き取られる。当時一丸家は、福岡市の花柳街・新柳町で遊廓「菊一楼」を営んでいた。「毎日新聞」に書かれた一丸の随筆から当時の様子が窺われる。

新柳町は柳町遊郭というのが正しい。博多小女郎で知られた柳町の伝統を持った色町であった。最盛期の大正十二年ごろは貸座敷と呼ぶ妓楼が四十九軒、娼妓六百五十名。正面入り口の古風な石柱の大門を入ると、左側に番小屋然とした巡査派出所、遊郭事務所、娼妓たちに手芸などを教えていた私立翠糸学校、台屋と呼ぶ共同炊事場がつづく、そうした歌舞伎の背景そっくりのはなやかな玄関を見せていた菊一楼……

少年時代の章はこの特殊な環境の影響を色濃く受けて育った。その間の事情は本書所収のエッセイ「歎異鈔のリズム」（501ページ）に詳しい。

旧制中学の頃、徳冨蘆花のキリスト教的ヒューマニズムに触れ、急に口数の少ない少年になった。貸座敷という家業を、醜業として意識しはじめたのである。両親（伯母夫婦）は、この微妙な少年の心を知ろうとはしない。しかも官能の芽生えに毎日が息苦しい。かつては無心に遊んだ町角も憂愁の広場に変わっていた。

自らの生い立ちの理不尽さを意識するようになり、観念世界を憧憬する性向が現れたのであろう。

矢山哲治との出会い

もうひとつ、一丸の生涯を方向付けるのは病である。

十六歳のとき結核を発病、糸島郡今津村（現福岡市西区）の日赤今津療養所に入院している。以後の生涯で繰り返し彼を苦しめるこの病は当時死病とされ、少年の彼は否応なしに死と向かい合う日々を送らねばならなかった。

しかし彼はここで得がたい邂逅をすることになる。詩人矢山哲治との出会いである。「歎異鈔のリズム」にそのときの光景がいきいきと描かれているが、このときの矢山との出会いによって青年時代の思想と文学的開眼をしたことを、後年一丸は繰り返し語っている。

矢山たちの同人誌『こをろ』が文学史に果たした役割は多くの研究に譲るが、病床から参加した『こをろ』がこの時期の一丸の文学的成長に果たした役割は計り知れないものがある。現存する一丸の詩作品は『こをろ』13号（一九四三年）の「静歌」（132ページ）だが、生家が空襲で焼失したこともあって、それまでの作品は一切残されていない。わずかに十七歳の頃、西条八十らの『蠟人形』に投稿した形跡があるばかりである。

しかし、この解説執筆中に一丸家の倉庫から大量のメモが発見された。主に日本の古典に関するもので、

一丸章が遺した日本の古典に関するメモ

正徹、『古今集』、『ささめごと』など、索引付きの丹念なものである。日付がほとんど無いのが残念だが、「徹書記メモ５」に17・11・16とあり、少なくとも昭和十七年から十九年にかけて病床で作られたものである。

一九四四（昭和十九）年、『こをろ』14号に一気に掲載された「木葉集」（135ページ）は詩人としての優れた資質を示しており、病床にあったこの数年の努力と思索の積み重ねが思われる。この小詩集の成立については、筆者が直接本人から聞いたところによれば、「矢山亡きあと詩人として立つ決心をし、十日間ほど引きこもって一気に書いた。これでだめならば死ぬほどの覚悟だった」と語っている。

「木葉集」は矢山や丸山豊の影響も強い渾然とした若書きであるが、後年の作品に出てくる言葉遣いやモチーフを多く含んでいる。奇怪なイメージと象徴を連ねて非日常を現出させるやり方は後年の『呪いの木』などに多用されており、既に独特の方法となっている。こういう方法を採ったのは、この頃の戦争末期の焦燥感や不安感を、言葉の世界を造形・構築することで乗り越えようとしたのだろう。戦争賛美に傾く当時の風潮に反発する姿勢を耽美的世界の中に見せたとも言える。

また「序に代えて」として、室町の歌僧正徹の歌を置いているところから、定家の象徴風の歌を引き継いだ正徹への関心がすでに窺われるのは興味深い。

リズムとリリスム

一丸の詩を貫く重要な要素としてリズムがある。この場合のリズムは韻律であり、音楽的な拍子、律動も含まれていよう。

一丸がかなり初期から、というよりほとんど先天的にリズムの人であったことのひとつの現れでもあるエピソードを紹介しよう。

「歎異鈔のリズム」は、矢山哲治が病気療養中の一丸少年を、歌つくりの少女南由莉と見舞ったときの光景を描いた叙情詩「雅歌」で始まっている。

八月のはげしい一日
歌つくりの少女にいざなはれ
海岸のサナトリウムへ十八の
少年を自動車でおとなうた

潤葉樹の山肌から甘く
アマクサの香はこぼれ来
合歓の木かげに白亜館の
人らの寝息はすこやか

幾十冊の書物にあけくれて

回復の日数を耐えぬ
おとなびた少年の毛ずねは
黒い頬ひげはかたい

秩序あるこの建築のなかでは
ぼくらの健康こそあやしいものだ
この錯覚がたのしく酔はせ
歎異鈔のリズムを説きたてたが

ほほゑみ耳かたむけた少女と
少年の契約の美しさはかぎりなく
五彩にめくるめく沖へ遠い都会の
空へ駱駝の雲へ瞳をぼくは返す

――「雅歌」矢山哲治　（傍点引用者）

タイトル「歎異鈔のリズム」はこの詩から採られているわけだが、実は「雅歌」の原作では、傍点部は「リズム」ではなく「リリスム」になっている（『矢山哲治全集』参照）。

後日、実は思い違いだったということを一丸本人から聞いたが、かえってこの思い違いが一丸の思想を表現することになったのは、まことに文学の持つ不可思議な照応だと言えよう。

事実、「歎異鈔のリズム」と「歎異鈔のリリスム」ではまったく意味合いが違ってくる。矢山にとって『歎異鈔』はリリスム（叙情）の問題だったのが、一丸にとってはリズムの問題だったのだ。同じエッセイの中で一丸は繰り返しリズムについて記している。

つまり彼の説く歎異鈔のリズムによって、宗教の基本構造といったものを感知した少年は、更に深く自己の裡に降り、改めて自己なるものの「存在」をかんがえはじめたのである。

歎異鈔のリズムが詩の根源の響きであるかどうか（中略）なんとかして親鸞、カロッサといった東西のすぐれた思想家と詩人のリズムを矢山の一点で結びつけようと苦心したのは事実である。

一丸が、詩の本質がリズムにあると思っていたのは事実のようだ。そしてそのリズムは生命が発するリズムといったようなものであったろう。矢山亡き後このエッセイが書かれるまでの三十年間、もしこの思い違いがなければ自分の詩は違ったものになっていたかも知れない、と一丸は回顧している。

西欧を発祥とする近代詩と日本の詩歌の伝統が融合するには、それを裏付ける東西の宗教、哲学の理解や、骨がらみとも言える伝統芸能の感性とりわけ言語のリズムの検証が不可欠であるだろうし、この時点で若き一丸章はそれらと全身で格闘していたのだろう。

Ⅱ 『母音』参加と「舞扇」まで

丸山豊からの影響

矢山への傾倒が詩人の魂への傾倒とすれば、丸山豊からの影響は詩法と認識の開眼だったように思われる。
一九四二（昭和十七）年、折から出征していた丸山豊の詩集『白鳥』の中の一篇「海の研究」に出会う。

海の研究――天草

丸山　豊

この内部の崖の上
ふりそそぐ日光の結び目に
ひそかに作つた臨海実験所
青い世界へ手をさしのばし
とりとめもないもの人知れず貴重なもの
またはヴヰナスのハンカチーフなど
苦心しながら拾ひあげ
フラスコへ入れたり薬でそめたり
選りわけたり調べたり
やがて周囲は冷えてゆき

眠れぬ海は夜もすがら
千の母音が狂ひます

一丸は当時、病床から『こをろ』に参加しながら、あれこれと自分の詩法を探し求めていた時期だった。「『この内部の崖の上』という一行にショックを受け、詩というものはこう書くのだと瞬間に悟った」と後年よく言っている。以来、詩集『白鳥』は座右の書となり、丸山は矢山とともに一丸に最も影響を与えた詩人となる。一丸らが戦後すぐ創刊した同人誌に『白鳥』と名づけたのもこの影響かも知れない。また後年、丸山を偲ぶ催しを「白鳥忌」と命名したのもこの思いがさせたものだろう。

この頃のことを一丸はこう書いている。

『白鳥』の一巻で十代の詩的混迷を脱却、現代の詩にやっと目覚めかけた二十歳そこそこのわたしだったから、昭和十九年の秋、ある新聞の文化短信で〈丸山豊氏、ビルマ戦線で玉砕〉と知って、ひどく落胆したものである。それが誤報で、丸山さんは思いもかけず早く復員、久留米市諏訪野町に医院開業と聞いて、すぐに訪ねた。丸山さんはその時、三十一歳、旧小川医院の離れの居間にろくに挨拶もせずにのっそりと上がりこんだわたしに、「おう、来たの」と笑顔で迎えてくれた。その時の少しはにかんだような照れくさそうな表情が、四十数年たった今でも、ありありと目に浮かぶ。

(「『母音』のころ」、復刻版『母音』資料編)

その頃一丸は、丸山がふと言った「ぼくたちはの、魂のソ連邦を作らなきゃあな」という言葉に感動し、

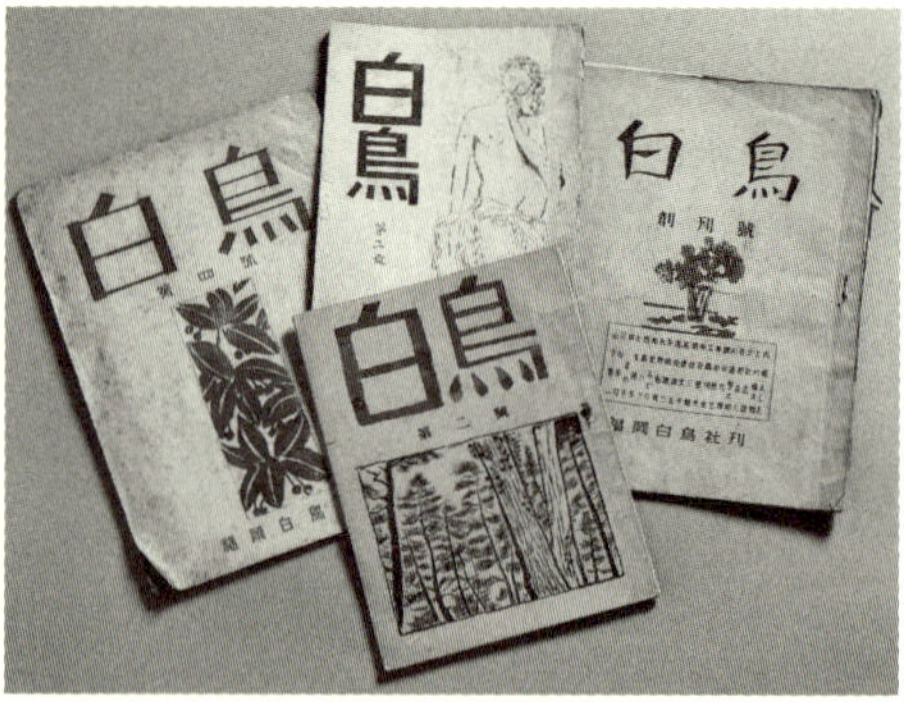

『白鳥』創刊号〜第四号

「なるほど、これはおれが考える詩的コミュニティ、即ち、神の義のこの世における実現の希求と同じではないか」と考えたという。後に多くの同人誌を立ち上げ、新人育成に力を尽くしたのもこの思いがあったのかも知れない。

その後、『母音』創刊から参加、安西均、野田宇太郎、岡部隆介、谷川雁などの先輩詩人たちに揉まれながら詩的成長を遂げていくことになる。

詩的動機の形成

一九四五（昭和二十）年、石井好江と結婚。戦後の活発な同人詩誌創刊期に入る。日本で最も早い時期に創刊された北九州の『鵬』に遅れること半年、一九四六年五月『白鳥』が創刊され、一丸は先輩格で指導的立場にあり、特別寄稿として「山巓叙情」（161ページ）を載せている。その他文芸誌『午前』、『九州詩人』などが続々と創刊され、関わっている。

一九四七年、丸山豊、野田宇太郎らの詩誌『母音』に参加。初期の『母音』に載せたのは「春宵」（172ページ）、「初夏」（178ページ）、「菜種月夜」（180ページ）などの甘い叙情詩のスタイルである。一度姿を現した「木葉集」の構築的な作風が影をひそめたのは、矢山や佐藤隆などの甘美な叙情詩の影響があるだろう。

同年九月、第一子恭介が生まれるが、この頃好江との性格の不一致に悩む。作品にも苦悩の跡が色濃く滲むようになっており、結局この結婚は続かず一丸は家を出る。はからずも自分自身が両親の離別によって味わった境遇を我が子にも強いることになり、このあと長く罪の意識に苦しめられることになった。その頃の幼い我が子に対する思いは「万華鏡」（183ページ）、「銀の寝台」（184ページ）、「音楽」（196ページ）などに綴られているが、最も高揚したかたちで後の詩集『天鼓』所収の「血涙記」（25ページ）に見える。

実生活における懊悩は、それまでの抽象的・文学的苦悩とは違ったものをもたらした。現実生活の破綻と良心の呵責と、それをどうすることもできない自分自身の業の自覚。その矛盾を止揚しようとする激しい動機が生まれたのである。

その顕著な表れが『母音』第7冊（一九四八年）に掲載した散文詩「舞扇」（191ページ）であり、後の「天鼓」（19ページ）に通じる物語風の堅固な創作世界を築くことになる。

後に、詩集『天鼓』の「あとがき」に次のような一節を記している。

　このような時、人は何とかして生きようと焦り、おのれの内部に徹底した美学の砦を築く。

生き残るためには「徹底した美学の砦」が必要だったのであり、この後生涯この生き方は変わらなかった。

詩に肉体を与える

宮崎の詩人本多利通は「詩人の肉体はどうしてもことばを超えることができない」と言っている。一丸の場合も、その病弱な肉体に宿った過剰な精神の飢餓を持て余していたと言えよう。

しかし一丸の言葉は、己の分身に思いを仮託あるいは憑依することによって新たな肉体を獲得する。

「舞扇」では、それまで一人称で語られていた詩の世界が、おのれを仮託する対象を見つけ肉体を与えられることで人称を超えた複数の語りが可能になり、堅固な世界を築くことに成功している。「舞扇」の場合、仮託の対象は「死者」であり、「かの物語の貴公子」業平である。

死者とわたしとわたしと物語の貴公子とは　知る由もなく関りもなく……

つまり「知る由もなく関りもな」いながら、作者の肉体を付与されたあるいは作者に仮の肉体を付与した対象が、自在に動くことで詩が成立しているのである。

この構造はその後の作品を貫く重要な共通要素となっている。例えば「呪いの木」（63ページ）においては付与された肉体はキリストであり、「恋法師　一休」（380ページ）では一休であり、「美濃道行魂胆話」（363ページ）では正徹である。詩集『天鼓』の場合は、この対象と自分自身とが限りなく近くなっている。それだけ作者の切迫感は強く、訴える力も大きいと言えよう。

Ⅲ　『天鼓』まで

創作の鍵

一九四九（昭和二十四）年、同人誌『白鳥』の創刊同人であった高鍋文子と結婚。一九五一年十一月、『母音』での実質的活動が終わる。

この頃『九州文学』に発表した「虚無の情熱　大手拓次小論」（435ページ）は、サンボリズムへの傾倒と、一丸自身と共通する特異な感性を持つ拓次への優れたオマージュである。

一九五一年、ＮＨＫ福岡の脚本作家となり、生活者としても多忙な時期に入る。またこの頃は九州全域で詩人団体の創設が目立ち、福岡でも「福岡詩人クラブ」の創設・発足に関わった。一九五六年、詩誌『詩文学』を一丸章発行・宮本一宏編集で創刊。『詩文学』3号から室町の歌僧正徹の伝記の連載を始めるが、7号で頓挫しているのが惜しまれる。

一九六〇（昭和三十五）年、『九州文学』にエッセイ「私立翠糸学校」（498ページ）を発表。後の『天鼓』へ至る萌芽を見せ、同時期に後の「呪いの木」の原型である詩「雄牛とテレビ塔」（241ページ）が『福岡詩集』に発表されているのは、二つの傾向の違う詩集の作品群が同時に進行していたということで興味深い。

一九六一年から六三年に至る間は寡作で、毎年一作程度しか発表されていない。放送作家としての多忙、病、私生活上の悩みなどがあったと思われる。しかしこの後の一九六四年から六六年にかけての怒濤のような創作期を考えると、この間の懊悩が創作の鍵を準備していたと察しられる。後に『天鼓』に収められる二作品、「長野徳右衛門覚書」（47ページ）が一九六一年、「私立翠糸学校」（49ページ）が六四年に発表されているが、どちらも博多に題材を取り郷土色が色濃いことに特色がある。またどちらも哀れな境遇にある女性たちへの共感、ひいてはそのような女性たちの犠牲の上に成り立っていた幼時の自分の生活への悔悟がベースになっており、一丸の心象がこのあたりから特色を発揮してきたと言えるのではないだろうか。

脱戦後詩における先駆的位置

一九六四年から六六年にかけて集中して詩集『天鼓』の作品群が書かれる。『ALMÉE』65号（一九六四年）の「血涙記」（25ページ）から『ALMÉE』83号（一九六六年）に収められた「俊寛」（54ページ）まで、息つくひまを見せない。

ここで『天鼓』の作品群の創作時の成立の順序を見てみよう。

「長野徳右衛門覚書」→「私立翠糸学校」→「血涙記」→「望洋閣」→「天鼓」→「幻住菴」→「山姥」→「裸形弁才天」→「戦艦「陸奥」」→「筑紫野抄」→「俊寛」となる。

幼時からの前半生に郷土色をからめた作品群に始まり、現在の苦悩でピークを描き、また幼児期の追憶に戻り、最後に能に託した現在の心境で終わる。作者は意識してこの順序で書いたわけではないのだろうが、知らず知らずのうちに夢幻と現実が交錯する重層的な構成となっている。

『天鼓』のスタイルは謡曲や能の影響を受けた擬古文調の文体と物語性で、書かれた当時の詩壇の風潮とは色合いを異にした。それは「個」や「感性」よりも表現優位の「修辞的現在」（吉本隆明）と呼ばれた時代に、感情を含めた自己を最も表しやすいスタイルとして一丸章が選び取ったものであった。

翌年、この詩集は第二十三回H氏賞を受賞するのだが、その選考の場でも議論は二分し、「回顧的な抒情詩の時代はもはや通り過ぎてしまったのではないか」（秋谷豊）、「この詩集の面白さは詩的なものではなく、物語的なおもしろさである」（中桐雅夫）というような意見もあり、一方「謡曲などの文体を現代のイディオムに溶解し、しかも過去の経験のリアリティを、現在に転置する力量」（鍵谷幸信）、「能楽的な幻想的イメージを時間的に重層化し、現代化した、物語性の強い散文詩である」（藤原定）、「私詩の形体をかりて、日本人の美学の根源を探り、人間の怨念が血飛沫を立てる現代の能」（磯村英樹）という評価もあった。

後年、柴田基孝は、詩集『天鼓』は「脱戦後詩の先駆的位置にある」という見方ができる、と次のように評した。

一九七〇年代に現代詩は戦後詩を脱してシーンを変えた。七六年度のH氏賞詩集に荒川洋治の「水駅」がある。これは明らかにいままでの詩的表現の舞台や質量を、戦後詩の暗喩の暗がりから救出したといっていい。つづいて七七年度の小長谷清美「小航海26」はシュールの笑いで世界の結び目を陽転し、日常の風景を一変させた。『天鼓』はそれに先立つこと三年、置き忘れた文体を現代詩に繰り入れて、現代詩の重力の向きを変えたのである。

（『ALMÉE』356号、二〇〇二年六月）

今にして思えば、日本的伝統による日本の現代詩の誕生とも言えるのではないだろうか。また翌一九六七年から連載が始まった自伝的エッセイ「歎異鈔のリズム」は、余勢を駆ってというよりも『天鼓』一巻の背景を裏付ける反歌であり、修羅の心象を展開した後の鎮めの能とでもいう感じを覚える。この詩集とエッセイは本人の言通り、「死の韻律の暗い予感」のうちに、まさしく「遺書のつもりだった」であろう。

「歎異鈔のリズム」の連載をあと一回残すところで膿胸が再発、生の松原九大分院に入院。四度にわたる大手術を受ける。術後の一年半は傷口を開いたままの開放療法という凄惨な苦痛との闘いだった。その後一九六九年までの闘病を終え退院。多忙な放送作家の生活を脱し、大学講師として再出発をすることとなる。

Ⅳ「呪いの木」の成立

原罪と救いのシンボル

『天鼓』以後、それまでと比べてがらりとスタイルが変わる。一九六九（昭和四十四）年から『ALMÉE』に連載された長編詩「呪いの木」（63ページ）は宗教的な罪、救い、また男の原罪の象徴として生涯にわたるモチーフとなるが、これはほとんどが口語行分け詩であり、「呪いの木」というシンボルを自在に変化させて時間と空間を超えていく方法は、現代の本格的な象徴詩と言えよう。「語り」という感情を表しやすい擬古文的表現から、シンボルをモザイクのように重層的に組み立てて「認識」を目指す現代詩へ。一見異なるこの二つのスタイルは作者の中で同時期に生まれており、後に融合していく。

その後、約十年にわたって「呪いの木」のシリーズは「銀泥譚」（120・121・268・284・286ページ）、「浴場譚」（293ページ）などの「譚」シリーズなどにさまざまにかたちを変えて書き継がれる。

『神の痛みの神学』と「呪いの木」

一丸の愛読書のひとつに北森嘉蔵著『神の痛みの神学』がある。

この本は第二次世界大戦中に書かれ、戦後日本の神学者・知識人のなかで話題になったキリスト教神学の書であるが、日本人が世界の神学界に認められた初めての書として既に古典となっている。

北森神学の特徴は、それまでの超越的な存在としての神にはなく、人間だけのものであるとされた「痛み」を神もまた持つとしたことである。北森は言う。


福音は、「望み無き者にも望みがある」という音ずれ、否むしろ「望み無き者にこそ望みがある」という音ずれである。


この一節には『歎異鈔』の「善人なおもて往生をとぐ、いわんや悪人をや」という語句を彷彿とさせるところがある。

まして生涯に七度にわたる大手術を受け、背中の数十センチに及ぶ傷跡を開けたままという開放療法の凄絶な痛みを経験した一丸にとっては、北森のいう「神の痛み」が文字通り自身の受けた肉体の痛みとして実感されただろうことは想像に難くない。

詩集『呪いの木』の扉には、『新約聖書』ガラテヤ書からの一節「木に懸けらるる者は凡て詛《のろ》はるべし」が掲げられている。これは一丸が自身を「木に懸けらるる者」と呼び、また「呪われた者」とみなしており、同時に「木に懸けられた者」であるキリストをその向こうにイメージしているのではないかと思われる。ここでは「呪いの木」とは、一丸が何度も登った手術台であり、十字架でもあり、己の原罪の象徴でもある。ただし、作者から直接聞いたところによると、聖書のこの一節を知るより先に手術台から発展した「呪いの木」というイメージがあったそうである。

現代の象徴詩

詩「呪いの木」十連は、現代の象徴詩としてまれに見る完成度を持っており、『天鼓』以後の新境地を示している。キー・ワードである「呪いの木」がどのように自在に変化し象徴としての役割を果たしているか、実作に沿って見てみよう。

まず「呪いの木」として現れるイメージを、一連より連ごとに順に追っていくと次のようになる。1：十字架／2：手術台／3：傷つけられた肉体／4：男根／5：それらを総合した命の木としての象徴。同じ「呪いの木」がこれらのめまぐるしいイメージの交錯として表され、その結果、読者は変転する言葉の詐術によって幻惑の世界に引き込まれることになる。

五連までで勢ぞろいしたイメージにより、詩の導入部の終了とともに「呪いの木」という言葉の存在が確定する。六連より以降では、この市民権を得た象徴はいよいよ自在な運動を見せ、複雑で多岐なテーマの表現が可能となる。

七連のテーマは「時」、八連のテーマは「エロス」だろう。「呪いの木」を媒介とした性的なものと宗教的なものの融合も感じられる。八、九連に登場する「贋の呪いの木」とは何か。作者によれば、同じ「愛」でも地上的なエロスと天上的なアガペーがあり、その区別を贋と本物の「呪いの木」に託したかったとのこと。とすれば、十連で現れる仮面―愛、美、善、国家なども贋の範疇であり、それら地上的なすべてを突き抜けたところに真実の「命の木」があるという、まことに壮大な思想の世界となっている。また屹立する十字架のイメージから、言語という地上的、水平的なものを、天上的、垂直的に変化させるという詩の機能をも暗示しているように思われる。

また詩集『呪いの木』は一九七九(昭和五十四)年に刊行されているが、一九六〇(昭和三十五)年に書かれた「牡牛とテレビ塔」に既にそのイメージの萌芽が見られ、『天鼓』の諸篇が書かれるより先にモチーフがあったことが分かり、一見異なるスタイルが同時進行していたと思われる。

V　日本的伝統による日本の現代詩の誕生

宿命としての「つらさ」

前述した北森嘉蔵著『神の痛みの神学』の中に「神の痛みと福音史」という一章があり、その中で北森は次のように述べている。

「国人」〔この場合日本人であろう――引用者〕が主体となって神の姿を捉え、これを仰ぐとき問題となるのは、この国人のもつこころである。その「こころ」は感覚ともいうべきものである。それは思想や理論ではない。さらには「精神」でさえもない。〔中略〕さてかかる国人のこころは何によって表現されるであろうか。いうまでもなく文学によってである。

北森はまた、日本のこころは悲劇の中に生きており、「世間」という人間関係の中で浸透している「つらさ」という日本語特有の言葉によって表現されるものであると言っている。それは歌舞伎の『寺子屋』の中で松王丸が発する「女房喜べ、せがれはお役に立ったぞ」という言葉に代表される。この「つらさ」は、他者を愛して生かすために、自己を苦しめ死なしめ、もしくは自己の愛する子を苦しめ死なしめるという点において、実現する、と北森は語る。

一丸はこの日本的伝統の自己犠牲の悲劇に、背中合わせであるところの罪の意識を体現していたのではないか。他者を愛するがゆえに他者を裏切り損なわねばならない己の罪障。それは幼い頃に既に「世間」の埒外に置かれ、尋常な家庭と母の愛を享受できなかった少年の「宿命」とも言えるものだったかも知れない。

『伊勢物語』への傾倒——日本人の普遍的私詩

一丸は常々『伊勢物語』を愛読・講義し、自身を東男になぞらえることがあった。「身をえうなき物に思ひなして……」という一節にはことに思い入れが深かったが、このたびの全詩集の調査のために戸籍を見て本当にその意味が分かったような気がした。

一、二歳の頃、伯母一丸すまに引き取られたのは事実だが、戸籍によれば章は十二歳頃まで上野姓であったと思われる。一九三二(昭和七)年十一月二十八日付で初めて「(義父の)佐助ノ妻ノ甥(進〔戸主〕ノ従弟)」として一丸家に入っているからである。一読しただけではなんとも判然としない関係だが、これはそれまで実父上野久行の所在が知れなかったことから、当時の民法では上野家の嫡男である章の籍を動かすことができなかったためである。義母すまは章を一丸家の跡継ぎにと望んでいたが、病弱のせいもあり周囲の反対によって一丸家の当主は義父の甥の進が継いだ。そのとき実父も再婚相手と男の子を設けていたため、章は上野からも廃嫡の扱いとなる。

経済的には何不自由のない暮らしながら、章は実に不安定な立場を余儀なくされたことになる。少年にして彼は既に、家父長制の中では〝用なきもの〟になっていたのである。このとき十二歳、物心ついた早熟な少年の心の痛手は容易に想像できる。

この生い立ちが一丸章に、日本人の原感情である「世間」の「つらさ」を描く「普遍的私詩」を書かせたひとつの要因のような気がしてならない。

Ⅵ　叙事詩へ　物語の一身的具現

幽玄の象徴としての正徹

最晩年の変化・到達点は、詩誌『表現』に連載され、未完に終わったシリーズ「美濃道行魂胆話」(363ページ)と「恋法師　一休」(380ページ)に見られる。

前者は「呪いの木」のスタイルを踏襲しながらも古典を縦横に駆使して歴史なるものと現代を融合させようとした。登場人物は「僕《やつがれ》」と室町の歌僧正徹の二人連れ。

二人とも作者の分身と言えるだろうが、視点を二つ持ち、立場と時代を自由自在に使い分けることによってパロディを交えたユーモアをも漂わせる独特の叙事詩を作りだしている。
時代を遡って一九五七年十一月、評論「室町の象徴詩人「正徹」」の連載を始めた『詩文学』の第7号のコラム「颱風の眼」に、一丸はこう書いている。

僕は徒に古文書の埃を払い過去に没入している訳ではない。室町時代の碩学にして耽美主義者の歌人たる彼に、己の分身を求め、彼の人間像を浮き彫りすることで、己の青春像を再発見しようとしているに他ならぬ。この時、考証などという感じは吹き飛んでしまい、すでに彼は僕そのものである。だから正徹たる過去の人物は、現実に生きている僕と交歓する。そして僕はまぎれもなく彼の生きた室町時代に生き、引いては、歴史というものを、単なる史観とか、社会観といったものを通じてではなく、具体的な流動する現実として感得するのだ。

この思いが四十年近い時間を超えてこの叙事詩にそのまま現れている。
ここで正徹の歌集「草根集」の中で一丸が最も愛唱した次の一首を挙げることで、日本的美意識、幽玄の象徴としての正徹をどう捉えていたかを考えてみよう。

夕暮れを待つに生命をしらとりのとはにうき世を誘う山風

一丸自身がこの歌に次のような解釈を付けている。

夕暮れに近い頃　峰おろしの風が

物憂い宿世の倦怠《アンニュイ》を永遠に誘う
うす暗い虚無の池は死よりもほのかに匂い　涅槃の時刻《とき》も知らぬげに
白鳥は幻そのもののように浮いている
——そのような人間の「存在」

（『ふぉるむ』第5号、一九七五年二月）

この一首を分解してみると、「夕暮れを待つ」は「生命」に係り、限りある人間の命を表しており、「生命」は「しらとり」に係り、明日をも知れぬ生命の不確実さをほのめかしている。「しらとり」は「うき世」の「浮き」に係り、「うき世」はまた「誘う」と「山風」に係るという、何重にもイメージをダブらせた複雑な構成となっている。

一丸の詩の人称の変化、視点と語り口の自在な変化は、このような和歌に見えるかけことばの伝統にも影響を受けているように思う。日本的象徴の世界である幽玄とは過剰華麗なイメージが織りなす虚構の世界である、という持論にも通じるのだろう。

また、これまで多少とも西欧の伝統に支配されてきた近・現代詩の世界に、オリジナルな日本的伝統による日本の現代詩が誕生するには、このような過剰に凝縮された精神エネルギーがどうしても必要だったと思われる。

人間再生への誓い

「恋法師一休」ではさらに進んで、これまでの、美意識への囚われからも自由になっている。〝手段〟であった古典が表現の〝主体〟へと一体化（血肉化）する。このとき古典は伝えたいことの手段ではなく伝えたいことそのものと化し、物語は一身的具現の様相を帯びる。

『ALMÉE』67号（一九六四年）に既に一丸はこんなことを書いている。

この頃わたしは詩とは自己告白に始まり、自己告白に終るものではないかと思っている。私小説的なものでよろしい。そこをとことんまでつきつめれば、おのずからそこに新しい述志の精神が形作られると信じている。

同じコラム内でもまた、「詩は感情処理の道具になってはならない」として自己告白を否定する詩人たちがかえって「ポエジイ、乃至は詩精神といったものに復讐されている詩人の姿を見る」と述べている。その後、一丸自身がさまざまなスタイルの試みを経て、到達した地点がこのときの直感に通じるものであったことは興味深い。しかし、この若い日の直感と最晩年に到達した境地はその深みにおいて違っている。

七十三歳を迎えた年（一九九三年）の『ALMÉE』の300号記念号に「近況雑感」として一丸はこんなことを書いている。

いささかの別離怨憎の葛藤にさいなまれた結果、この年齢にして、やっと何かが見えてきたような気がしている。一休の道歌〈有漏路より無漏路へ帰る一休《ひとやすみ》／雨降らば降れ風吹かば吹け〉の境地でもあろうか。そして『ALMÉE』が四百号、五百号と続くと共に私もなお生きのび、年寄りの冷や水ながら叙事詩なるものを試みたい。

常々「詩はフォルムと内容（ポエジー）が車の両輪のごとくでなければならない」と言い、美学の根拠をフォルム（詩全体の形態）に見ようとした一丸が、晩年その美学の呪縛から脱け出た感慨であったろう。というよりも、情念の人一丸章にとって、詩の内容（書くべき根源的な衝迫）を持つことは自明のことであり、その衝迫としてのポエジーは精神世界に充満して、かえって意識しないほどのものであったのではないか。そのためフォルム（形態）の完成度に執着したところがあったのだが、「いささかの別離怨憎の葛藤」はその美学の呪縛を解き放つ役目をしたようだ。

「恋法師 一休」は、一休禅師晩年の愛人森女との激しい交情を己の心情と重ね合わせたものだが、重要なキー・ワードに「詩文はもと地獄の工夫」という一節がある。作中の注にはこのフレーズについて「『狂雲集』に「嘲文章」とある。詩文に携わる者の驕慢を戒め、謙虚に人間の魔性を認め、真理探究に真摯たるべきことを説いたものと思われる」と記している。

日本の伝統では詩文というものは「狂言綺語」といわれ、人を惑わす罪深いものとされてきた。一休はそれをもう少し押し進め、〈詩文に携わるものは往々にして己の知識・文才を恃み、知識人として大衆の上に立とうとする。しかし、もともと詩文というものは人間の魔性すなわち罪を表現する道具であり、それを自覚することがなければ詩文に携わる資格がない〉と言いたいように見える。

己の奥深くに潜む魔性・罪を人生の最晩年になって最も強く自覚する、この認識に一丸は一休と己を重ねているようだ。詩学といい、美学といっても、ついにそれらは現実の救済にはつながらない。ただおろおろと堕地獄をさまよう己を再確認する。この錯綜、混乱が人間そのものであり、一丸が書こうとした叙事詩の世界であろう。そしてそれこそが一丸が一身をもって辿り着き生涯をかけて示した「詩」であり、「人間再生への誓い」ではないだろうか。

編集を終えて

一丸章には生前刊行された詩集は二冊しかない。十代から六十数年に及ぶ詩歴と多方面に影響を及ぼした活動に比べて、この詩集の少なさは異常とも言えるだろう。

これは本人の詩集に対する考え方が完全主義で、詩集自体がひとつの小宇宙を表しているものでなければばならない、というのが常々の持論だったこともある。

しかしそれ以上に、一丸章にとって、詩は生きがたい生の岩盤を穿つ唯一の道具であり、いったん岩盤を穿って生き延びればもう用は無かったとも言える。従って遺された作品は纏められることなく膨大な堆積となって残り、しかも決して口当たりの柔らかくない、むしろ読者を容易に寄せ付けない外観をとることが多い。

しかしじっくりと読み込むと、それらの作品群を貫くように一筋の清冽な水脈が見えてくる。人間の弱さと正面から向き合い、己も共に悶え苦しむ求道者の精神である。究極のところ人間はこのような精神にしか救われないのではないだろうか。

このように、大部分の詩篇が未刊行のため編集作業は困難を極めた。数冊の詩集を同時に作るような作業となったのである。六十年という時間の隔たりが散逸した作品の発見や位置づけをより困難にした。加えて転載による再出、再再出が多く、初出や最終形の確定が難しい。

思えば、作者没後の一周忌を期して、全詩集を作りたいとのご遺族の意向を受けて引き受けたのだが、その後七年間の歳月がかかってしまった。これは編者の怠慢にもよるが、我が身の能力を顧みず引き受けてしまったことに大きな原因がある。まるで帆も舵も無い船で出航してしまったようなものであった。

あきらめかけていた頃、福岡を中心とする文学資料に通暁しておられる坂口博氏の手が差し伸べられ、ようやく坐礁していた船が動き出した。

いまようやく全貌が見えてきた一丸章の世界を見渡すと、『天鼓』で知られ擬古文調の語りの美学ばかりを言われてきた作品群が違った側面を見せてきた。

「おれはこの国の情緒を見下しておる」(「石人幻想[2]」)というフレーズがあるが、日本人離れした堅牢な構築精神は、今後違う視点で見直されるべきではないかと思われる。

末筆ながら、編集のご協力をいただいた原田暎子氏、樋口伸子氏、『花粉期』、『表現』の元同人の皆様、また資料を提供いただいた黒田アイ子様に篤くお礼を申し上げたい。

また海鳥社の別府大悟編集長には原稿集めの段階から終始励ましていただき、永い年月を付き合っていただいたことに感謝の言葉もない思いでいる。

二〇一〇年八月吉日

龍　秀美

編者：龍　秀美（りゅう・ひでみ）
1948年，佐賀県に生まれる
1974年頃より一丸章に指導を受ける
2000年，詩集『TAIWAN』（詩学社）で第50回Ｈ氏賞受賞

一丸《いちまる》 章《あきら》 全詩集《ぜんししゅう》

■

2010年10月25日　第１刷発行

■

著者　一丸　章

編者　龍　秀美

発行所　有限会社海鳥社

〒810-0072 福岡市中央区長浜３丁目１番16号

電話 092(771)0132　FAX 092(771)2546

印刷　秀巧社印刷株式会社

製本　篠原製本株式会社

ISBN978-4-87415-781-7

［定価は外函に表示］

JASRAC 出 1011601-001